他向星辰下令，倾洒欲望。
他让自己登基，成为风的君王。

长永远长
宇宙间唯一恒定不变的真理。

字昀

巡游者

妄鸦 著

长江出版社

目录 Contents

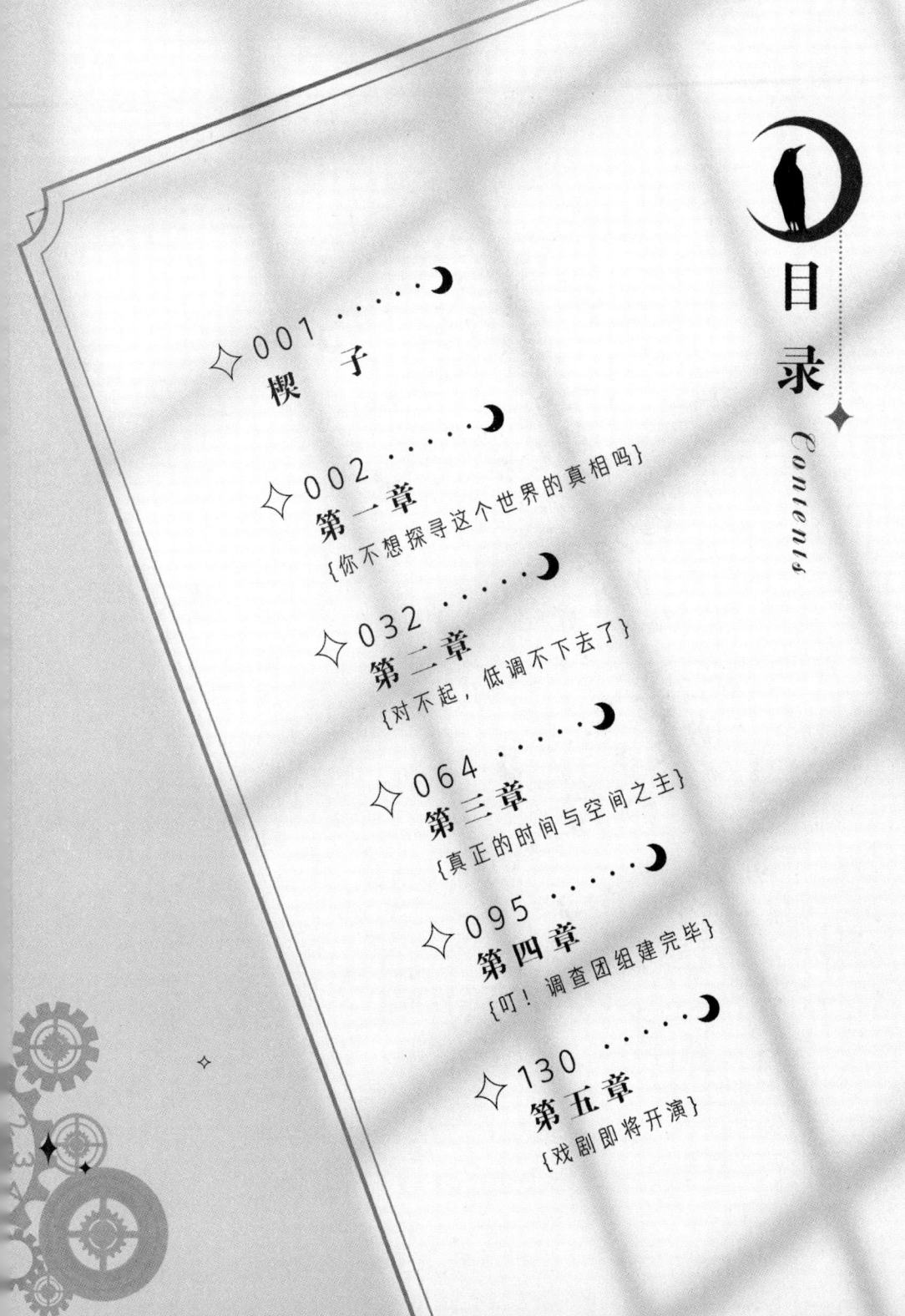

- 001 ······ 楔子
- 002 ······ 第一章 {你不想探寻这个世界的真相吗}
- 032 ······ 第二章 {对不起，低调不下去了}
- 064 ······ 第三章 {真正的时间与空间之主}
- 095 ······ 第四章 {叮！调查团组建完毕}
- 130 ······ 第五章 {戏剧即将开演}

163 ......
第六章
{S级日抛型设定卡}

192 ......
第七章
{被回溯的时间}

224 ......
第八章
{论全知全能的妙用}

255 ......
第九章
{无证上岗的导师不可信}

283 ......
第十章
{人类危在旦夕}

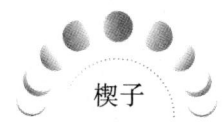

楔子

  现今人类所观察到的世界不过是冰山一角，星河之外还有星河，宇宙之外还有宇宙，那是人类目前难以想象且企及的存在。

  在某个遥远的名为"Y-T"的星系上，存在着一颗各个方面均与地球极为相似的星球。但与地球不同的是，在该星球上生活的不仅仅有普通人，还有拥有异能的觉醒者，"神秘学"也由此诞生，继而衍生出与之相关的知识和组织。

  由于觉醒者的数量占总人数的比重很低，为了维护社会稳定，普通人并不知道他们的存在。而觉醒者的任务则是对抗对母星抱有恶意的高维度生物。

  只是，部分人期盼且主动寻找召唤高维度生物的目的，只为追求至高的力量。

  一些对至高力量感到担忧与恐惧的人说，过度探寻高维度生物或许是步入深渊的开始。远古的主宰者和支配者虽已陷入沉睡，但倘若他们醒来，便会让母星崩塌……

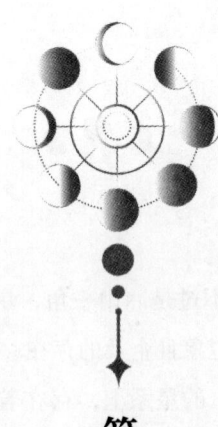

第一章·你不想探寻这个世界的真相吗

天蒙蒙亮，东方泛起的鱼肚白将这座隐匿在黑暗中的城市逐渐带向光明，就像是有人在天际编织了一条朦胧的白纱，而苍穹之下的江畔，依旧灯火通明。

江畔的杜家口是C国首屈一指的金融中心，这里每秒钟都能创造出让人难以想象的财富。

不管是白昼还是夜晚，它始终灯火辉煌，闪烁着金红色的光芒，像一座矗立在大地上的不夜城。

矗立于杜家口的江州金融大厦有一百一十九层，近六百米高，大厦外的玻璃幕墙充满了科技感。

这天的天气并不是很好，看上去似乎要下雨。大厦前，保安把写字楼前的遮雨伞撑开，同时手上还打着一把黑伞，尽职尽责地守候在楼前，以便向没带伞来上班的人施以援手。

此时的杜家口很安静，但一个小时后，无数从江州各地搭乘地铁或者是开车来的金融精英们便会到达这里，开启他们紧张而忙碌的一天。

几分钟后，果然下起了雨，淅淅沥沥的细雨从天际飘落而下，像是千万条缥缈的丝线。

隔着雨幕，保安远远地就看到一个淋着雨走来的人。他连忙小跑过去，将手上的黑伞撑在来人的头上。

"谢谢。"少年礼貌地点了点头，声音平稳地道了谢。

他生得俊美，神情慵懒，身材颀长，穿着一件白色的衬衫，配上黑色的校服西装长裤，胸口还别着深蓝色的金盏花校徽。

因为淋了雨，所以他的黑发有些潮湿，透明的水珠缀在他的发间，像是点缀在细丝里的珍珠。

这天是工作日，这个时间点，穿着校服的学生显然不该出现在一栋顶级金融写字楼的门口。

不过也说不定，这栋楼里名流云集，经常有某位老板的子女过来。少年身上的校徽是清阳学院的。清阳学院是江州鼎鼎有名的学校，很难进。

保安正想说话，少年微微低下头，扫了他一眼。一道细微的光芒闪过，保安一阵恍惚，眼神也变得涣散。

他沉默了一瞬，接着撑着伞走到写字楼前，用自己的权限卡将入口打开，然后像个木头人似的站在一旁。

"抱歉。"少年和他擦肩而过，转身走进电梯间，随后轻轻地打了个响指。

在电梯门合上的那刻，保安清醒过来，他愣愣地看了一眼手上的伞，露出一个困惑的表情，道："奇怪……我刚刚有出去吗？"

黑伞上的雨水沉默地滑落，无法作答。

进入电梯后，宗衍按亮前往顶层的按钮，随着电梯平稳地上升，悠扬的大提琴协奏曲也一同响起。

现在是早上六点，宗衍必须在两个小时内，把一件说大不大说小不小的事情给办完。

这天，清阳学院的学生有考试，如果他不能在八点半之前赶到教室，上午的科目就会被视为弃考。无缘无故弃考，他会被教导主任请去办公室喝茶，并且被通报批评。

清阳学院有着令人艳羡的头衔，治学态度也很严谨。宗衍平时小错不断，但从没犯过被拎到主席台上念检讨这种大错。

他叹了一口气，从手提包里拿出一本黑色封皮的手抄本。

手抄本一暴露在空气中便散发出难言的臭味，这味道在狭窄的电梯间更是浓郁，简直令人窒息。

宗衍嫌弃地皱了皱鼻子，视线定格在手抄本的某一页。

手抄本很新，内页用钢笔写满了各种各样的外文，厚厚一本，拿在手中很有分量。

这是他前两天收到的一份翻译委托，委托人付了五倍的定金，让他尽快翻译完。说到翻译，还真是宗衍的老本行。

宗衍有一个秘密，他可以从不知名的空间中取出能力各异的卡片，他称呼这片神秘的空间为"虚空"。

卡片的种类有很多，普通能力设定卡和超能力设定卡都有，甚至还有日抛型设定卡。利用这些卡片，宗衍可以随时随地来一场紧张又刺激的变身。

可惜日抛型设定卡是按小时计费的，他这些年虽然不常抽出超能力设定卡，但普通能力设定卡倒是有一箩筐。

例如一秒钟看完一页书的快速阅读能力卡、简单野外生存能力卡、轻轻松松无障碍英文交流能力卡……

他手里的语言能力卡尤其多，除了小语种的，还有一些很古老的语言能力卡。

对于现阶段的宗衍来说，语言能力卡的确是最实用的卡片。因为他能够用这些能力卡接一些翻译的活儿，酬劳用于交房租、水电燃气费什么的，刚好能把自己养活。

但宗衍万万没想到的是，他接个翻译的活儿也能惹出事情来。

宗衍在翻译文本的时候会习惯性地在内心默念一遍。可当他在内心默念完这本手抄本，准备誊抄到另一个本子上的时候，忽然瞥见手抄本上的一段文字不知何时消失了。

不仅如此，这个手抄本里还夹着一张字条，上面用了潦草的英语写着"千万不要打开笔记本，不然那些东西会重临人间"。

这一幕很诡异，对于超能力者来说也一样。因为这些年里，不符合现代物理学定律的只有宗衍本人，这还是他头一回见别的不正常的东西。

宗衍的内心已经有了些许猜测：这绝不是一本普通的手抄本。

有什么东西，以这本手抄本为媒介，从虚空中被召唤了出来，降临了和平的人间。按照笔记本的叙述，那个东西被称为"星之精"。

冥冥之中，这个例外好像触动了宗衍灵魂深处的某条戒律。

某些混乱又不可思议的冲动，从未知的、不可名状的地方奔腾而出，顺着他的血液，横行无忌地冲刷过他的肌理，流淌过他的全身，然后传达出一种不悦的情绪——滚回去！

这个声音似乎从久远的地方传来，或许是宇宙的深处，它穿过了星空和维度，在磅礴浩瀚的宫殿里奏乐吟唱。

宗衍看了一眼书页上空缺的那一行，反手将它塞回书包里。他必须找到那个被召唤出来的东西，把它送回它该去的地方。

他隐隐有一种直觉，那个被召唤出来的东西就在这里。

"叮！第一百一十八层到了。"冷漠的播报声在电梯内响起，宗衍深吸一口气，抬脚跨出了电梯门。

如果说杜家口是江州首屈一指的金融中心，那么金融大厦就是江州的绝对地标。

金融大厦的顶层是一个观光平台，宗衍瞥了一眼摄像头的位置，指尖悄无声息地动了动。

他轻而易举地跨过观光厅的检票闸，在能力失效的前一秒，瞬间闪到监控设备的死角。

超能力设定卡片按照强弱等级划分，最高的是S级，其次是A级、B级、C级、D级、E级。

宗衍手气不太好，抽到的超能力设定卡都是E级的。

比如召唤出一簇金红色小火苗，为本就不富裕的他节省一笔烧煤的费用，冬天也可以拿来暖手。但是小火苗偶尔也有不听从主人指令的时候，宗衍一不小心就有可能玩火自焚。

比如召唤出一片难以融化的坚冰，在闷热的夏天，不让宗衍热死在家徒四壁的屋内。

比如召唤出小半瓶水，那水纯净无污染，比某品牌的矿泉水还要甜。

比如在指尖召唤出跳跃的星光，可在晚上看书时使用，既浪漫又可以省电费。

比如小范围暂停几秒钟的时间，宗衍刚才就用这个能力躲避了监控设备。

这些能力用来改善生活还是不错的，但是想要拿来同被从黑皮手抄本里召唤出来的那玩意儿作战，还是很不切实际。

天越来越亮，随时可能有人上来观景台。宗衍看了一眼电梯楼层显示器上逐渐上升的数字，修长的手指毫无征兆地没入到虚空中，随后从流光溢彩的空间缝隙里抽出一张薄薄的卡片。

卡片上印有一位悬浮在空中的少年，他身上穿着一件洁白的长至膝盖的短袖束腰外衣，双足上缠绕着绷带，白金色的长发散落在肩头，眼眸如同一对绿宝石，整个人看上去像是森林里的精灵。

A级日抛型设定卡——风之子。

虽然服装和气质都不同，但少年的脸却是宗衍的模样。这是宗衍手头上最高等级的日抛型设定卡，也是他的底牌，就是使用限制条件太多。

"风之子"这个名字是宗衍取的，这张卡片的主要能力就是操纵风，并且赋予宗衍在空中飞行的能力。

这张卡片不是宗衍靠运气抽出来的，而是他用一张B级风系超能力设定卡和一张D级速度加强的超能力设定卡合成的——卡片合成的成功率只有百分之五左右，这么说来，他也算是走了大运。

宗衍的抽卡超能力有一个十分特殊的地方，那就是他可以将抽出来的设定卡进行合成。一些低级的设定卡合成后会变得高级；但要是运气不好，高级的设定卡也有可能变成低级的。

虽然A级的"风之子"还能够通过合成提升到S级，但考虑到"每张设定卡只能获得一次"的限制条件，宗衍迟迟不敢下手。

毕竟这是他唯一一张A级卡片，要是升级失败了就可能变成废卡，还是不要冒险为好。

"嘻嘻嘻。"片刻后，令人作呕的冷笑声自遥远的虚空中遁了出来。

被召唤出来的神秘生物悬浮于金融大厦外面，深红色的光在空中若隐若现，如果凝神去看，可以看到虚空中滴滴答答的猩红色血液以及深红色的触手。此情此景，宛如末日降临。

雨越下越大，笑声被雨声掩盖，血迹被雨水冲刷，最后什么也没剩下。作案者的手法熟练无比，它不能被称为"人"或者"野兽"，而是"怪物"。很明显，这玩意儿已经进食过了，因为塔楼外面的玻璃支架上正挂着一具残骸，在狂风暴雨里摇摇欲坠。

如果不是正好被宗衍发现，也许这又会成为江州无数怪谈中的一桩。

宗衍的神色彻底冷了下来，他毫不犹豫地捏碎了手中的"风之子"，碎裂的卡片没入了他的身体，他脑海中浮现出一段文字。

"日抛型设定卡'风之子'需要SAN值35点，目前SAN值40点，使用成功。注意，该设定能够维持的时间大致为三个半小时。"

"SAN值"是卡片上的说法，也就是宗衍的精神力。

按秒计费活动开始了，耀眼的光芒消失后，宗衍扳开窗上的保险栓，灵活地从窗口跳到外面的玻璃支架上。

站在这里，可以轻而易举地将整个江州收入眼底。仅仅是往下瞭一眼，都让人头晕眼花。宗衍手中紧握着无形的风刃，头也不回地飞了出去。

顶着一头白金色长发的少年在厚厚的雨幕里飞行，城市里冰冷的钢筋森林在他脚下掠过，风听从他的指令，将意欲落在他身上的雨弹开。

明明即将面对某种不可名状的存在，但宗衍却没有半分畏惧。日抛型设定卡的副作用很多，其中有一条就是会影响使用者的性格。例如现在，宗衍就感觉自己浑身都是勇气。

他曾经无数次使用这张卡片，在夜幕降临之后飞行在江州的高空，飞过昏黄的江面，穿过人声鼎沸的外滩，跳上云端，从万米高空自由落体。

他的灵魂从端坐在教室里仰望天空的皮囊里脱壳而出，迈向一个名为自由的苍穹。他向星辰下令，停步瞩望，他让自己登基，成为风的君王。

"现在，给我滚回你该去的地方，星之精。"风之子低声自语，手中的风刃毫不留情地捅向虚空，在滂沱大雨里咆哮着宣战。

考场里一片静寂，安静得只能听见笔尖在试卷上画过的沙沙声。

外面的雨愈发大了，雨滴从云端降落，打在石板地上，发出"滴答滴答"的声音。

"咚咚咚。"有人敲了敲门，拉开了半道门缝。刹那间，外头的声音一下子清晰了许多，雨声争先恐后地挤了进来。

门外的人抬了抬眼。少年黑色的短发略显潮湿，身上的校服衬衫被洗得发白，半截袖子和裤腿都被雨水打湿了。他单手握着透明的雨伞，修长的手指扣在伞柄上，将伞收了起来。冰冷的雨水顺着透明的伞面滑落，滴在深色的地面上，凝聚成一摊小水洼。

雨幕是少年的背景，远远看过去，像是聚拢在他身后的一片光源。

"老师，抱歉，我来晚了。"宗衍淡淡地道。他的声音和外面的雨声混在一起，如同玉石般清越。

"开考十五分钟后不得入内。"监考老师皱了皱眉，道。

他看了一眼腕表上的时间，见现在距离开考已经三十分钟了，便重新将教室门拉上。隔着门板，他毫不留情地补充道："哦，对了，缺考的学生自己去教导主任办公室写检讨。"

教室里许多学生都纷纷抬头看过来，有漠不关心的，有明明白白将担忧写在脸上的，也有幸灾乐祸的。

宗衍站在门外抿了抿唇，视线轻飘飘地扫过玻璃窗，默不作声地背过身，撑开伞，重新走进了雨里。

"看他那副样子，装什么装。"叶景明回头悄悄看了一眼后方的夏可妍，果不其然在她平日毫无波澜的脸上看到了一丝担忧。他手一紧，差点儿气得把手上的笔转飞出去。

"叶哥，别气了，这场考物理呢。那小子物理拿了零分，铁定被'老魔头'批评。"另一头的小跟班立刻压低声音接话，下一秒又在监考老师警告的眼神中缩了缩脖子，乖乖闭嘴。

考场再次恢复安静，不过到底还是扰乱了不少人的心情。

在二（3）班，宗衍是个格格不入的存在，甚至可以说他在整个清阳学院都是这样的存在。

一年级入学的时候，清阳学院各年级都在传，说是来了个不得了的新生，长得好看，且家世显赫。

长得好看是大家有目共睹的，对方入学短短一天，众人心中的"校草"之位就易主了，但后面那条倒是一直没有得到证实。

清阳学院设施完备，师资团队强大，升学率在江州独占鳌头，因此入学门槛极高，在江州，每个家长都想把孩子送进来。而在清阳学院就读的学生，要么学习成绩格外优异，要么非富即贵，这是江州人的共识。

不巧的是，宗衍的学习成绩平平。因此，能在清阳学院就读的他自然是非富即贵了。

宗衍还是所有小语种老师唯一特批不用上小语种课的学生，据说他熟练地掌握了好几门不同的语言。除了家世显赫的人家，谁家会花这么大的力气去培养小孩这方面的能力呢？

除此之外，宗衍平日里神秘无比，他从不加入学校的各类社团，也不参与班级组织的校外活动，甚至每学期的集体户外活动都能找借口推掉。

他早上踩着铃声和老师一起走进教室，放学后又紧跟着老师的脚步走出教室，绝对不在学校里停留。

饶是这样，清阳学院里欣赏、崇拜他的女生还是不在少数。不少女生下课的时候故意绕远路走到二（3）班的教室前，磨磨蹭蹭地来回踱步，就是为了透过玻璃窗看他一眼。有时，老师下课留在教室里讲几道题，出门的时候会发现外面的走廊被围得水泄不通。

对他有好感的人多，看他不爽的人也不少，叶景明就是其中之一。

叶景明家境不错，是本地一家奢侈品外贸公司的少东家。他父亲白手起家，赶上了好时机，把公司经营得红红火火，在江州当地是个人人争相巴结的体面人。

在二（3）班，宗衍的学习成绩属于中游，叶景明则是那个回回考试垫底的人。不过叶景明这个大少爷也不是奔着好好学习来的，据说他爸早已计划好在他升入三年级时便将他转入清阳学院国际部，之后再将他送出国。叶景明他爸是校董，给学校捐钱修了一栋大楼。

原本，以宗衍的个性，和叶大公子完全不会有交集，但因为某些宗衍完全不自知的原因，叶景明一直明里暗里给他使绊子。

叶景明看宗衍不爽很久了，清阳学院"反宗衍联盟"的主席非他莫属。反正只要宗衍倒霉，这家伙就开心。

按照宗衍不爱社交的程度，班上的同学他都不见得能认齐，也就只有这个叶景明，实在是令人印象深刻得很。

缺考的学生会被请去教导主任办公室"喝茶"。为了考试，宗衍在和星之精大战三百回合，终于把对方斩于刀下后，马不停蹄地用风之子的能力飞到了相隔甚远的学校。

白天在城市里飞行这种事情他还是头一次干，他平常只会在晚上去苍穹之上呼吸一下自由的空气，以此逃避生活的重压。

他的风之子设定卡目前只能维持三个半小时，万一从半空中坠落，那真是神仙都救不回来。

再者，要不是这天雨下得足够大，能见度十分低，宗衍还真不敢直接飞过来。

超能力者的身份如果暴露，绝对没有什么好下场，更何况他还是这个世界上唯一一个超能力者——这是宗衍第一次发现自己能够从虚空中取出卡片的时候，自然而然地刻入脑海深处的信息。

虽然出现了星之精这种不科学的东西，但是只要把它们赶回去，一切就又会恢复原状。宗衍这么坚信着。

他并不是无缘无故地缺考，他是去拯救世界了。

拯救世界难道不比考试更紧急、更重要、更刺激吗？宗衍觉得自己的逻辑简直满分，正好他平时在学校里也比较散漫，可以归为桀骜不驯的问题少年那一类。

平日里，物理老师点名让他留堂，他都能悄悄跑掉，更别说让他自己去找教导主任了。当务之急是他得先找到委托他翻译黑皮手抄本的人，那个人一定有问题。

虽然被人当枪使了，但是这件事情既然由他而起，那也必须由他结束。

宗衍十分冷静地思考着，毫不犹豫地离开了学校。

反正考试一结束，他就只需要两天后来一趟学校领暑假作业，之后就可以开启他愉快而充实的假期了。

两天后的早晨，坐在教室里被班主任点名批评的时候，宗衍依然是这么想的。

宗衍偏科很严重，他学得最好的是数学和英语，特别是前者，他甚至还拿过单科年级第一。

一般来说，数学学得好，理科肯定不会差，但也许宗衍生来就是为了打破这个惯例的，他的物理学得稀烂。

"稀烂"这个形容词还是物理老师亲口说的，用来形容满分110，而他每次都是雷打不动的30分的物理试卷。

但偏偏宗衍还文理科"均衡"发展，他理科里的物理不行，文科里的历史也"不遑多让"，次次都徘徊在30分左右。

他这种情况，学文学理都一个样，于是他索性选择了理科。学理科也不是不可以，以后出路指不定还广些。物理老师也表示"你终于落入了我的手掌心"。

马上就要放假了，只要挨完这顿批，接下来两个月宗衍都不用感受被物理支配的恐惧。

暑假对于任何一个学生来说都有着莫大的吸引力。所以宗衍现在对教室里的咆哮声左耳朵进右耳朵出，老老实实地走到教室后面罚站，低垂着头昏昏欲睡。

"咚咚咚。"在物理老师口沫横飞，从一次缺考上升到"人生的不完整"和"生命的遗憾"时，教室门被敲开了。

"打扰一下，请配合我们的工作。"数名身穿黑色警服的警察鱼贯而入，将手上的搜查令和警察证展示给正在讲台上的老师看。

"啊，哦，您请。"物理老师因为这突如其来的一幕愣了一瞬，而后连忙后退两步。教室里的同学们也被吓了一跳，纷纷安静下来。

"我的天……"叶景明喃喃道，他盯着一位警察，咽了一口口水。

为首的那位警察手上拿着照片，在教室里环视一周后，神情严肃地走到了在教室后面罚站的宗衍面前，道："你好，这位同学，根据调查，你和前两天金融中心的谋杀案有所关联，劳烦和我们走一趟。"

刚刚还在打瞌睡的宗衍立刻睁开了眼睛，整个人警惕了起来。

为首的警长语气冷硬，眼眸如同鹰隼一般锐利，他紧紧地盯着宗衍的脸，不放过宗衍脸上任何一丝表情变化。

"两天前""金融中心"这两个信息指向了同一个地点和同一个事件。

宗衍觉得自己已经足够隐蔽了,没想到第一次出手就被逮到,属实有些尴尬。

虽然有一些不同于普通人的能力,但宗衍平日里自认为还算低调,这次要不是因为星之精这种反人类的东西出现,他是绝对不会做出在暴雨里飞行这种一看就会暴露自己身份的举动的。

他和那个无辜被星之精杀害的人没有任何关系,而是在为民除害、行善积德。他不仅费了九牛二虎之力把星之精斩于风下,甚至还因此错过了考试。

如果非要说他和这件事有什么联系,那只能说他是被无辜陷害的受害者。

总之,不做亏心事就不怕鬼敲门。

"好。"宗衍点点头,相当配合警方的动作。

虽然他外表看上去十分镇定,但内心其实很没谱儿。

他就一个穷学生,平时的生活三点一线,目标是好好学习天天向上。从小跟着奶奶一起长大,和其他人唯一的不同就是拥有超能力,家庭虽然不太完整,但是天地良心,日月可鉴,他从来没有用自己的超能力干过任何一件坏事。要是干了坏事,他也不至于穷成现在这样。

"带走。"见宗衍配合,警长的神色也松了些许。他一挥手,后方的警察们纷纷围拢过去,呈十字形围在宗衍四周,一个个神色戒备,好像如果宗衍有任何异动,这些人就会立刻拿出武器或者直接来一个锁喉。

整件事情都透着一股诡异。宗衍的脑袋乱糟糟的,他现在还没想明白自己到底是怎么暴露的,明明他一路上都注意避开了摄像头,在电梯里更是把摄像头屏蔽了,真没理由被抓个正着。

而且对付一个学生用得着这么大的阵仗吗?一般来说,他这个年纪的学生有犯罪嫌疑,不都是应该以保护学生隐私为重吗?除非他们早就知道,这个看上去普普通通的学生身上有着什么不同寻常的能力。

这么一想,宗衍顿觉后怕。不管怎么样,这一趟他都走定了。

"这位警长先生,这其中是不是有什么误会?"就在警察们押着宗衍,在全班人的注目中走出教室时,物理老师忽然走了过去,打破了僵局,"这位是我的学生,他的为人我了解。我以人格担保,他绝对不会和命案有什么联系。"

宗衍猛然抬起了头，眼眸里闪烁着复杂的光芒。

物理老师是个姓刘的秃顶老头儿，大家人前叫他刘爷爷，背后叫他"老魔头"。这个外号诞生的原因是他治学严谨无比，随身携带戒尺。据说这是他老人家铁面无私了几十年的证明。自清阳学院毕业后回来探望母校的学生都说物理学得好是因为当初刘老师管得严。

刘老师之前一直都是固定带三年级的一线教师，不知道带出过多少"状元"，在江州出名得很。他两年前本来都退休回家颐养天年了，后来又被学校的领导返聘。

只不过他回来后说自己身子骨不太硬朗了，常年执教三年级压力太大，所以就申请执教一年级。没想到刚回来就遇上了宗衍这么个不开窍的榆木脑袋，差点儿把他给气出高血压。

平日里，宗衍和刘老师的关系实在是说不上好，毕竟他是屡教不改的问题学生，虽然还没有过分到上课公然顶撞老师，但是刘老师要他留堂，他也是左耳朵进右耳朵出，放学后依然第一个踏出教室。

宗衍一直和他不对付，却没想到这一次他会为了自己说话。

"而且这次拘捕行为明显不符合执法机关的正规流程。宗衍是我们的同学，他的人品有目共睹，我们都可以保证。"第一排有道清冷的声音传来。

宗衍回头看去，正好撞见对方看过来的眼神。

那人明显愣了一下，咬了咬下唇，接着神情不自然地挪开了视线。

宗衍一愣，也移开了视线。

他的确是不怎么在意班上的同学，不过这个人他还是认识的。

夏可妍，清阳学院的"校花"，不仅人长得好看，学习成绩也好，写得一手漂亮的毛笔字，还会拉小提琴。她家还是江州当地有名的书香门第，据说家里的长辈和清阳学院的校长是世交，每次开学典礼上都是校长亲自给她颁奖。

虽然宗衍不关注这些，但是耐不住刘老师经常拿对方跟他做对比，久而久之他就记住这个名字了。

可宗衍明明记得自己一句话都没和这位"校花"说过，没想到这个时候对方却路见不平，挺身而出。

"我也是,大家都是同学……"

"我也可以保证……"

"我也是……"

随着夏可妍出声,教室里大半同学都纷纷附和。

其中很多同学,宗衍别说记得他们名字了,就连脸都不见得记得清楚。然而现在,这些素不相识的同学都用真诚的目光注视着警官,为一个并不那么相熟的同学发声。宗衍忽然觉得,自己的路人缘也没有想象中那么差。

"不好意思。"警长皱了皱眉,道,"这次的流程和常规的执法流程确实不同,但其中详情恕我无法解释。不过我们只需要这个同学配合录口供,并不是逮捕他,还请各位少安毋躁。我们不会冤枉任何一个好人。"

既然警察都这么说了,大家也不好再说什么,就只能看着一队人把宗衍往教室外面带。走到门口的时候,宗衍忽然停下了脚步,原地转了个身。两旁的警察立刻将手搭在了枪把上,警惕地看着他。

"谢谢大家。"宗衍面朝教室里的老师和同学们点了点头,随后转身离开。

"叶哥,这回这小子恐怕真是凶多吉少了。"叶景明的小跟班从窗户看出去,说道。

警察们押着宗衍走过长长的走廊,沿路的班级都被这阵仗惊动,纷纷致以注目礼。

"这是惹上什么了?这阵仗,不知道的还以为在拍电影呢。"叶景明脸色有些发白,但是很显然,刚刚夏可妍为宗衍求情的那一幕过于刺眼,于是他下意识地嗤笑一声,道,"他已经到了要负刑事责任的年纪,他干了什么事情他自己最清楚。"

叶景明说这句话时没有压低声音,坐在后排的同学听得清清楚楚。班长皱了皱眉,道:"叶景明,你说话注意一点儿,大家都是同学,你怎么可以无缘无故污蔑别人。"

"我没有。"叶景明看夏可妍也转了过来,且脸上的表情不太好看,内心"咯噔"了一下。他正想开口辩解几句,却被一阵轰鸣声吸引了注意力。

巨大的响声震得整个教室的透明玻璃窗都在抖动,老师慷慨激昂的讲课声在瞬息之间被盖了过去。众人从窗口望出去，看见一架漆黑的直升机盘旋在清阳学院的上空，巨大的螺旋桨在空中轰隆隆地旋转着，带起的风将下方足球场上的假草皮都掀了起来。

那架直升机通体呈黑色，机身上印着一条张牙舞爪的金龙。从机身的细节判断，这并不是一架普通的直升机。

清阳学院不少物理老师认出了这架直升机，一个个激动得面红耳赤，跑到走廊上去合影留念。

它的突然出现让所有人都有些蒙。刚把宗衍押到操场旁边的警察明显认识机身上的标志，他们面色严肃无比，眼眸里却隐隐透着激动的光。

"哐当。"机门被人打开，一个个穿着纯黑色制服和长靴的人走了下来。他们的制服边缘用银线勾勒，胸口别着张牙舞爪的龙形胸徽。

"龙组特殊作战队，都是同事，幸会。"穿着制服的人朝警长颔首致意，出示了手中的证件，"根据上级指示，这个人的笔录和后续调查将移交给我们处理。"

"久仰大名。"警长深吸一口气，沟壑纵横的脸上露出严肃又崇敬的神色。

稍微懂点儿行的人都不会对这支名为"龙组"的队伍陌生。事实上，他们的名气享誉整个国际社会，他们就是疆土的守护神，很多年轻人都梦想着有朝一日通过龙组青训的选拔，成为他们的预备员。这些都不是最重要的，最重要的是龙组里的每一位成员都不是普通人。

"不是普通人"是一个模糊的形容，虽然人人都知道龙组里面没有普通人，但到底是哪方面的不普通，官方从来没有给出过具体的解释。

关于龙组的事情，警长比寻常人知道得多一些。

在宇宙神秘力量的影响下，百万分之一的人具备超乎寻常的才能，他们被称为"觉醒者"，而加入龙组特殊作战队的门槛就是必须是觉醒者。

虽然之前警长在查看了尸检结果后内心隐约有了些猜测，所以在抽调人手的时候特意加强了警备，但是如今真相大白，他还是忍不住倒吸了一口气。

龙组既然插手了，那背后所代表的事自然无比明了。这个还在读书的少年，正如警长所猜测的那样，不是一个普通人，他极大概率也是一位觉醒者。

一阵动静过后，也下课了，走廊上站满了学生。听到消息的学生全部都来围观了，毕竟宗衍在学校里还挺出名的，至今学校论坛上都还有全是他照片的热门帖。

警方和龙组的会谈进行得格外顺利。按照规定，龙组可以插手到任何一桩案子中，特别是在他们发现有未登记在案的觉醒者时。

"放心好了，这件事情虽然和觉醒者有关，但并不是一个学生能做到的。"听闻龙组的负责人这么说，警长终于放下心来。

涉及觉醒者的事件太少，龙组很少出动，而且与之相关的信息他们也不会过多透露，比如这天这事，所以警长很上道地没有多问。

警长深知，如果这个学生是一位觉醒者，那这件事情就已经不在他们能够处理的范畴了。

宗衍被顺利移交给了这个名叫"龙组特殊作战队"的神秘组织，不论是警方还是校方都没有任何意见。

反正这三方看上去我行我素得很，没一个打算过问宗衍这个当事人的意见，好像宗衍的罪责已经直接被盖棺定论了一般。

宗衍虽然没听过这个龙组特殊作战队的名号，但"特殊作战队"这几个字他还是能分辨出来的。

出动特殊战队，就很离谱。

"只需要做个笔录就够了吧。"这一回，还不等龙组的成员开口，宗衍就先开了口，"在你们没有确凿的证据证明我有罪的情况下，这是我的权利。"

"啊，对。"为首的龙组成员明显愣了一下，立即露出一个笑容，伸出手，道，"别这么戒备，小兄弟，来，我叫贺远，交个朋友。"

宗衍沉默地盯着对方的手。那只手上戴着半指手套，大拇指内侧有一层厚厚的茧，一看就是长时间使用某种兵器留下的痕迹。

"我们请你来倒不是完全因为这事。"贺远十分敏锐地从宗衍脸上看到了不信任，于是连忙出声解释，"你放心吧，我们龙组绝不是什么恐怖组织，就是现在一时半会儿也解释不清楚，所以我们先上飞机，然后再慢慢说。"

宗衍心想：那你们一个个凶神恶煞，还搞这么大排场，看上去也不像是想和我友好谈话呀。

不过人在屋檐下，不得不低头，于是他对贺远比了一个"请"的手势，然后率先上了直升机。

龙组的直升机是专门用于作战的，机身每一寸地方都做到了物尽其用，而直升机又是以轻巧著称，所以留给机组人员坐的地方就大大削减了，加上驾驶位，仅能容纳四到五个人。

内部机尾处还堆着一些杂物，宗衍走近了才看清是各种器械。机舱内，除了驾驶员，副驾驶座上还有一个戴着墨镜的男人。这人穿着的制服和贺远的一模一样，只不过能明显看出比贺远的等级更高一些。

宗衍收回了视线，猫着身子低下头，沉默地坐到了飞机的角落。

"老大，人带到了。"贺远在他身后顺手拉上了直升机的门，舱内的光线一下子变得暗了许多。

"走吧。"戴墨镜的男人略微颔首，视线从平板上离开。

直升机的旋翼再次开始旋转，从操场上急速起飞，朝着远处掠去。

机舱里很安静，所有人都戴着耳麦，轰隆隆的声音从学校操场的中央升起，远远地还能看到体育课老师带领着学生从教学楼那边看过来。教学楼的走廊上也站满了围观的人，只是离得太远，所以有些模糊不清。钢筋水泥筑成的城市矗立在他们脚下，阳光越过高楼大厦，在玻璃上留下七彩的痕迹。

宗衍虽然曾经无数次飞行在这座城市的上空，但是坐直升机还是头一遭，所以这会儿他把头转了过去，透过舷窗望出去，同时悄悄竖起耳朵，不放过机舱内的丝毫动静。

坐在副驾驶座上戴墨镜的男人手里拿着一个平板，他指尖在平板上敲了两下，随后朝贺远扬了扬下巴。后者立刻会意，道："小兄弟，别太紧张，我们先随便聊聊，放松一下。"

贺远以前在密斯卡大学拿到过心理学硕士的学位，加入龙组后有事没事就被老大派去关爱各个队员的心理健康状况，他十分轻易地就从宗衍当下的坐姿和神态中看出了对方的不信任和戒备。

密斯卡大学，简称密大，是一所针对神秘事物所创办的学校，培养出了很多传奇调查员。

　　贺远摸了摸鼻子，决定先跟宗衍套近乎，降低对方的心理防线。

　　这件事情可马虎不得，本来这次龙组七队刚从边境回来，按理来说是有一段不短的休假的，但没想到一回来就再次出动，目的地还是学校。说是上头点名要把这名学生完好无损地带回总部。以贺远的权限，虽接触不到更隐秘的东西，但这并不代表他不会察言观色。

　　"聊什么？不如你先回答我一个问题。"宗衍眯了眯眼，他不太想把这次交谈的主动权让给别人。

　　出乎意料的是，贺远答应得很爽快："好，你问吧。"

　　宗衍：……

　　不是，你这个态度会不会有些太令人生疑了？特别是机舱里还堆着一些杀气腾腾的家伙，万一我们谈判破裂，你们岂不是端起家伙就要把我灭口了？

　　宗衍直觉贺远的态度有些不对劲，一般来说，陌生人忽然热切，都是有所图谋。

　　"你们为什么会觉得我和两天前的金融大厦案有关系？"这一路上宗衍都在思考这件事情，他做得那么隐蔽，按理来说应该天衣无缝才对。

　　"当时大楼里有人在加班，看到你进入大楼了，但是警察在观看监控录像时却没发现任何可疑人物，所以又把附近街区的监控调了出来，这才锁定了你。"贺远也是刚刚接到任务文件，此刻正在努力回忆文件内容。

　　宗衍颇为无语，心想：千里之堤，溃于蚁穴，大概说的就是这个意思吧。

　　"公平起见，我也问你个问题行不，小兄弟？"见宗衍问完这个问题后脸色不太好，贺远便知道对方可能暂时没有要谈话的想法，于是他便主动出击。

　　龙组有一个检测觉醒者的装置，一旦有人爆发出觉醒源，就会被检测到。所有觉醒者都在上面有备案，所以一旦有异常觉醒源，就说明有新的觉醒者觉醒。一般来说，只要有新的觉醒者觉醒，龙组就会派人去接应。

　　贺远光荣地承担了指引者这个任务。既然龙组已经锁定了宗衍，那他的任务就是让这个学生乖乖承认自己拥有觉醒源，并且初步引导这位新的觉醒者。

"你问吧。"宗衍没精打采地看了他一眼，道，"但我保留拒绝回答的权利。"

贺远讪笑两声，忽然凑了过去，神秘兮兮地朝他挤眉弄眼道："你从小到大有没有那种……就是你一个人独处的时候，会产生某种特别强烈的感觉，好像有什么东西顺着你全身的……也不能说是血管，经脉更加准确点儿，虽然这个形容很抽象……如果要具体形容，就是顺着你全身的某种脉络，鼓动着心脏，想要从身体中挣脱出来……然后你会发现你忽然具有了某种超凡脱俗的力量。如果非要解释，就像是你从一场沉睡中醒了过来。你有没有过这种感觉？"

宗衍木着一张脸看着他，道："没有。"

"不，不，不，可能是我形容得不太准确。这样吧，我们换一种说法，你以前有没有看过漫画或者超级大片，里面有些主角，比如……"贺远还想说话，忽然被一道窸窸窣窣的声音打断。

原本坐在副驾驶座上的男人忽然毫无征兆地回过头，慢条斯理地将自己手上的手套脱了下来，收拢了其余三指，只余下食指与宗衍遥遥相对。下一刻，那指尖上忽然蹿起一道明亮的火光。火光摇曳，交织成金红的模样，将四周照得通亮。

眨眼间，火焰顶端的焰尾就裂变成跳跃的金色电弧。电弧上升到空中，又变成深蓝色的水波，那水波悬停着，内里的深蓝色越来越浅淡，最终凝结成透明的冰霜。冰霜成型后，狭窄的机舱内，温度瞬间下降了好几度。

"老大……"贺远无奈地撑住了头，他真的很想提醒一下老大关于组织千叮万嘱的保密条例，但是在男人冰冷地扫了他一眼后，他立刻在嘴边比了一个拉拉链的动作，表示自己绝对不会做一个可耻的告密者。说实话，贺远觉得他们老大真的太欺负人家学生了。

龙组内部每个季度都会开展排位赛，而他们七队的老大年年都力克群雄，当仁不让地把所有人的脑袋都捶到了泥潭里，然后摘得桂冠。

别人都说龙组很牛，但只有龙组的人清楚，真正牛的是七队。在战场上，敌人一听说对手是龙组的七队，就开始摇白旗了。

而且今年老大的觉醒源还进化了，直接从辅相升到了君主级别，可以同时操纵九种不同的元素，一跃成为现存的第九君主。

觉醒者的等级层次分明，从一级到六级，再往上就是辅相级，最后是封顶的君主级。而决定这个等级阶段的标准就是看觉醒者能够掌控多少种元素。

能够掌握七种元素就是辅相级，而君主级别需要掌握九种或者九种以上的元素。

眼下，看见一个君主级觉醒者欺负一个还不知道是不是觉醒者的学生，贺远只想捂脸。不过他们这次回来没能休假就被紧急叫过来，还是因为这种小事，心怀不满也是正常的，更何况还是他们老大这种"一言不合就爆炸给你看"的臭脾气。

"那个，我们老大他没有恶意的。"贺远连忙开始补救。

开玩笑，对方要真是一位觉醒者，按照觉醒者的概率，搞不好以后还能成为同僚。没看到现在进入龙组的新兵都没有愿意加入七队的吗？究其原因，有一半"功劳"都在队长身上，偏偏他们队长还不知道收敛。

见状，宗衍罕见地陷入了沉默。

他觉得这件事情太莫名其妙了。首先，他十分确定自己是这个世界上唯一的超能力者，也确定自己没听过"龙组"这个名字。似乎从他拿到那个莫名其妙的黑皮手抄本，接触到那个叫"星之精"的未知生物后，现下的世界就和他认知里的世界有了巨大的差距。

是这个世界出了问题，还是他的记忆有问题？宗衍没有头绪，甚至觉得荒谬。他直觉这其中一定有什么他不知道的事情。

如果这件事情只是被普通的警察知晓了，那宗衍一定会死死捂住自己有超能力的事情，但是如今既然龙组都已经找上门来了，并且确定了他有超能力，那他再藏着掖着也没有意思。

宗衍两天前去旧书店问过曾爷爷，曾爷爷查了两天都没查出黑皮手抄本背后的委托人是谁。

对方很神秘，付了五倍的定金后，连回来拿的时间都说得含混不清。这也证明了委托人只想找一个替死鬼，根本没打算把笔记本拿回去。

既然自己查不到，又有有关部门介入，那他倒不如把这件事情交给他们去办。

"别遮遮掩掩，小子。"戴墨镜的男人挑衅地扬了扬眉，身上的气息冷厉无比，不禁让人联想到一把出鞘的长刀，他道，"是个男人就别磨叽，我最烦装来装去的。"

这个男人是见过血的。他虽然戴着墨镜，但是宗衍能明显感觉到他的眼睛如同鹰隼一般紧紧锁定在自己身上。

如果这个人想在这里动手，宗衍很有可能连风之子都来不及用，更何况宗衍的 SAN 值还没恢复，再使用日抛型设定卡的话会很勉强。

男人指尖的冰霜存在了几秒钟后又全部碎裂，化为粉尘消失在空气里，绮丽得像是一场梦境。

激将法，还是那种最低级的激将法。

宗衍要是不能解释自己为什么能够欺骗摄像头，就无法洗脱嫌疑。他现在算是明白了，对方就是盯着他的能力来的。但宗衍唯一想不通的是，就算对方也是一个超能力者，那他和自己岂不是半斤八两？

宗衍一直觉得自己手气很差，他这些年抽出来的永久超能力设定卡大多是 E 等级的，顶天了也只能在手指上点点火、搓搓电弧什么的，为什么这个男人比他强那么多？不过要论起元素超能力的多样性，不就是凭空造点儿雪花并且来一个元素变化嘛，呵呵，谁怕谁呀？

打定主意暴露自己有超能力这件事后，宗衍这牛脾气还就真被激起来了。

他冷冷一笑，也学着戴墨镜的男人的姿势，收起三指，将食指微微抬高，看上去十分挑衅。

贺远瞧着宗衍指尖上蹿起来的火苗，颇有些忍俊不禁，心想：没想到老大这回还真猜对了，这小子也是个觉醒者。就是太年轻了，禁不起激。

觉醒者的存在是不对公众公开的，所以不少觉醒者在觉醒之初都以为自己是独一无二的。等被组织找到以后，这个想法才会被扑灭。

这个小子这么年轻就觉醒了，天赋还是有的，这同僚的位置估计没跑了。贺远这么想着，目光却忽然停下来。

宗衍慢悠悠地将自己的手指伸直，拇指上悬浮出一段冰凌，中指上跳跃着金色的电弧。

贺远整个人都愣住了。刚觉醒就能控制三种元素，还控制得这么稳，这天赋不可限量啊，好好培养一下，保不定以后还能冲击一下君主级！如今全球的君主级觉醒者加起来恐怕都没有双手之数，他们一个个都是母星抵御异种入侵的中坚力量。这么好的苗子，也难怪组织会直接把他们派过来。

可他万万没想到的是，刚才的一幕不过是宗衍炫技的开始。因为下一刻，这个机舱在场的人都见证了奇迹的诞生。

三指过后是四指、五指……最后，十种不同的元素，静悄悄地悬浮在少年十根骨节分明的手指上。

久远宇宙里互不干扰的十个元素，被轻而易举地掌控在两掌之间，在这个狭窄的机舱里，他们见证了觉醒者历史上最年轻的君主的诞生。

机舱里一片寂静。

一般来说，觉醒者在刚刚觉醒的时候只能掌握一到两种元素，如果能够掌握三种或者四种元素，那就已经足以被称作天赋异禀，即使是在稀少的觉醒者群体里也是百里挑一的存在。

曾经，一位来自E国的觉醒者，在觉醒之初就觉醒了七种不同的元素，刚觉醒就迈入了辅相级，在当时的神秘界掀起了一阵轩然大波，无人不为之惊叹。

而此时此刻，贺远眼前这个穿校服的少年摊开修长的十指，每一根手指的指尖都跳跃着一种元素。

火焰跳跃，微风摇曳，水波潺潺，冰凌冷冽，光线明灭，黑暗沉沉，电光跃动，木枝抽芽，金属凌厉，黑土簌簌。

光芒在狭窄的机舱里汇聚成斑斓的线条，最后消弭于无形。

那是十种元素啊！十种！贺远无法抑制自己的激动，一下子从座椅上蹦了起来，头撞到了机舱顶部。不仅仅是他，就连戴着墨镜的司彦也爆了句粗口，差点儿没把飞机震两震。

毕竟刚刚突破君主级的司彦也不过掌握了九种元素而已，可想而知他心中的震惊。

"我也可以。"宗衍似乎完全没有被旁人的反应所影响，他甚至还疑惑这些人为什么会这么惊讶，对他来说，刚才的一幕不过是小孩子在拿出自己的玩具后来一句"你有没有""我也有哇"这种等级的小打小闹。

不过这些能力全都是 E 等级设定卡的能力，平日里宗衍也就召唤出来观赏两下。就拿火来说，宗衍想要搓个火球都难。因此，宗衍被他们俩的眼神弄得有点儿发怵。

怎么了？大家都是 E 等级，好好说话行不行？

"哦，对了，虽然我有这样的能力，但是那件案子和我没有关系，不过你们需要线索的话，我也可以提供。因为我就是那个被陷害的人。"

不，其实从一开始我们就没觉得你是犯罪嫌疑人。贺远麻木地想。也许这个案子在不明事态的警方看来是如临大敌，但是龙组平时就是和异种生物战斗的专业组织，那个命案一看就是某些异种惹的祸。龙组过来这一趟，一方面是为了接手这件不被归类在普通人能够处理的范畴的案子，另一方面就是为了调查一下江州是不是出现了新的觉醒者。

简而言之，比起案子来说，宗衍才是那个重头戏。

我的乖乖呀，还好龙组先来一步。贺远感觉自己的心脏都要从胸腔里跳出来了，太阳穴更是突突地跳动。

年纪这么小的君主级是什么概念？而且他连二次觉醒都没有经历，前途不可限量！可要是他没有被指引到正确的道路上，被居心不良的人蛊惑，后果也将不堪设想。

"星之精？"听了宗衍的话，贺远反问道。

"对,本子上是这么写的。"宗衍悄悄将自己斩杀星之精的事情隐瞒了下来，转而将矛头指向那个不知名的委托人。

经过刚才在飞机上的闹剧，宗衍已经初步了解到极为重要的一点，那就是他的超能力似乎和这些人所说的"觉醒"不是一回事。

既然不是一回事，那他就得步步为营，牢牢隐瞒住自己的底牌。

"那本手抄本你放在哪里了？"

"书包里面，之前离开得太匆忙，所以应该还放在教室里。"

贺远若有所思，道："稍等，我记录一下。"

室内寂静无比，头顶苍白的冷光灯投射在地面。

这是一座无懈可击的地下堡垒，主体用极为昂贵的冷合金打造，呈现冷硬的黑铁质感。宗衍坐在椅子上，一只手撑着桌子，看贺远奋笔疾书。

片刻后，贺远道："龙组的基地只管普通人管不了的事情。"

"龙组成员都是觉醒者吗？"宗衍问。

"觉醒者"这三个字他在操场上的时候听贺远对警长说过。这个词从未出现在他的记忆里，但他有种预感，这个词就是他这一天遭遇这么多事情的源头。

"是的。"贺远写完最后几个字，笑眯眯地点头。

也不知道是不是错觉，宗衍觉得自从他在飞机上展示了自己实际上没什么杀伤力的超能力后，这位龙组成员对他的态度就产生了一百八十度的大转弯。

"有一些人，他们出生时和其他人没有不一样的地方，只是会在某一天忽然发现自己拥有超凡脱俗的力量，这个概率大概是三百万分之一。也就是说，大约三百万人里才会有一个觉醒者出现。一般来说，觉醒会发生在成年时。"贺远解释完才继续之前的话题，"最后一个问题，你为什么要去接这份委托呢？"

宗衍沉默了一下，道："因为没钱。"

对于宗衍来说，最难以开口的事情似乎就是这个了。

一年级上学期，宗衍的奶奶忽然去世，从那以后他就是一个人生活。而翻译的活儿酬劳不高且不固定，因此，即使有国家补助，上学的费用加上生活的开销也让他捉襟见肘。实在没钱的时候，宗衍每天只能啃馒头。

这种状况下，忽然有一个付五倍定金的活儿，旧书店的老板当然会给他接下来，只是没想到后面会发生这一连串的事情。

贺远对这个答案不置可否，他在笔记本上画下最后一笔然后将其合上，露出一个友好的笑容，道："笔录做完了，你还有什么想问的，现在都可以问我。"

"有，我什么时候能回去？"

对面的人看起来像是被这个问题噎了一下，过了好一会儿才回答："你怎么就想着回去，难道你对这份力量不好奇吗？"

"哦，那我表示好奇。"宗衍点点头道，"但是我想知道什么，肯定也要付出什么。说吧，你们要什么？"

这小子也忒精了些吧。贺远盯着宗衍那深邃的目光，心里忽然有些没底。

一般来说,忽然拥有自己没有意识到的力量,一般人的反应能够分为三种,要么是狂喜,要么是惊恐,要么是不敢置信加逃避。但这小子的反应竟然不在这三种之内。可问题是,贺远已经被点名为这位新觉醒者的指引人,如今硬着头皮也得继续下去。

不愧是一觉醒就是君主级的存在,这反应还真让人有些摸不清。贺远一边想一边说:"不,不,不,我们是觉醒者,全球拥有我们这样能力的人也不过寥寥几万。从有历史记载开始,这个世界上就有觉醒者的痕迹。因为人数少,觉醒者内部十分和谐友爱,特别是我们这种隶属官方的组织,是绝对不会害你的。"

这段话绝对真实,被龙组发掘的觉醒者的待遇那叫一个好,不仅会被重点扶持、大力培养,就连读密大高昂的学费也由国家一并承包。更不用说像宗衍这样天赋逆天的觉醒者了,直接惊动了龙组的总指挥官。

现在,这间房子里的摄像头恐怕是三百六十度无死角地将笔录过程同步到了龙组的后勤部,心理学侧写小组全面出动,信息部也从档案库里调出了宗衍自出生到现在的所有人生轨迹,龙组已经把小觉醒者摸了个透彻。

得知未经打磨的君主级觉醒者诞生的消息,各方的评估视线都投了过来,国家也在第一时间封锁了与之相关的消息。这也算是一种另类的保护。

贺远清了清嗓子,压低声音问:"你不想探寻这个世界的真相吗?"

这语气可真像是来忽悠人的。宗衍抿了抿唇。可是他还真就没法儿拒绝,他需要知道更多信息。

玻璃幕墙之外,身穿龙组制服的老人十指交叉,脊背挺得笔直,望向幕墙之内。

老人胸口的龙形徽章呈黑金两色,那代表着龙组总指挥官至高无上的地位。他明明头发花白,眼球深深地陷入眼眶中,精神却矍铄无比。

出现在金融大厦之上的异种是本国第一例,但不是全球第一例。不仅如此,世界各地的古遗迹也出现了许多不明程度的异动。异象出现得这样密集,只能说明宇宙中有东西在蠢蠢欲动。

人类是一个十分神奇的种族,他们弱小无比,却能够窥探宇宙的深处,也正是因为发现了宇宙的无垠，才越发明白自己的渺小。

有些东西若是真正苏醒，人类是否能从浩劫中幸存？就像那满天繁星，当它们真正归位之时，将会带来怎样的浩劫？

"他会是我们的机会吗？"笔录还在继续，司勋忽然开口，声音悠远。

"我怎么知道。"七队的队长司彦站在这位龙组总指挥官的身旁，脸上带着不耐烦的神情，"如果你还没有老糊涂，那你应该还记得，上一个一觉醒就能够控制六种元素的人最后干了些什么。"

司勋沉默了半晌，忽然抬起手里的拐杖，精准地抽到司勋的背上，道："你这小子，和我说话也这么没大没小的，别以为晋升为第九君主就能够踩在我头上了。"

确实，跟这位叱咤风云了半辈子的第二君主比起来，刚刚上位的第九君主的确就是个"弟弟"。

"老头子，你干吗？！"司彦怒吼一声，手里的雷电开始飙了起来。

他今年一直在国外，才回江州，中途晋升成了君主级，如今正有些手痒，想看看自己和老头子还有多大差距。

"揍你。"司勋冷笑两声，把拐杖一扔，全身同样开始涌现电光，随后一拳挥了出去。

一时间，玻璃幕墙外的走廊上电闪雷鸣，爆破连连，火光四射。

远远地，有龙组成员从这里经过，每个人都不禁感慨一句："指挥官和七队长这对父子的关系真好。"然后默默绕路离开。

一直拖到月朗星稀的时候，宗衍才被龙组放出来。

其间，他几乎见到了龙组所有的大佬，包括总指挥官司勋。他们一个个都拍着宗衍的肩头，布满褶子的脸上带着骄傲的笑意，连连说着"后生可畏"，一副十分看好这个后辈的模样。宗衍在暴露了自己的超能力后，就这么稀里糊涂地被拉上了"贼船"。

龙组格外大方，他们一个个对着宗衍保证觉醒者都是一家人，所有觉醒者只要来到龙组，就能够感受到如家一般的温暖。

只要宗衍方便，立刻就能收拾行李入住龙组的公寓，水费、电费、燃气费、中央空调费、暖气费全都由国家交，房租更是分毫不要，还能把自己的名字钉在公寓的门板上，一日三餐都能在龙组的食堂解决，直接从龙组内部的卡上扣款，他基本不用花一毛钱。不仅如此，加入龙组之后，宗衍每个月还有一笔丰厚的工资。

宗衍听得那叫一个目瞪口呆，艰难地挣扎在金钱的诱惑里。他临走之前，贺远还十分热情地邀请他在龙组的基地吃晚饭。宗衍则本着能蹭饭就懒得自己花钱的心态，体验了一下龙组的餐厅。

龙组基地最中枢的位置建在地下，而诸如餐厅和公寓等基础设施则在地面。这地上还不是什么荒野郊区，而是江州一处繁华的商业中心，地价贵到令人咋舌，甚至可以和首都的三环叫板。商业中心的一栋摩天大厦便是龙组的基地。

地下停车场下面是地下堡垒，地上一到三层是购物中心，第四层到第九层分布着高档餐厅和各种顶级私人会所，再往上就是龙组的地盘了。第十层是食堂，十一层往上全部是龙组的公寓。据说，拉开公寓的窗帘就能够看到江景，打个电话就能让楼下食堂送杯红酒上来，悠闲地欣赏日落。

现在正好是用餐时间，食堂里的人都穿着龙组的黑色制服，他们乘坐内部的直达电梯上来，一踏进食堂便吸引了无数视线。

说是食堂，但宗衍觉得更像高档餐厅。他们进来后就有穿燕尾服和蕾丝花边女仆裙的侍者鞍前马后地服务。宗衍坐在长桌旁，看着面前的全自动化电子操纵平板，上面都是外语。

"龙组并不算严格意义上的特殊组织，平时除了例行训练和备战小组是严格管理，其他时候都很自由。"贺远十分自来熟地给宗衍介绍着，"楼下是一家三星餐厅，龙组的食堂外包给了他们，要是运气好还能尝到行政主厨亲手做的菜。这栋楼底下就是购物商城，附近还有不少高档餐厅，你想吃什么直接在平板上点就行，等送到了，厨房会一起摆盘端过来，反正都会报销的，随便吃。"

你们龙组这么有钱的吗？！宗衍陷入了深深的震惊中。

贺远似乎看懂了他的心理活动，主动道："主要是干这行的确很赚钱，而且赞助商也挺多的……对了，忘了你没有激活翻译密纹。"

贺远熟练地点完自己的餐后,看见宗衍在那里发呆,于是又凑了过去,问:"想吃什么?我来帮你点。"

宗衍给了他一个嫌弃的眼神,重新低下头,快速地在平板上点了几下,然后把平板推到一边,道:"我点好了,密纹是什么?"

"哦,好吧。"贺远也没有多想,毕竟平板上还有图片,看不懂字还能看图片呢,"密纹就是普通人拿来战斗的东西,像你这样天赋异禀的觉醒者挥挥手就行。"

宗衍心想,那还真不行。经过刚才漫长的谈话,他初步了解了觉醒者的情况,也知道了自己弄出来的乌龙。

觉醒者都是按照能够操纵的元素数量来决定等级的,像宗衍就很荣幸地成了那个绝无仅有的一觉醒就是君主级的存在。但是同时宗衍也了解到,真正的君主级是可以随心随意操纵九种元素的强大存在,例如刚刚登基不久的第九君主司彦。

据贺远所说,司彦挥挥手就能制造出一道火墙,还能凭空从天上拉下一道闪电。而以宗衍的 E 等级设定卡的能力,挥挥手估计就是一杯水泼在敌人头上。

这差距怎么就这么大呢!

"别担心,你还没有二次觉醒,现在力量不稳定是很正常的。"刚才详细检测觉醒峰值的时候,贺远也安慰过宗衍,"等你再大一两岁,就会经历二次觉醒,然后你才能够成为真正的君主级。虽说你现在也能够登上第十君主的宝座,不过总指挥官的意思是,在二次觉醒之前还是低调点儿比较好。"

"低调?觉醒者也是以国家为阵营的吗?"

"恰恰相反。"贺远一口否定,"低调是一种保护。有的时候,有着人类模样的可不仅仅是人类,还有披着人皮的异种。"

"好了,这些等到你去了密斯卡大学之后,那里的资深调查员都会教给你的,包括密纹的使用,还有我们作为觉醒者到底在与什么战斗。"

"你让我暑假去读大学?"宗衍如遭雷劈。

他好不容易才迎来了暑假,却被告知要去密斯卡大学读书。他填完龙组的觉醒者表格后,传真机就自动给他打印了一份密大的入学邀请函,上面工工整整地写着宗衍的名字。

"密大全年无休,资深调查员永远奋战在对抗异种的第一线。"贺远笑了两声,宗衍怎么听怎么觉得那笑声里充满了幸灾乐祸,"它是所有觉醒者的摇篮,龙组所有成员都是从那里毕业的,甚至不仅仅是龙组,全世界的觉醒者基本都得去那里走一遭。密大教授的课程也和普通大学的不太一样。至于大学……谁让你天赋异禀,这么年轻就觉醒了,估计你是密大史上最年轻的学生了。"

宗衍悲从心来,道:"那个学校是几年制的?"

"没有几年制的说法,除去必要的学分项,只要你的导师同意你毕业,你就可以毕业了。"

宗衍还想垂死挣扎一下,说:"可我交不起学费。"

"这个你不用担心,所有的费用龙组都会承担。"

好了,话说到这个份儿上,宗衍就知道这件事情已经是板上钉钉了。

他就说嘛,免费食宿,还是这么高规格的待遇,怎么可能是无条件的,这不,条件就在后面等着他呢。

"我的梦想是上Q大。"

"没事,我懂,谁年轻时不想读Q大或B大呢。"贺远拍了拍他的肩膀,道,"读密大和你上Q大没有半点儿冲突,你甚至可以一边在密大愉快地学习,一边准备你的结业考试,甚至你还可以向上头申请,看看觉醒者能不能享受结业考试加分优惠。觉醒者还要参加结业考试,这可是史无前例的,我估计通过的可能性还蛮大。其实你也可以不用这么执着于上Q大,等你在密大本科毕业后,只要拿着毕业证,世界上任何一所大学都会欢迎你去他们那里攻读硕士,到时候再去也不迟。"

宗衍无言以对,心想:你这个本硕都在密大读的家伙懂什么,读Q大那是理科生的信仰,信仰懂不懂!鸡同鸭讲,我呸。

宗衍住的地方离清阳学院不算很远,不过离龙组基地就有一段距离了。对于这位前途无量的君主级觉醒者,龙组给予了十二分的重视,派了一辆专车把他送到楼下。

"今晚好好收拾一下行李,明天上午十点会有龙组的车过来接你。"贺远朝宗衍少年点点头，目送对方从狭窄的楼梯间消失后，朝司机打了一个手势，然后悄无声息地下了车。

对于这位未来的第十君主，龙组甚至已经成立了专项讨论小组，宗衍的一切估计已经被制作成一张张履历，放在了那些大人物的书桌上。贺远这个指引者更是被寄予厚望，接受了一个近似于监视的长久任务。

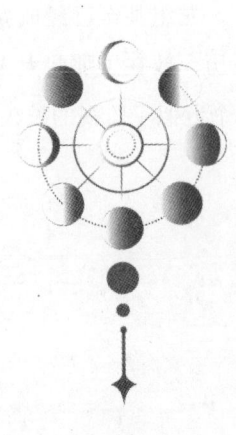

第二章·对不起，低调不下去了

这是一栋相当破烂的筒子楼，楼梯间的转角还堆满了黑色的煤块。贺远站在一楼的拐角处，听着少年朝上走的脚步声。

筒子楼在江州并不少见，大型城市都有公认的富人区和平民区，甚至还有一些更为隐蔽的角落，它们被称为城中村或者是贫民窟。

这栋筒子楼就是如此。楼里生活着不少穷苦的老人，他们靠着每个月领的低保过活，没有多余的钱购置电器或者交高昂的暖气费，大冬天的更愿意烧煤取暖。好在现在是夏天，日子比起冬天还是好过不少。

这种底层人民的生活离贺远很远。贺远从小出生在富贵家庭，生活优渥，长大后又成了觉醒者，顺风顺水地加入了龙组，吃饭在有行政主厨掌勺的食堂，睡觉在能看到一线江景的公寓。要说吃苦，顶多就是和异种战斗的时候稍微狼狈些，但是也狼狈不到哪里去。

觉醒者在世界上任何一个国家都能享受到最高规格的待遇，和异种厮杀完，要么躺进棺材里，要么就是回到当地五星级酒店的总统套房继续睡觉。

不知道为什么，贺远忽然想起这天下午宗衍的沉默。

像宗衍这个年纪，往往是迷茫的时候，褪去了懵懂，怀揣着一腔热血，每天面对着书本和堆积如山的试卷，坐在教室最后一排看天空。他们日复一日地学习，将自己的命运寄托在三年后那几张试卷之上。他们内心也曾无数次梦想着飞到天空中，成为呼风唤雨的英雄。

和一个想要成为英雄，被全世界需要的梦想相比，金钱的确算得上是庸俗不堪。让一个如今并没有任何亲人可以倚仗，生活点滴全部都要靠自己的少年开口，委实是难堪了些。

贺远想起了自己读书时和人攀比球鞋的场景，那些场景像是被蒙上了一层厚厚的磨砂纸，和面前这栋破破烂烂的筒子楼相比，显得幼稚好笑，无端让人难受。

"衍娃儿？回来了？"

"回来了。曾爷爷，等等，您别舀水，我来。"

简短的对话后，紧接着就是一连串"噔噔噔"的脚步声。

过了半晌，门板被推开，发出"吱呀"声，一道苍老的声音说："哟，衍娃娃放学了，来奶奶这里一起吃饭吧，正好饭点呢。"

"吴奶奶，您吃吧，我今天在学校旁边吃过了。"

"吃过了？"老人的语气带着明显的责备，"你还在长身体，校门口摊子上的垃圾食品要少吃……"

"知道了，奶奶，我会注意的。"

楼上远远地传来少年清亮的应答声，和那些苍老的声音交织在一起，在逼仄的楼梯间回响。

龙组的成员收拢手指，在黑夜里沉默地站了很久。

宗衍手里拿着两个舀水勺，在帮几位爷爷奶奶打完水后，又噔噔噔地从顶楼跑下来。

住在宗衍对面的刘奶奶如今已八十余岁，每天最喜欢做的事就是搬一把凳子坐在楼梯口，和来来往往的人唠两句嗑。她看见宗衍下来后，连忙从怀里掏出一卷旧报纸递过去，隐隐能看到里面是面团。

"衍娃儿，奶奶家里弄了些馍馍，来，给你留了两个，热一热就能吃。"

"谢谢刘奶奶。"宗衍乖乖道了谢，顺手接过旧报纸，从口袋里掏出钥匙，来到了走廊尽头那个属于他的房间。

这栋筒子楼里居住的大多是老人和拖家带口的贫困户，像宗衍这样单独住的年轻人就他一个。

宗衍的奶奶在世的时候，是筒子楼里公认的知识分子，哪一家的老人要寄信都得找她。所以后来她离开以后，大家或多或少会关照一下宗衍，谁家里吃食做多了都会给他留一些。

这些恩惠宗衍也都记在心里，他虽然帮不上大家太多，但平日里出门买菜什么的，也会给腿脚不便的老人带一些。

宗衍转动手中的钥匙，生了锈的铁门被打开时发出刺耳的声音，动作间还有呛人的灰尘掉落。

对于这些，宗衍早已经习惯，他矮下身子，淡然地从歪歪扭扭的门框钻进去。

房间很小，连卫生间都没有，只有一张床和一张脏兮兮的桌子。原本就小的厨房里更是堆满了杂物，看起来逼仄又凌乱。

宗衍将门"哐当"一下关上，把手上的报纸放在桌面，随后躺到狭窄的木床上，直愣愣地盯着灰色的帷幔。

这张床不大，他这个年纪又正是长身体的时候，躺上去还得把自己的腿蜷起来。

这天发生的事情太多了，甚至可以说宗衍这一天之内接收到的信息量比他过去十几年汇总的信息量还要大。

他其实也没有那么想去龙组的基地。虽然龙组的待遇很好，吃得好，睡得香，大家还都把他当宝，但是在宗衍的心里，他还是更愿意称呼这间又小又破的房间为"家"。

家是一个很感性的词，它和其他的词不一样，只有当人主观认定一个地方是家的时候，这个地方才能够成为家。

宗衍在这里生活了十几年，和这里的老人们像是亲人一般，但是——

"毕竟你现在觉醒了，觉醒后你会清楚地感受到体内一种叫'灵感能力'的东西，这东西类似精神力，看不见，摸不着，普通人也无法感知到，是调查员最重要的能力之一。但是随着灵感能力的提升，你会更加容易吸引异种，如果你不想因为自己让身边的人都陷入危险，最好还是搬到龙组来。"

贺远的话在宗衍耳畔回响，犹如警钟长鸣。

这有让人选择的余地吗？根本就没有哇！床上的少年烦躁地滚了两圈，抬手挠了挠自己的头，随手又探进了虚空里。自己还是太弱了。如果他有足够的力量，根本不会如此被动。

可是能不能变强这还真不是宗衍说了算，他的手气决定了一切。

宗衍这天格外留意了贺远和他说的觉醒者的部分。觉醒者能够控制元素、使用密纹和远古奥文，但是没有任何一条条例说觉醒者能够从虚空中取出卡片，还能用这些卡片变身。

看来他的记忆没有骗他，他的确是这个世界上唯一的超能力者。就是不知道这些觉醒者是打哪里蹦出来的。宗衍心情沉重地想着，随手从虚空里抽出了一张卡片。

流光溢彩的空间缝隙在他的指尖下闭合，连带着卡片也被镀上了一层隐秘的流光，在幽暗的室内散发出绚丽的色彩。

宗衍不敢相信地揉了揉眼睛——

那是一张新的 A 级日抛型设定卡。

这也太巧了吧，上一秒想着变强，下一秒就给他送了张 A 级日抛型设定卡？宗衍惊呆了。这还是他头一次直接抽出 A 级的卡片。

倒不能说是宗衍运气不好，实在是在这个"卡池"抽到高等级设定卡的概率低得令人痛心。他的超能力和 SAN 值息息相关，他每次抽卡和使用设定卡都会消耗数值不等的 SAN 值，而使用永久型设定卡和日抛型设定卡所消耗的 SAN 值的区别在于，永久型设定卡只扣一次，日抛型设定卡则是按单次扣除。

宗衍的 SAN 值不高，只有四十点。以前身边一片和平的时候他天天沉迷于抽卡，从来都是只留下一点点 SAN 值，游走在危险的边缘。

至于为什么留下一点点，是因为他的直觉告诉他，不能让 SAN 值彻底变成零，不然很有可能会发生一些不太好的事情。

SAN 值的恢复速度算不上快，到现在，宗衍一天也就能恢复个十几点。换言之，如果没有紧急需要，他可以每天抽一次卡。

而他抽卡抽了这么多年，只有这次才算是正儿八经地抽出了 A 卡，简直比瞎猫碰上死耗子还让人惊喜。

综上所述，一切都怪高等级卡片被抽到的概率过低。这概率要是放到抽卡游戏里，策划铁定被玩家骂死。

那这张卡片会是什么呢？收回发散的思维，宗衍按捺住内心的激动，缓缓将手中的卡片翻转过来。

这张卡片和风之子一样，卡片边缘流淌着彩色的光线，在昏暗的房间内闪烁着绮丽的光芒。

卡面上的人有着一头灰色的长发，头戴同色的高檐礼帽，长发则用墨绿色的缎带束起，垂落在胸前。他踩着马丁靴，苍白的手里拿着一柄黑色的伞，飞扬的风衣下摆挡住了所有光源，似乎行走在光与暗的边界，有如黑暗的代言者。不过，不管是他揣在口袋里的纯金怀表，还是他脸上神秘莫测的笑意，都不是最引人注目的，最吸引宗衍的还是停留在他肩膀上的那只黑乌鸦。

那只乌鸦似乎与黑暗连为一体，眼眸是和卡面上的人如出一辙的猩红色，鸟嘴上钉着一个诡异的尖喙，分明是著名的鸟嘴面具。

"告死鸟……"宗衍喃喃自语。

乌鸦一直以来都是不祥和死亡的象征，它们被称为"告死鸟"。这张卡片给人的感觉很诡异，宗衍看着这张卡片上自己脸上的笑，莫名有些心慌。

宗衍心想：这个笑容看上去很像反派，该不会用了这张卡片后，我的性格也会变得奇怪起来吧。

他把卡片翻到背面，发现底下有一行细小的字：该设定卡在夜晚使用时 SAN 值消耗减半，在白天使用则 SAN 值消耗加倍。

居然还有附加说明，这还真是头一次见。

宗衍将这张卡片翻来覆去地研究了一下，随后将它重新放回了空间缝隙里，跳下床，打开书包开始收拾东西。

他在龙组刚把黑皮手抄本的事情交代完，龙组的特工就把他的书包带回来了。当然，里面放着的手抄本被以"十分危险，不建议学生接触"的理由收走了。

学生怎么了？学生一觉醒就是君主呢。宗衍边想边打开自己空荡荡的衣柜，将里面的几件 T 恤和校服折好，塞到书包里。

宗衍的东西本来就不多，除去那些借来的旧书，他的家当恐怕也就一个书包的量。不过加上暑假作业就不止了。

龙组这些特工，去了清阳学院一趟，还顺带把放在他桌子上的暑假作业给拿了回来。他都要上大学了，还要做暑假作业，真是离谱。

宗衍收拾完，再次回到床前，从床底扒拉出一个小铁盒，把它塞到了包里。

"喵。"就在宗衍埋头收拾行李的时候，窗外忽然传来了一声短促的猫叫。

这附近基本都是贫民区，翻垃圾桶都不见得翻得出什么食物来，久而久之，流浪猫流浪狗都往外面跑了，鲜少会深入这片区域。

宗衍起身走到窗前，将墨绿色的窗纱拉开。

冷冷的月光从云层深处洒下，给破旧的屋檐披上一层层苍白的光纱。对面顶楼的水泥地上静静地蹲着一道黑影。

那是一只黑猫。

宗衍有些意外，他回头把桌子上的旧报纸拿起来，想要掰一点儿馍馍投喂那只猫。结果等到他折回窗边时，黑猫已经不见了。

"奇怪，大半夜的……"宗衍在窗边站了好一会儿，却一直没看到那只黑猫的踪迹。

指针缓慢地指向十二点，夏天夜晚的风带着些凉意，宗衍犹豫了一下，把一小块馍馍扔了过去，这才把窗帘重新拉好，躺回到床上。

一夜无梦。

第二天，宗衍起了个大早，天还没亮他就背上书包，搭公交车去了江州郊外的墓园。

他要去的墓园距离市中心很远，需要多次换乘，来回要好几个小时。有钱的人或许在死后可以离繁华更近些，而没钱的人能占块地就不错了。

走之前，宗衍看了看窗外。那块被他掰下来的馍馍还原封不动地躺在对面的水泥地上，边缘有深色的水迹。昨晚后半夜可能下雨了，也不知道那只猫有没有被淋湿。

他掏出钥匙，将门锁上，蹑手蹑脚地下了楼，没有打扰到那些还在睡梦中的人。

宗衍回来的时候已经十点一刻了，他老远就看见了停在楼前的龙组的车。

黑色的车身是极其华美的流线型，车头上的标志耀武扬威，与墙角堆满垃圾的街道格格不入，路过的人都忍不住投去打量的视线。

"不好意思，周末有点儿堵车，久等了。"宗衍走近后说道。

"上车。"车窗降下，露出张戴着黑色墨镜的脸，仅仅是半张脸，都能看出对方那股不耐烦的情绪。

宗衍还以为是贺远来接他，没想到等来的却是龙组的队长。不过确实是他迟到理亏在先，不怪对方态度不好。

宗衍十分乖巧地应了一声，拉开后门坐了进去。等他坐上去后，车子却没有如同他预料的那样立刻发动，男人的声音忽然在车内响起："不去告个别？"

司彦其实很早就来了。本来这事和他无关，但贺远这天要和后勤小组准备这位新君主级觉醒者的档案，还要对宗衍进行系统评估。所以这差事就落到了因为休假正好有空的七队队长头上。司彦前一天就决定好了这天不出门，在公寓里打一天游戏，结果一大早就被电话叫醒，烦得差点儿没一巴掌把他爹的总指挥室的门板打穿。

七点钟就把人叫醒，见鬼的休假！

司彦黑着一张脸，顺着导航，"嗖嗖嗖"地把车开过来，但在这里干等了半个小时才收到起床后的贺远的短信，说原本约好的时间是十点。这下，司彦杀人的心都有了。更令他烦躁的是，他把车停在这儿，围观的人络绎不绝，还有一位老爷爷上前来询问。

司彦虽然脾气不好，但是面对长辈还是会稍微收敛的。特此说明一下，他爹司勋不被算在这一范畴里。

他便跟那老爷爷说是来找宗衍的。

一听说是来找宗衍的，本来还在空地上打麻将的其他爷爷奶奶"呼啦"一下就把司彦给围住了，个个都热情地说："哎呀，看来您就是班主任老师了。老师呀，衍娃儿参加夏令营，您可要多多关注一下他，衍娃儿可是好孩子。"

对司彦来说，这场面简直比和异种战斗还要难以应付。

"不用。"宗衍还以为是自己没有系安全带的原因，闻言道，"我昨天已经和他们告别了。"

昨晚，宗衍挨家挨户帮忙舀水的时候就提过这事，他还给自己编了个天衣无缝的理由——参加夏令营。

作为江州鼎鼎有名的学校,清阳学院一直都有举行夏令营的传统。前年是由学校老师带队和 S 国的学院做暑期交换生项目,去年是去 A 国的西黄金海岸做海洋生物学调查,今年据说还联合了隔壁江州音乐大学的管弦系高才生们,一起到 V 城感受世界音乐文化和风土人情。

当然了,这个夏令营也不是免费去的,每个项目都得缴纳不菲的费用。每年班主任下发夏令营传单之后,这件事情都会成为清阳学院未来三天的话题中心。

虽然清阳学院治学严谨,但难免有人私下进行攀比。

下课后,同学们围在一起讨论,宗衍就坐在教室最后一排,隐隐约约能听见前面传来的话语。

"叶哥今天的新球鞋太帅了!"

"算你识货,这是前几天我舅舅从 A 国带回来的,上面还有球星签名呢。喏,给你看。"

透过人群缝隙,宗衍远远地看到叶景明将脚放到桌子上,围在他身边的同学发出此起彼伏的惊叹声。

男生大都喜欢打篮球,也会在下课后偷偷拿手机看篮球比赛的直播,连带着球鞋和球衣也成为他们追捧的焦点。

宗衍恍若未闻,手上的钢笔笔尖在数学试题上画过,轻而易举地就将一道复杂的方程解开。

"叶哥,你今年参不参加夏令营啊?"

"不去,V 城我以前去过,没什么好玩的。小爷我今年要去滑雪,机票都订好了!"

那人顿了顿,忽然凑过去小声地说:"可是……据说夏可妍好像报名了。"

再后面的话,宗衍就没有留意了,他的方程正好解到了最复杂的地方,他默算了好几串数字,没时间留意那个咫尺之遥却不属于他的世界。

夏令营这种事情,一向与他无关。

宗衍在班上没有熟人,在学校里也没有朋友,没有人问他去不去参加夏令营。大家都默认了他的不合群,他们觉得宗衍神秘且沉默寡言。实际上宗衍只是不想和这些不同世界的人扯上关系罢了。他虽然在书本里几乎将全世界踏遍了，但在现实里却连江州都没踏出过。

偶尔放假听到同学们谈论假期去某市喝下午茶，去某国赏樱花，去某处看列队表演的时候，他都安安静静地坐在教室最后面，独自解着别人看不懂的方程。可能还是会有一瞬间的羡慕的，但只深藏在心里。

"你的房间。"司彦板着一张脸，把车开到了龙组大厦内，解锁了专用电梯后，直接带着宗衍去了楼上的公寓。

"门口是面部解锁，你把指纹输进去就能自己设置了。"司彦说完就走到了宗衍对面那间公寓，进门前，他像是忽然想起什么似的从口袋里掏出一张卡扔给宗衍，道，"拿着，龙组给你的补贴。"

补贴？他怎么不记得贺远说过这个。宗衍手忙脚乱地接住了卡，回头问道："那我什么时候去密斯卡大学？"

司彦不耐烦地摘下墨镜，往门上一挂，道："关我什么事，你等贺远那个家伙通知你。"

下一秒，走廊上传来了无情的关门声。

贺远是七队队长的副官，这事确实该他管。可宗衍明明记得贺远说过龙组的福利只包括学费和免费食宿，没说他每个月还有补贴。宗衍在走廊上犹豫了一下，还是把卡放到了口袋里。他按照智能系统的提示设置了面部解锁，怀着忐忑的心情打开了门。

宗衍之前不过是开个玩笑，结果龙组真的把他的名字钉在了门板上，他还怪不好意思的。

此时正是上午，江州这天的天气很不错，金色的阳光从稀疏的云层里探出来。

在宗衍打开门的那一瞬间，阳光穿透白色的窗帘，投射在浅棕色的地板上，像是给地面镀上一层暖洋洋的蜜蜡。

公寓很大，内里物件一应俱全，放眼望过去就是棕白黑三色。屋内隔断采用了黑色的大理石，地面铺着厚厚的白色地毯。

也许早些时候有家政阿姨过来打扫了，墙角的仿真壁炉被人打开了，驱散了夏天清晨的寒气，又打开了中央空调，现在室内的温度刚刚好。

公寓有一面大大的落地窗，拉开窗帘就能将外面缓慢流淌的江水尽收眼底。阳光在江面上跳跃，宛如流动的碎金。

浴室是半开放式的，嵌入式的浴缸建造在高台上，如果有那个兴致，甚至可以一边泡澡一边观赏江州夜景。

虽然公寓的设计基调是以简约和冷淡为主，摆放在沙发和地毯上的抱枕却给人一种处处充满生活气息的感觉。

这就是他以后住的地方吗？宗衍犹豫了一下，弯腰脱下鞋子，随后整齐地摆在鞋架内，赤脚踩上厚厚的羊绒地毯。他关上门，拉开书包拉链，开始整理自己的东西。

他的衣服穿来穿去就那几件，平时上学都是穿校服，几套校服都被他洗得发白了。他拉开衣柜，想要把衣服放进去，下一秒却愣在了原地。

衣柜里挂满了新衣服，虽然防尘袋没被拆下，但吊牌却被人细心地剪掉了。宗衍对品牌不感兴趣，但也听旁人说过不少，继而猜到了这些衣服价格不菲。

像那件白色卫衣，之前叶景明就曾套在校服里穿过一次，还在班里掀起过一阵潮流。大家都纷纷模仿，把校服拉链拉开一半，露出卫衣上的 logo（商标）。体育课上，男生们把衣服一脱，穿着这个品牌的 T 恤打篮球，好像不穿就无法融入篮球小团体一样。

宗衍在擦黑板的时候远远地望向篮球场，而后回到座位，沉默地打开了放在桌上的书。

满满当当的衣柜，宽敞明亮的顶级公寓，一夜之间，宗衍的生活从紧巴巴变得优渥，他有一种很不真实的感觉。

这么多年，他一直都是缩在自己小小的世界里，虽然当初坐在教室里上课的时候也会生出不切实际的幻想，但是，真有一架直升机把他从学校里接走，说"世界需要你，我们需要你"的时候，他还是觉得不可思议。当然，最离谱的还是上密大了还得写暑假作业。

宗衍没有动衣柜里的衣服，他将自己带来的衣服整理完后，挠了挠头发，乖乖从书包里拿出试卷。

二年级的暑假作业量很大，为一年后的毕业考做准备，老师们铆足了劲儿布置作业，每一科都有厚厚一沓试卷。他现在还不知道密斯卡大学是什么情况，但想也知道这个暑假留给他自由支配的时间不会很多，所以从现在开始，他就要奋战在和试题战斗的一线了。

贺远忙到晚上才有片刻的休息时间。他和同事们打了个招呼后，走到房间外面，拨通了电话，问那头的人："怎么样，安排好了吗？"

当然，这个电话是不可能打给他老大的，休息时间还要被人一大早叫起来，队长的怒气恐怕早满了，他哪儿敢去太子爷头上动土哇。

"您放心，今早就打点好了，我们还打电话让楼下的商场送了些日常用品和衣服上去，该整理的也全部整理完毕了。"

"好，辛苦了。"贺远挂断了电话，将手机放回到兜里，想了想，还是没有上去。

他手上的事情太多，资料才刚刚整理了一半，大量调查数据还未汇总。那些全部都是"宗衍"从出生到现在的数据。至于为什么工作量这么大，是因为——

"怎么样，有结果了吗？"贺远揉了揉自己的太阳穴，转头看向悬浮在半空的立体投影屏幕，屏幕上是一串串复杂的数据。

"还没有。"穿白大褂的侧写组组长抬头看了他一眼，眉头紧锁，"截至目前，数据流还没有在DNA库里比对出相似的存在。"

侧写小组原本是要制作这位新任第十君主的详细档案，却没想到在这里卡壳了。整个小组因此增加了好几倍的工作量，不知道什么时候才能出比对结果。

贺远叹了一口气，问："这件事情他自己知道吗？"

"不能保证。"侧写组组长将手上的档案放在桌上，疲惫地坐下，双手交叉，接着道，"龙组的特工一整天都在外走访调查。根据汇总的情况来看，我们目前知道的是，十六年前的确有目击者看到过那个被遗弃在建设街12号的灰色布包，也正是在那个时间段，宗燕兰从建设路搬到了那栋老楼里，那就是这孩子最早出现记录的地方，再往前的信息，我们一无所知。"

"宗燕兰在去年初春过世，殡仪馆收殓遗物的时候，也没有发现任何能够证明她身份的物品。这些东西要么留了下来，要么从未存在过。"

制作到一半的档案被整整齐齐地放在贺远面前，白纸上黑色的印刷字体方正无比。

姓名：宗衍

年龄：17

档案编号：S10

直系亲属：不详

能力：君主级，十种元素

评估系数：重点观察

最底下的空白部分还印着一条张牙舞爪的龙，那是属于龙组总指挥的印章。

"重点观察呀……"贺远喃喃道。

一旦评估系数被判定为重点观察，就代表这个人将时时刻刻处于龙组特勤的严密监控中。

从上面决定让宗衍搬到基地来，贺远就隐隐约约有种对方不是普通异能者的预感，没想到在系统评估之后，他的预感成真了。

特工去清阳学院调查过，除了个别老师，大部分老师给宗衍的评价都是"不合群""孤僻""沉默寡言""神秘"等。

其中有一段来自二（3）班班主任的评价，在系统评估中备受关注。

贺远随手打开了编号为7的录音笔，一个听着有些遥远的女声从里面传了出来："宗衍？嗯，他是一个很孤僻的学生，几乎不与班上的同学交流。他能来清阳学院是因为在之前的联赛里拿过奖，被破格录取进来的，他还享受了学校的学费优惠政策，在我这里交过申请表。"

二（3）班这个班的学生都比较特殊，平时上课的难度也比普通班级的学生高出一大截。特别是数学、物理、化学、信息和生物这五门课程。

这五门课程在全国乃至国际上都有竞赛项目。别说国际奖项了，学生只要能拿到全国等级的名次，都可以享受破格录取或保送名牌大学的待遇。

"宗衍以前拿过数学联赛的一等奖,据说还是自己报的名,没有经过任何指导和训练,刚入学的时候也被寄予厚望,我们希望他能够为国争光。

"不过后来不知道为什么,一年级上学期结束的时候他忽然向学校提交了退出竞赛小组的申请。竞赛小组的数学老师还特地去问了他,他说是因为家里出了点儿事,周末不能按时参加培训。一年级下学期的时候宗衍就转到了其他班,学习成绩也开始有明显下降的趋势。因为当初是以竞赛生的身份招进来的,所以他偏科很严重。"

一年级下学期,正好和档案上的时间吻合。特工又问了另外一个问题。

"异常?"班主任有些疑惑地反问,很快又像是想到了什么一样,犹豫着开口,"非要说异常的话,那个孩子很少和人对视,不过我曾经……曾经不小心直视过他的眼睛。那双眼睛……令我感到害怕,不知道为什么,在同他对视的那一瞬间……我感受到了恐惧,就像被人扼住了喉咙,几欲窒息。啊,抱歉,我失态了。"

过了好一会儿,班主任才收拾好自己的情绪。她似乎惊讶于自己为什么会对一个陌生人说这么多,也许是因为对方手上的搜查证,也许是因为对方隶属官方。

班主任继续道:"请不要太过在意我刚刚那些描述,现在想来不过是我的一面之词。虽然宗衍是个很孤僻的学生,但是他的确是个好孩子。"

录音戛然而止,贺远将录音笔重新放回了桌面。正是这段录音,让宗衍最后的评估等级直接提升了一个级别。

作为调查员,龙组的人对于和异种作战的经验数不胜数,他们深知那些来自宇宙之外的更为强大且不可名状的恐怖存在。所以这段话也被当作重要参考素材,放进了档案里。

那个穿着洗得发白的校服的少年,还不知道他以后将处于如何严密的监视下。或许他不知道自己的身世,不知道密斯卡大学是一个怎样的地方,不知道作为一个新任的君主级觉醒者,该如何面对一个天翻地覆的世界。

贺远想起那栋破旧筒子楼里回荡的声响,沉默了半晌后喃喃自语道:"可他是个好孩子呀。"

宗衍是到基地后第三天才见到贺远的。在此之前，没人安排他，他乐得正好，在公寓里不分昼夜地写着暑假作业，到点了就下楼吃饭。

就是他做题太过专注，经常错过饭点。这样的后果就是等他抬头的时候已月朗星稀，食堂早就关门了。

宗衍挠了挠头发，从包里掏出几张皱巴巴的钱，乘电梯到楼下去找吃的。

晚上十一点，楼下购物商城的餐厅基本都关门了，这个时间点还开着的只有酒吧。他只能灰溜溜地找了家便利店，买了一大袋方便面和零食，做好了长期和暑假作业斗争的准备。

事实证明这个决定十分正确。

这天中午的饭点宗衍又错过了，他正拿着尺子画图，力求把 f(x) 函数中 a 的取值范围求出来，放在床头的电话忽然响了，他只好接通电话，把手机夹在肩膀和耳朵中间，同时继续画图。

宗衍本人自然没有闲钱买手机，这个手机是龙组送给他的，以往要查资料或者做线上作业，他都是去旧书店借曾爷爷的旧电脑用。

新手机宗衍还没怎么研究，他只是连上 Wi-Fi（无线网络）下了些必要的软件，通讯录里还只有贺远一个联系人。

"啊，哦，好，行，都可以，谢谢。"电话接通后，宗衍对那头道。

他在做题的时候注意力很集中，这个时候找他说话，得到的回答基本都很敷衍，等他挂了电话，把手机扔回床上，结束手头最后一道题，才后知后觉地想起刚刚好像是楼下食堂的人打来的电话。

那么问题来了，楼下食堂的人怎么会知道他的电话号码？

"叮咚。"正在他沉思的时候，门铃声忽然响起。宗衍连忙从矮桌前跳起来，踩着拖鞋去开门。

穿着燕尾服、推着餐车的侍者站在门口，对方看到宗衍开门后，微微倾身，道："宗先生，您的午餐到了。前菜是今早刚空运过来的龙虾和红酒蛋，主菜是三分熟的西冷牛排配海鲈鱼鱼排，甜点是巧克力甘纳许浇杧果块，餐酒是白葡萄酒。"

宗衍听着这一串花里胡哨的菜名，头都晕了。

这一幕怎么看起来像是那种贵族庄园里的管家说"少爷,开饭了",但是少爷却一脸茫然地说"你搞没搞错,我今天是要去街边打水亲自下厨煮泡面的"。

"我记得我没有点餐。"宗衍道。

"这份午餐是司队长点名送到您房间的。"侍者脸上的笑容不变,"恕我多嘴,您这个年纪的男孩子最需要补充营养,请一定要按时用餐,不要像许多龙组队员一样,因为饮食不规律,胃部患上小毛病。"

"啊,好,谢谢。"

宗衍缩了缩脖子,后退两步,看着侍者将餐车推到他的房间内,随后熟练地在桌子上铺餐布和醒酒。

吃个午餐也这么有仪式感,怪让人紧张的。而且宗衍没想到那个看起来凶巴巴的队长居然还会关心他的饮食问题。

他摸了摸鼻子,给自己做了一下心理建设后,敲了敲对面的门。

"咚咚咚。"他很礼貌地敲了三声,等了一会儿却没有听到回应,正准备转身的时候,身后的门"哐当"一下被人打开了。

"干吗?"司彦臭着一张脸,头发乱糟糟的,像是鸡窝。

男人的身高足足有一米八,身上肌肉鼓起,跟眼前的人一对比,还在长身体、浑身没几两肉的宗衍就跟个小学生似的。好巧不巧,宗衍还听到他身后传来"您已经被敌人击杀"的游戏提示音。

完了,完了,打扰人玩游戏,这是要遭天打雷劈的呀。

"那个,谢谢你。"宗衍有些局促地侧了侧身,露出自己的房间,餐车还孤零零地停在走廊门口。

宗衍都以为司彦要因为自己打扰他玩游戏而给自己一拳了,没想到对方居高临下地看了他一眼后,"哼"了一声,然后又"砰"地一下把门关上了。

司队长看起来凶巴巴的,没想到这么热心。

宗衍在心里叹了一口气,反思了一下自己先前对司彦的误解,正准备回去吃饭的时候,走廊尽头的电梯门打开了。

七队的副官贺远从电梯里走了出来,他低头看着手机,结果没走两步就发现自己要找的人正站在走廊中间,于是道:"小君主,你站在队长房间门口干吗呀？"

忙得昏天暗地的贺远这天下午才被后勤部放出来，原因很简单，因为第二天晚上就是密大的入学典礼，贺远作为新任第十君主的指引者，得去送机。

"我忘了吃中饭，司队长给我点了一份午餐，我刚刚在跟他道谢。"

"噗！"贺远一时没憋住，笑出声来，"队长这人就这样，嘴硬心软，虽然平时看起来很凶，不过私底下其实特别……"

"贺远。"才关上不久的门又被打开，司彦黑着一张脸从屋内走了出来，五指间跳动着金色的电弧，"刚休假就这么活跃，我看你是开始闲得发慌了，走，训练室过几招。"

"别呀，队长！"贺远露出一个惊恐的眼神，"我刚刚才从心理学后勤组出来，整个人都差点儿被榨干了，没状态呀，队长！"

"我看你乱说话时倒是挺有力气的。"司彦冷笑两声。

他本来就因为打游戏连输不爽极了，贺远还往枪口上撞。

贺远也是知道司彦的脾气的，此刻只能认命。临走前，他对宗衍说："小君主，吃完饭收拾一下行李，去楼下买一些要带去学校的必备用品。明天凌晨三点的飞机，今晚大概九点我过来接你，记得吃晚饭。对了，因为你情况特殊，后勤部给你安排了一笔生活费。这张卡已经开通了国际业务，在国外也可以直接刷。"

贺远从口袋里掏出一张借记卡递过去，道："密大今年的真理之门开在了E国的L城，那边消费水平比国内高，而且只有周末可以出去，有什么要买的最好还是在国内买齐。"

"啊？"宗衍愣住了，问，"之前司队已经给了我一张卡。对了，我房间衣柜里那些衣服……"

贺远也呆滞了一瞬间，他下意识地回头看了司彦一眼，道："那些衣服是龙组后勤部姐姐们的一点儿心意，你直接穿就可以了。这张卡你也先收下。"

这事贺远还真没说谎，心理学小组早些天就把宗衍的档案资料给整理了出来。后勤部知道龙组预备员多了一个年少的觉醒者之后，本着照顾的心态，一手操办了他的衣食住行，包括这间公寓都是她们组里的高级设计师连夜布置出来的，贺远顶多算个监工。不过至于另外一张卡……

"少给我废话，走了！"司彦恶狠狠地瞪了贺远一眼，转头就走。

贺远顿时明白了，朝宗衍眨了眨眼后，也跟着走了。宗衍独自站在原地，手里拿着两张卡，原本冷硬的内心，似乎融化了一小块。

晚上九点，贺远如约而至，他载着宗衍来到江州国际机场的T2航站楼前，走优先通道办理好了行李托运手续。

"这是你的护照、身份证和机票，进去之后要先过海关，之后顺着登机牌显示的登机口找过去。如果有什么不懂的，直接问机场工作人员。你这趟航班的头等舱有VIP通道，可以优先登机，你过了海关后问一下就行。这是开学前最后一趟班机，里面有不少今年入学密大的学生，还有你的学长学姐，你要是有什么问题，可以问他们，毕竟是同胞同学，大家都很友善的。"贺远念叨着，"江州飞L城要十几个小时，头等舱有床，睡一觉就差不多了。等到了L城会有接新生入学的调查员。这个时间点的飞机，落地后当地时间就是中午了，记得在飞机上点餐吃饭，吃完饭再下飞机，不然就要等到晚上的开学典礼你才有饭吃。真是的，今年密大怎么把真理之门开到了L城，这坐十几个小时的飞机，人都得坐傻了。"

宗衍被他一连串老妈子似的念叨说得有点儿晕，问："'真理之门'是什么东西？"

"一个炼金学空间门。"

贺远扒拉了一下自己的头发，道："你可以理解成一个空间与另外一个空间的节点，等你过了真理之门，才算是真正到密大。"

宗衍听出了他的言外之意，问："难道这个门可以放在不同的地方？"

"是呀，每年都开在不同的地方。九月份有可能会搬到江州来，你那时候正好三年级吧，到时候上学就不用这么折腾了。"

宗衍听完目瞪口呆。

"好了，好了，这都不算什么，等你入学后会有更多神奇的事情等着你呢，毕竟密大是个毕业生存活率才七成的神奇学校……"贺远迎着小君主疑惑的眼神，到底还是没有把残酷的事实告诉他，"没关系，你可是最年轻的君主级，以后神秘界的未来还得靠你。一路上低调些，记得别暴露了自己的天赋。龙组已经将你的具体情况告诉了尖顶议会团，密大有些高层也知道了，他们可能会格外关注你。"

贺远都不知道该用什么表情来表达自己此时的心情了，被密大那群资深调查员额外关注大概也算是一件好事，至少小君主每个学期的调查实践课都有绝对的人身安全保障。

要知道，在上密大的调查实践课前，调查员可是要签死亡协议的。不过这些年随着生产力的不断提高，这个协议更多是用来吓唬这些新人调查员。想到这里，他不禁怜悯地拍了拍小君主的肩膀。

"对了，这个你别到胸前。"贺远道。

"这是什么？"宗衍接过对方递来的东西。是一枚小小的黑色龙形徽章。

"这是我国觉醒者的标志。虽然觉醒者内部不分这些派系，不过你去了密大后，要是随身戴着它，跟同胞们交流可能会更方便。"

"要说的就这么多，去吧，两个月后我还会来接机的。"顿了顿，贺远补充道，"最后，注意低调。木秀于林，风必摧之。一定要低调行事。"

宗衍点了点头，背起自己的书包。贺远目送他过了海关的闸口，随后才离开。

虽然贺远千叮万嘱，不过宗衍的某些信息还是不小心被泄露了出去。

他跟着空姐登上飞机，来到自己的座位，刚刚把书包放下，隔壁的舱门便被人从里拉开，随即探出一张胖乎乎的脸。那人道："嗨，你也是今年密大的新生吗？"

宗衍在内心比对了一下叶景明的跟班的脸和面前这张脸的差距，最终还是发现面前的人略胜一筹。

"嗯。"他已经将龙形徽章别在了身上，旁人一看，就算不清楚他是不是新生，也能肯定他是密大的学生。

"这么巧，我也是。都是头等舱的，认识一下，我叫王可鸣。"小胖子十分自来熟地伸出手，在察觉到宗衍并没有握手的意愿后，又讪讪地收了回去。

"宗衍。"宗衍点了点头,道。

宗衍冷淡的回应并没有让王可鸣退缩,反倒让对方越挫越勇。他道:"你知道吗?我们这一届好像出了个大人物。"

"什么大人物?"宗衍直觉有些不妙。

果不其然,下一刻他就见王可鸣朝四周张望了两下,然后朝他挤了挤眼,神秘兮兮地道:"据说今年出了个不得了的新生。我姑姑的阿姨的小舅的弟弟的表妹认识尖顶议会的外交顾问,说这新生是我们国家的,一觉醒就惊动了上头。你说一觉醒就能惊动上头的人得有多恐怖,难不成起步就是六级?六级可是能操纵六种元素的人。"小胖子咂了咂嘴,"我估计学校首席都得换一换了。"

王同学呀,你这个消息很不靠谱,那不得了的新生难道只是六级吗?放开了去想,怎么着也得君主级起步哇!宗衍虽然在不断地腹诽,但是表面上依然不动声色。也正是他这种高人风范,一下子就把王可鸣给唬住了。

王可鸣家里是搞房地产的,在江州这边属于新贵阶层,和那些老牌又有底蕴的家族集团还是有不小的差距。他爹是个为人圆滑的社交老手,从小就培养他察言观色的能力,力求培养出一个争气的继承人,结果没想到他爹刚给他选好大学,他就觉醒了。于是他爹只能不情不愿地签下龙组的保密条例,毕竟大楼都捐了,offer(录用通知书)也拿到了,总不能让人密大还回来吧。

唯一的安慰就是密大的毕业证极具含金量,在世界范围内能享受到不少优待。之后王可鸣他爹就到处打探,得知这个学校今年还有家世显赫的新生,于是一拍大腿,义无反顾地把儿子送了过来。对此,王可鸣也是高度重视,他可是比他爹更早迈向国际,也打算好了一路上施展自己的社交手段,先和本国的新生们打好关系。

这个社交首先就得从头等舱开始。别的不说,从江州直飞L城的头等舱机票可不便宜,能坐这架飞机头等舱的绝对是富家子弟没跑了。

王可鸣从小就是圈子里的"万金油",看人的眼光极准。这个长得很帅的黑发小子面色冷淡,穿得也十分简单,T恤配七分裤。他用自己犀利的眼光扫视了对方一番,愣是没能看出这一身行头出自哪家,于是越发在心底确认:看看这通身的气度,肯定是哪个大家族出来的。

王可鸣以前跟着他爹去首都玩的时候，远远看过几眼那些真正有底蕴的家族子弟，那些人的家教很严，在外面低调得很，穿的牌子小众又高贵，为人和善，和他家这种"暴发户"完全不一样。

"这家航空公司头等舱的床我睡着总是不太得劲，太硬了，还是另外一家的床舒服些，又软又大，还可以淋浴，而且晚上还能去空中吧台喝酒。"小胖子一边大侃特侃，一边暗暗关注宗衍的表情，希望能够找到一点儿共同话题，"不过这家航空公司的睡衣要比那家的质感好，那家睡衣上的香气我一闻就头晕……"

宗衍听到王可鸣说的这一大串话就头晕，正好空姐拿了洗漱包过来，蹲下身想要帮他换拖鞋。

"不用了，我来吧，谢谢。"宗衍实在是不习惯被别人这么对待，而且他也不喜欢和别人离这么近，于是连忙拒绝，他把换好的鞋塞进防尘袋里，朝王可鸣挥挥手，"如果没什么事，我就先休息了，抱歉。"

这么亲民又高素养的同学，以后必须跟他搞好关系。王可鸣看着被关上的舱门，心里顿时发出这样的感叹。

其实宗衍也没有表现出来的那么淡定，他换好睡衣躺到床上，抬手把门关好后，多动症就犯了。

他这里摸摸那里摸摸，把舱内的灯开开关关，又掀开暗格，把里面的菜单拿出来翻阅，然后在床上滚来滚去。

这可是他人生中第一次坐飞机呀，还是头等舱，必须纪念一下！

宗衍笨手笨脚地调出摄像头，连上头等舱的 Wi-Fi，十分俗气地来了张自拍。

现在是夜晚，窗外只有星星点点的灯光，飞机缓慢地滑行在跑道上，估计起飞后就什么也看不见了。

宗衍坐起来，趴在小桌板上，安静地看着外面的灯火，黑色的眼眸紧紧盯着星空。

就像做梦一样，他没想到自己第一次踏出江州就是出国，沿途还要跨过整个洲，从海峡上空飞过。前方的一切都是未知的，未知的学校，未知的暑假生活，未知的世界……

就算宗衍神经大条，也不妨碍他缺少安全感。他凝视着漆黑的窗外，将手指伸到空间裂缝里扒拉两下，顺手抽了张卡片。

果然，根据人品守恒定律，运气太好后必会变差。

他松开手上那张抽出来的空白废卡，废卡立刻化为一阵星尘，消失在空气里。

考虑到此次的飞行时间，宗衍趴在桌子上，一直到飞机起飞后才把桌板收起来，紧接着便给自己定了个闹钟，闭上眼睛开始睡觉。

现在已经是后半夜了，他的作息一直都很规律，之前全靠一腔兴奋撑着，如今眼睛一闭，就直接沉入了深不见底的梦境。

这个夜晚宗衍睡得很安稳，等他一觉醒来，摸索着打开手机的时候，已经早上九点了。他拉开窗板，耀眼的阳光从外面跃入，在白色的被子上撒欢儿。

宗衍揉了揉眼睛，熄了灯后跳下床，拉开了门。

"宗先生，早上好。"推着餐车过来的空姐看到他起床了，笑着打招呼，"昨晚的气流有些大，许多客人都没有休息好，您休息得怎么样？"

"还不错。"宗衍挠了挠头。可能昨晚太困了，他睡得特别死。

"那真是太好了。请稍等，早餐稍后就会送到您的座位。"

"好。"

宗衍拿起洗漱包去盥洗室刷牙洗脸，回来后体验了一下 E 国人民的早餐。

虽然 E 国的黑暗料理很出名，但是早餐还算正常。血肠配鸡蛋末，烤鳕鱼三角土豆饼，饼上涂了一层番茄酱，还配了一勺半熟的蘑菇，配上惯例的奶油汤，就是腻了点儿，比不上自己国家的青菜瘦肉粥配橄榄菜。

他还记得贺远的叮嘱，吃完饭又定了个闹钟，然后拿出作业奋笔疾书，并赶在下飞机前吃了个午饭。

等到下午，飞机稳稳地落在了 L 城国际机场。换好衣服的宗衍第一个走下飞机，顺着指示牌从 VIP 通道过关，站在行李转盘前等待。

"衍哥，等等我！"王可鸣的流程和宗衍一样，这会儿屁颠屁颠地跑了过去，"我们一起走哇，人多有个伴。这边我熟得很，以前经常来玩。"

"不用了，我习惯一个人。"宗衍低下头去解锁手机。就在飞机落地的时候，一条短信悄无声息地发送到了他的信箱，发件号码未知。

密斯卡大学的新生，你好。我是 C 国龙组驻 L 城的新生负责人，由于中途出了些变故，所以最终的会合时间比原定时间推迟两个小时。你们可以选择在机场三号出口等候，也可以选择自行前往真理之门所在的地点，谢谢配合。

附：地图。

这些人也太不靠谱了吧。要不是他精通多种语言，作为一个没见过世面的穷学生，指不定就得在这干等两个小时呢。宗衍腹诽了两句，随手接过一旁递过来的传单，拉着行李箱就去地铁站买票了。

"我看看，这是到哪里……"宗衍边看地图边找路，顺便低头看了一眼传单上的内容——

"近日，L 城西区剧院将上演全新戏剧《黄衣》……"

作为一个把天赋全部点在了理科上的"直男"，宗衍对艺术可谓是一窍不通，所以他扫了一眼就把传单塞回包里，专心致志地找路。等到了人山人海的教堂门口，确认了位置后，宗衍陷入了深深的震惊中。

西教堂是 L 城绝对的地标，其建筑风格宏伟，并且见证了这个国家的许多重要事件。但问题来了，西方国家的教堂一般都是和墓地结合在一起，西教堂自然也不例外。这里不仅是皇家的陵墓，还沉睡着许多对人类有着杰出贡献的科学家。

你们密大搞没搞错，把入学的大门开在人家陵墓上，也太离谱了吧！宗衍边在心里吐槽边拖着行李箱绕着门口转了一圈。

路人来来往往，但都没说什么，顶多有人觉得这小子特别帅，多看他两眼。

"新生？"宗衍转到第三圈的时候，刚刚带领牧师做完晚祷的主教从侧殿的礼拜堂走出来，看着他说，"我是来接引你们的调查员，往这边走。"

终于和组织碰上头了，太不容易了。密大真的神通广大，连主教都兼职调查员，两份工资，双倍快乐。宗衍如此想着，心里肃然起敬。

"前面就是真理之门，你直接过去就行。"主教把他带到教堂深处，指了一下位置就匆匆离开。

宗衍看着面前的黑木大门，愣了一下。

"真理之门"这个名字听起来就很酷,更别说贺远还说那是一扇炼金空间门。这一路上宗衍都在想这扇门长什么样,是充满了魔法气息的镜子,还是神秘幽暗的衣柜,或者是大片里面的超未来科技产物。结果都不是,"真理之门"就是一扇普通的门。

宗衍有点儿失望,伸手推开门就踏了进去。下一秒,刚刚还铺着地毯的地面凭空消失,他一脚踩空,连人带箱做起了自由落体运动。坠落间,宗衍看到了脚下的一切。

矗立着的中世纪尖顶宫殿群落、远处无数行驶在空中的蒸汽船只、巍峨的远山、从地面升起的巨大齿轮,还有包裹着这片大陆的碧蓝海洋。抬头往远处看去,他甚至能看到坑坑洼洼的月球表面。

蒸汽船在月球和地球之间往返,风帆鼓起,踏空而行。这简直像是另外一个世界,一个和他所生活的母星截然不同的空间,而他正从这片大陆的万丈高空坠落而下。

这也太刺激了吧!宗衍想。然而这还不是最刺激的。下一秒,漆黑的蝠翼从崎岖的山顶腾空而起,用尖锐的弯爪勾住行李的支架,恶魔似的山羊角在日光的照耀下反射着不祥的光芒,这个不明生物甚至还朝他龇了龇尖锐的獠牙,似乎下一秒就要将人拦腰咬断。

对此,宗衍的反应也很强烈。他直接在空中使用了"风之子"的设定卡,白金色的长发瞬间散落,手中的风刃毫不留情地刺了下去。

虽然他不知这突然出现的生物是什么来头,但是要战便战,即便是在空中,他也丝毫不怵。

让你凶我!还敢叼我的行李!我打!左勾拳!上勾拳!回旋踢!正中红心!

风之子状态下的宗衍浑身都充满着无畏的勇气,在空中翻跟斗、疾行、俯冲什么的根本不在话下,比夜魔还凶。

可怜的是这只夜魔,不仅被揪住了犄角,尾巴也被人抓在手里,还没反应过来就被这个渺小的人类揍到脸肿,在空中发出凄惨的嚎叫。

开玩笑,夜魔和星之精一样,都是下级种族,只不过一个有侍奉的主人,一个没有。两个下级种族,谁还比谁高贵了?宗衍用风之子设定卡的时候可以手撕星之精，对付一个夜魇自然也不在话下。

但是，十五分钟后，这成了宗衍今年最后悔的事，没有之一。

密斯卡大学门口嘈杂，这天是新生入学的日子，闲着没有出任务的调查员全部聚在了一起聊天。

平日里，这些高级调查员分布在世界各地，忙着维护世间的和平，每年正儿八经聚在一起的时间极少，只能赶着密大开学的时候用密纹过来聚一聚，看看今年的觉醒者群体又注入了哪些新鲜血液，顺便观赏一下每年新生入学的必备仪式。没错，必备仪式指的就是通过建在空中的真理之门。

这个惊喜是专门留给新生的，每位新生都得感受一下从万米高空自由落体的刺激感，然后在心脏骤停之前被夜魇接住，来一场"空中蹦迪"。

密大位于幻梦大陆的外围，准确地说，是位于现实世界和幻梦境的狭间。

幻梦境是一个由生物的潜意识和想象力所构建而成的空间，这里的规章制度和各个体系都很完备，只不过时代还处于中世纪。同时，它是一个可以将想象具化成现实的地方。按照此处的物理法则，如果一个人有极强的执念，那么他很有可能在这里得到他想得到的一切。

密大所在的狭间并不受幻梦境的物理法则支配，学校甚至还悄悄扯了根网线出去，让全校都覆盖了 Wi-Fi。

幻梦境里生活着无数像夜魇这样的种族，它们有自己的生活方式，对人类来说危险十足。夜魇一族侍奉幻梦境之主诺登。经过商议，尖顶议会和这个对人类相对还算友好的主宰者达成了协议，在19世纪末把学校搬到了幻梦境狭间，也和作为邻居的夜魇们搞好了关系。

夜魇们本来就喜欢恶作剧，所以调查员和夜魇一拍即合，由它们承包了每年迎接新生的任务。每年这个时候，高级调查员就会聚在一起，一边优哉游哉地坐在门口喝下午茶，一边欣赏着由新生带来的精彩"空中节目"。

直到宗衍出现。

有一个调查员看到宗衍拳打夜魇的一幕，饼干条直接从嘴里掉了出来。

"怎么了，星野？"正在一旁打叶子牌的女士侧了侧头，"是你关注的漫画老师终于在社交平台上说要复更了吗？这可是我最新学到的冷笑话，据说某本漫画的读者把自己的主召唤了出来，就是为了问一问该本漫画的结局。"

"不，阿纳斯塔西娅女士，这和漫画无关。"名为星野的调查员连忙从椅子上站了起来，疯狂朝空中挥手，喊道，"住手！你在干什么！那是学校派去接新生的夜魇！它们只是喜欢恶作剧，没有恶意的呀！"

被他这么一吼，刚刚还在聊天的调查员全部抬起头来。下一秒，所有人都看到了少年骑着夜魇在空中肆意翱翔的模样。

"这小子是个新生吧，不错，我喜欢。"有几个调查员忍不住吹了声口哨。

之前的新生，哪一个不是在必备仪式环节被吓得屁滚尿流，被夜魇叼在嘴里，面如土色。没想到今年居然出了这么一个小子，直接就把夜魇揍趴下了。

"今年不是说有个天赋极高的小君主入学吗？估计就是这位没跑了。"阿纳斯塔西娅展开折扇，道，"也不知道是我们之中哪一位做他的导师。啊，看起来年纪不大呢，真可爱。"

在宗衍暴打夜魇时，他距离地面也越来越近，这场打斗以他大获全胜告终。他一脚踩在夜魇的头顶上，就像踩住了一块空中滑板，解除了设定卡的状态后，脸上还带着独属于胜利者的微笑。

只不过等到他靠近学校后，才觉得这件事情好像有些不对劲。

地面上站了一排人，穿什么衣服的都有，一个个看上去也不像学生，全部都直刷刷地看着他。

不像学生，那不就是导师了？宗衍有一种不好的预感。

"不错呀，这么多年，我倒是头一次看到有新生直接把夜魇揍趴下的。"一个叼着烟斗的导师笑着拍了拍他的肩膀，道，"估计以后夜魇族不会愿意驮着你走了，回头记得找副校长申请一个传送密纹。"

宗衍越过一群眼眸中闪烁着兴趣的导师，就见另一旁披着毯子坐在座位上喝热茶的新生们的眼睛也瞪得像铜铃。

这些新生是真正经受过夜魇戏弄的人，体验了好一会儿"太空漫步"，此刻正蜷缩在一起，嘴唇发白，瑟瑟发抖，半天都还没缓过神来。他们看宗衍的目光就像在看外星人。

此刻宗衍回想起贺远在他上飞机之前的千叮万嘱，不禁悲从中来。完了，刚入学就暴露了，这可怎么办？对不起，他这回恐怕无法低调了。

新生全部聚集完毕后，便在导师们的带领下走向了校内。

虽说是聚集完毕，但是这一届的新生也不过二十几个。宗衍估算了一下，搞不好这所学校所有在校学生加起来都只有几百个。果真是精英教育。

密大的建筑群充满了新古典主义气息，看上去十分高雅。地上铺着浅棕色的地砖，远处的草地被花坛平整地切割，内部建筑的墙壁和砖瓦是清一色的深红色，显得庄严而肃穆。

他们从荣光长廊上走过。走廊两边的墙壁被设计成了杰出校友墙，上面贴着的都是历代杰出的资深调查员的经历以及他们的结局。宗衍精通各种语言，所以阅读起来没有任何障碍，他特地停下脚步看了两眼。

挂在首位的那位传奇调查员叫伦道夫，结局是下落不明。接下来是调查员桑顿，下半生在精神病院度过。还有一位调查员目睹了某种不可名状的存在，结局是精神错乱后在海上流浪而死。

……

在一大片惨烈的结局里，有一位调查员算是幸运儿。他侥幸保存了理智，可惜当时医学太过落后，把他当成了精神病患者，时隔多年后他才得到正名。

看来，调查员完全能够被列入高危职业范畴哇，宗衍对这些前辈瞬间肃然起敬。

"狭间到底没有幻梦境方便，我们先去解决语言问题。"调查员将新生们带到学校中心的建筑面前，回头叮嘱道，"进去之后请保持绝对的安静。"

话说完，调查员才意识到，由于语言不通，很多新生听不懂他在说什么，于是连忙做了一个噤声的手势。

众人被带到一个狭窄的房间，房间里摆满了化学器皿，桌子上还有摆放好的坩埚架，不知名的紫色气体正缓缓从坩埚里冒出，闻起来像是煮熟的番薯。房间里十分安静，只能听见坩埚里冒泡的声音。调查员敲了敲门板，幽深的房间里才响起其他声音。

带众人进来的调查员道:"梅尔阁下,这一届的新生带到了。"

须发皆白的老人从坩埚后抬起头来,将脸上厚厚的眼镜取下,打量了新生们一眼,道:"哦,又过了一年。新生们,请站到上方去吧。"

众人排列整齐,站到了一个突起的基座上。基座上绘满了晦涩的密纹,一阵光芒闪过后,他们惊讶地发现,原本各种各样的语言在这一刻互通了。

在这一切完成之后,调查员恭敬地朝老人行了个礼,又将他们领了出去。

"刚刚那位是密斯卡大学的荣誉校长尼古拉·梅尔先生,想必大家都听说过他的名字。"语言问题得到解决后,交流就变得方便很多,调查员也能够好好地解释了,"在密大,你们只需要听从导师和必修课老师的安排。至于校长,恐怕刚才就是你们整个大学生活里唯一的一次会面了。"

尼古拉·梅尔,传说中炼成了贤者之石的大炼金术师,的确是如雷贯耳的名字,他已活了七百多年。被这一消息震惊到的宗衍回望了那道门一眼。

"欢迎各位来到密斯卡大学,在入学典礼开始前,请各位同学先签署一下保密协议。"等到所有人在小礼堂就座后,打头儿的那位调查员开始下发保密协议,并且讲解密大诸项事宜,"密大所有校内课程均为走课制,其中的三门必修课是炼金术、生物学和密纹学。选修课只在老师有时间上课的时候开设,换言之,各位随时有可能会接到上课或者停课的通知。

"没课的时间你们可以自由安排。密大的图书馆藏书丰富,还有专门给新生的推荐书单。你们的密纹仅限于口头交流,并不包括书面阅读,所以你们的选修课有很大一部分得在古文字上下功夫。

"毕业的条件很简单,只需要你们的导师同意,三门必修课及格,在三次实践调查课上拿到良好等级,并且成功活下来。不过大家也不要掉以轻心,即使是这样的考核制度,你们的学长学姐们也都需要花上好几年的时间。"

调查员笑了笑,接着道:"庆幸吧,自从我们举校搬迁到幻梦境狭间后,毕业生存活率高了近三成。如果你们有兴趣去翻阅19世纪的校史,就会发现我们在A国的前校址隔一段时间就会被不明生物入侵一次,校工部已经对维修学校有了丰富的经验。

"全世界的觉醒者都亲如兄弟,因为我们的目标只有一个:用手中的能力,驱除异种,守护这颗美丽的母星。正因为如此,我们倡导人人平等,学校内绝对不允许出现种族歧视或政治偏见的现象,一旦出现,情况严重者会被劝退。既然语言障碍已经消除,那么就希望大家能够和平相处。

"最后,我们这里位于狭间,并不算严格意义上的幻梦境。除了周末,平时学校都实施封闭式管理。我们崇尚探险,但是请不要试图进入幻梦境。每年都会有学生不听劝,最后要么永远无法返回,要么脑死亡。即使是高级调查员,也经常殒命在幻梦境,那里是不属于人类的地界。"

宗衍一边听,一边翻开了手中的保密协议。

保密协议写得很简单,除了不能够将密斯卡大学的存在和地址暴露,还严格限制了觉醒能力和密纹能力的使用。

每个国家的官方觉醒者组织都会在新觉醒者加入后让他们签署保密协议,协议上有保密密纹,觉醒者签署后便会生效。他们这份保密协议只是走个过场。

宗衍十分爽快地签上了自己的大名,按了个手印,然后交了上去。

果不其然,重头戏在后面。在新生们全部签署完毕后,调查员将他们带到了大礼堂,道:"这里是举行聚会或者重要会议的地方,食堂在另一头。因为我们的教学制度比较特殊,学校并不划分具体学年,即使是新生也一样,我校至今还有三十岁未毕业的学生。"

调查员耸了耸肩,接着道:"每年新生入学的时候,我们都会重新选出一位代表学校的荣誉首席。这个头衔对新生来说意义不大,你们看看就好了,等你们在实践和密纹课上灵感能力得到提高后,可以试试去争夺学校首席的位置。首席在密大拥有许多特权,而且获选后的奖品也很不错,例如今年的奖品……嘀!梦之结晶器,好东西!"

礼堂中央的羽毛垫上放着一个流光溢彩的卵状物,宗衍不知道这玩意儿有什么用,但这并不妨碍他在听到调查员的介绍后心头一跳。

首席制度?不会是刚入学就要打架吧!宗衍还没有从刚入学就暴露了自己能力的阴影里走出来,他一回头,不出所料,站在他附近的新生都朝他看了过来,只有比他晚到的王可鸣还气定神闲地站在原地。

打架他肯定没问题呀！不过他还是得低调点儿，不要太张扬了，如果真的是用打架的方式来选首席，宗衍已经决定好在过程中隐藏自己的实力了。

"放心，不是打架。选举方式很和谐，参选者去书架上抽一张纸牌就行，抽到鬼牌的就是下一届首席。"调查员指了指横放在礼堂中央的桌子，上面已经铺好了一副扑克牌。

抽鬼牌选首席，还行。宗衍松了一口气的同时，再次深深体会到这个学校的特别。

哪有用这种方法选首席的？不就是拼手气吗？这也太儿戏了！

调查员一眼就看穿了新生们脸上的疑惑，解释道："灵感能力一向被视为调查员最重要的能力之一。一般来说，灵感能力较高的人可以比普通人看到更多的东西，而你们今后必修的密纹学也是以灵感能力为基础开展的学科。不要以为抽鬼牌是儿戏，事实上，从这数千张纸牌中准确无误地找出那张鬼牌是一件相当困难的事情，往年我们都得抽好几轮才能决出首席。"

这时，不少密大的学生下课了，他们手里夹着厚重的笔记本，陆陆续续来到了礼堂。

其中一个学生，一踏进礼堂就让周围的人瞬间黯然失色。他身披黑色长袍，有着一头罕见的灰色长发，双眸的颜色宛若流淌的赤金，面容在光的照射下显得十分昳丽，整个人充满了难言的神秘感。

他身上有一种令人不由自主地产生敬畏和惧怕的气质，让他人只敢远远驻足，甚至不敢直视其面容。如果有人灵感能力足够高，高到人类所能达到的临界值，或许能够从他身后的影子里看到闪烁着微光的面纱，看到不详的虚影，看到人类已知光谱外的混沌色彩。

很可惜现场没有这样的人。甚至没有人意识到"不可直视"是一件多么古怪且不正常的事，他们都下意识地遵守了这个准则，然后恭恭敬敬地分开站好，让一切不合理都变得合理无比。

"首席好。"

"塔维尔首席好。"

上一届的首席来了？宗衍听到周围的声音还想回头去看，结果刚好轮到他抽牌了，于是他上前随手摸了一张。

与此同时，身披长袍的人终于舍得抬眼。

他抬眼的一刹那，好像有一道更伟大的意识降临到这副身躯里，这副躯壳先前的空洞被尽数取代，虚空维度里似乎有圣歌奏起。

宗衍还没有感觉到什么不对，他下意识地抖了抖，看向手里的牌——头戴红黄帽子的小丑朝他咧开了嘴。

Joker，鬼牌。

宗衍盯着手里的鬼牌，内心生出一种无与伦比的荒谬感。

等等……这可是几千分之一的概率呀，怎么这么简单就被他抽到了？！

他不敢相信地看了一眼桌子，身后的新生在催促他快点儿，他只好把牌往下一盖，沉重地走到一旁。

以他的手气，怎么可能从几千张牌里一举抽出鬼牌？这概率比抽出 A 级卡要低得多呀！

宗衍缩了缩脖子，内心天人交战。刚入学就成了荣誉首席，这也太不低调了。如果他不说的话，会不会就没有人知道鬼牌在他手上？

正在宗衍百般纠结的时候，另一边排队抽牌选首席的活动也在有条不紊地进行。一轮结束，准备开始第二轮，守在一旁聊天的调查员上前看了看，道："看来第一轮并没有结果……嗯？"他顿了顿，疑惑地道，"等等，鬼牌已经被抽走了。"

鬼牌已经被抽走了？难道是蝉联？上一届的首席是 E 国人，似乎叫塔维尔。在想到"上一届首席"的时候，所有人脑海里只浮现出一个稍显混沌的概念，紧接着，和"上一届首席"相关的种种事迹，才被某种不可抗力的因素一点一点补齐。例如他带着一群部下向密大食堂发起抗议，成功地让食堂将每天早晨都会提供的黑布丁换下；例如他带头向尖顶议会提交十三条议案，成功申请到一笔巨额经费用于扯电线，结束了吃饭还得点蜡烛的密大传统生活；例如他申请周末的时候将真理之门开到某名校内部，并和该大学共同办了一场高桌晚宴，还联合了隔壁大学一起开展了一场友好的划船比赛以及音乐会。

众人心想：上一届首席成绩斐然，是个干实事的好首席！

他们没有发现任何不对的地方，好像这些都是自己的亲身经历。唯一不对的地方就是大家好像都不太记得上一届首席到底长什么样，不过这个问题被大家一致忽略了。

　　首席嘛，日理万机，学习成绩还门门全优，那肯定不是凡人能够天天见到的。

　　"是谁抽到了鬼牌？"众人开始窃窃私语。

　　宗衍感觉一道电流从尾椎骨蹿到了大脑皮层，这种感觉俗称尴尬，经常伴随脚趾抠地等症状。他抿了抿唇，自暴自弃地将手中的扑克牌举起，道："是我。"

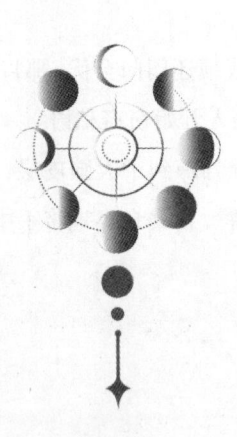

第三章·真正的时间与空间之主

宗衍的声音不大，却足以吸引所有人的目光。鬼牌上的小丑在他指尖猖狂大笑，大礼堂内寂静无声。

这一天足以被载入密大史册，从来没有一位新生在刚入学时就能获得荣誉首席之位。

至于上一届的首席入学多久，什么时候入学的，又是什么时候成为首席的，所有人再次不约而同地遗忘了。

占星学教授率先开始鼓掌，紧接着，大礼堂内响起了经久不息的掌声，所有人都围到这位新诞生的首席身旁，为他喝彩。

下一秒，如同变戏法一般，许许多多穿着燕尾服的侍者从各个角落里冒了出来。他们手捧香槟、酒杯，有条不紊地将之前铺着扑克牌的长桌改造成了豪华甜品站。

灯光亮起，中间的座位被推到了角落，炼金术系副主任正带领着教授们在舞台上调试最新的无人管弦乐队。很快，在密纹的催动下，小提琴的琴弓悬空而起，优雅地刮过琴弦，奏响了旋律优美的曲子。短短几分钟，庄严肃穆的大礼堂就被改造成舞会现场。

按照密大惯例，入学典礼和荣誉首席的加冕礼合二为一，都在当晚进行，这样还能节省一次活动经费。

"星野，我已经很久没有看到过这样的盛况了。"阿纳斯塔西娅合上了自己手中的蕾丝折扇，道，"不愧是一觉醒就是君主级的存在，灵感能力的天赋深不可测。也不知道他会选择哪一位导师，真是期待呀。"

"这恐怕不是一件好事。"星野摇了摇头,"龙组那边提供的资料和这位学生的真实情况相差太大,在局势尚未明朗的情况下,对于一个没有经历二次觉醒的君主级,这么张扬恐怕还是太过危险。"

在密大任职的调查员都签署过密纹加密的保密协议,但即便如此,他们依然心知肚明。

危险从未远去。

密大就是神秘界的标杆,一旦异种有什么破坏计划,都会把这里设为首要目标。

密大送出去的科考队经常莫名其妙地受到各种不明生物的袭击,调查员早就习惯了。况且除了异种,遍布世界各地的居心不良的地下组织也层出不穷。一边防着外侵,一边还得敲打搞内斗的,调查员全年无公休,忙成了陀螺。

"今晚副校长会来吗?"星野又问。

"哦,好像不会。"另一旁已经开始玩起桌球的密纹学教授耸了耸肩,道,"帕拉塞尔阁下最近和艾萨克阁下走得十分近,甚至还拉上了东方的君房先生。他们想尝试一下在三维空间里用炼金术造出克莱因瓶。为此,帕拉塞尔阁下还贡献出了自己的贤者之石,试图在幻梦境唤醒阿尔伯特的灵魂。"

星野听着,捏了把冷汗,道:"没想到前些年的笑话竟然要成真了,若是阿尔伯特先生能够莅临我校,恐怕物理学主任就得让位了。"

"恐怕物理系对这个消息喜闻乐见。"考古学教授阿菲特也加入了讨论,"他们全系的教授都是阿尔伯特先生的粉丝。"

众所周知,密大每年选物理学这门课的人数甚至凑不齐一支足球队,这一回恐怕要打一个翻身仗了。

"好了,好了,既然副校长不在,我们也该去主持大局了。"笑了一阵后,阿纳斯塔西娅端起一旁的香槟,走上高台,率先举杯,道,"欢迎各位新生加入密斯卡大学,今晚是属于你们的。作为今年的导师代表,我送给大家的只有一句话。无论何时,都不要忘记密大的校训。从愚昧中走向智慧,从光明中走向黑暗。"

说到这里,她顿了顿,然后道:"以及,永远不要相信任何人。"

这晚注定是个不眠夜，宗衍十分荣幸地成了当晚的焦点之一。

许多学生举着高脚杯来找他交谈，新生老生都有，他好不容易摆脱一个，过一会儿又来一个，烦不胜烦。

首席在密大所代表的含义多了去了，但不管怎么说，优秀的人自然会被承认，人们也愿意与之结交。

宗衍万万没想到，有一天他会和身份各异且地位不低的人站在一起，并且接受他们的示好。

就是不知道为什么，自从抽到鬼牌开始，他就有些心神不宁。他环视四周，并没发现任何异常。

"不好意思，按我们国家的法律，我这个年纪还不能饮酒。"宗衍已经数不清自己重复了多少次这个借口，好在晚宴已近尾声。

礼堂的学生陆陆续续退场，教授们也朝着门外走去。但就在宗衍想要开溜的时候，他又陷进了一个社交地狱——教授的讨论圈。

"小首席，你的导师人选确定好了吗？"阿纳斯塔西娅朝他抛了一个媚眼，道，"可惜今年我没有名额，记得明年一定要考虑一下我哟。"

"好的，女士。"

很显然，宗衍拘谨的模样取悦了这位淑女，她碧绿的眼睛弯成一条缝，"咯咯"地笑了起来。

明年他大概率会爽约。宗衍在内心擦了擦汗，他是真的不太擅长和女性相处，特别是充满魅力的那种。

如果是选导师，他更倾向于找一位成熟稳重的，比如那种人狠话不多的类型就很符合宗衍对导师的期待。

"今年的选修课有什么想法？"语言学教授毛遂自荐，"今年语言系新开了一门课，研究千年前的古老文字，我们去年与之相关的一个项目也有了重大发现。要不要考虑一下？"

"我会考虑的，先生。"宗衍一边客套地打着太极，一边想：这种文字的话，我阅读时丝毫没有障碍呢。

"密大对于选修课没有要求吗？"宗衍怎么也想不通，他之前听调查员说毕业条件的时候就产生了疑惑。

如果毕业条件只需要必修课和调查实践课过关，那选修课岂不是没什么人选？毕竟谁会在没有学分要求的情况下给自己选一大堆课呀。

"没有要求。但只要开设选修课，一般全校学生都会参与，很少有缺席的。"阿纳斯塔西娅笑了笑，道，"成为调查员是一件很危险的事，更何况必修课只有三门。如果不好好努力和自学，在调查实践课上可是很容易没命的哟。例如前年发生的紧急事件，当时抽到任务的调查员和学生就全部都被送去了精神病院。所以不要懒惰，好好加油。"

看着教授和调查员远去的背影，宗衍再一次感慨这个学校的魔幻之处。

按照惯例，新生入学的流程到这里就结束了。而宗衍属于新生里一举夺魁的特例，所以他被告知第二天得去副校长办公室一趟。他现在的任务就是回去睡觉，迎接第二天的新课。

密大的宿舍都是单人间，自从告别了高昂的地价，搬到幻梦境之后，校工部便在狭间这片无主之地上大兴土木，搞出了一大堆高规格住宅，建筑风格应有尽有，还都是海景房。作为首席，宗衍甚至还能享受住独栋的待遇。

不过折腾一天他也累了，没心情像王可鸣一样兴致勃勃地看房，随意选了一栋就宣告入住，上床入睡。

然而他没想到的是，第二天带给他的惊喜比第一天还要多。

翌日上午是初级炼金学课程，因为没有发书，宗衍两手空空就去了。

他起得还算早，吃完早饭便拿着地图找路，沿路都有同学朝他热情地问好。

他从小到大基本都是团体边缘人物，从来没有享受过这种待遇，感觉浑身不舒坦。

第一堂课大家都很重视，教室里座无虚席。在上课铃响彻教室片刻后，一个身披长袍的中年人推开了教室大门，他的第一句话就把学生们吓傻了。

"诸位新生，日安。我是你们初级炼金术的授课讲师艾萨克，不是同名同姓，就是你们所了解的那个艾萨克。"

艾萨克说着，露出一个不耐烦的表情，接着道："每年都会有学生问我这样愚蠢的问题。可但凡你们看过一点儿我的生平,就知道我生前对于炼金术有多么热爱。所以不要问我为什么不去上物理课、数学课,而是选择给你们上炼金术课。因为我乐意。"

学生目瞪口呆,艾萨克却没有给他们任何消化这些话的时间,继续道:"鉴于这堂课是你们的入学第一课,在这里,我强调一次,密大和所有的大学都不同,在这里你们学到的知识全部都是用来对付异种、保护自己的。自觉醒的那一刻起,你们就已经和普通人划下了明显的界限。如果要打个比方,那你们就像是黑暗中的灯泡,在异种眼里显眼无比。即使你们不去招惹危险,危险也会源源不断地找上门来,所以不要心怀侥幸,选修课能选的全部给我选满,听见没有?!"

"听见了,听见了!"学生们点头如同捣蒜。

"不错。"这一届新生倒是没有刺儿头,艾萨克十分满意地扫了下面一眼,"这一届的首席据说是新生?举个手让我瞧瞧。"

宗衍神色淡定地举起了手,实际上他的手心已经被汗水渗透。

"刚入学就能成为首席,说明你的灵感能力很不错。在调查员的世界里,高灵感能力是一把双刃剑,它可能给你带来无限的机会,也可能让你比普通人知道更多知识,从而招致灾祸。"艾萨克笑了笑,接着道,"炼金术和密纹学一样,同样需要灵感能力天赋。既然你有天赋,那就不要浪费,作为荣誉首席,你更应该以身作则。所以在这门课上,我对你的要求会比其他同学高出很多倍,你需要付出最大的努力,才能从我手上拿到及格。"

宗衍想死的心都有了,天知道他真的只是刚刚好抽出了那张鬼牌。

一般来说,惊喜不会成双,但是惊吓会。上完上午的初级炼金术课后,宗衍抱着刚刚发的书跑到了副校长办公室门口。

"咚咚咚。"他轻轻地敲了敲门,在得到应答后谨慎地走了进去。

"哦,你就是这一届新任的首席?"红发的年轻炼金术师正好举起手中的滴管,"稍等一下,我把这个浓缩液配比搞混了……该死!"

这间办公室和校长室也没什么不同,内部摆放着各种瓶瓶罐罐,架子上还有许多不知名的炼金器材。宗衍甚至还看到了一口巨大的炼丹炉,没错,是真的炼丹炉,就和他小时候看的某部奇幻电视剧里的仙人用的一模一样。

"那个是君房先生的丹炉。炼丹术博大精深,给我提供了很多炼金术的新思路。"在宗衍悄悄观察的时候,年轻的炼金术师已经弄好了手头上的一切,从工作台前走了过来,"自我介绍一下,帕拉塞尔,你应该听说过。"

宗衍：……

和尼古拉·梅尔齐名的大炼金术师,同样是贤者之石的持有者。

没想到密大的校长和副校长都是搞炼金的大师,还都是长生者。失敬,失敬。

"听说过就好,我不太喜欢自我介绍。"帕拉塞尔朝他笑了笑,道,"好了,因为尼古拉并不管事,所以给每一届首席辅导的事就落在了我头上。我想,你应该知道我们在和什么战斗了吧?"

说到这里,炼金术师收起笑容,道:"那些东西已经悄然逼近,就在我们的身边。也许是不明生物,也许是地下组织的一员,也许是更为可怕的存在。而我,很不巧地知道,它们就在学校。遗憾的是,我们的双眼被遮蔽,缺少必要的信息。"

帕拉塞尔拍了拍他的肩膀,道:"但是我们绝对信任你,所以,一旦你发现任何不对,请及时联系我。还有一点或许你没有发现,不是你抽出了鬼牌,而是它选择了你,小首席。注意安全,切记校训。从愚昧中走向智慧,从光明中走向黑暗,以及,永远不要相信任何人。"

帕拉塞尔的话在宗衍心里造成的冲击,不亚于一场十级大地震。虽然这位炼金大师所说的内容很含糊,但是聪明如宗衍,很轻易地就从这些话中提取出了关键信息。

这是每一位经受过阅读理解折磨的学生的基本素养。

帕拉塞尔的意思很简单:这个学校里有一些不安定的因素,他们不是人类内部的间谍就是异种,你作为首席,自然要身先士卒做表率,把这些内鬼揪出来。不过由于个体力量有限,你又是天赋异禀的独苗苗,如果发现异常,请第一时间汇报给上头,善用"打小报告"的力量。加油,我们看好你哟。

怎么着,你们密大还玩起"碟中谍"来了?宗衍百思不得其解。他觉得自己被骗了,读的不是大学,是龙潭虎穴,随时随地都有可能因为内鬼的妨碍终止交易。不过再怎么想，他这个新任首席也已经是板上钉钉的事了，只能赶鸭子上架。

头三天，得知了这个重大秘密的宗衍战战兢兢，如履薄冰，瞅谁都像是内鬼。

"衍哥，你选了啥选修课呀？"中午的时候，王可鸣端着自己的餐盘，十分友好地凑到宗衍身边。

自从宗衍成为首席后，王可鸣就对他热络无比，不知道的人还以为这是新任首席的头号跟班。

"基本能选的都选了。"王可鸣这个人太热情，同时又很有分寸感，宗衍不好意思不搭理人家。

宗衍惦记着副校长的叮嘱，和王可鸣友好交谈了一番。就是王可鸣说话的方式太浮夸，他甚至还想约宗衍周末一起去找点儿乐子。宗衍觉得这人和叶景明就像一个模子里刻出来的，都是典型的展示型人格。好了，排除，这家伙绝对不会是内鬼。

宗衍回头看了一下选课单，捏着鼻子把除物理以外的其他课全都勾选了。

就像艾萨克爵士说的那样，小命要紧，能多学点儿就多学点儿。

入学第五天的下午，宗衍又感受了一下与众不同的选修课。这节课名为炼丹术，据说年年排在选修课人气前列，授课老师同样大有来头。

身穿灰色长袍的清隽男子笑着捋了捋手中的拂尘，他看上去比宗衍大不了几岁，一头乌黑的长发用玉冠束起，像是从电视剧里走出来的古装剧演员，和这座充斥着西方古典主义气息的学校格格不入。而他说出来的话，同样让人惊掉下巴。

"鄙人君房，今年大概两千岁。诸位也许在东方的史籍中听过我的名字，说来惭愧，鄙人无德无才，只担任过芝麻大的官职。如果要鄙人点评自己一生最值得骄傲的事情，大概就是成功坑了当时的皇帝吧。没错，隔了这么久，回想起来鄙人依然成就感满满。"

这一批新生也是经历过大风大浪的了，在目睹了炼金术学教授是艾萨克爵士、生物学教授是查尔斯、校长是尼古拉·梅尔、副校长是帕拉塞尔之后，有人都对这位活了近两千年的大佬表示接受度良好。

君房有个性得很,自我介绍完就把拂尘一扔,长袍一卷,潇洒地露出了里面穿的T恤衫,道:"现在都新世纪了,咱们不兴封建迷信这一套。西方有炼金术,我们东方也有自己的炼丹术。诸位选择了我的炼丹术课,说起来都是缘分。这堂课没有上限,如果你特别有天赋,我甚至可以教你如何炼制突破生命体极限的药。"

迎着满教室亮晶晶的眼神,君房满意地笑了,道:"好了,现在你们都站在了自己的丹炉面前,我们首先要学习的就是辨认丹炉的方位。"

下午上历史课时,讲师把密大的各位教授都介绍了一遍。这位讲师和宗衍一样,也是来自C国的觉醒者,且妙语连珠,说话极为犀利。

"校长和副校长都是贤者之石的持有者,贤者之石最重要的功效就是令人长生不老。来自东方的君房也一样,他们都是在外物的帮助下,达到了长生的状态。艾萨克爵士和查尔斯先生则是生前曾经进入过幻梦境,并且拥有强烈的执念,意识脱离肉体,永远地停留在了这里。一般来说,C国的觉醒者毕业后,要么深造,要么加入龙组,至于我,思考了一下首都的地价后,发现自己还是舍不得密大的海景房,所以就留下来教书了。"

密大的老师真的个个都是人才,说话好听,布置作业也毫不留情。上完历史课后,宗衍感慨了一声,抱着一摞书前往图书馆。

他从副校长那里领了一本首席手册,上面的第一条就是首席要以身作则,在每一门课上成为表率,还要团结师长,热爱生活,积极开展各种课外活动。当然,这本小手册上面还有一条至关重要的规定,那就是关于首席位置的更替。

首席之位,除了在每年六月份的开学典礼上抽鬼牌决定,还可以自愿让位。"禅让"制度还是以前的教务处主任想出来的。当年,主任跟着科研小队去C国研究历史,听闻"禅让制"后惊为天人,回头就写进了校规里。

对此,宗衍表示,"槽点"太多,他一时不知该说些什么。

也许是拜"禅让制"所赐,宗衍体验了人生第一次校园霸凌事件。

那是开学后第三天,宗衍算好时间早早起床,绕着宿舍区来了一圈晨跑,结果刚跑到一半，就被人叫住了。

"喂，你小子就是这一届的首席？"几个穿黑西装、打领带的男生大摇大摆地走到宗衍面前，为首那人手插裤兜，嘴里还叼着一支雪茄。

宗衍一下子没反应过来。

密大里穿什么衣服的人都有，隔三岔五就能在路上收获"惊喜"，例如穿着宫廷舞会长裙匆匆赶去上课的闺密团，例如一同扮演某电影角色的兄弟会。

"早上好，如果没有什么事情，我要去图书馆写作业了。"宗衍点点头，正想绕过这群人，脑袋就被几支武器对准了。

在密大生活了几天，宗衍从艾萨克教授那里学到了不少炼金术知识，又在查尔斯大佬的课堂上听了"异种不能用常规物理手段攻击"的调查员常识，一时半会儿竟然忘了眼前这玩意儿才是对付人类最有效的武器。

"劝你识相点儿，趁早把首席的位置让出来。"一位跟班语气凶狠地说。

这伙人也不是无的放矢，他们暗地里观察了宗衍好几天，愣是没发现这位新首席有什么过人之处，这才决定铤而走险。

"哦，原来你们是来找碴儿的。"宗衍不咸不淡地点点头，摊开一只手，重现了他当初在直升机里的那一幕。

五种元素静静地悬浮在他的指尖，他道："你们可以试试，是你们的动作快，还是我操控的元素快。"

首先，气势要足，虽然宗衍催动的是 E 等级能力，但是关键时刻绝对不能掉链子。

对面的跟班们开始颤抖了，结结巴巴地道："老……老大，这……这……"

他们都是刚入学的新生，全部人加起来能操纵的元素都不见得有人家一只手多。他们这回惹到狠角色了。

叼着雪茄的少爷沉默了半晌，回头给了自己的跟班一耳光，点头哈腰地走了。他边走边说："不好意思，不好意思，这一切都是误会。是我们挡住了首席您的路，我们现在就滚。"

这伙人这么厌的吗？宗衍也傻了，他把手放下，擦了擦手心的汗。

万幸，万幸。要是他们刚才真动手了，搞不好他连变身为风之子都来不及。

考虑到这个少爷的智商和胆量，基本可以排除内鬼嫌疑。

"惹上他们，看来你以后的生活会多姿多彩了。"在宗衍准备转身走的时候，有人忽然凉凉地说道。

宗衍抬起头去看，只见有着一头金色短发的少年正坐在树杈上，碧绿色的眼睛饶有兴趣地打量着他。

"多谢提醒。"他点了点头，道，拿出夹在腋下的笔记本，转身就要离开。

"喂，你怎么就走了？"宗衍这个态度让金发少年有些震惊，"你这是什么态度？"

宗衍感到莫名其妙，反问："我认识你吗？"他说这话的时候，还特意打量了一下对方。

金发少年胸口别着金狮徽章，典型的西方人长相。宗衍遇到的外国人两只手就数得过来，他敢肯定自己绝对没见过对方。

不过这么一打量，宗衍还真觉得眼前这张脸有一点点眼熟，不过到底哪里眼熟，他一时半会儿也想不起来。

金发少年露出一个更为震惊的表情，试图从宗衍脸上找出一丝破绽——可惜没有。

奥德华活了二十年，还是第一次遇到这么淡定且不做作的人。这人不仅没有上来巴结自己，甚至不认识自己！

"不错，我很欣赏你。"正当宗衍打算离开的时候，奥德华忽然笑道，"认识一下，我叫奥德华，以后你就是我唯一的朋友了。"

宗衍一脸疑惑地看着奥德华离开的背影，犹豫着要不要给密大校医室打个电话。

密大的医学部有着领先世界的技术水平，特别是在精神疾病方面，毕竟这也算是调查员的职业病了。

生物学教授查尔斯在第一堂课上就嘱咐他们，在外面执行任务，生死攸关的时候，最有效的活命办法就是闭眼。只要不是疯得太彻底，送到密大校医室的电椅上一坐，基本都能清醒过来。

这个人十分可疑，需要列入内鬼观察对象。于是奥德华成了宗衍的头号怀疑对象。

等宗衍到了自习室，打开手机开始浏览当天推送的新闻时，才意识到他为什么会觉得奥德华脸熟。

"今日头条：E国王室第三顺位继承人奥德华王子被爆选择一所不知名的三流学校就读。"

原来人家是王子，难怪这么自我感觉良好。宗衍一边感慨地摇了摇头，一边伸手去拿摆放在架子上的书。

要检验一所大学的品质，首先就得从它的图书馆看起。书籍就是知识，知识就是明灯。特别是把传承看得十分重的神秘界，老师讲课是一回事，更多的还得靠学生的天赋和自学。

密大的图书馆藏书量极大，书籍还被划分成"安全"和"危险"两类。安全的书目都是英译本，危险的书则基本都是用古语言编撰而成。

危险等级的书只能在学生证明自己通晓了该种语言，且得到了任课老师的批准后才能借阅。首席也得按规矩来，没有特例。

在调查员的世界里，知识通常就是灾厄的开始。这句话也被印在了图书馆的门口。

宗衍现在要拿的书，就是新生推荐书单里的第一本，也是每位新生必读的第一本基础书。查尔斯先生还热情地推荐他们把该书的译本也看一遍。语言储备比较强的学生，甚至还可以直接去借阅被列为"危险"的原稿《湮灭之书》。

"这本书能够让你们最直观地接触神秘。上面并没有多少奥文，危险的奥文都在密大教授们讨论后删除了，你们看到的是完全无害的教科书版本。它只会让你们了解这个星球真实的历史，以及遥远星空之外的恐怖存在。你们所有的问题，都会在这本书里得到解答。最好还是阅读英译本，直接尝试原稿的话可能会被送往校医院。《湮灭之书》会贯穿你们整个大学生活，每个学年的阅读译本都不一样，最终我们会接触到原稿的。"这是查尔斯先生的原话。

知道了原稿是何种语言的宗衍有些跃跃欲试，不过他谨记先生的教导，还是按规矩先读英译本。他踮起脚，正准备将这本书拿下来的时候，忽然有一只苍白的手从旁边探了过来，拿走了另外一本书。

宗衍下意识地回头看了一眼。

留着灰色长发的人静静地站在他身后，在宗衍回头的时候，二人的视线刚好对上。

刹那间，那双一片死寂的眼眸里似有金光流淌，像是人类在地球上观测到的流动的太阳岩浆，又像是穿越了世间万物，裹挟着宇宙星光而来的未知物体，不可直视。

准确地说，那不是金色，而是超越了现有的、人眼不能辨别的色彩。宗衍发誓，在他的认知范围内，再找不到那样绚丽莫测的色调，也找不到能够形容它的词汇。它和整个三维空间格格不入。

灵巧的编织又开始了，就像是触发了某种开关，不存在的既定事实在海马体内凭空架构，宗衍忽然想起了一切。

这个人是上一届的首席，和他是同一个导师，他们都是专业猎杀异种的狩猎者Van（范）的门下。他在入学典礼上和这位学长短暂地交流过。对方为人十分儒雅且随和，还指点了他的选课范围，他们相谈甚欢，甚至还展望了一番人生。

原来我认识这个人啊！可是……我是那种会随随便便和别人谈理想的人吗？宗衍脑海里冒出一个疑问，但很快又被其他思绪冲刷掉。

对于高维的生物来说，低维的生物不管如何强大，也无法超脱维度的限制。假如漫画世界是真实存在的二维世界，三维世界的人类只需要轻轻一撕，就能将之摧毁。

宗衍不知道的是，在他迟疑的瞬间，灰发男人像是被取悦到了一般，勾了勾嘴角。

"塔维尔学长好。"宗衍老老实实地问好。

同一个导师门下，要么叫师兄，要么叫学长，宗衍犹豫了一下，不知道为什么还是选择了"学长"这个疏远一些的称呼。明明他们关系还不错，算是朋友，还是邻居。

宗衍忽然觉得自己似乎有些过于冷淡了，于是抿了抿唇。

"日安，宗学弟。"塔维尔睁了睁眼，沉声道。在狭窄的书架间，他的声音像是小提琴的低音区一般醇厚。

他们相视一笑。

如果要说刷新世界观，炼金术课和密纹学课都比不上生物学课。

对于新生的教育，密大打算先从世界观抓起。所以头两个星期，课表上几乎都是初级生物学课程。学校力图让每一位新生都充分意识到这个新世界的残酷与恐怖。

"这堂课开始，我想对你们说的第一句话就是，'神明'真实存在，但是他们并非人类所想象的那样，永远光明，永远伟大。"生物学第一堂课上，查尔斯教授用这句话作为开头，"所谓的'神明'，其实就是高维度生物。其中一部分被称为'主宰者'。他们对人类的态度相当友善，许多主宰者都是古老城市的守护者，他们也因此受到人类的追崇。密斯卡大学也是在得到了幻梦境之主诺登的准许后，才得以从阿卡姆搬到狭间来。对了，为了表示感谢，我们还在学校中央的花坛上为诺登冕下修建了一座雕塑，就是那个身穿裤衩、高举三叉戟的老头儿。"

众人恍然大悟，纷纷低头做笔记。

"除了主宰者，还有一种更为强大的存在，他们被称为'支配者'。支配者统治宇宙，并且不被人类已知的任何法则或条约束缚，超越了我们现有的三维空间，属于高维度存在。"查尔斯话锋一转，"支配者和主宰者最大的区别就是，主宰者具有人性，而支配者没有。但是我们也不能单纯地用正义或者邪恶去划分并定义他们。在支配者的眼里，人类就是一只只蚂蚁，你会在意无意中踩死的蚂蚁吗？

"最后，支配者中还有一些更为强大的存在。他们像是宇宙法则的具现化，其能力之强，远超人类想象。他们处于宇宙之外、维度之上，被称为'审判者'。这两者都有化身能力，其化身不论性别、年龄、肤色，实力和体型如何，都不如本体强大。

"你们整个初级生物学的学习阶段都不会涉及审判者的相关知识。除非你们在高级生物学的考试中拿到'优秀'，并且有意在密大生物系深造，获取硕士学位。因为对于我们人类来说,审判者是最遥远、最不可能接触到的存在。

"人类和审判者没有任何利益关系。审判者们有多么强大呢?打个比方,如果真有审判者生出毁灭人类的念头,哪怕只是一个想法,整个Y-T系都会在瞬间消失。"

看着学生们目瞪口呆的表情,查尔斯无奈地说:"对于过于强大和超出人类认知的审判者,我们不过多讨论,收一收你们脸上杞人忧天的表情。再说了,审判者也没有那么无聊,否则他们也不会放任人类历史发展三百万年。初级生物学课要讨论的只有人类如今的敌人——异种,也就是能力不如主宰者、审判者和支配者这三种高维度生物的存在,以及上述三种高维度生物的追随者。"

"其实比起异种,身为人类的追随者才是我们真正的敌人。他们秘密崇拜和追随一些高维度生物,将其称为'门之主',并且试图从这种行为中获得力量。不要小瞧了这种力量,即使这些追随者不是觉醒者,他们也能得到不亚于觉醒者的能力。并且有不少追随者都试图将觉醒者的存在公之于天下。"

查尔斯顿了一下,继续道:"毕竟人类天生就会对未知产生恐惧,并且不吝惜于往最坏的方面揣测。追随者不仅会召唤自己的门之主,还有可能召唤异种。身为调查员,我们的任务就是阻止这一切。因为对于人类来说,高维度生物的到来就是灭顶之灾,尤其是一些被主宰者封印在宇宙或者我们的母星上的支配者。如果他们苏醒,我们将在顷刻间不复存在,因为他们的强大远超人类的想象。"

"不过大家也不用太过担心。"查尔斯看教室里气氛凝重,无所谓地耸了耸肩,决定讲一个冷笑话,"追随者可没有密大这么好的学习条件,没有足够的古语言储备,即使他们想要召唤自己的主,也不见得会念召唤语,搞不好还会被他们的主迁怒。遇到这种半吊子的召唤,甚至都不需要调查员出手,他们内部就会清理完毕。"

说到这里,查尔斯教授摘下自己的眼镜,看学生们的眼神就像是在看一群无辜的羔羊,而后道:"每一届都有走上歧途的毕业生,我们密大出去的学生,即使成了追随者,也都混成了高级头目。所以不用担心毕业后会不会联系,搞不好在某个异常事件里就和老同学碰头了,还能替对方收个尸。"

难怪生物课上用的人体骨骼模型的手里举着一个牌子，写着"无知是一种幸福"。

密大的课后作业也不含糊，查尔斯教授大手一挥，直接给他们布置了一篇阐述主宰者的小论文。

因此，宗衍才会出现在图书馆里。他一边翻阅借来的书一边记录，折腾了两个小时还没搞定，烦得把论文一推，做起了暑假作业，谁知暑假作业更难做。

宗衍之前贪图轻松，把数学、生物、化学、语文、英语这几科的作业先写了，留下来的只有物理。而且他二考时物理没及格，按照规定，物理作业得增加50%。

本来物理作业就多，再增加50%，真是要人命了。

对宗衍来说，物理是一门神奇的学科，令他百思不得其解。他在本子上画受力分析图，时不时抬头在辅导书上寻找合适的公式。

"试试这个公式。"就在宗衍抓耳挠腮的时候，塔维尔十分友好地坐到了他身边，并顺手拿起他桌面上多余的笔，在草稿纸上流畅地写下公式。

宗衍豁然开朗。有了这个公式，只需要把数值套进去，傻瓜都能求出结果！

宗衍道："谢谢学长。"

"不必如此拘谨。"塔维尔笑了笑，道。

他这个笑容无可挑剔，不会令人心生反感和戒备。可不知道为什么，有那么一瞬间，宗衍觉得塔维尔像是在刻意表露出"高兴"这种情绪，而真实的他应该是高高在上、面无表情地注视着这一切。

就在宗衍发呆的时候，正低头写字的塔维尔抬了抬眸。和那双金色的眼眸一对视，宗衍又觉得自己刚刚冒出来的疑问悄无声息地消弭了。

塔维尔学长在学校风评极佳，为人和蔼可亲，还写得一手好字。自己为什么会冒出那种奇奇怪怪的想法？

宗衍正想重新解手上那道物理题的时候，塔维尔轻轻地发出一声疑问，道："沃道斯？"

宗衍侧过头，正好看到有一缕灰发垂落在他刚刚推到一旁的生物学论文上。他回过神，道："啊，对，他被称为'宇宙空间之主'。"

"宇宙空间之主？"塔维尔意味深长地重复了一遍这个称呼。

宗衍还以为对方不知道，于是耐心地解释："沃道斯是一位主宰者，守护母星外层的黑暗，'宇宙空间之主'是他的称号。"

下一秒，宗衍感到一阵心悸，身上的汗毛根根竖起。危险即将来临的感觉扼住了他的心脏，几乎让他的心跳停止。不到一秒，他的后背就被冷汗浸透。

他对危险的感知十分准确，这也是人们常说的第六感。他下意识地看了塔维尔一眼，对方脸上依然挂着微笑，甚至连嘴角的弧度都没有一丝一毫的改变。

宗衍不知道的是，在烛火摇曳下的黑影里，庞大的邪恶力量在盘旋，亿万光年之外，星系悄无声息地坍塌覆灭，只因真正的时间与空间之主十分不悦。

接下来的一个小时里，什么事也没发生，四周只有笔尖在白纸上画过的沙沙声。

宗衍临走前，塔维尔忽然起身从旁边的书架上抽出一本薄薄的书，放到了他面前，道："我想，你应该会乐意阅读一下这本书的第三卷。知识总是最令人向往的，不是吗？"

塔维尔的笑容在图书馆里即将暗下来的烛火中充满了蛊惑的意味，宗衍下意识地点了头，视线也涣散了刹那，道："当然，塔维尔学长。"

"乖孩子。"塔维尔露出一个满意的笑容。他这回的笑容要真实得多，那是一个高高在上的、被取悦了的笑容。

当晚，宗衍洗漱完后，躺在床上不由自主地翻开了塔维尔给他的那本书。

本来他接下这本书只是出于客套，但是不知道为什么，这件事情竟然一直被他记在心里，他洗完澡就立刻将书拿了出来。

封皮上用歪歪扭扭的外语写着书名。很显然，这本书已经存在了无数个年头儿，那些充满了斑驳痕迹和古老气息的羊皮纸就能说明一切。至于它为什么没有在浩瀚的历史长河中被损坏，也许是用了特殊的防腐方法。

这不是《湮灭之书》的原稿吗？宗衍一激灵。这天上课的时候古语言学的教授还提到了这本书的作者疯狂诗人。据说，成书后对方便被异物袭击，横死街头。

那么问题来了,这本书绝对是被密大列在"危险"那一栏里的。如果想要借阅,不仅需要足够的古语言储备,还要得到古语言学系教授的签名。塔维尔学长是怎么弄到的?

直到现在,宗衍依旧没有对塔维尔产生任何怀疑。明明他牢牢地记住了副校长那句"永远不要相信任何人",并且在心里详细地列出了疑似内鬼的名单,但是这个名单里就是没有塔维尔的名字。

仿佛有某种深不可测的力量,给他穿上了丝线,让他成为提线傀儡,让他下意识地屏蔽掉了这一部分的不寻常。

也不知道阅读了这本书后会不会像查尔斯教授说的那样,直接被送进密大校医室,毕竟这是原版,灵感能力越高的人阅读越危险。

宗衍苦恼地想着,手指却不听使唤地翻开了第一页。

《湮灭之书》的原稿被装订成了很多册,于星元前七百多年写成,上面记载了母星真正的历史以及那些不可名状的存在。

例如宗衍翻开的这一卷,内里详细记载的就是一位至高的审判者。他被称为时间与空间之主;一生万物,万物归一;门之主、门之扉、门钥匙,三位一体,通晓过去,掌握未来,全知全视。

在整个审判者的体系中,他是有着至高地位的"三柱原核"之一,仅次于被称为"万物之主"和"宇宙原核"的阿撒索。

他在宇宙间拥有无数的追随者,如果谁能够取悦他,他将以知识作为回报。当然,他赠予的知识远远超过了人类的脑容量,受到恩赐的人类无一不迷失在浩瀚的知识里,在疯狂中丢失了自我。

审判者的名字无法用人类的语言表达,但是他纡尊降贵,让追随者得知了与他名字近似的发音。他名为"犹格",是时间与空间的主人。

看完之后,宗衍内心产生了深深的疑惑:就这?

宗衍怀着忐忑的心情将《湮灭之书》原稿的第三卷从头到尾看了一遍。它和密斯卡图书馆里那些动不动就上千页的大部头比起来,拢共就三十几页,拿在手中十分轻薄。

而宗衍看完才发现，这一卷从头至尾都只讲了一位高维度生物，就是犹格。未经删减的内容里不仅详细记载了召唤这位审判者的方法，还把他从头到尾吹嘘了一遍，堪称学术不端的典范。

相比起其他的审判者来说，犹格可谓十分亲民。也许因为是全知全能之主的关系，他从不会用真身降临。因为他清楚这样做会造成怎样的后果。

老实说，任何一位审判者的真身降临都是绝对的灾难，因为那会让整个 Y 星系坍塌——要知道，他们所生活的母星只是 Y-T 星系里几百万颗星体之一，而 Y-T 星系则是 Y 星系里几千亿个星系之一。但偏偏有些非科班出身的追随者天天盼望着他们的主能够降临并统治人类，给调查员增加了无数工作量。

召唤犹格降临，追随者甚至不需要准备太多，只需要为主建造一座别致的石塔，于晴朗无云的日子里念出相应的奥语。追随者在召唤成功后随便一指，门之主还会兴致勃勃地去附近村庄寻找无辜的牺牲品，完全没有任何审判者的包袱。

这么好说话的门之主可不多见，特别是在一大堆对追随者的召唤用料格外挑剔的高维度生物里，犹格简直就是一股清流。

宗衍感慨了一声，将这本有两千七百多年历史的书放回床头，侧头去看窗外高悬的明月。

这晚的月亮格外得圆，月光如纱似水，像银河垂落。

宗衍这才想起，按照古法来算，今天这个日子带有些恐怖意味。宗衍倒是不怕，毕竟他现在所处的地方不兴这个说法。

也许是晚餐尝了咖啡的缘故，都午夜了他还没有丝毫困意，这也是他来到密大后第一次失眠。

他穿着睡衣躺在铺着白色床单的床上，烦躁地揉着自己的头发，把头发揉得跟鸡窝一样。

第二天就是宗衍在密大的第一个周末了，他拒绝了王可鸣一起去快活一下的提议，决定把第一个周末留给自己的物理作业。

宗衍对物质的要求不高，管饱就够，好吃的话更好，娱乐消遣就是看书和自娱自乐，偶尔会练一练最爱的数学题。

这些年他一直是这样过的，就算现在的生活条件改善了，他暂时也没有发展出其他爱好来。

虽说现在有钱了，但他总觉得拿着有愧，所以将大部分钱都存了起来。反正，无论如何他也不可能和王可鸣一起去百货商店购物，或者跑到哪个高级俱乐部去潇洒。

"可明天是周末，我可以合法赖床。"宗衍自言自语。

明天休息，今晚要是不熬个夜，岂不是浪费了大好时光？宗衍越想越对，伸手就从虚空里抽了一张卡片。

无数流光溢彩的线条在虚空中聚拢，最后幻化成卡片的模样——鬣狗语言能力卡。

自从入学以后，他抽出来的卡片都奇奇怪怪的，上一次还抽到了夜魇语言能力卡，着实让他愣了一阵子。

他寻思着，就算自己学会了这些异种的语言，然后不巧跟异种遇上了，第一反应也绝对是冲上去打它们一顿，总不能用它们的语言友好地问一句："嗨，小老弟，是不是要开打啦？"

这就好比武侠剧里水平差不多的大侠比试，比的就是谁的剑快。

天下武功唯快不破，宗衍深谙这个道理。

说到这个，他忽然想起自己上一次抽出来的 A 级日抛型设定卡还没用过。

主要是这段时间事情实在是太多了，新学校带给他强烈的不安全感，这导致他开学第一周连卡都不敢抽，战战兢兢地留着 SAN 值，以防万一。

现在回头想想，如果那张设定卡在夜晚消耗的 SAN 值可以减半，那它无疑比现阶段的风之子还要好用。他得抓紧时间摸透那张设定卡，也好给自己增加一点儿安全保障。

宗衍拿出了设定卡，躺在床上把它捏碎了。

设定卡的手感是硬的，它被捏碎的时候，分裂的每一块冰晶都很整齐，宗衍有一种小时候玩捏捏乐玩具的感觉。

"第一次使用该 A 级日抛型设定卡，请为它取个名字。"

跟卡片相关的提示直接出现在宗衍脑海里。

宗衍想了想，道："就叫守夜人吧。"

"使用日抛型设定卡'守夜人'需要 SAN 值 35 点，目前 SAN 值 40 点，使用成功。"

"注意，该设定能够维持的夜间时间为八个小时。"

"按照规则，夜间时间为太阳落山到第二天太阳升起这一段时间。当太阳升起后，使用该设定卡所消耗的 SAN 值将会翻倍。"

下一秒，散落在空气中的星尘碎片尽数没入宗衍的皮肤，耀眼的光芒一闪而逝。

日抛型设定卡除了使用时间有限制，变身的动静也很大，就差没学着动画片里魔法少女变身一样配上一段背景音乐。

所以不到危急关头，宗衍不会使用它。上次在空中暴揍夜魇时，他为了节省 SAN 值提前解除了状态，不然势必得向一大堆资深调查员交代为什么自己能够瞬间变装。

刹那间，宗衍乱成草一样的头发就被缎带整整齐齐地束了起来，从躺在床上无所事事的邋遢男大学生，变成了穿戴整齐、随时随地就可以去参加一场舞会的绅士。他头戴礼帽，身穿黑色风衣，胸前还佩戴了一只怀表。

"咚。"因为他刚刚是半躺在床上的，所以头上的礼帽滚下了床。

紧接着，宗衍感觉自己左肩一沉，他低头一看，刚好和那只戴着鸟嘴面具的告死鸟四目相对。两双猩红色的眼睛对视，宗衍明显能看出告死鸟眼神呆滞，一副不太聪明的样子。

这张设定卡居然自带一只随身宠物。宗衍心想，同时嘴上说道："这鸟真该减肥了。"明明从卡面上看它并没有这么肥。

没想到告死鸟居然听懂了他的话——

原本张开翅膀准备凑近他的告死鸟唰地一下转过身，扑棱着飞走了。

"嘀，脾气还挺大。"宗衍愣了一下，姿势优雅地起身，慢条斯理地从手巾袋里扯出黑色的手套，戴好后又顺手将风衣和深灰色衬衫上的褶皱抚平。

等他做完这一切，站定在地毯上的时候才反应过来自己刚才干了什么。按他本人的性格，肯定不会这么讲究，大概率是被守夜人设定卡所附带的性格影响了。

一时间，宗衍不知该做何感想。

好了，接下来就是试验一下这张设定卡的能力。宗衍用手中的黑伞轻轻敲了敲地面，整个人瞬间融入阴影之中，紧接着又出现在了窗外。

原来如此，宗衍心想，这张设定卡的能力之一就是将自己融入阴影里，不过对于移动范围有不小的限制。

穿越阴影的感觉很奇妙，就像是穿越了一层温水。宗衍盯着屋檐的倒影，再次融入其中，这一次，他出现在了别墅的楼顶。

他身披月光，居高临下地俯瞰着夜色。这一刻，宗衍内心充斥着无与伦比的自负感，他自然而然地认为夜色就是他的地盘，在融入阴影的那一刻，他甚至感受到了巨大的支配欲。

只要黑夜还在，那他就是夜晚的主宰者。

宗衍在楼顶停顿了片刻，而后撑开黑伞，一跃而下。

流淌的清辉覆盖在伞面上，伞影被投映到地面，宗衍在跳跃的瞬间，悄无声息地融入了伞影之中。

如果有人正好看到这一幕，那么他只会看见一把凭空飘荡的黑伞。

风之子的特质是操纵风，特殊能力是飞行。守夜人目前已知的特殊能力是融入阴影，特质未知。

宗衍本来以为这张设定卡的功能是可以操纵黑暗或者影子，但事实并非如此。他又试着呼唤了一下那只告死鸟，也没有得到回应，显然它还在生气。

真奇怪。一般来说，特质肯定比特殊能力好找得多。宗衍当初用风之子的时候，也是在知道特质之后摸索出了特殊能力，怎么守夜人反过来了？

他正思考着这张设定卡的关键词，忽然听到了一道奇怪的说话声。他冥冥中觉得这个声音只有他一个人能听见。

"这个奥德华王子又开始了，大半夜的还吵！"

宗衍内心震惊，这是意识体？！

他下意识地想要吞口水，但是这张想将优雅贯彻到底的设定卡不允许他这样做，于是宗衍只能在黑暗中干瞪眼，戴着手套的手指下意识地摩挲了一下口袋里的金怀表，试图用它冰冷的温度让自己冷静下来。

宗衍从没见过脱离肉体的意识体，结果就在这天，他的世界观又一次被刷新了。

他脑海里出现了一些小时候看过的影片，想起那些蓬头垢面的意识体，只想转头就走。

他想他明白这张牌的特质是什么了——沟通生命体和意识体。

夜空中突然响起了小提琴声。小提琴手的心情似乎很不错，一首忧伤的练声曲也能被他拉出躁动感来，配合着月光，还真有一点儿浪漫的感觉。

"大半夜的扰人清梦，有完没完了！"

宗衍在墙角站了一会儿，发现那个缥缈的声音就是从他隔壁那栋别墅里传出来的。

其实别墅的隔音效果很好，如果不靠近听，还真听不到小提琴声，不过对于意识体来说确实有点儿吵了。

也就片刻的时间，宗衍又陆陆续续听到了许多不同的声音。

"这王储才入学了五天，每天晚上雷打不动地拉到半夜。"

"就是，就是，我成为意识体之前，密大艺术系也没多出名啊，这王子怎么就报到密大来了。该死的，E国的音乐学院应该很欢迎他们的王子才对！"

"你们这些来串门儿的意识体不知道了吧，我可是常驻这栋别墅的，这个小王子身上的传言多了去了。"

"什么传言？"

所有的意识体都沸腾了，叽叽喳喳吵成一团。

这实在不能怪他们无聊，而是生活太过无趣了。这些意识体过去都是密大的教授、学生或调查员。他们无法被人看见，只能相互交流，经过漫长的时间，闲得都要长出蘑菇来了。

宗衍听着他们的交谈，隐隐约约还听到了几个熟悉的名字。例如某个意识体是在实验室里被异种摧残的倒霉调查员，还有个意识体是密大派去极南之地的科考队的队长，后来和追随者战斗时出了意外，因为太过惦记密大而回到了这里。

宗衍心想：极南之地和A国隔那么远，这意识体也是蛮拼的。

"这你们就不知道了吧。"说知道王子小道消息的意识体得意扬扬地说，"我比你们先成为意识体，关于E国王室的秘闻，我知道的比你们多得多。"

有的意识体不耐烦了，道："别废话，快说来听听。"

"别着急嘛。你们听说过之前E国王室那位前王后离奇过世的传闻吗？"

不同于其他国家，E国不仅保留了王室，且王室还握有部分权力。可随着时间的推移以及之前几位国王留下的烂摊子，如今反对王室的声音络绎不绝。王室如履薄冰。

"奥德华王子就是E国现任国王的小儿子，因为是老来子，所以备受宠爱。可惜在奥德华王子小的时候，他母亲就离奇过世了。"

这件事情可谓轰动一时。前任王后是一个温柔美丽的人，而她尸骨未寒，国王就又迎娶了一位新王后。

那意识体咂了咂嘴，惋惜地说："当初王后去世，密大也派出了调查员去调查，但王室为了颜面进行阻拦，所以最终什么也没查出来。但是可以确定的是，王后的死绝对和盘踞在L城的地下组织有千丝万缕的关系。他们很有可能是某位高维度生物的追随者。前天晚上，小王子恐怕是做了噩梦，半夜都还在呼唤他妈妈的名字呢。而且他贵为王子，竟然没有带保镖和仆人，而是只身就读密大，真是勇气可嘉。"

众意识体都沉默了，宗衍也不好意思再听墙角了。

他站在阴影里听了一会儿小提琴，从中听出了自由的味道。

自从上次见面后，奥德华好像真的践行了他说的话，十分自来熟地把宗衍当成了朋友。

宗衍今晚喝的咖啡就是这位小王子推荐的。也就是这一晃神的工夫，他看到了一团一团飘浮在空气中的虚影。他下意识打了一个寒战，转头就走。

比起查尔斯教授上课讲的那些，宗衍觉得，还是意识体给他带来的冲击力更大。

他收起手中的黑伞，慢慢地融入了脚下的阴影里。

告死鸟从远处的枯枝上掠过，黑夜沉默地俯首迎接自己新的主人。

宗衍不知道的是,在另一栋房屋的窗帘后,塔维尔合上了手里的书,悄无声息地将空间撕裂。

宗衍在密大的第一个美好的周末,就在无数物理作业中度过了。

星期天的晚上,他洗完澡后无所事事地躺在床上玩魔方,一旁的手机忽然振了一下。

他拿起来一看,短信显示工程学教授临时接了一个紧急任务,未来两周的密纹学课程全部停课。

密纹学一直是密大的王牌学科,也是必修课之一,它涉及的知识领域十分广泛,涵盖了文理两科,需要背诵、计算以及绘画。调查员如果想要学会咏唱奥语,并且在和异种的战斗中保护自己,密纹学绝对是不二的选择。

密大有些选修课很有意思,例如有一门研究友好异种的学科,第一堂课就是让学生们去密大门口找夜魇,并且和他们友好交谈。

宗衍当时上这堂课时,打头的那只夜魇一看到他便尖嚎一声,然后率领众多夜魇飞走了。

给学生们上课的老师沉默了半响才开口道:"我在密大工作了十几年,这还是我第一次看见夜魇这么惧怕一个学生。"

夜魇一族最喜欢恶作剧,他们喜欢把人带到高空捉弄,然后欣赏人类的焦躁和恐惧。

往年第一堂课上的学生都是最惨的,因为他们会遭受夜魇的骚扰和折磨。一般这种时候,教授都是坐在一旁看戏的。

夜魇和幻梦境许多种族的关系都不错,如果这些学生能够和夜魇打好关系,未来还能够探索幻梦境。每年密大都有教授带那些在某些高级课程里拿到高分的学生去开展各种侦查调研活动。

异种生物学课的老师拍了拍宗衍的肩,道:"以后你尽量少往幻梦境里走,关于你的事情,估计夜魇已经传递给不少种族。"

结束回忆,宗衍挠了挠头,想起自己前几天才学会的夜魇语,心想恐怕是没有用武之地了。

他把魔方旋转了过来，伸手探进虚空，打算抽张卡。谁知他刚刚把手探到虚空，就有一张冰冷的卡片顺着他的指尖滑到手心。

他愣了一秒。

他现在是躺着的姿势，虚空在他的上方，按照地心引力来说，这卡确实应该从高处滑到低处。可是宗衍抽了这么多年的卡，早就清楚虚空里不遵循普适的物理定律，比如就算他现在松手，卡片也不会掉到地上，而是悬浮在空中。

"这年头儿，设定卡也学起了故弄玄虚？！"宗衍大惊失色。

他无奈地把手心里的卡翻转过来，随即疑惑地拧起了眉心。

这张卡没有等级，卡面甚至一片空白。一般来说，卡面空白的就是废卡。宗衍抽到过不少废卡，但它们都会在被抽到的下一秒自动消散，不会像这张"投送怀抱"的卡片一样。

"嗯……这张卡也有字。"宗衍疑惑地凑了过去。

流光溢彩的卡面上有几个扭曲的、不属于人类现有的任何语言体系的字母。它们比古文字更加晦涩，更具意象，比任何文字或者图画都要邪恶不祥。

宗衍仅仅是随意地扫了一眼，就感觉到有千万根针在刺激着他的神经。他的太阳穴莫名开始发热，紧接着便觉得天旋地转。

他从未见过这种文字，也没有见过任何一种类似的文体，但在这一刻，他却不由自主地张了张口，只是无论如何都无法唤出那个禁忌的、至高的、绝顶恐怖的名字。

他手一抖，忽然明白为什么这张日抛型设定卡没有等级，因为拥有这个名字的存在根本无法用等级来界定。

即使这只是一张只有本体亿万分之一力量的分身卡。

抽出那张一切未知的设定卡后，宗衍一晚上都没有睡好。这导致他第二天精神恹恹，黑眼圈格外显眼。

"早安。"宗衍往盘子里夹了点儿薯条，顺手挤番茄酱的时候，听到了一道清亮的声音。

他抬头，看见奥德华就站在他旁边，手上还端着一杯牛奶。

其他人看到这一幕,纷纷露出惊讶的表情。

这位王子殿下平时都是众人的焦点,骄傲惯了,即使独身来到密大,他背后的王室也没少跟尖顶议会联系,让他们照顾好这位金贵的殿下。

众所周知,奥德华是E国国王最宠爱的小儿子,早些年就有很多关于国王准备绕过第一和第二顺位继承人,直接传位给奥德华的报道。

而奥德华从小爹疼娘爱,就算国王后来迎娶了新王后,他在王室的地位也丝毫没有受到影响,唯一遭人诟病的就是他稍显尖锐的性格。

密大来头不小的学生很多,不少人想借此机会和这位差不多被内定了的王储攀关系,可惜这位王子傲得很,一点儿面子都不给。如今看到奥德华主动和学校首席打招呼,不少人惊掉了下巴。

不愧是首席呀,众人纷纷感慨。

宗衍对此一无所知,虽然那天被奥德华封了"唯一的朋友"这种听起来很让人感动的称号,但他丝毫没有把这件事情放在心上,该吃吃,该睡睡,生活过得波澜不惊。二人偶尔在路上遇见了,除非是视线交会,宗衍才会主动打招呼,否则他都会习惯性地当作没看到。

令宗衍感到疑惑的是,他对奥德华越不走心,奥德华就对他越加示好,偶尔对方还会做出一些纡尊降贵的举动,例如像这天早上这样主动跟他打招呼。

难道这位王子是个受虐狂不成?

"早。"宗衍点头道,同时看了一眼奥德华手里的牛奶。

"这是我母亲生前的习惯。"奥德华敏锐地注意到他的眼神,轻描淡写地解释了一句,然后话锋一转,"注意休息,你的黑眼圈快挂到腮帮子上了。"

宗衍:……

宗衍回到座位上吃早餐,忽然想起自己前两天晚上听到的话。

权力和财富聚集的地方,总会有一些见不得光的存在,对于别人的隐私,他没有窥探的想法,只是觉得奥德华很可疑,便一直暗中观察。

想到这里,宗衍开始专心致志地解决自己碗里的白粥。

这里就不得不说一下当学校首席带给他的最实在的好处了,那就是他可以免费享受密大食堂私人订制的食谱,他十分果断地选择了全中餐配置。民以食为天，而密大建在幻梦境，他们只有周末才能出去。

只是，每次他吃饭的时候都会引起旁人的关注——只为看他是如何用手里两根如同魔杖一样的小棍子准确地将菜夹到嘴里去的，这搞得他很有压力。

结束了一天的课程，宗衍抱着书往图书馆走去。他需要查阅一下前一天晚上抽到的那张设定卡的相关信息，没想到在去图书馆路上碰到了塔维尔。

"学长好。"他乖乖地和对方打了个招呼。

不知道是不是错觉，宗衍觉得塔维尔这天的心情似乎不错，最直观的一点就是，他落在宗衍身上的视线没有让宗衍觉得不自在。

"书看完了吗？"塔维尔问。

"看完了。"

说来也奇怪，每次面对这位学长，宗衍都会有一种像是在面对教导主任的感觉。

"嗯。"塔维尔满意地点了点头，接着问道，"如何？"

这个问题成功地让宗衍回忆起自己干了坏事后被拎到办公室接受批评教育，还得口头忏悔的画面。

"是一位强大的存在。"宗衍谨慎地说。

此时此刻，他内心又生出了和那天在图书馆里一样的危机感，汗毛根根竖起，恐惧的电流顺着他的脊背爬到他的头顶。

事情发展到这个地步，就算是傻子也能察觉出这位塔维尔学长有问题了，但奇怪的是，即使宗衍能意识到自己所有不寻常的反应都可能是因为面前的人，他也依然无法对对方生出警惕。

人类的意识是什么？它们又是如何存在的？人类的文化发展至今，这依旧是个未解之谜。但是，不管是记忆还是意识，它们在面对更加强大的东西时，都能被轻易地篡改，甚至让人连反抗之意都生不出来。

意识不到自己身处危险之中，反倒做着一切安好的美梦，这是何等恐怖的事。

宗衍直觉自己应该再说点儿什么，因为他后背的冷汗越来越多了。

"我觉得犹格是一个很不错的神。"宗衍拿出他做试卷时的瞎编水平，严肃地说，"他十分慷慨且不拘小节。"

"哦？"塔维尔愣了一下，没料到宗衍会这么回答。

"只要有人成功地取悦他，他便会给予对方无穷无尽的知识作为回报。"终于看到塔维尔学长脸上出现一个比较真实的表情，宗衍内心充满了成就感，继续道，"而且他还会体谅追随者，只要追随者准备一座石塔，他便会大发慈悲地降临，接受追随者的赞美。"

宗衍越说越觉得自己有道理，继续说："这么好的门之主，现在难找了呀！不瞒你说，如果结业考试前我的物理成绩还上不去，我甚至会考虑拜一拜他。"

塔维尔：……

"查尔斯教授嘱咐我们要坚定调查员的道路，千万不要追随任何一位门之主。"宗衍忽然压低了声音，"对此，我有一个万全之策。等我从犹格那里得到了物理知识后，我就叛变。"

不知道为什么，宗衍说完这句话，那种危险的感觉不仅没有减少，反而越来越强烈。他颇为自得地点点头，道："学长，你可要为我保守这个秘密，难道你不觉得这是一个天才般的想法吗？"

塔维尔用那种令人毛骨悚然的眼神看了宗衍一眼。宗衍感觉自己变成了生物学教室门口那副白色的人体骨架，或是摆在烧烤架上的肉，正被毫无感情的食客评估。

就在这气氛胶着的紧要关头，塔维尔忽然笑了。刹那间，宗衍心里所有的恐惧凭空消失。

"你每一次都能给我带来惊喜。"塔维尔声音低沉，"这的确是一个天才的想法，或许你可以实践一下。"

宗衍缩了缩脖子，下意识打了一个寒战。

告别学长之后，宗衍继续前往图书馆。经过了刚刚那段刺激的插曲，他有一种去鬼门关走了一趟的感觉。

所幸在危险值拉满的那一刻，他捡回了一点点理智，发现了自己的不对劲。

这是一件很不可思议的事情，就像视觉是二维世界的蚂蚁被人类踩死了，它是不会知道踩死自己的是人类，因为他无法抬头看到人类这种生物。

宗衍却突破维度的限制，找回了自我。但是他依然无法生出警惕之心，甚至在看到塔维尔的时候理所当然地把对方当自己人，不然他也不会说出刚才那些话来。

结合查尔斯教授的话，他基本能确定自己被下了某种精神暗示，而给他暗示的恐怕就是某个高维度生物。

他急匆匆地走到图书馆，急促地翻阅。

他在寻找一个名字，前一天他抽出的设定卡上写着的名字。

下一秒，他瞳孔一缩。

他看到了——

他是审判者的首领，被称为"盲目痴愚之主"，也是原初之核。

他是宇宙的起源，一切规则诞生的根源，万物的主人，他无所不能。

他居住于时间与空间的中心，位于维度之上。

虽然他至高无上且伟大，但同时也盲目且痴愚。他一直处于沉睡状态，一切物质和意识都是他思想的延续。

若是有一日他苏醒，那么宇宙将会不复存在，一切都将重归于他。

这是真正的宇宙之主，凌驾于三柱原核之上，是所有高维度生物追随的天主、父神。

其名为阿撒索。

就在前一天晚上，宗衍抽出来了一张未知等级的日抛型设定卡。上面的文字投映到他脑海里，所展示的信息是：这张卡名为"阿撒索"。

如果真像《湮灭之书》里描述的那样……宗衍咽了一口口水，小心翼翼地拿出那张卡，犹豫了一下，然后将它捏碎。

一般来说，设定卡在被捏碎后还会有一道保护程序，宗衍会在脑海里得知使用这张设定卡所要消耗的 SAN 值，然后再决定要不要使用。但是这张从头到尾都透露着"我不一样"的卡片，很明显没有这个保护措施。

"日抛型设定卡'阿撒索（分身）'需要 SAN 值未知，目前 SAN 值 40 点。"

"警告，您的 SAN 值不足。"

"警告，您的 SAN 值不足。"

"警告，您的 SAN 值不足。"

"您的 SAN 值已经归零。"

大哥，你这也没给我反悔的机会呀！宗衍在晕过去的那一秒如此想道。

第四章·叮！调查团组建完毕

宗衍感觉自己的意识似乎被什么东西生生从躯体里拽了出来。

之前的日抛型设定卡都是简单地改变了他外在的皮囊，这张设定卡就比较特别了，它直接将他的意识扯了出来，不知道扔到了哪里。

万千碎片如同潮水一般涌了过来，疯狂地撞击着他的意识。

人类是三维空间的生物，按照宇宙通行法则，低维度生物永远无法接触到高维度生物，只有高维度生物给予低维度生物对于高维度空间的认知，高维度生物才能被低维度生物知晓，但是低维度生物永远不可能脱离自身所处的维度空间。

阿尔伯特曾经说过"时间并不存在"。三维空间的人类之所以会觉得时间存在，不过是记忆的把戏。是记忆让我们产生了"时间"的概念。而对于四维空间的生物来说，时间就是一条轴线，他们可以随意观看这条轴线上的任何一个节点，成为时间旅行者。当然，人类也无法以自己的思维对高维度生物进行揣度。

而现在，三维空间有了这么一个变数。

宗衍通过某种不可控、不可知的途径，从三维世界里脱离出来。他并不是跃进一个维度那么简单。他的目标是宇宙的终点。

他的意识以超出光速不知道多少的速度前行，也许不到一秒钟，也许是很多很多年。反正时间对于穿越维度这件事来说没有一点儿意义。

他的终点是位于宇宙之外的另外一个位面，是时间与空间的中心，是一切诞生的原初之地。

那里有着浩瀚磅礴的宫殿，不可思议的昏暗殿堂，以苍穹作顶，以星辰为座椅，以光芒织就殿宇，一望无际。

无数审判者们——正是查尔斯在课堂上说过的"那些人类无法想象的强大存在"，他们聚集在这里，环绕在最中心的殿宇外。

他们不可名状的身躯上有着不同种类的乐器，日复一日，年复一年地在这里奏响，表达自己对宇宙之主的绝对忠诚。

宗衍正在经历双重煎熬。

对于"阿撒索"的意识来说，宗衍的意识好似沧海一粟，微不足道。

SAN 值是宗衍精神力的具现化，会在他使用设定卡的时候扣除，这也是他妄想超越人类之躯所需要付出的代价。正是因为如此，当他使用了阿撒索（分身）的设定卡之后，SAN 值才会直接归零。

而 SAN 值归零是一件十分可怕的事情。

一般来说，即使他成功使用了设定卡，他的意识也会在门之主的意识降临后的瞬间被碾成粉末。

可是宗衍不仅没被碾成粉末，还引来了正主的注意。沉睡的阿撒索注视着他，在宇宙之外、维度之上。

宗衍感觉有千万根针缓慢地刺穿了他的意识，那种疼痛并非任何肉体上的疼痛可以比拟，就像有人拿着小刀一点一点地将他的中枢割裂，痛得他想要尖叫出声，可意识体状态下的他又没有可以发声的器官，所以只能继续处在极度的紧迫里，几近崩溃。

忽然间，他所有精神层面的痛苦全都偃旗息鼓了。一道无形的、从至高的层面探出的意识触手卷上了他的意识——意识触手只是一种说法，实际上它就是一道可操控的意识。

这道意识触手不带任何恶意，恍惚间，宗衍甚至产生了一种极为荒谬的、近似于回归的错觉。

历史学专家曾在一块巨大的绿祖母石板上面发现了一段文字，他们猜测那是高维度生物传述给人类的，后来被艾萨克翻译成人类的语言。其中一句话的大意是"万物本是一体"。

身为宇宙之主，阿撒索的思想分化延伸到了宇宙各个角落。宗衍既是独立的个体，也是阿撒索分化出去的一道极细微的意识。而他现在正归于这个庞大的主体，就像是万物归于原初，孩童归于父母，乳鸽归于鸟巢。

突然，一切戛然而止。

茫茫星海里，审判者们纷纷被感召，停下了他们日复一日的疯狂起舞。甚至不需要特意去看，宗衍就知道他们的名字。

除了那些环绕在阿撒索宫殿之外的审判者，还有一些审判者们创造出来的仆从，他们如今感受到了天主的异动，纷纷沉默地俯首。

这一切不知道存在了多少年。审判者是无法被时间所桎梏的，但这的确是他们第一次真真切切地感受到天主的意识降临。

"阿撒索"睁开了眼，刹那间，星火湮灭，万物沦陷。

不过很快，宗衍的意识便被推出了这座庞大的宫殿，从维度之上回归到十一维度空间，紧接着是十维、七维、四维……最后回到了三维，回到充满雨雾的L城，回到幻梦境的狭间，回到密大的图书馆。

谁都不会知道，就在刚刚，一个三维世界的灵魂经历了一次奇幻的旅行。而那远古的宫殿之上，一切又恢复了正常。

时间和空间的中心再度传出了单调、令人作呕的长笛声。那个声音足以使任何一位有智慧的维度生物瞬间发狂。

一切都恢复了平静，就像意外从未降临。但即使只是片刻，也足够引起无数关注。

遥远的大地上，纸醉金迷的香槟派对上，金发蓝眸的男人忽然停下了动作。

"怎么了，莎布先生？"身旁的女伴着迷地凝视着男人完美的脸庞，用黏腻的声音问道，"是不是今晚的派对不符合您的喜好，需要我让管弦乐队换一支曲子吗？"

女伴并不是唯一一个，在场所有的男男女女都像着了魔一般盯着这位莎布先生。他们眼珠里黑色的部分逐渐扩散开，将整个眼球染黑。

如果有人看到这诡异的一幕，定然会恐惧得发出尖叫，可惜他们没有一个人有这个自觉,每个人的脑子都被"讨好莎布"的想法给占据了。

那是超越了人类想象的容貌,是一切美好之物的集合体,是一切溢美之词的具象化。

"不需要,你可以滚了。"莎布笑了笑,笑意不达眼底。

即使被人用这样粗暴的态度对待,那名女伴面上也不见任何不虞之色,反而慌张地跪下,苦苦哀求。

可即便如此,这位莎布先生也没再多给她一个眼神,他直接起身从这个富丽堂皇的私人宴会厅离开了。

另一边,在满是精密仪器的办公室里查看档案的黑皮肤医生一顿,脸上爽朗的笑容忽然收起。

"怎么了,德克斯特教授?"一旁的助手注意到了医生的神情变化,关切地问道。

这位被称为"医术圣手"的德克斯特医生此刻面部的表情古怪无比,脸上的笑容堪称疯狂,像是一位狂热的追随者。

"您终于从亘古的痴愚之中……"他的声音嘶哑,宛如魔鬼的低语。

下一刻,这间办公室被拖入了另一个空间,远处隐隐约约传来了不明野兽的嘶吼,遥远如同来自外太空。

助手尖叫一声,被这变化吓得晕了过去。

"啧,人类的恐惧。"德克斯特医生冷漠地眯了眯眼,从空间的间隙里穿越,踏入了宇宙之外。

在密大的某个教室里,手里捧着书的塔维尔也拧起了眉心。

又是这样。他的本体是犹格,按理说这个世界上的一切都应该处于他的掌控之中,而今他却遭遇了两次变数。

第一次,他无法从那个渺小的人类身上读取到任何信息。不应该,这当然不应该。不被时空掌握的只有和他一样的高维度生物。

第二次则是现在。在遥远的时空尽头的宫殿中,伟大的天父阿撒索产生了微弱的意识波动。按理说,即使这波动再细微,即使被观测的对象是阿撒索,他也不该毫无察觉。

犹格就像一位观赏戏剧的国王，只想操纵身为提线木偶的演员，事物脱离掌控的感觉让他生出近似于不耐烦的情绪。

他将书本合上，背后的阴影忽然扩大，将他吞噬了进去。

片刻后，他回归宇宙。

在进行了一次短暂的意识的星际穿越后，宗衍再次回到了地球。

他醒来的时候，目之所及是一片白色。他愣愣地盯着天花板，忽然翻身下床。

"等一下，怎么回事？怎么就醒了？！"校医室里的医生们惊愕地围了过去，"你现在感觉怎么样？我们正准备做急救呢。"

前不久，有人拨打了校医院的电话，说首席在图书馆里晕倒了，于是校医们直接用担架把人抬到了急诊室。

医生初步判定宗衍是因为营养不良导致晕厥，正打算给他输葡萄糖，没想到他自己先醒了。

宗衍没有回答他们，他此刻感觉自己耳中一片轰鸣，意识仍被那单调的、令人作呕的长笛声笼罩。

他颤抖着手将鞋带系好，无视了医生们的阻拦，跌跌撞撞地从校医院冲了出去。

在和阿撒索的思维短暂地同频后，宗衍至今都还处于恍惚之中。

他现在全明白了。

人类的记忆很有意思，它们由海马体分类筛选，短时记忆被遗忘，而被海马体加工后的短时记忆则被转换到大脑皮层形成长时记忆。

以母星目前的科技水平，人类对于"记忆"的概念依旧众说纷纭，始终没有了解到其内核。就像人类对时间和空间的理解一样。三维空间的生物很难跳出现有的思维局限，而对于高维度生物来说，伪造记忆和精神暗示都是再简单不过的事情。

宗衍在校园里狂奔，如同一阵迅疾的风一般冲向副校长办公室。

"那个是首席？"看到宗衍的身影的人很多，只是由于光线问题看不清他的脸，他们面面相觑，不确定地问道。

宗衍无暇顾及这么多，他头痛欲裂，脑海中只有一个想法——他找到密大的内鬼了。

虽然他还不确定内鬼的真实身份，但对方绝不会是普普通通的异种，至少是查尔斯教授所说的支配者的级别。

"砰！"他情急之下没有敲门，直接推开了副校长办公室的大门。

这个时间，除了副校长，丹炉前面还站着穿着睡袍和拖鞋、披着一头黑色长发的君房。

"怎么了？"两位大佬一眼就看出了他的精神状态不对。

帕拉塞尔从桌子下拿了些嗅盐，凑到了宗衍的鼻子下面。

"先生，我知道了。"宗衍衣服凌乱，鞋带也歪歪扭扭地打成了死结，但他的眼睛却明亮无比，"我找到了那个潜伏在学校里的内鬼。"

君房和帕拉塞尔对视一眼，脸色皆是严峻无比。

帕拉塞尔将一个印章塞到宗衍手里，道："你不必告诉我们那个人的名字。我们都清楚，能随意操纵他人精神的存在，就算你跟我们说了，也没有什么意义。这一点想必你也深有体会。"

帕拉塞尔拍了拍宗衍的肩膀，语重心长地说："这是我的私章，你拿着它去学工部，他们知道怎么做。"

学校建在幻梦境有一个好处，那就是可以借他人之手铲除异己。如果某人被打上禁止进入密大的标签，那他就无法通过真理之门。

"至于我们……"帕拉塞尔说完，和君房对视了一眼。后者点了点头，打了个手势，火红的金莲在他指尖绽放，接着一点点扩大，吸收了丹炉下面的丹火，化作烈焰从办公室里冲了出去。

"现在全校已经进入了戒严状态。"君房朝宗衍点了点头，给他塞了个丹瓶，示意他稳定一下自己的精神状态，"接下来就拜托你了。"

这天的 L 城依然被云雾笼罩。到了傍晚，朦胧的细雨终于停了一小会儿。

L 城西区依然灯火辉煌，这里是世界闻名的戏剧中心，有四十多个剧院，每天循环上映各种经典戏剧。也正是因为有这样一座世界级的艺术舞台，L 城的市民们一直保留了看戏剧的传统。

例如这天，许许多多的戏剧爱好者准点赶过来，为的就是观看这晚在此首映的《黄衣》。

这出剧很早就开始做宣传了，剧院门口的广告牌上，身披褴褛黄衣的国王张开手臂悬浮于空中，他的面容隐藏在兜帽之下，整体看上去有种诡异而神圣的感觉。

穿着传统正装三件套的男士从轿车上下来，将黑伞递给一旁的侍者，而后极为绅士地拉开了后座的车门，牵出一只纤纤素手。

这种风格的西装对男性的身材要求十分苛刻，它没有新式西装的宽松，也没有宽厚的垫肩。如果有啤酒肚、溜肩或者是其他身材缺陷的男性，穿这种西装只会放大他们身材上的缺点。

威斯汀虽然已经到了有年龄危机的阶段，但除了秃顶，他的身材还是保持得不错的。

他身旁的女士慢条斯理地整理了一下自己的手套，黑色帽纱下的眼睛若隐若现，只露出两片娇艳似火的红唇。

这无疑是一位会让男人目不转睛的美人。

"不知道我是否有这个荣幸，邀请您一同前往艺术的殿堂，美丽的艾达小姐。"

"当然，乐意至极。"

她挑逗般地抛了一个媚眼，轻巧地挽上了他的手臂。

二人一同进入剧院二楼的包间就座。

已经快到开演的时间，宾客陆陆续续入场就座。从二楼的高台看下去，下面乌泱泱的一片。

包间的视野十分开阔，威斯汀随意一扫，正好看到舞台后面有一群穿着黑色长袍、头戴黄色面具的人经过。

在这个年代，穿这样厚重的黑色长袍的人委实少见。除此之外，黑色长袍上还有一些十分诡异的文字，因为距离过远，威斯汀看不太清。

即使是这样，在视线接触到那些印在长袍上的不明文字时，他依然感到一阵眩晕，就像是头部遭受了重重一锤。

威斯汀"呸"了一声，按住自己的额头，连忙转移视线。

"那些是什么人？不会是心怀不轨的地下组织吧？"威斯汀道。

等他好不容易将那股恶心感压下之后，再抬眼去看，发现那群怪人已经不见了。他有些慌张，毕竟最近全世界范围都不太安宁。

"大概是剧组的工作人员。"艾达展开了手中的蕾丝羽毛扇，笑了笑。

"也许吧。"威斯汀嘟囔一声。

包间里的气氛正火热，灯光忽然暗了下来，厚重的大幕从中间缓缓拉开，灯光也一盏盏熄灭。

一个古怪而不祥的印记被投映到舞台的幕布上，随之而起的是一曲悠扬的图瓦挽歌。

演员们已经就位，女王的扮演者头戴王冠，站在舞台之上。紧接着，合唱开始。缥缈的歌声在剧院的穹顶下回响，观众们微微合眼，听得如痴如醉。

"也不知道这出剧需要耽误我们多少宝贵的夜晚时间，宝贝。"威斯汀不感兴趣地收回了视线，心猿意马地朝身旁伸出手。

虽然穿着本地风格的西装，但他并不是本地人，而是他国的富商。他生性开放，因此对歌剧这种高雅的东西不太感兴趣。

一束灯光打下，合唱者们身披黑袍，站立在舞台的右手边。刹那间，威斯汀好像看见合唱者里有一位五官空白的存在。也正是这个瞬间，不知名的恐惧一下击中了他，让他下意识地颤抖起来。

"并不需要太久。"艾达笑了起来，眼眸里带着诡异的色彩，"艺术总是令人向往，等到结束之后，夜晚的时间都会是你的。"

"当然，是在看完第二幕之后。"她忽地收起了折扇，笑容在昏暗的灯光下显得诡异无比。

没人看见的是，扇柄上的印记和舞台上的投影一模一样。

"L城有地下组织聚集？"密大的教授休息室里，有人看到了公告牌上刚刚发布的信息。

神秘界有一套自己的联系方式，为了不被窥探，尖顶议会用高级加密法自主研发了一个APP（Application的简称，智能手机的第三方应用程序），用起来十分方便，就和普通的社交软件差不多。

这个APP上会定时发布一些信息，例如某个城市出现了不明生物，紧急需要世界各地空闲的调查员承接任务，调查员完成任务后则可以直接从平台上得到报酬，有一点儿悬赏的意思。

就在刚刚，有教授在浏览消息的时候，看到"L城"冒出了一个代表新消息的红点。

"L城一直有未查明的地下组织在活动，不过因为他们人数稀少，并且几乎从未举行过召唤仪式，所以我们知之甚少。"专攻历史学的教授道，"这个信息是什么等级，我这两天正好没课。"

其他几位教授也跃跃欲试。

除了学校里的几位长生者，密大的教授全部都兼职调查员，同理，密大的调查员和导师们也有可能会是教授。

除了本职工作的薪水，调查员如果想赚外快，要么加入像龙组那样的官方组织，要么接私活儿。

因为调查员人数稀少，所以就算是接危险等级较低的私活儿，他们也能得到一笔不错的报酬。

至于资深一点儿的调查员，随便组个队，偶尔去解决一些在官方管辖范围外的危险等级比较高的异常事件，报酬瓜分以后都能赚得盆满钵满。

"这个信息说没有任何伤亡……只是疑似。"

"哦，那没戏了。"

历史学教授摊摊手，道："E等级，有可能会加入今年学生们调查实践课的选择范畴。"

E等级的任务是默认留给密大的新人们做的。

密大历年来有一个牢不可破的传统，那就是调查实践课。在很久以前，密大的师资力量还没有这么强大时，调查实践课几乎是培养新人调查员的唯一途径。所以即使到了现在，这个传统也依然保留着。

调查实践课开设在学期过半的时候，由学校下发任务，导师着手安排，一般会选定一个 E 等级或者是 D 等级的任务，由导师带领学生一起参加并完成。也算是让这些温室里的花朵提前体验调查员的日常。

按照惯例，在毕业前，学生应该在导师的协助下完成四个任务，其中三个允许导师帮助，剩下一个必须独立完成。

和其他要求十分松的毕业任务相比，调查实践课绝对是用来控制毕业率的。当然，它不仅控制毕业率，还控制死亡率。

此时的宗衍正坐在教室里，他面前摆放着一份死亡协议。

该协议很亲民，上面写道，如果学生在调查实践课中意外丧生，密大一定会在学校内部的大礼堂里为其举办盛大的葬礼，届时还会邀请所有学生和教授参加，众人一起手拍手唱祷告歌。而校长则会用炼金术催化火焰的方法给逝者进行无污染火化仪式，保证家属满意。

看着挺吓人，但是这些年神秘界越来越注重新生的培养，所以学生死亡率逐年下降，已经没有再出现过那种棺材一摆就是一礼堂的情形了。

于是，宗衍提笔签下了自己的大名。

教室里还有一些学生在阅读协议，百无聊赖之下，宗衍将视线转到了窗外。

窗外的阳光铺洒在平整的青草地上，轻而易举地就让人心情愉快起来。

距离宗衍来到密大已经过去了一个月，在他的暑假余额即将告罄的关头，密大的调查实践课也悄然而至。

开学后宗衍就是三年级学生了，三年级的学生一般都会早开学几天。宗衍早就和他的导师 Van 打过招呼。如果没有意外，他的调查实践课地点就在 L 城。

经历了一个月前的那件事之后，宗衍在密大的日子再度恢复正常。

一个月前，他使用了那张阿撒索（分身）设定卡，陷入了一种玄之又玄的境界，没想到误打误撞地解除了身上的精神控制，揪出了那个隐藏在学校里的内鬼。

没错，那个内鬼就是和他同一个导师，还是他师兄的塔维尔学长。

在知道这件事情后，宗衍没有半分犹豫，直接冲到了副校长办公室。副校长完全相信他，还将自己的私印给了他。他拿到私印后立刻冲到学工部。

学工部的负责人看到他手上的私印，二话没说就把花名册递了过去。花名册上带有深渊之主诺登的力量，如果有人在上面给出了拒绝某人进入的信息，那么幻梦境永远不会欢迎被标记者的到来。

宗衍拿着笔在塔维尔的名字上一画。

"直接画掉名字……嗯……如果这个学生正好在幻梦境，那他就会被斥力踢出去。"学工部的负责人委婉地说，"现在这个时间点，学生要么是在睡觉，要么是在洗澡。无论是哪一种，都很解气呀。"

确实很解气。被骗了这么久，还把对方当成知心倾诉对象的宗衍深以为然。

那个塔维尔，长得人模人样，没想到根本就不是人！他一想起自己之前处于精神暗示的状态，内心就止不住地来气。

不过不知道是不是因祸得福，他从来没有增长过的SAN值竟因为精神受创，一下子从40点飙升到了60点。

不过那种糟糕至极的体验，宗衍发誓，他这辈子都不想再体验了。他在心里毫不犹豫地将那张宇宙之主的设定卡打入了"冷宫"。

"填好了的同学可以交上来，后续实践课的情况直接联系导师咨询。"助教道。

宗衍第一个把死亡协议交了上去，和身旁的同学颔首致意后，就往Van所在的占星台走去。

是的，没错，资深调查员Van也在学校里兼职教授，不过出人意料的是，他并不打算给学生们传授如何杀死异种，而是搞起了副业。

"扑棱，扑棱。"宗衍正走在学校的林荫小道上，有一只黑色的鸟忽然从天而降，周围的人纷纷看了过去。

"喂，喂，喂，搞什么！你又胖了！"宗衍差点儿没被这只从天而降的鸟给压趴下，只能匆忙伸出一只手，将这只肥鸟接住。

没错，这只鸟就是守夜人设定卡附带的告死鸟。不知道为什么，宗衍明明已经解除了守夜人状态，但是这只告死鸟却没有回到设定卡里，反而在外面作天作地。

宗衍还发现自己使唤不动这家伙，无奈之下，只能捏着鼻子接受自己多了一只宠物的事实。

告死鸟一听宗衍又说它胖，直接飞到空中，挥舞着一对翅膀，不断地朝着他扇来扇去，表达自己的愤怒之情。

宗衍才不吃它这一套。作为一名熟练掌握幻梦境各个种族语言的学生，之前他忍不住化身守夜人夜巡校园，结果听到不少意识体在叽叽喳喳地讨论："最近也不知道是哪个学生养了一只鸟，据说张狂得很，跑到人家夜魇的领地虎口夺食，力气还大得出奇，和夜魇对打时丝毫不落下风，那场景……啧啧，鬣狗都蹲在旁边看起了戏。"

宗衍当时就想：这只告死鸟还挺横，和它的主人一样，熟练掌握了"迫害"夜魇的技术。

这家伙可能是玩累了，现在又找了回来。宗衍赶不走它，只好让它懒洋洋地蹲在他的肩膀上，随后继续朝占星台走去。

围观的学生们看着鸟嘴上的面具，感慨学校首席的审美就是超乎常人，与众不同。

宗衍跑到占星台，老老实实地顺着螺旋楼梯往上爬。

占星台特别高，顶端摆放着无数神秘仪器，还有巨大的炼金学望远镜。每一次来，光楼梯就得爬几百级，宗衍权当锻炼身体。

"呼——Van老师，下午好。"宗衍一口气爬到顶层，钻过门框，到达天台，站在原地喘气。

"Van老师？"身披白袍的灰发男子站在占星台的另一侧，脸上笑意浓郁，说出来的话却令人毛骨悚然，"或许你该换一个名字称呼我，嗯？"

那句话怎么说来着，该来的总会来。不是不报，而是时候未到。

宗衍的眼睛瞪得如铜铃般大，吓得气都不喘了。他后退两步，却被一股无形的力量重新推了回去。

占星台楼顶，贴着铭牌的地方，Van的名字不翼而飞，取其代之的是"塔维尔"。

宗衍一时间不知道是该吐槽对方这份行不更名坐不改姓的勇气，还是该庆幸这一次明显是针对全校的精神暗示没有波及他。

也许像上一次那种头痛欲裂的体验，他可以考虑多来几次。

宗衍感受到了他人生中最大的恶意。他急匆匆地跑到学工部，学工部的负责人一脸惊讶地看着他，说："Van？他一直在其他国家做科考研究，没有听说过他要来密大做教授。"

"您的导师不是塔维尔教授吗？塔维尔冕下前些日子才接受了密大的邀请，前来教授占星学课程。"说到这里，学工部部长还感慨了一声，"一位君主级的导师，可遇不可求。"

宗衍一头雾水。啥玩意儿？还成君主了？

他打探了一圈后，发现全学校的人基本都知道这位塔维尔冕下的存在。

人类的记忆再一次遭受了篡改，关于"前任首席塔维尔"的记忆悄无声息地不复存在，取而代之的是刚刚接受密大邀请前来授课的占星学教授，第七君主塔维尔。

究竟是怎样的存在，才能够如此轻而易举地篡改现实？他很想再次跑到副校长办公室重演一遍历史场景，但是……

"收起你那些小心思。"塔维尔眯起眼睛道，"不要惹怒我，不然……"

不然怎么的？宗衍想说自己富贵不能淫，贫贱不能移，威武不能屈。他挺直了腰杆，以此表示自己宁死不屈的决心。

塔维尔凉凉地说："不然我可以让你毕不了业。"

宗衍内心震动。

卑鄙！无耻！小人行径！

宗衍找又萨兑教授打了张借书条，把自己埋进图书馆的书堆里，誓要找出一点儿线索。

两天后，宗衍终于在《湮灭之书》某个版本的译本里找到了这个名字——塔维尔，别名太古永生者，一位强大的支配者。

关于这个名字的记载着实不多，下面还附带了召唤的祷告词，其余皆是未知。

"哒——"虽然早有预料，但真相大白的时候，他依然忍不住倒吸一口气。

支配者，那可是足以颠覆星系的存在。查尔斯教授在上课的时候曾经说过，有一些支配者被封印在地球，比如某海底就有一位沉睡的支配者。

以被封印的那位举例，一旦群星回到正确的位置，他便会从沉睡中苏醒，届时，全人类都得灭亡。两相对比之下，更能衬托出塔维尔的可怕。

支配者基本上都被主宰者封印了，能够自由活动的只有一小部分，其余的都在外太空，除非追随者召唤，否则他们一般不会降临，塔维尔恐怕只是一个化身。

宗衍的脑子转得飞快。但这位实在是太嚣张了，竟然连化身的名字都不改。

密大里专门研究高维度生物和异种的调查员多得是，而且高级生物学课程毕业考试时，也会让学生默写已知的高维度生物的名字。

可就算高维度生物数量很多，也不可能所有人都不了解塔维尔，只能说他的精神控制强大到超乎人的想象。

宗衍回想起自己使用阿撒索（分身）设定卡之前的状态。当时的他虽然直觉塔维尔学长有问题，但就是生不出任何防备之心，像一个被操纵的提线木偶，浑浑噩噩。

"不要妄图想象高维度生物有多强大。"生物课上，查尔斯曾轻描淡写地说，"他们超脱维度，这就代表着，无论你们怎么想象，所得到的结果都比他们的真实实力弱。"

所以塔维尔只会比他想象中更加强大。宗衍将书放下，长长地呼了一口气。

鉴于对方现在并没有造成任何实质性的伤害，例如像教授们描述的那样，降临时伴随着无意识地毁灭世界的行为，宗衍做了一个艰难的决定——敌不动，我不动。

正如塔维尔所说的那样，不要试图惹怒一位高维度生物。

最重要的是，宗衍十分悲哀地发现：假使对方真的想要毁灭世界，那他们即使联合母星上所有的君主和觉醒者，恐怕也无法阻止。他现在唯一能做的，就是什么也不做。

一天后就是确定调查实践任务的最后时限，大礼堂的内部被改造一新。长桌后坐着政教处的教授，学生们依次排队，一个一个落实调查实践课的任务内容。

"第一次调查实践课就申请一个人独立完成？"很显然，即使是政教处的教授，在看到宗衍的申请书后，也不免感到惊讶，"你可要考虑清楚，这是个E等级的调查任务，存在百分之五的死亡率。"

宗衍木着一张脸道："是的，我确定。"

此话一出，无数学生都朝这位学校首席投去崇拜的目光。

其实宗衍也是无奈之举。如果他不申请独立完成调查实践，就得选择和导师一起共同完成。先不说塔维尔愿不愿意履行导师的职责，宗衍现在是恨不得离对方有多远就多远，最好两个人永远不要相见，又怎么可能会自己主动送上门。那可是一位活的支配者！

"你的调查团成员有哪些？"教授继续问。

调查任务不可能让调查员单独完成，不然就是一个接一个给追随者们"送菜"。密大的调查实践课也一样。

选择独立完成某一任务的学生，可以组建自己的临时调查团，和队友们一起调查，调查团人数为四人。

宗衍摸了摸鼻子，道："就我一个。"

"不行。"教授皱了皱眉，道，"如果不组建临时调查团，那我们是不会批准学生开始任务的。我们决不会拿学生的安全开玩笑。"

虽然平时大家喜欢调侃密大的死亡率，但如果真的有学生在调查实践课中意外丧生，那绝对是一件举校哀悼的大事。

觉醒者的数量本来就少，一旦成为觉醒者，就代表着这个人告别了普通人的生活。也正是这个原因，很多觉醒者在觉醒后都不得不疏远自己的亲人。这就是为什么密大全年无休。因为从觉醒的那一刻起，无穷无尽的危险和麻烦都会找上觉醒者。他们只有学习更多的知识，变得更加强大，才能够保护自己，保护自己所在乎的人。

宗衍脸上露出一个犹豫的表情。他一向独来独往，也没有什么朋友，这个习惯即使在他成为首席之后也没有任何改变。在密大，宗衍自认还没有和任何一位同学关系好到可以组建临时调查团的程度。

"时间截至今天晚上八点，你可以先去找队友，然后再到大礼堂重新申请。"

因为这天是截止日,很多学生都来排队。教授看了看宗衍背后还在翘首等待的其他学生,提了一个中肯的建议。

宗衍叹了一口气,正想把自己的申请书拿回来,一只手忽然从旁边伸了过来。

"既然人数不够,那现场组建一个不就行了。"手的主人满不在乎地说道,"还差两个。"

是奥德华。这位小王子正站在宗衍的身边,把自己的申请书放到他的申请书旁。

宗衍敏锐地注意到纸张上还有一团未干的、被画掉的痕迹。很明显,那是为了救场而留下的。

"我!我!我!"立刻就有人响应了奥德华的话。

王可鸣猫着身子从后面排队的人里挤上前,道:"衍哥,您有需要,我王可鸣当然第一个响应号召。"

虽然嘴上这么说,但王可鸣的眼神却不停地往奥德华那边瞟,满是肥肉的脸上堆着笑容,看上去谄媚无比。

王可鸣本来就想和宗衍这个首席打好关系,如今团队里还有一位王储,如果他能够成功混进去,简直就是一箭双雕。

奥德华却不乐意了,问道:"你谁呀?"

这样谄媚的神情奥德华从小到大见得太多了,都是些别有用心的狗腿子。小王子双手抱胸,眼神里充满了厌恶。

"我……"面对如此直白的反感,王可鸣表情讪讪。

倒是回过神的宗衍接过了王可鸣手上的申请书,道:"好。"

经过塔维尔一事,宗衍颇有些草木皆兵,看谁都像是内鬼。比起其他不知底细的人来说,王可鸣算是他比较熟悉的人。虽然这个小胖子有些爱慕虚荣,但是人品还是不坏。

奥德华瞥了王可鸣一眼,重重地冷哼一声,到底还是什么也没说。

学校首席当众招募调查团成员,还有一个名额!一连串的对话过后,正在排队的学生们也搞清楚了状况,一个个拿着申请书挤了上去,把长桌围得水泄不通。

能够成为学校首席，宗衍表现出来的实力，众人都看在眼里。

首先，灵感能力高就是硬实力；其次，据校园里的小道消息透露，新首席至少是一位五级觉醒者。

刚入学就是五级觉醒者！要是能够加入首席的调查团，那绝对是好事一桩，至少安全问题不用愁。

有大腿，不抱白不抱。许多人都是抱着这样的想法挤过去的。

"首席，不知道我有没有这个荣幸……"

"我也想加入您的队伍，请务必给我一个机会。"

"我也是您的同届，您看看我怎么样？"

奥德华这一次充分发挥了他老辣的识人能力和辛辣的语言风格，说道："不行，我们调查团不收废物，也不收草包和花瓶。"

不少人被小王子恶劣的话语噎了回去，但他们也不敢多说什么，只能灰溜溜地离开。

宗衍在旁边感到无奈极了，他刚想开口，忽然有一张申请表被直直地递到了他面前。

"请问，我有没有这个荣幸？"不知道什么时候，宗衍面前站了位面容娇艳的黑发少女。她眼波如水，此时正笑意盈盈地看着他。

少女穿着一袭繁复华丽的高开衩旗袍。她身材本就高挑，穿上黑色的细高跟鞋后更显婀娜。再配上她妍丽的脸庞和颇具异域风情的眼眶，漂亮得就像从复古画报里走出来的名伶。

先前许多学生都没有注意到这边，此刻看过来后，竟然舍不得移开视线。

奥德华的目光在她的旗袍上转了一圈，随后不感兴趣地收回了视线，循例问道："你的优势？"

黑发少女勾了勾唇，慢条斯理地展开手中的折扇，将自己的下半边脸遮住。而当她再次开口时，声音便从银铃般婉转变得沙哑低沉。她说："其实我是个男的。"

奥德华、宗衍和王可鸣都惊道："什么？"

所有人都露出惊讶的表情，甚至还有不少心碎的声音。

"开个玩笑。"看众人一脸惊愕,她忽然露出一个娇媚的笑容,"我精通易容术和变声术,没有我不能伪装的模样和声音哟。"

这确实是个优点。调查员里擅长易容的可是凤毛麟角。他们调查团的战斗力已经足够,确实需要一位打辅助的队员。而且精通易容还能深入敌方内部,可以省不少事。

"好。"宗衍点了点头,权衡利弊后,忽视掉了内心的那点儿疑惑,"就你了。"

"我们调查团已经组建完毕,麻烦您了。"他把四个人的申请书放到一起,递给了对面的教授。

调查团组建完毕,接下来就是接收任务、制订调查计划和完成调查任务了。

第二天,宗衍起了个大早,前一天他就把自己的行李全部收拾好了,洗漱完后便直接拿着行李去食堂吃早饭,顺便等待自己的队友。

"衍哥早。"不一会儿,王可鸣就拉着行李箱来了。他身后跟着两手空空的奥德华以及换了件紫色旗袍的黑发少女艾达。

宗衍道:"早。"

按照惯例,调查实践课期间,学生都是住在任务地点附近,学校会按照人数给他们发放相应的补贴。

密斯卡大学和尖顶议会联合了全世界的觉醒者,和世界各地的官方机构都有合作,更别说觉醒者背后还有一大批赞助商。

一般来说,只要赞助商旗下的酒店有空房间,在落实任务内容之后,学生便可以直接办理入住。

调查实践周只要一开始,学校里面就不会有学生了。一周后,密大会作为今年尖顶议会的举办地点,迎接世界各地的资深调查员参会。

四个人会合以后,从大礼堂中央的真理之门离开。因为清阳学院的开学时间快到了,所以龙组已经为宗衍订好了回国的机票,就等他完成调查实践后直接飞回江州。

"不好意思哟。"刚从学校里出来,艾达像是忽然想起了什么一样,展开手中的折扇,笑眯眯地遮住了半张脸,道,"我家里忽然出了一点儿急事,也许我得稍微告辞一下了。"

"行。"作为这个临时调查团的团长,宗衍爽快地答应了团员的这个小要求,"有事手机联系,或者你直接到酒店前台找我们。"

"好。"艾达笑了笑,朝他抛了个媚眼,转身离开。

"走吧,我们现在去酒店。"宗衍低头看了一下手机屏幕上的内容,拉着箱子,从西教堂走了出去。

走了两步,他才发现奥德华还站在原地,于是递过去一个疑惑的眼神。

从学校出来前,奥德华就戴着一副墨镜,还戴着口罩,把自己遮得严严实实,走路的时候还紧张兮兮,不敢直视街边的群众,生怕自己被认出来。

没错,就读密大是奥德华自己决定的,他没有上报给王室,也没有同他的国王父亲提过。

本来王室是想把这件事情压下去的,但很多原本为王储安排的行程被匆忙取消,还是引起了各方的关注,L城各大主流报纸也纷纷登载了这一消息。

E国王室的每一位核心成员都常在世界媒体面前露面,特别是奥德华这位从小含着金汤匙出生的预备王储。他从呱呱坠地到现在的少年时期,一直都曝光在摄像头下,辨识度极高。

他好不容易才从王室的眼皮子底下溜出来,中途还特意更改了任务申请,自然是不愿意一出学校就被逮个正着。

"怎么去?"奥德华问。

"坐地铁呀。"宗衍疑惑地看了他一眼,扬了扬手中的地铁卡,"酒店离西教堂只有三公里。"

学校订的是L城的五星级酒店,暑假正是旅游旺季,只有这家酒店正好有空缺的房间。

宗衍刚刚还搜索了一下这家酒店,发现这家酒店很有名,不少王室的边缘成员都住过。他合理怀疑这家酒店会有空房是因为定价太高。因为空出来的都是高级套房。

"坐地铁?"奥德华一副一言难尽的表情,"我长这么大还从来没坐过那种平民的交通工具。"

"行吧，那今天就是你的初体验。"宗衍点点头，道，"这里的出租车很贵，就算是平摊，我的钱也不够。而且你现在不是在躲避王室的耳目吗？大家肯定猜不到堂堂奥德华王子会纡尊降贵选择坐地铁。"

奥德华沉默了半晌，想来想去觉得好像是这么个理，只好把帽子使劲地往下压，盖住自己那头灿烂的金色卷发。

二人本来以为这样就能瞒天过海了，没想到他们才到酒店前台，酒店外就驶来一列车队。看到打头的豪车，奥德华的脸色瞬间就变了。

车门打开，紧接着车上下来了一大堆身穿黑色西装的保镖，声势浩大无比。

"殿下。"为首那位须发皆白的管家从副驾驶位下来，道，"请随我们回去吧，陛下他十分想念您。"

酒店里已经有不少游客在惊呼，并掏出手机开始拍照了。奥德华最怕的就是这个。

王室核心成员有一条不成文的守则，那就是绝对不能在公众场合让王室颜面扫地，这条守则已经深深地刻入他们的骨血之中。这次出动了这么多保镖，国王是铁了心要让他回去。

奥德华沉沉地看了管家一眼，忽然回过头，走到宗衍的身边。

"原来如此。这两位是殿下的朋友吧？"管家矍铄的双眼隐藏在厚厚的镜片后，不着痕迹地打量着宗衍二人。

奥德华从小骄横跋扈惯了，大家都知道这位王储的性格。管家为王室服务了这么多年，这是第一次看到这位小王子对一个陌生人态度如此亲近，不免有些惊讶。

"不是。"奥德华语气冷淡地说道，他忽然一把抓住了宗衍的手腕，拉着对方往车门走去，"只有他。"

这是什么情况？王可鸣傻眼了，小胖子在原地愣了一会儿，连忙跟了上去。

保镖将他们的行李箱拉了过来，一个个板着脸，像是在演电影。

这辆顶级商务用车发动的时候几乎没有声音，奥德华在上车后就熟练地升起了后座的隔音板，但隔音板升起后却没有人说话。

以宗衍的情商，他觉得现在的气氛比较尴尬，在不了解别人家事的情况下还是沉默为好，所以就选择了安静。至于王可鸣，同品牌的车他家车库里停了好几辆，此刻也没见多稀奇，所以也没开口。

过了一会儿，还是小胖子碍于胶着的气氛，忍不住道："我们这是去哪儿呀？"

没人理他。

直到宗衍也疑惑地转向奥德华，奥德华才勉为其难地开口，语气生硬地道："王宫。"

我的天！王可鸣差点儿没从后座上蹦起来。

那可是 E 国国王的府邸和办公地点，只有最核心的王室成员才能常驻其中。虽然普通人可买票参观，但只能去局部开放的区域，还得在每年特定的月份。

爹呀，没想到你儿子能有这种待遇！王可鸣打开了手机摄像头，十分没有出息地对着车窗外录像。

守门的卫兵看到这辆车，齐刷刷地敬了个礼。

黑色的轿车开进了一座庄严的灰色建筑，驶过了大名鼎鼎的镀金雕像纪念碑。看到王宫上方飘扬的旗帜后，奥德华的脸色越发差劲。

这些年，老国王的身体大不如前，大部分时候都住在其他地方。但是显然，老国王这天在这里，因为那面旗帜只有在国王亲至的时候才被允许升起。

"殿下，陛下正在里面等您。"等到他们都下车后，奥德华不得不跟随管家前往国王的办公室。不过，王子还记得他唯一的朋友，临走前特地吩咐内务长要好好招待宗衍。

"衍哥，你什么时候和王储关系这么好了？"王可鸣目睹了一切，有些目瞪口呆，"这可是王宫啊！"

"两位先生，请随我来。十分抱歉，王宫内不允许拍摄。"小胖子拿着手机正准备拍摄，就被人制止了，只好讪讪地将手机放回口袋。

二人被领着穿过富丽堂皇的走廊。王可鸣这里看看那里瞧瞧，忽然凑过去和宗衍说墙上那副画像是 VG 画师的真迹。宗衍看了一眼，终于愿意理他一下，并表示了自己的不赞同，说更像是 Mon 画师的作品。

王可鸣疑惑道："衍哥还研究过艺术吗？"

两个理科"直男"开始煞有介事地讨论起画像来，这时，走在他们前方的内务长停下了脚步，道："尊贵的先生，这里就是您的房间了。王子殿下特地吩咐我们将您安排在他的寝宫内。"

宗衍推开门，眼前是一个极为典雅的小客厅，两边还连接着不同的房间。

大户人家的寝宫当得上别人家一套别墅了。说是寝宫，其实他们已经通过回廊来到了王宫的侧殿，这栋楼内部四层都是奥德华的地盘。

"如果您有任何需要，请随时摇铃，仆人们会立刻为您服务。"内务长笑了笑，道，"对了，顺带一提，刚才那幅画是奥德华殿下最喜欢的画家P的作品。"

门被关上，独留二人面面相觑。

王可鸣的第一反应是——

"他竟然听得懂我们说话？！"

宗衍倒是有点儿尴尬。作为王宫的内务长，对方肯定接待过许多大人物，但是能够把画家作品搞混的，估计他们是头一个。

算了，反正自己也不出名，没有什么偶像包袱，被笑话就被笑话吧。他安慰自己，重新环视大厅一周。

从密大出来后，宗衍就把告死鸟放飞了，让它跟在自己后面。此时他走到一旁，将窗户上的插销拉开，把这只肥鸟放了进来。

"不愧是衍哥，连宠物都这么有个性。"王可鸣早就从密大的APP朋友圈里知晓了这只黑鸟的存在。

告死鸟的走红还是因为一段它和夜魇对打的视频。因为这个视频，它摇身一变，成了密大当之无愧的校宠，走到哪里都有人给它喂食，日子别提多悠闲了。

隔壁大学的各个学院都有"院猫"，我们密大作为神秘界第一学府，养只"校鸟"怎么了？

大家都是被夜魇伤害过的可怜人，看了视频后无不拍手叫好。

不知道为什么，从踏入这间寝宫开始，宗衍就本能地感受到了一股寒气。这样的情况他不是第一次遇见，自从抽到了守夜人的卡牌后，他明显感觉到自己跟意识体沟通的能力变强了。这让他有些不安。

宗衍怜爱地看了一眼浑然未觉的王可鸣，悄悄在心里做好了打算。他今晚得用守夜人去探探风。

一直到晚饭时间,奥德华才再次出现在宗衍二人面前。

"一起去吃晚饭吧。"小王子的脸色看上去并不是特别好,反而有些犹豫,过了一会儿他才说道,"我的父亲想见你们一面。"

奥德华的父亲?王可鸣小心翼翼地问:"是国王吗?"

"废话。"奥德华翻了个白眼,"就是那个快死的老家伙。"

我的天哪!王可鸣跟在奥德华背后,紧张地说:"衍哥,我有点儿慌。"

"想什么呢?"宗衍拍了拍他的肩,"你只要保持餐桌礼仪,少说点儿话就行了。"

之后,小胖子在就餐时一反往常的话痨本色,只顾埋头吃饭。

这不过是一次普通的用餐,设宴地点没有选在王宫的大餐厅,而是在一个小餐厅。

小餐厅的布置同样典雅无比,据说这里仅仅被用于王室成员私宴。四周摆放着珍贵的古董花瓶。王宫内的藏品惊人无比,反正宗衍和王可鸣分辨不出来。

老国王已经上了年纪,虽显老态,但依旧威严无比,深深的眼窝下是锐利的目光。

据说,和宗衍他们一起住在王宫的还有其他国家的使者团,老国王之前是盛装出席,为了不让宗衍他们有压力,还特地去换了一套比较朴素的衣服。

"你是密斯卡大学这一届的首席?后生可畏呀。"老国王并没有因为宗衍和王可鸣的年龄而轻视他们,反而端起手中的红酒,朝他们遥遥敬了一下,十分客气。

神秘界的存在在各国高层那里不是什么秘密,合作也是常有的事,在场诸位都不觉得这有什么奇怪。

"陛下谬赞。"宗衍喝了一口餐酒,入口的时候才发现是荔枝汁,便明白对方恐怕早就把他的喜好查了一遍。不过调查归调查,老国王的态度还是相当友好的。

菜品是炸鱼和薯条,再加上一些看起来就难让人胃口大开的食物。正餐吃完后,老国王特意吩咐王宫的小厨房做了一些甜点端到奥德华的寝宫。这一举动让王可鸣对老国王的好感倍增。

"好人哪！"王可鸣晚餐没吃多少，由此可见这里的菜谱并不合他的胃口。

奥德华看他轻而易举就被收买，一时间气不打一处来，拉着宗衍就往外跑，同时道："走，我带你去个地方。"

奥德华带宗衍来到王宫西侧的偏殿。这座偏殿顶部还有一个小阁楼。为了保持整体的美观，高出来的地方还特意借茂密的树木挡住了。

奥德华从口袋里摸出一把钥匙打开阁楼的锁，带宗衍走了进去。阁楼内的地面上散落着一些颜料和画笔，旁边还挂了几幅未完成的画。

不知道为什么，宗衍在踏入这座偏殿后，就感觉寒意越来越明显，和他在密大见到意识体时的感觉一模一样。

"我小时候经常来这里，这里是我的秘密基地。"奥德华得意扬扬地展示自己的领地，"你是第一个被允许踏进这里的人。"

这又是帮他解围又是带他来秘密基地，宗衍有些疑惑。他想了想，决定有话直说："你为什么这么固执地想和我交朋友？"

他对奥德华的态度不冷不热，偏偏奥德华却铁了心要和他交朋友。

奥德华沉默了一下，忽然压低声音道："因为只有你才是奥德华的朋友，至于其他人……他们都是奥德华王子的朋友。"

作为老国王的幼子，奥德华继承了爵位，拥有一大片属于自己的封地，这些封地会源源不断地为他产出财富。想跟他拉近关系的人基本都是为了利益而来。但他看得出宗衍不是这种人。更重要的是，他看宗衍很顺眼，所以宗衍成了他唯一的朋友。

"这个地方，除了你，只有我的母亲知道。"奥德华忽然蹲下来，伸手拿起地上的画笔，"她在我七岁的时候去世了。"

"我很抱歉。"宗衍就算情商再低，这个时候也察觉到了不对。

"没事。"奥德华说，"那都是很久以前的事情了。她生前很喜欢这里，也很喜欢画画，经常把我带到这里来。我也很喜欢画画，喜欢小提琴，但是在我七岁的时候，我的私人课程就不再跟我的个人喜好相关，于是我只能在这里偷偷练习画画。"

小王子把阁楼的顶窗打开，灵活地爬了上去，随后把宗衍也拉了上去。

夜幕低垂，天空挂满了闪烁的星星。奥德华十分随性地往屋顶一躺，抬头看着满天繁星。宗衍也跟着躺下，但在躺下的瞬间，他不禁打了个寒战。

那种冰冷的感觉再次笼罩了他，特别是在他的背贴上屋顶的那一刻。

"这座王宫很漂亮，对不对？可是它再漂亮，也掩盖不了它是一座牢笼的事实。我喜欢躺在这里，对于我来说，只有这个时间是属于我自己的。"

"我也喜欢躺在高处看天空。"宗衍附和道。

那座破旧的筒子楼楼顶也能看到天空，宗衍经常一躺就是一个下午。后来那附近有一片地被收购并建成了摩天大厦，从此，宗衍的视野里就多了一块水泥边角。渐渐地，他就很少再躺着看天。

谁能想得到，远在他国的奥德华王子也和江州破烂筒子楼里的穷学生有一样的爱好呢？

"是吧，人只有在仰望星空的时候才能找到精神上的宁静。很多哲学家也曾像我们一样。"奥德华说着，神情在黑夜里变得晦涩，"我不喜欢这里，也不想成为王子。可是我的一举一动都被全世界关注着。我不能做出让王室丢脸的举动，但是我无时无刻不渴望着自由。你有过这种感觉吗？"

宗衍想了想，道："有。以前坐在教室里上课的时候，我就很喜欢看窗外。"

他第一次和别人聊这种话题，语速有些慢。唯一的听众却十分耐心，完全没有催促的意思。

"那些铁栏杆把天空切割成一块一块的，从里面往外看去，就像是一座小小的监狱。"说到这里，宗衍忍不住笑了起来，"我经常会想，有一天能够长出翅膀，然后从教室里飞出去。"

后来他真的能飞了，但还是不敢在刘老师上课的时候飞出去。宗衍在心里补充道。

"啊！"奥德华设想了一下那个场景，觉得自己这位小伙伴的想象力实在是惊人，"等你二次觉醒后或许真的可以飞行。挺好，我也足足计划了一年才从王宫逃出去。"

奥德华似乎被宗衍感染了，嘴角上扬，像一个偷到了糖果的小孩儿。他道：

"我刚觉醒,王室就封锁了消息,后来我偷偷得到情报,直接跑去西教堂,和密大的人接上头,通过他们的内部渠道入学,来了个先斩后奏。"

他碧绿色的眼睛神采飞扬,接着道:"我瞒过了所有人,甚至连管家也没有发现不对……哦,就是之前来找我的那个管家。他表面上是管家,但其真正的任务是保护王室核心成员的安全。哈哈,当他们把西教堂封锁起来,甚至通过卫星定位也找不到我的时候,躺在密大宿舍里的我笑得别提有多开心了。"

宗衍想到那个场面,也笑出了声。

"可是……"说到这里,奥德华又像是想起了什么,眼神重新暗了下来,失落无比地说,"这一次可能没有那么简单了。管家除了保护我,更多的是为了监视我。"他撇了撇嘴,道,"我上次能够逃出去,有一大半是归功于伪装得好,打了他们一个措手不及。但是这次他们肯定会加强戒备。"

"你看。"奥德华麻溜地爬起来,朝下方抬了抬下巴。

宗衍也站了起来,隔着茂密的树林,他看到了在这栋宫殿周围巡逻的护卫队。

"这里到处都是摄像头,护卫队也是经过特殊训练的人。"奥德华道,半张脸隐藏在树枝的阴影中,看上去十分沮丧,"除非我立马二次觉醒到辅相级,不然肯定跑不出去。下个学期甚至都不能再和你一起上学了……"

他越说心里越不是滋味,眉眼耷拉了下来。

宗衍忽然一反常态地抓住了奥德华的手腕,脸色肉眼可见地凝重了起来。

奥德华下意识就想给他一个过肩摔,不过好在控制住了。

"怎么了?"奥德华问。

"下雪了。"宗衍盯着楼下的树梢和花坛说道。

王宫拥有整个L城最大的花园,内里不仅修建了高尔夫球场,还栽种着各种各样的鲜花。河水从王宫的地下流过,给这片土地带来了充足的水源。

就在这短短几分钟里,那些火红的玫瑰上覆上了一层厚厚的雪花,浅棕色的地砖也披上了白色的素衣,远处的护卫队也骚动了起来,因为雪已经没过了他们的脚腕。

这一幕实在匪夷所思。先不说只下了几分钟的雪能不能积到这个厚度,现在可是八月份哪!再怎么冷也有十几度,绝不可能下雪!

从来到这座偏殿后，宗衍就感觉到一股彻骨的冷，没想到现在真下起了雪。

"不对，肯定有问题，这个时候怎么可能会下雪！"奥德华瞳孔猛地一缩，"等等，那里……"他指着远处的天空。

刚才还繁星密布的天空，不知什么时候被大片的乌云取代。因为是夜晚，那一片乌云并不怎么显眼，雪又越下越大。全赖他们站得高，才得以看见巨云顶部闪烁的星辰，还有一张痛苦的、扭曲到变形的脸。

那张恐怖又可憎的脸扭曲着，如同黑洞一般的眼睛忽然定格，雪和风在他可憎的嘴里旋转下降，化作极冷的产物。

异种！绝对是异种！宗衍冥冥中有一种预感，这个东西看到了他们。而对方的目标，也许就是他！

"叮咚。"下一秒，宗衍和奥德华的手机提示音突兀地响起。

他们打开一看，就见密大 APP 上置顶的信息显示：L 城西市出现 S 级异种伊塔，紧急征集附近范围内的调查员前往异种任务地点（火属性觉醒者优先）。

异种的分级跟宗衍的设定卡分级一样，S 级是最高等级。

"我们赶紧下去吧，王宫有最好的护卫队，下面还有防空洞。既然密大已经发出了信息，那专业人员很快会出动的，这里是全 L 城最安全的地方之一。"

在骤冷的夜里，奥德华打了一个哆嗦，扯着宗衍想要跑下去。

"不，来不及了。"宗衍与那个怪物遥遥相望。

异种看到了自己此行的猎物，在狂风中大笑，雪花转变成冰雹，裹挟着暴风雪一起砸了下来，将花坛里的玫瑰砸得花残叶落。

"他的目标恐怕就是我们，S 级的话……查尔斯教授曾经说过，对付 S 级的异种，常规的物理攻击没有用，短时间内也很难征调到那么多调查员，我们必须引开它，不然这个宫殿里的人都会被埋在暴雪之中。"

"你愿意相信我吗？"宗衍咬了咬下唇，插在口袋里的手指抓住了一张卡片。

奥德华笑了，道："我像是那种不相信朋友的人吗？"

宗衍也笑了，然后捏碎了手里的卡牌。

光芒闪烁之后，化身为守夜人的宗衍出现在 L 城的夜空之下。他灰色的长发被风雪卷起，告死鸟在他头顶上盘旋。

他唇角缀着夜晚的余章，脚踩的大地正是生与死的边界，手中的金色怀表嘀嗒作响。

"哇，哥们儿，这太酷了！"看到宗衍猩红色的眼睛，奥德华愣了一秒，然后兴奋地一拍大腿，道，"走，走，走，这回谁也别想抓到我！"

宗衍笑了笑，用伞尖敲了敲地面，阴影立即从地上跃起，将他们裹住，二人融入夜色之中。

临走前，宗衍回头望了一眼这座偏殿，终于知道为什么自己站在这里的时候会感受到彻骨的寒冷。

在宗衍眼中，偏殿外部环绕着密密麻麻的意识体。

这恐怕真是一座死狱。

被阴影吞没的感觉十分奇妙，奥德华本来在阴影跃起的瞬间屏住了呼吸，做好了被冰冷包裹的准备，结果等到阴影真正覆盖到身上时，才感觉像是穿越了一层温水，柔和得不可思议。

"这个能力太酷了！"奥德华转过头问道，"我们现在去哪里？"此时的他神采飞扬，一扫之前的沮丧。

"先去找王可鸣。"宗衍道。怎么也不能落下队友。万一伊塔的目标是他们三个，那留在这里的王可鸣岂不是要遭殃。

另一头，王可鸣刚刚洗漱完，抱着手机准备上床睡觉。

"不愧是王宫，这床，啧啧。"睡觉前他还是没能忍住，编辑了一下之前拍摄的视频，发到了朋友圈。

王小公子从小到大本事不多，就是"狐朋狗友"交了不少。这视频才刚发出去没多久，就已经有了十几个点赞了。他想要炫耀的心思瞬间得到了满足，于是重新将手机塞回枕头下，打算睡觉。

忽然，床幔上落下两道被拉长的阴影。

"啊！"王可鸣发出一声尖叫，堪比杀猪。

"别号了，是我们。"宗衍一把掀开床幔，在看清眼前的场景后表情变得十分微妙，又唰的一下把床幔放了下去，问，"你喜欢光着膀子睡？"

"我……我……我……你……你……你……"王可鸣看着宗衍的新造型，

目瞪口呆，"这才半个小时，衍哥你就换了个新造型？"

"别我啊你啊了，赶紧换衣服。"宗衍无奈地捞起一边的衣服丢给王可鸣，"你心真大，外面的气温都降成这样了，你还打算睡觉。你没看到APP上的紧急信息吗？没有一点儿调查员的敏感，我看你是不想从密大毕业了。"

"要不要去和你父亲说一声？"在王可鸣换衣服的时候，宗衍转头询问奥德华。

奥德华垂下眼眸，语气一反常态，冷漠地道："不用。"

说这两个字的时候，奥德华笑了，只不过这次的笑容褪去了之前的单纯，带上了戾气。

宗衍张了张嘴，忽然，窗外刮来一阵裹着雪的飓风，直接将窗户撞开，厚重的窗帘被扯得狂舞。

"衍哥，这……这是怎么回事呀？"王可鸣急匆匆地套了件衣服，衣衫不整地从床上滚下来，冷得直打哆嗦，又顺手背起旁边的书包。

"回头再说，走了。"宗衍没时间和他解释，抬了抬伞尖。

小胖子一脸惊恐地看着流动的阴影把自己吞噬，不过到底还是出于对宗衍的信任，将惊呼吞了回去。

他们三个人从阴影之中转移，在庞大的宫殿内出现又消失，最后从L城的西北区转移到一座公园里。

好在宗衍之前闲得没事看了一遍L城各个景点的位置，不然这会儿真得迷路。

夜晚的公园很安静，这里一到晚上就会闭园，所以也不会有人在。虽然同样被寒流波及，但是公园的地面没有多少积雪。

"那个异种到底是怎么回事？"一到安全地带，奥德华就率先开口。他们都没有问宗衍怎么会拥有这样的能力，又是怎么将他们带出来的。

很显然，奥德华和王可鸣都十分尊重宗衍的隐私，而且知道当务之急是异种。

"S级异种伊塔，查尔斯教授上次布置的论文，你们都还记得吧？"宗衍眺望着远处沉积的乌云，深吸一口气，道。

说起来也是巧，他们生物学有一堂课的课后作业正好是写一篇有关于S级异种的分析性小论文。

"伊塔？"奥德华皱了皱眉，道，"不对，这不太可能是伊塔。"

伊塔虽是 S 级异种，但也是支配者之一，只不过相对其他支配者来说没那么强，是垫底的存在，所以大家一般不用"支配者"来称呼他。

作为主宰者的敌对方，伊塔经常出没于北极地区。他出现时通常会带来暴风雪，所以也被称为"雪怪"。

密大对伊塔可以说是再熟悉不过了，虽然伊塔没法儿像被封印在海底的那位支配者一样，醒来就能毁灭世界，但也拥有改变天地的恐怖力量。

密大派去某国北部森林的科考队，以及尖顶议会下的尖顶调查团在北部海洋的巡逻队，均受到过伊塔或者其化身的袭击。因此，他是调查团在世界范围内接触最多的支配者。

如果伊塔降临，那肯定不仅仅是王宫被雪埋，而是整个国家。

"看密大 APP 上最新的消息。"宗衍扬了扬手中的手机，道，"不是本体，消息修正了，是伊塔的化身，死亡行者，A 级异种。"

作为伊塔的化身，死亡行者的力量比本体弱了不止一个档次。

这件事情实在是太诡异了。伊塔的追随者极少，而且还是因为生活在那里的人们太怕他，所以才被迫臣服于他。如果想要召唤出伊塔的化身死亡行者，少说也得有一位天赋绝顶又虔诚无比的追随者跑来 L 城，然后避过各方的耳目举行召唤仪式。

他们沉默地站在公园的草地上。不远处的狂风还在和暴雪纠缠，扭曲的脸部传出一阵阵尖厉的笑声。此时，地面的积雪已经没过了栅栏的一半，加之冰雹打碎了不少玻璃，现在的王宫就像是放在人造玻璃球里的房子，无助地接受着雪花的倾洒。

远处有人开着直升机紧急赶过来，却无法靠近王宫，只好通知总部更换交通设备。E 国的官方救援组织也收到了消息，开始朝王宫出发。

尖顶之塔收到消息后，密大再次提高了警惕，无数调查员从睡梦中惊醒，朝这里赶来。

很明显，死亡行者就是针对王宫而来，但宗衍不知道对方是不是像他所想的那样，是针对他们而来。

"针对我们而来？"王可鸣一脸茫然地说，"我们几个不过是密大的学生，能有什么让异种惦记的？"

"我也不知道。"宗衍摇摇头，道，"我们暂且是安全的，因为他好像没有发……"他正想说对方没有发现他们，那张扭曲的脸就忽然转了个方向，直直地看向他们。

"啊，不用猜了，他的目标就是我们！"王可鸣崩溃地大喊，下一秒，刺骨的冰凌从天而降。

宗衍瞳孔一缩，撑起黑伞。伞边沿的阴影从地上一跃而起，交织而成的夜幕拦在了他们的头顶。

冰雪融入阴影里，这一波来势汹汹的攻击被挡下了。

"不行，这样下去……"距离宗衍和奥德华在偏殿发现死亡行者不足十分钟，但是现实的情况已经很不妙了。

这实在不能怪密大，一般追随者准备召唤仪式都需要很长的时间，至少需要两个小时，这就意味着调查员有充分的时间应对。可这一次，没有任何前兆，死亡行者突然就出现在了L城的上空。

暴风雪的攻击越来越猛烈，宗衍等人感觉自己浑身的血液都要被冻住了。如果他们不能及时自救，很有可能等不到支援的人来。

宗衍忽然问道："有口罩吗？"

"有，有，有。"王可鸣脱下背包，从里面掏出一包口罩。

"你要去吗？"见宗衍将口罩戴上，奥德华敏锐地意识到接下来会发生什么，神情一下严肃起来，"不要逞强！死亡行者是A级异种！"

A级异种，即使是辅相级别的觉醒者与之对上，都有可能死亡。

"放心，我不会拿自己的生命开玩笑。请务必帮我保守这个秘密。"

"那当然了，衍哥！"王可鸣一脸后怕地看着远处残破不堪的王宫，"要不是你，我今晚凶多吉少。哥，你放心，我这个人嘴巴牢得很，不该说的绝对不会说。"

"好。"宗衍做了个深呼吸，捏碎了风之子的卡牌。

要不是因为上次阿撒索（分身）那张设定卡让他的SAN值提升到了60点，宗衍还真不敢这么大胆。但即使这样，宗衍心里也没底。此前他最高也只对战过C级异种，A级异种还是头一次见。

能拖一时是一时吧。

化身风之子的宗衍姿态轻盈地从地上跃起，冲向空中。

他没有丝毫犹豫，直接没入那片乌云里，手中的风在昏暗的天地间化作星辰的颜色。

从地上朝空中望去，依稀能看到穿着短袍的少年在风雪中与一张恐怖的脸搏斗，越发狂暴的风混杂着雪坠落。

王可鸣目瞪口呆地说："衍哥这么厉害的吗？和A级异种正面开战？！"

"别废话，我们赶紧联系周围的调查员。"奥德华看着宗衍消失在暴雪里，垂在身侧的手紧紧攥起，拉着王可鸣朝公园另一边跑去。

"你来了。"高高的占星台上，一直合眸凝神的塔维尔忽然睁开了眼。

这一瞬间，他的眼眸发出明亮的金色，但又比金色更为璀璨，仿佛一簇星火。

那不是人类的瞳孔该有的色彩。

空中忽然响起一阵沉沉的笑声，又或者根本就没有人出声，这不过是在意识中完成的交流。

占星台上依然空空荡荡。

"一直保持着全知全能状态的你，难道不会感到很无聊吗，我的哥哥？"那个声音说。

"别用那个称呼。"很显然，塔维尔被这个称呼给硌硬到了，脸上难得出现了一丝波动，"奈亚，如果没有我，你现在应该在幻梦境里和诺登对打。"

众所周知，幻梦境之主诺登是奈亚的死敌。

奈亚代表"混沌"，和塔维尔的本体犹格同属三柱原核，两者位格相同。

和其他的高维度生物不一样，奈亚擅长欺骗和蛊惑人类，他喜欢欣赏人类挣扎在痛苦和绝望之中的模样，据说正是他蛊惑人类制造出威力巨大的武器。他还被称为"无貌的存在"，拥有千万个化身。

"真无趣。"奈亚拉长了语调，道，"你知道的吧，我来的目的。"

审判者之间没有像人类那种亲缘关系，即使奈亚和犹格都是阿撒索的后裔，他们之间也绝对不可能存在手足情。奈亚此次前来，纯粹是为了弄清上次阿撒索的意识产生微弱波动的原因。

"那你注定要失望了。"塔维尔冷冷地说。

"什么？！"

有那么一瞬间，塔沿的阴影忽然探出千百条恐怖的虚影，每一条都带着近乎能毁天灭地的能量，它们穿越了现实的区间，几乎将占星台的楼顶覆盖。

但是很快，那些虚影就消失得干干净净，像是从未存在过一般。

奈亚的确是少有地感到惊讶。犹格掌握着宇宙的核心法则，整个宇宙没有犹格不知道的事情。只要犹格想，他可以随时随地注视着十一维度，掌管一切信息，小到一颗种子什么时候发芽，大到宇宙中哪一颗星系悄无声息地坍塌。

"控制好你的情绪。如果你因为力量外泄而被诺登盯上，我是十分乐意见到的。"塔维尔眯了眯眼，忽然勾起了嘴角，道，"伊塔的化身？"

他的眼眸颜色变得浅淡，仿佛倒映出亘古的时间和空间的变迁。他于时间轴上选择了一个点，默默地观测。

在地点为L城的某个场景里，有着白金色长发的少年迎着暴雪冲向空中，绿色的双眸好似一簇火焰，在天地间摇曳。

"你看到了什么？"奈亚忽然有种不祥的预感。

果不其然，塔维尔道："伊塔的化身死亡行者在L城出现了，接手的有尖顶调查团的成员，他们如今似乎跃跃欲试，想要召唤出克图来对付伊塔。不过现在和死亡行者战斗的另有其人。"他意味深长地说，"你与其向我打探，倒不如想想他们要是召唤成功的话，你该如何应对。"

一般来说，奈亚的化身仅拥有他本体的部分力量，如果克图被成功召唤出来，确实会给他造成不小的麻烦。

众所周知，由于奈亚不知轻重、不顾他人死活，使其树敌无数，其对头遍布所有种族，克图便是其一。

看到奈亚吃瘪，塔维尔愉悦地笑了，这一刻，他背后隐隐约约出现了亿万光辉般的虚影。

　　死亡行者出现在 L 城的确是个意外，但因为觉醒者对异种而言有着巨大的吸引力，所以宗衍几人才会被盯上。不过和时间与空间之主盯上同一个人，他的这场捕猎行动必定会以失败告终。

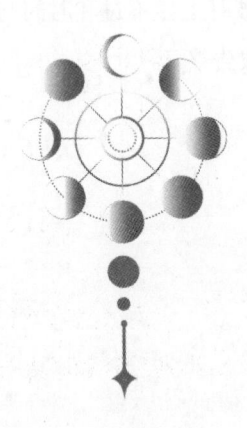

第五章·戏剧即将开演

"高维度生物是不可逾越的。"密大生物学课程教给他们的所有知识,都可以用这一句话来概括。每一次讲到异种和高维度生物的时候,查尔斯教授都会强调一遍。

人类有多渺小?一位君主级的人类觉醒者在对抗下级异种时能占上风,可一旦对上上级异种,必将遭受灭顶之灾。

对上上级异种尚且如此,更别说对上高维度生物了。

当初上课的时候,宗衍和很多学生一样,无法体会到这句话背后的深意,因为他们都尚未直面异种和高维度生物所带来的恐惧。

这一回宗衍可算是明白了。

他冲向空中,却感觉自己如同冰雕一般沉重。强大的气压覆盖在他身上,原本由他执掌的风全都化作了敌人的力量。那张面目可憎的脸狂笑着,口中只需吐出一点点风雪,就足以将他整个人吞没。

天地一片昏暗,宗衍逆着风暴和冰雹冲向天空,他白金色的长发几乎凝结成冰。

这不仅仅是身体上的对抗,更是精神上的战斗。但不知道是不是因为上次连通了阿撒索的思维,宗衍竟然没有感到任何精神上的不适。

千万道闪电从天空降落,他拖着冰冷的身体在闪电间勉强穿行,偶尔有雨滴被电弧刮过,一阵阵白金色的电花便伴随着他的飞行轨迹跃动。他的指尖不小心碰到一道电流,便被灼烧得焦黑一片。

调查员陆陆续续地赶到,他们指尖的密纹开始绽放,火红色的烈焰从悬空的密纹中诞生，汇聚成一条火河朝天空中的脸庞冲去，像是一道绚丽的彩虹。

"这是伊塔的化身！请动用转移密纹，紧急调派君主级前来支援！"所有的通信设备都因为暴风雪失灵了，调查员们只能使用通信密纹互相联络。

"尖塔调查团的成员就快赶到了……该死的！那群疯子说他们不打算过来，想要在远处晴朗的夜空下直接召唤炎之精！"调查员感觉自己要疯了，"他们的脑子是不是有问题？现在召唤炎之精，万一把克图召唤出来，两个支配者，这个国家今晚得沉到海洋里！"

克图也是一位支配者，炎之精是在他身边侍奉的火焰生物。也许他们是考虑到直接召唤克图的话后果难以控制，所以临时改变了策略，但也不排除克图主动前来凑热闹的可能。

"等等！"一个穿蓝色睡衣的调查员忽然指向天边，道，"你们看那里……是不是有个人？"

"怎么可能，那里可是风暴的中心！"另一个调查员下意识地接了一句，但是下一秒就哑火了。

在风暴中央，确实有道人影在闪电间穿行、搏斗，对方手中闪着微弱的绿色光芒。

"能够和死亡行者正面对战？这怎么可能！即使是君主级，也难以在风暴中存活！"众人目瞪口呆。

"难道是化作人形的异种？"有人这么猜测。这个猜想得到了不少调查员的认同。

主宰者和支配者以及审判者之间的关系并不如人类想象中那般友好。就连异种和异种都会相互厮杀。

虽说各类生物所生活的维度不一样，但是彼此之间的厮杀却永远不会停止。

调查员们纷纷对那道身影投以敬畏的目光，转头打开了高清摄像机。对于新的异种，甚至极有可能是高维度生物的存在，人类需要更多的资料。

而此时，并不知道自己被一群调查员围观的宗衍正苦不堪言。

死亡行者并不会被常规的物理手段所伤害，于是他试图操纵风和那一片云雾与之对抗，妄想吹散对手。毕竟他手上也没有更多能对付对方的设定卡了。

但他忘了最致命的一点，或者说是无可奈何。伊塔被称为"风行者"，他的化身死亡行者则被称为"狂怒风暴之主"。从字面意思来看，死亡行者掌管天气和风雪，而这恰好和宗衍的风之子设定卡的能力重合了。哪怕对方在支配者里只是个弟弟，也能轻而易举地将宗衍按在地上摩擦。

风不听宗衍的使唤，他需要集中注意力才能在这片风暴中存活下来，至于反击，简直就是天方夜谭。

不过几分钟的时间，宗衍就感觉自己四肢僵硬，几欲从空中坠落，他的视线开始模糊，手脚冷得失去了知觉。

就在这时，死亡行者在空中一滞，自己撤退了。

惨白色的乌云如同潮水般散去，被夜空中骤然出现的大洞吞噬。

宗衍心想：这是什么情况，怎么打着打着就跑了呢？

空中的黑洞吞噬了死亡行者后，天空再次恢复平静。

此时是上半夜，L城的大钟刚刚敲响了午夜的钟声，一群红襟鸟从远处飞来，停在了枯枝上。

使用守夜人设定卡和风之子设定卡都需要35点SAN值。前者在夜间消耗减半，也多亏了这一点，宗衍如今才能怀揣着60点SAN值在两张设定卡之间无缝切换。

他每使用一次设定卡都需要扣除35点SAN值，就算卡片上规定的使用时间没到，再次使用时也得扣这么多。

宗衍特地飞了一圈才回到公园。告死鸟拍打着翅膀，紧跟在他头顶上方。他回来的时候，身上异常狼狈。

湿漉漉的头发贴在他脸上，冰冷的水珠顺着他瘦削的脸庞淌下，砸落在白色衬衫的边缘，将衬衫洇湿，下方的皮肤隐约可见。

"衍哥！"王可鸣看到从黑夜里走出来的人，连忙小跑着上前，从包里掏出一条压缩毛巾。

临时调查团刚组好，王可鸣就给自己找好了定位——后勤。首先，他觉醒天赋不高，仅仅是一级觉醒者，比不得宗衍这种生来就要拯救世界的大佬；其次，他想结个善缘，和小王子打好关系；最后，队里还有一个妹子，王可鸣不好意思让女生做这些。

"奥德华呢？"宗衍接过毛巾，随意在头发上擦了两下，问道。

"他之前看形势紧急，跑去找调查员了，我刚刚已经和他联系上了，说是马上就回来了。"王可鸣说着晃了晃手机。他们这个临时调查团在密大APP上搞了一个聊天群，一有什么状况就会在里面通知。

宗衍点点头，从口袋里掏出手机，解锁了屏幕。

通知群里的最新消息停留在艾达发的消息，她的头像就是她拿扇子掩面的自拍照。

艾达：我才看见密大发的消息，你们没事吧？

你英俊潇洒的王同学（王可鸣）：我们都没事。艾达，你那里有影响吗？

艾达：没有哦，你们多注意安全。

宗衍想了想，也回了一句。

我爱高斯（宗衍）：没事，不用担心。

关闭聊天群后，宗衍又打开了通知面板。

老实说，解除了风之子状态后，他就有种不好的预感。他本来是想拖延时间等支援，但直面死亡行者后，他才明白这位支配者的化身有多强悍。

他都自身难保，更别说其他人了。

果然，宗衍的预感一点儿也没错。密大APP上已经炸开了锅，第一条信息就让宗衍十分无语。

"神秘人形异种在L城出现。"

"新型异种对战死亡行者，成功将对方逼退，恐是未知高维度生物，内有视频。"

"L城安全堪忧，君主级正在前往支援中。"

被称为"人形异种"和"未知高维度生物"的宗衍顿觉无语。

太过抬举了，明明就是打斗过程中对方不知道为什么忽然撤退，怎么这还能归功到自己头上呢？

他点进那条说有视频的信息，没想到视频还是高清版本，那个风暴中心的身影被清晰地呈现了出来。

风之子的短袍复古无比，白金色的长发也不像是正常人的发色，要不是戴了口罩，指不定立刻就会被人发现是宗衍。

"衍哥，牛！"王可鸣也在看这个视频，小胖子一边看一边啧啧惊叹，忽然小声地问，"衍哥，那个……方便透露一下你的觉醒等级吗？我就是好奇，我肯定会保守秘密的！"

宗衍冷冷地看了他一眼。

完了，完了，这一回是彻底出名了。

就在这时，一条标题被加红加粗的信息被管理员置顶了——

"L城正式进入S级警备状态，未知高维度生物依旧停留，危险还未解除，请诸位调查员各就各位。"

好了，他真不是人类了。宗衍眉心一拧，快速浏览了一遍信息的内容。

果不其然，资深调查员已经将这件事情捋清了。

首先，死亡行者一定是被人为召唤出来的。不然这东西常年待在极北之地，哪里会跑到这里来。再说了，只要是有人类的城市，就几乎都设立了炼金密纹阵，下级异种一般也不会出现在城市里。至于上级异种，出现在母星上都少。还有那些高维度生物，多数情况下都是和人类井水不犯河水。

其次，最近在L城的调查员发现了一些蛛丝马迹，他们猜测这件事可能同那个盘踞在L城的地下组织有关。

宗衍组建的这个临时调查团接受的E等级任务，便是要调查L城那个名为"欢宴者"的神秘地下组织。兜兜转转，没想到最后又回到了他们调查实践课的任务上。

欢宴者是一个十分神秘的地下组织，据说这个组织在L城盘踞了多年，因其背后有强大的力量支撑，所以一直没能被彻底铲除。

这么多年，密大一直重点关注这个组织，今年将真理之门开到L城也是有这方面的考量。尖顶议会终于下定决心将这个组织铲除，只是没想到反而被对方打了个措手不及。

当然，这样的任务肯定不会让还在密大读书的预备调查员接触到，宗衍他们的 E 等级任务实际上没有多难，特别是在出了这档子事情后。上面还惦记着密大这一群神秘界未来的花朵，于是宗衍他们的任务内容又被改简单了很多。

学校发来了一份有关欢宴者信息的文件，宗衍他们只要能找到任何一个有效线索，便可以提交任务。

宗衍随手将文件转发到群里。他不知道欢宴者和死亡行者是否有关联。

宗衍正凝神思考的时候，奥德华终于从远处跑了回来。

"你没事就好。"走近后，奥德华打量了宗衍一番，这才放下心来。

"王宫如今怎么样？"宗衍问。

"还行，那老家伙死不了。"奥德华嗤笑一声，道，"尖顶议会调查团也来了，如今 L 城已经进入了戒严状态，这件事情不如交给他们。"

既然出来了，奥德华肯定不会再回到那个牢笼一样的地方。此时王宫众人自顾不暇，正是他离开的大好时机。

奥德华这个模样倒是让宗衍想起了那座满是意识体、在白天都散发着寒气的炼狱之塔。

宗衍很难形容当时看到那个场景的心情，那时候死亡行者的威压太重，以至于他没心情去回忆。而现在回忆起来，那种惊悚的感觉依然让他遍体生寒。

他天不怕地不怕，高维度生物都敢打，但最怕的就是意识体。天知道为什么王宫会出现那么一栋诡异的东西，不过结合学校发来的文件，或许欢宴者里很可能有王室成员，而那座诡异的偏殿，想来也不会是什么正常用途。

由于宗衍不想多花钱，于是他们又回到了学校为他们订的酒店。

这场暴风雪几乎让半个城市的人彻夜未眠。E 国媒体的主编们连夜从床上爬起来，开始紧急撰写第二天报纸的头条新闻。网络上关于 L 城气温骤降的搜索也上了实时搜索排行榜，有关这场暴风雪的视频在网上疯转。这场异常的天气变化引来了全世界的关注。

密大的调查员也快疯了。一个伊塔的化身，一个未知的高维度生物——虽然是个误会，再加上在暗处虎视眈眈的地下组织，每一条信息都意味着剧增的工作量。在这个夜晚，所有的调查员都忙碌了起来。

想了一晚上后，宗衍还是打算开门见山，他压低声音询问奥德华："你知道那座偏殿……"话说到一半，敲门声忽然响起。

王可鸣从一旁的凳子上蹦了起来，跑过去开门，其他人也循声望去。

门外，艾达以折扇遮脸，笑眼弯弯如月牙儿。

"你们没事真是太好了。"她将折扇收起，露出红唇，道，"我已经收集了一些关于这次任务的线索了。"

奥德华手中端着一杯茶，原本漫不经心的视线忽地在扇柄处顿住。滚烫的热茶湿了他半边袖口，他却恍若未觉，瞳孔逐渐涣散。

扇柄处的印记他再熟悉不过。

意识恍惚的前一秒，奥德华张了张嘴，想要向同伴发出警报。

"怎么了？"正低头盯着手机查看任务内容的宗衍抬头问道。

"不，没事。"奥德华笑了笑，一片墨色在他眼中快速扩散，而后消失。

宗衍重新低下头，在视线接触到手机屏幕的那一刻忽然又抬起，颇有些惊讶地看了奥德华一眼。

他询问奥德华时，思绪还停留在任务上，等到低下头才猛然反应过来——刚才某个瞬间，奥德华的眼睛似乎有些不对劲。

一个人的眼睛怎么可能全是黑色？

但等他再次抬起头，盯着对方的眼睛细看时，却只看到一双和往常一样澄澈的碧绿色眼睛。他刚刚所看到的，似乎只是错觉。

就在宗衍困惑无比之时，负责整理任务情报的王可鸣一下子从椅子上跳了起来。

王可鸣在学校发过来的文件和APP的资料库里反复查阅，看得眼睛都要花了，最后靠着密大APP的紧急救场，好不容易整理出了一点儿信息。

"衍哥！有了！学校增派君主级前来援助，目前已经到达L城，校方让我们直接跟着君主级导师走。如果能在临时导师那里拿到过关的分数，我们这次的调查实践课就算完成了。"王可鸣读完学工部下发给驻L城密大学生的通知，语气难掩兴奋，"我们这算捡了个大便宜呀！"

一般来说，如果学生选择独立完成调查实践课，那就代表着全程没有导师进行指导，仅有学工部提供的少量任务信息，其他的一切都得靠学生自主摸索。如今因为 L 城的异常现象，他们调查实践课的难度大大降低。

王可鸣在一旁心里美滋滋，宗衍心里却升起一股不好的预感。

"学校派的是哪个君主？"他的声音在颤抖。

如今，就算加上宗衍这个假君主，全球也不过十个君主。

王可鸣看了看屏幕，道："似乎是第七君主，我们占星术课程的教授。"

宗衍：……

完了，这个国家真的要没了。

由于对这位增派的君主级十分抗拒，所以宗衍找了个理由溜出酒店，打算独自去寻找线索。

艾达和王可鸣则表示要留在酒店等那位增派的导师。宗衍临走前犹豫了一下，最终还是嘱咐他们，等那位导师到了之后通知一下自己。

这一次，塔维尔的身份是君主级，他在神秘界的地位和那神鬼莫测的精神控制，都让宗衍不得不谨言慎行。

况且，就像对方所说的，永远不要惹怒一个你无法抗衡的存在，所以宗衍也不好劝说，只能略带担忧地看了一眼还躺在沙发上的王可鸣。后者丝毫不知自己即将面对怎样的局面，正在优哉游哉地啃薯片。

算了，让这小子自生自灭去吧。

宗衍又无奈地看了一眼艾达。旗袍美人依然亭亭玉立地站在窗帘边，在宗衍将目光投过去时，她饶有兴致地侧过脸，朝他勾了勾嘴角。

太敏锐了，她的灵感能力一定很高。

灵感能力是一种十分难得且重要的天赋，要想在炼金术或者密纹学上获得高成就，势必需要过人的灵感能力值。而经过锻炼的高灵感能力拥有者，能够轻而易举地感受到他人的视线。宗衍便是如此。

但奇怪的是，明明她在灵感能力上拥有这么高的天赋，宗衍却没有听说过"艾达"这个名字。而且最重要的是，艾达给他一种奇怪的感觉。

她该不会也是某位高维度生物的化身吧？宗衍默默猜测。

密大不是什么香饽饽，出现一个支配者已经够不可思议的了，应该不会再来一个吧？况且，据查尔斯教授所说，支配者大多散落在宇宙的各个角落，没有那么无聊，来毁灭蚂蚁的世界。

不过宗衍出了酒店后，还是给王可鸣发去私信，暗示了对方一下。

"你在干吗？"奥德华双手插兜，碧绿色的眼睛朝宗衍看去。

"给王可鸣发了条消息。"面对自己的朋友，宗衍没有丝毫隐瞒，"我总觉得艾达有一点儿奇怪。"

"奇怪？"奥德华绿色的眼眸瞬间暗了下来，似乎被另一道意识控制了，嘴角维持着僵硬且诡异的弧度。

"嗯……希望是我的错觉吧。"宗衍低着头，发完消息后重新把手机塞到口袋，通过了地铁闸机。

经过前一晚的事情，众多调查员都赶到了L城。他们分散在L城的各个角落，调查欢宴者可能聚集的地方。

宗衍和奥德华去了趟博物馆，那里是负责这次临时事件的调查员的集合地。等他们到达博物馆附近的广场时，那里已经站着一些佩戴着徽章的人了。

"星野老师，您好。"宗衍站在远处看了一会儿，忽然发现人群中有位负责人正好和他在密大的开学典礼上短暂交谈过，于是他穿过人群，礼貌地上前攀谈。

这一堆人里，就属星野穿得最接地气。其他人都是黑西装加领带，只有星野是T恤、短裤配人字拖，还偏偏站在最中央，看上去格格不入。

宗衍没有因此小瞧他。星野是一位十分资深的调查员，密大图书馆的墙上就挂着他的人生履历。

据说，星野曾经带队前往某小镇，率领团员解开了困扰神秘界多年的谜团，还和另外一位调查员深入过神秘界的禁区赛文河谷，最后全身而退。也是一位十分传奇的调查员了。

"嗯？这一届的首席？"正在分配任务的星野一愣，回过头和宗衍握了握手。

这一幕惊呆了不少围观的调查员。

星野看上去像个邋遢大叔，但确实是活着的传奇调查员之一，虽说他还没有突破君主级，但也是辅相级别的大佬。而星野最出名的是他的密纹，他甚至能够用密纹和君主级对战，所以他还有一个外号——辅相君主。

在场一半调查员都十分仰慕这位传奇调查员，私底下与之说话也很恭敬，眼下不知从哪里冒出一个无名小卒前去搭话，还让传奇调查员纡尊降贵地跟他握手。

霎时间，众人齐刷刷地看向宗衍。

"是这样的，"宗衍无视了那些目光，开门见山地说，"这次我的调查实践课接受了和欢宴者有关的任务。由于 L 城昨天的变故，任务内容有所改变，更改后的规则允许我们借用驻 L 城调查员的情报系统。"

"哦，原来如此。"星野愣了一下，这才看见宗衍递过来的手机，理解地笑道，"我们的确调查到了不少线索，既然学校都这么说了，那你就挑选一条吧。"

说起来的确是宗衍他们运气不好，普通的 E 等级任务哪里会这么麻烦，也就是因为这次有突发状况，不然也不需要额外的情报。

星野在已知情报里挑挑拣拣，特意找了一个简单的，将文件从档案袋里拿出来，递给宗衍，道："这是我们昨天晚上得到的情报。这位情报员最近似乎看到了奇怪的幻觉。你可以按照上面的地址去他家拜访一下。"

这个情报在一堆混杂着各种死亡伤残的报表里格格不入，明眼人都看得出来星野放了水。不过众位调查员都没说什么，毕竟他们刚刚都听到了，这位长得还挺帅的少年是密大这一届的首席。

星野在校的时候也是首席，现在看到后辈，照顾一下也很正常。调查员虽然也想被分配到简单的任务，但不至于和一个学生抢。

"谢谢星野老师。"

宗衍点了点头，下一刻就听到星野说："你有学过增强灵视的密纹吧？这是欢宴者的拿手好戏。注意安全，去吧。"

增强灵视的密纹可以让人在短时间内看到肉眼看不到的存在，也是初级密纹学第一堂课上所教授的简单奥语。原始灵感能力越高的人，使用效果越强，看到的东西也就越多。星野给宗衍这么一个任务，完全考虑到了这位初出茅庐的小首席的能力。

等到见到那位情报里所说的异常对象时，宗衍立刻开始吟唱奥语，他的食指上冒出了一个繁杂的符号，随后他微微侧头，不着痕迹地将这个符号抵在自己的太阳穴上。

"对，没错，十分奇妙的幻觉，但我先前并没有干什么，那天看完戏剧就回来了。"坐在豪华皮沙发上的A国中年富商威斯汀嘟囔道，"我的私人医生呢，真是的，这里的警察就是不靠谱，居然给我派了两个小毛孩儿过来，要是在我们国家……"

下一刻，宗衍眼前的场景一变，四周染上老相片的黄旧色调。与此同时，他看到威斯汀的两颗眼球都变成了黑色。

果然有问题！

但是他的眼球为什么会变成黑色呢？

宗衍没有出声，佯装镇定地从口袋里拿出手机，准备结束这个奥语。然而他在拿出手机的瞬间，竟从手机屏幕里看见站在自己身后的奥德华的眼球也变得和威斯汀的一样。

屏幕里的人扯出一个扭曲的笑容。

看清这一幕，饶是宗衍也忍不住爆了一句粗口。

"怎么了？"奥德华问道。

透过手机屏幕，宗衍对上了小王子漆黑的眼睛。

"不，没事。"宗衍下意识地将手中的密纹按灭，随后若无其事地将手机放回口袋。

他以为自己已经够倒霉了，曾经的学长是高维度生物，有一个导师是高维度生物，手里还有一张贼厉害但不能使用的高维度生物设定卡，现在，他身边的人也被某位高维度生物控制了。

"奥德华"似乎并没有发现自己露馅儿了。经过阿撒索（分身）设定卡一事后，宗衍的灵感能力提升到了匪夷所思的地步。

"我不过是去看了出剧而已，就出现了莫名其妙的幻觉。私人医生也没能检查出什么不对来。"威斯汀依然喋喋不休。

他的话有些混乱，但具体指向很明确——L城西区的某个剧院。

也许……宗衍看着面前表现正常的奥德华以及依然在碎碎念的威斯汀，脑子里冒出一个大胆的想法。

毫无疑问，奥德华和威斯汀有着一样的特征，星野也提醒过他，欢宴者的成员具有控制他人精神的能力。

但是为什么这位高维度生物会这么大胆呢？即使来了这么多调查员，对方也没有采取任何应对措施。宗衍思来想去，觉得只有一个可能，那就是对方对自己的精神控制有着绝对的自信，所以他自然不会想到，密大有一个灵感能力超乎寻常的超能力者发现了他。

"奥德华"听了威斯汀的话，问："剧院？L城西区哪个剧院？"

精神被控制了的奥德华和威斯汀根本不知道宗衍发现了他们的异常，二人此时刻意提到那个剧院，目的昭然若揭。

宗衍稳了稳心神，道："那我们就去那个剧院看看。如果我没有猜错，问题很可能就出在那家剧院。"

天知道他说这话的时候手心渗出了多少汗。奥德华一直跟在他的身边，他却没有发现半分异常，他不确定奥德华是什么时候中招的，但至少可以确定前两天晚上他们看星星的时候对方没问题。

难道是他和死亡行者对战的时候？还是……艾达，后来和奥德华接触的人只有她，她嫌疑最大。

宗衍咬了咬牙，想起正和艾达单独相处的王可鸣，悄悄攥紧了拳头。

联系到之前发给王可鸣的消息石沉大海，他忽然想起了副校长说的那句话："谨记校训，特别是最后一句，不要相信任何人。"

这晚的L城西区灯火辉煌。

最近有一部叫《黄衣》的戏剧在这里获得了极佳的口碑，吸引了本国乃至周边国家的众多人前来观看。

该剧描绘了一个没有任何苦痛的古老城市——卡尔克。

更加神奇的是，许多看过该剧的观众都声称他们在梦中去到了那个古老的城市。他们说卡尔克是没有任何罪恶的神明之国。

距离《黄衣》的首映已过了些时日，得知有续集的观众翘首以盼，而这天就是续集上映的日子。续集原定晚上八点开幕，但六点就已经有人坐在西区的咖啡厅里，拿着报纸苦苦等待了。

宗衍抵达剧院的时候，就见星野已经守候在门口。他远远地就看到了对方，于是借口要上厕所暂时和奥德华分开了。

"你们怎么也来了？"看到这位小首席，星野的眉头紧紧皱起，拿烟的手移到了一旁。但不等宗衍回答，他便想通了问题的答案。

综合调查员们的汇报结果，所有线索都指向了这部在西区上映的新话剧，小首席恐怕也是根据线索找来的。

欢宴者能在 E 国盘踞这么多年且没被密大铲除，其首要原因就是他们实在太过谨慎了。密大的调查员盯他们盯得很紧，但是他们的高层在本土权势滔天，下层口风又紧。直到 19 世纪末，密大才从一位欢宴者成员口中知道他们喜欢用精神暗示的方法控制那些没那么虔诚的成员。而他们的高层皆虔诚无比，并狂热地信奉着他们所供奉的主。

比起那些内部成员参差不齐的地下组织，欢宴者无疑是一股"清流"，同时也如铁桶一般难以渗透。那现在又是什么原因让一向低调的欢宴者如此大张旗鼓呢？

恐怕是请君入瓮。

可星野不得不来一探究竟。来之前，他还向密大请求了支援，据说密大派了一位君主级的教授过来。

这出剧如今一票难求，他们打算等开演的时候直接动用搜查证闯入，看看里面到底有什么玄机。

眼下，所有的调查员都朝西区赶来。密纹专业的调查员分布在这座剧院的四周，已经开始着手绘制空间隔离密纹，以免接下来的动静又上一次全球报纸头条。再来一次，恐怕密大的公关部提刀杀人的心都有了。

宗衍瞅了瞅两边，压低声音道："这件事情恐怕有更加可怕的存在掺和进来了，那位情报提供人已经被精神控制了。"

他是想放弃这个任务没错，前提是奥德华没有出事。

星野听到这里，猛地抽了一口烟，随后道："我知道了。这个任务太危险了，你还是终止吧。"

宗衍苦笑一声，道："我的朋友也被控制了，我必须救他。"

解铃还须系铃人，他必须从根源解决这个问题。

"有前途。"星野拍了拍他的肩膀，道，"你这个年龄，有这种觉悟实在是难得。但是接下来要迎接的挑战可不是什么过家家的游戏。"星野说完，紧紧盯着他的双眼。

不知道为什么，在盯着宗衍双眼的时候，星野的思维有一点儿恍惚。

那双眼睛里的黑色太过深沉，最深处好像还摇曳着火焰。

"能够控制他人精神的存在，绝不可能是下等异种。"星野眨了眨眼，将这种奇怪的感觉摒弃，接着说，"甚至在上等异种里，也很少有能直接篡改现实的存在。"

"这一回……"星野深吸了一口气，道，"我们可能会直接对上支配者。"

这不是危言耸听，在伊塔的化身死亡行者出现后，密大的教授们就忙碌了起来。他们猜测，欢宴者准备了这么多年，终于可以召唤出他们的门之主了，就连伊塔也是他们想要召唤的门之主的侍奉，如此推测，他们即将面对的肯定是更为可怕的东西。

身为调查员，即使知道自己的对手很强大，也要迎难而上，哪怕因此丢掉性命。因为倘若他们后退，死的就会是千千万万的普通人。

觉醒者享受了最优的待遇，必要时也应站在大众前面。

"你还是个学生，这种事情就交给大人吧。"星野的态度十分坚决，"感谢你的情报，但是我不会给你门票的。至于你的朋友，你把他的名字给我，我会派遣调查员去处理。好了，现在天色也晚了，你赶紧回酒店去吧。"

剧院的检票通道已经开放了，观众们陆陆续续地检票进场。星野一再叮嘱宗衍，然后才拿着搜查证朝剧院门口走去。

宗衍站在墙角，攥紧了拳头。

他离开的时候看见威斯汀先生和奥德华一起走进了剧院，这表示接下来要上演的剧目才是真正的重头戏。

他做了个深呼吸，自虚空取出守夜人设定卡。一阵光亮过之后，他悄无声息地融入了阴影里。

与此同时，坐在剧院第一排的塔维尔忽然笑了。

"笑什么？"化身艾达的奈亚饶有兴致地露出一个笑容，道，"真难得，如此人类化的动作居然会出现在你的身上。"

塔维尔但笑不语。

剧院的灯光变暗，好戏即将开演。

塔维尔的笑声让奈亚有一种十分不好的预感。毕竟对方掌握着时间，这就代表着他既能看到过去，也能掌管未来。

与奈亚热衷于和人类混在一起不同，塔维尔的本体，即犹格的真身常年待在维度之外，毫无感情地俯视着无垠的宇宙。

就算是同属三柱原核的莎布，偶尔也会来地球上逛两圈，享受一下蝼蚁和追随者们对她的追捧。只有犹格最无欲无求。

"我得去换一个模样了。"奈亚重新将视线放回到舞台之上。

化作女性的时候，奈亚更喜欢黑发旗袍、手持扇子的模样，所以在解决了欢宴者大主司后，他没忍住用上了自己偏好的扮相。但是为了配合接下来的好戏，他需要换个外形。

"恐怕这出好戏不会如你所愿了。"直到这时，塔维尔才慢悠悠地开口。

"无所谓。"奈亚说着从虚空里拿出另外一把折扇。这把折扇上面的图案更为华丽，若是有人长久地盯着这把折扇，便会迷失在那片花纹之中。

他觉得，原本这件事还可能有变数，但当那位小王子自动送上门后，那点儿变数也消失得一干二净了。

他接着道："不过话说回来，竟然有你也观察不到的变数，那我是不是可以认为这个变数和吾主有关？"奈亚笑了起来，眼里却没有半点儿笑意，反而带着深渊似的危险。

阿撒索是万物之主、宇宙之核，他诞生了黑暗、无名之雾和混沌。黑暗诞生了三柱原核之一的莎布，她主掌生育和繁殖，几乎诞下了所有的支配者；无名之雾诞生了三柱原核之一的犹格，他全知全能，主掌时间和空间；剩下的混沌则直接成为奈亚。

奈亚是审判者们的代言者和信使一般的存在。他仅臣服于宇宙之主阿撒索，并且执行着阿撒索的意志。

除了审判者，很少有种族会直接追随阿撒索，因为那是极度疯狂之举。而在臣服于阿撒索的审判者们之中，奈亚是最狂热的那一个。

可惜的是，阿撒索同时也是盲目痴愚之主，他只会在宫殿里日复一日地吹奏着混沌腐朽且令人作呕的长笛。

但是，就在前不久，约莫是一个月之前，所有的审判者都感受到了天主的传召。这也是为什么奈亚会派化身急匆匆前往 L 城。

他执行着阿撒索的意志，自然比其他的审判者更接近天主，也因此察觉到天主那一丝尚未苏醒的意识于此星球消隐。

犹格都无法探寻的存在……即使是他们的主，也难以做到吧。

"谁知道呢。"塔维尔点到为止，没有继续说下去的打算。

算了，想从这个家伙嘴里撬出消息，简直和直接唤醒天主一样难。奈亚如此想道，他随手将另外一把扇子收起，道："黄印还在我的手中，那就先失陪一下了。看得开心哟，哥哥。"

剧院的灯光已经完全暗了下来，第一排空空荡荡，后面却座无虚席，而那个古怪的印记也再次被投映到舞台上。

剧院内到处是阴影，利于宗衍行动。他手拿黑伞出现在楼梯间，小心翼翼地走进剧院内部。

这座剧院给宗衍的感觉十分不好，特别是在他使用了守夜人设定卡之后。虽然他看不到那些意识体，可耳边却充斥着无数低吟声。和王宫那座偏殿相比，不遑多让。

宗衍手心都在渗汗，但他只能硬着头皮上。

他使用守夜人设定卡之后，夜视能力被提升到了极限。可等他四处搜索时，却没在观众席里找到奥德华和王可鸣。

这不正常！难道他们去了二楼包厢？

宗衍内心焦急无比，就在他四处张望的时候，坐在第一排的塔维尔忽然回过头，视线准确无误地和他对上了。

宗衍：……

天哪，密大真的把这个内鬼派出来了，此地要完！

正当宗衍打算若无其事地转移视线的时候，忽然看到塔维尔似笑非笑地朝他勾了勾手指，示意他过去。

这可真是奇怪，明明他的衣服和发型都换了，二人还隔了这么远，为什么还会被发现呢？难道这就是高维度生物的力量吗？而且这是威胁吧？如果他不过去，影响到这位大佬的心情，对方忽然变身，那L城今天就完了。

为了拯救世界，宗衍不得不忍辱负重地走过去，问道："干吗？"

即使知道面前这位是深不可测的高维度生物，宗衍的语气也相当不耐烦，实属破罐子破摔。

他的思绪忽然串联在了一起。一位高维度生物为什么会忽然出现在学校？又为什么会出现在案发现场？难道幕后黑手其实是——

宗衍眼神一变，警惕地看着塔维尔。

"我不是奈亚，我没那么无聊。"看到对方的眼神，塔维尔就猜到这个人类的脑子里在想什么。

不过他这天心情还不错，所以比较和善，便道："坐下。"

宗衍问："坐下干吗？"

"话剧就要上演了。"塔维尔耐心地说，"如果我是你，决不会选择在这个时候打断即将上演的好戏。况且命运已经注定，现在并未到可以改变的时候。"

比起犹格的另外一个化身亚弗，塔维尔这个化身可谓是慈悲为怀。毕竟这个人类身上还有一些令他十分感兴趣的东西。

例如，时空之主看不到他的未来，也看不到他的过去，甚至连他的现在也只能从别人那里间接窥探。而且，这个渺小的人类也的确是整个人类种族中为数不多的聪明人，拥有旺盛的好奇心和求知欲。

犹格对充满求知欲的人类十分宽容，他会大方赠予取悦他的人类知识，还会回应人类追随者的召唤。

面对面前这个人类，他忽然生出一些兴致。如果能够将他彻底变成自己的追随者，倒也是一个不错的选择。

"你怎么知道？"宗衍怀疑地问道，"亚弗才是管时间的，你骗我好歹也扯个像样一点儿的谎吧。我又不是傻子。"

不，你就是。塔维尔冷漠地想着，刚刚才对面前这个人类生出的些许欣赏立刻被打散。

"动动你的脑子。"他略带怜悯地看了宗衍一眼，"胆敢给时间与空间之主乱冠名号，密大教的生物学你真是白学了。"

喂！你一个支配者居然公然吐槽密大的师资水平，怎么，难不成你是看不下去才来密大执教的？

宗衍很想把手里的黑伞扔下，然后逃跑，但是他知道自己是跑不出去的，而且守夜人的礼仪规范也不允许他做出那样失礼的行为，所以他将礼帽摘下，优雅地坐到了塔维尔身旁的座位上。

结果塔维尔下一句话差点儿把宗衍吓得从座位上跳起来。

"如果你不能在一分钟内给我满意的答复，不但你的毕业会泡汤，而且我不介意让你直面一下支配者的不悦。"塔维尔勾了勾嘴角，金眸里似有光芒闪动。

台上的话剧刚刚开始，身披黑色长袍、脸上戴着面具的黄印兄弟会正在引吭高歌。宗衍看着塔维尔，心想：他没有要开玩笑的意思。虽然对方脸上带着人类的微笑，但是那双金眸里没有任何温度，所传达的情绪像是一捧冰水，彻底把他浇醒。如果他不能在一分钟内给出让对方满意的答复，后果将不堪设想。

宗衍气得半死，还有一半是吓得，他心想：你又没给我多少线索，难不成要我凭空猜测？等等……时间与空间之主？

他灵光一闪，想起面前这位还是塔维尔学长的时候，半强迫地塞给他的那本书。

"你还有二十秒。"塔维尔十分好心地提醒道。

可是那个名字是个审判者的，还是三柱原核之一。即使是最弱小的主宰者，也能轻易地毁灭人类，更遑论站在审判者顶峰的三柱原核。

宗衍感觉到嗓子干涩无比，他缓缓开口，吐出那个禁忌又至高的名字："你是……犹格。"

下一刻，宗衍感觉到自己的视野瞬间扩大。

昏暗的剧院里，塔维尔身后似乎有亿万光辉般的球体缓缓于空间裂缝中浮现，每一颗都带着绚烂无比的光芒。

这才有点儿他看上的未来追随者的样子，他果然没有看走眼。塔维尔如此想，并且再次对自己的眼光感到欣慰。

他眯了眯眼，露出那种最常见的被取悦的笑容，道："不错，你想要什么奖励？"

宗衍差点儿没被这话气死。

他好不容易在一分钟内紧急调动所有脑细胞，在生与死的边缘徘徊了一遭，之后又不知道为什么被迫观看了一下犹格的真身，现在整个后背都湿透了，结果对方只轻飘飘地来了一句"要什么奖励"。

宗衍道："什么奖励都行？那奖励我直接毕业怎么样？"

塔维尔眯了眯眼，道："作为你的导师，我不能这么不负责。如果我让你提前毕业了，那你以后很有可能会在其他异种那里遭遇危险。"

得，你这角色扮演还扮演出责任感来了，骗鬼呢你。

宗衍"呵呵"两声，道："冕下可真是为人类神秘界的未来发展殚精竭虑。"

不过说到这里，他忽然灵机一动，道："这样吧，尊敬的犹格冕下，我需要一些有关物理学科的知识。"看到塔维尔似笑非笑的表情，他立刻加上补充条件，"哦，对了，三年级的物理知识就可以，不需要太多。"

他可不会忘记，面前这位高维度生物最喜欢给自己的追随者们塞知识，还是直接把人脑容量塞爆变成植物人的那种。

"只有我的追随者才有资格接受我的知识。我倒是可以送你一摞辅导书。"塔维尔笑了一声，苍白修长的手指缓缓从身上白色的长袍边缘滑过，随后道，"或者说，你打算成为我的追随者？"

宗衍：……

也不是不可以，他可以假意归附，得到知识后再叛变。

但是这话他上次当着对方的面说过了，这次是绝对不敢再犯了。

于是宗衍结束了话题，默默地将视线重新挪回舞台。

舞台上的表演还在继续，但是无数意识体的嘶吼让宗衍难受无比。更加可怕的是，他仔细倾听后才发现，那些意识体的叫声并不痛苦，反而很兴奋。

他们和偏殿里那些意识体不同，他们都是自愿的。

"卡尔克！伟大的古老国度卡尔克！吾主，我愿献上我的一切，请您打开虚空之门，让我通往您的国度。"舞台上的卫兵高声唱道，"看哪！卡尔克的尖塔，在月亮之后升起，我们已经无家可归！"

虽说普通人听不到意识体的声音，但是那些意识体仍在跟着欢唱。宗衍听得毛骨悚然，对王可鸣和奥德华的担忧愈加强烈。

这么浓重的血腥味，也不知道欢宴者到底谋害过多少人，又将多少人蛊惑后推入了火坑。

他忍了又忍，终于还是从座位上站起。

"如果我是你，就不会选择现在行动。"塔维尔懒洋洋地说，"难道你没有发现你们密大的调查员全都按兵不动吗？"

宗衍恍然，下意识地朝旁边看去。

胸口上佩戴着徽章的调查员们齐刷刷地站在后面，一个个面色凝重。可即便如此，他们仍安静地看着话剧，没有直接出手打断。

宗衍内心一沉。这种情况他曾在某位调查员的笔记里看到过。

如果祈拜活动已经开始，就不能中途打断，否则会引来支配者的不满。曾经有地下组织秘密祈拜莎布，被调查员打断，这件事引得莎布不悦，在场的地下组织成员以及调查员全都没能活下来。这还是后来修复了现场的摄像机才推断出来的。

"第一排那个人，快坐下！"宗衍忽然从座位上站起，引发后排许多观众的强烈不满，他只能尴尬地扶了扶礼帽的帽檐，重新坐下。

"如果不是你，那幕后黑手会是谁？"抢在塔维尔开口之前，宗衍飞快地补充道，"这就是我请求得到的奖励。"

塔维尔将视线转向他，有些疑惑。

在真正面对高维度生物时，即使是密大的调查员，当然，首先得排除掉疯了的那些，其余哪一个不是战战兢兢或者被吓得屁滚尿流。除非是虔诚无比的追随者，否则常人难以在高维度生物面前保持绝对的理智。别说是人类了，就算是宇宙中其他种族直面高维度生物，都不见得有宗衍这么大胆。

"你不怕我？"塔维尔忽然问。

"不……怕呀。"宗衍立刻改口。

塔维尔喜怒难辨地说："你不怕我，为什么？"

他对宗衍很感兴趣，也许是因为他的全知全能对面前这个渺小的人类并没有起到多少作用，所以这种兴趣也越发浓烈，甚至到了不可思议的程度。

为什么要问为什么？你是十万个为什么吗？宗衍嘴角抽了抽，道："就……怕也没用啊。"

其实宗衍心里挺没底的，他生怕自己一句话没说对，对方立刻翻脸不认人。

要是支配者还好一点儿，但面前这位可是三柱原核之一，毁灭一颗星球恐怕都不要一秒，他可不想变成千古罪人。

但是他转念一想，他好歹还有一张阿撒索（分身）设定卡，兔子急了也是会咬人的，要真把他惹急了，信不信分分钟变身对方的爹阿撒索！

"哦。"塔维尔眯着眼睛，也没说自己信不信，只道，"幕后黑手是奈亚。"

正在后台主持祈拜的奈亚万万没想到，他刚离开，塔维尔就把他给卖了。

宗衍问："你们这些高维度生物都这么闲吗？"

"不要把我和奈亚混为一谈，他是最闲的那个。"塔维尔不悦地说，"就算是高维度生物里，也很少有像他这样混进别人总部的。"

没错，即使是高维度生物之间，也有着最基本的相处原则。除了原本就是死对头的高维度生物，其余高维度生物都是独立且互不干涉的，更不会随意踏入别人的地盘。毕竟大家一动手就是星系湮灭的程度。除此之外，还有不少高维度生物里的支配者被封印在宇宙的各个角落，所以他们真没这么闲。

也就只有奈亚这个缺德的家伙，一天到晚闲得发慌，搞那么多化身，而且每个化身不是在搞破坏，就是在搞破坏的路上。

他还打入了不少地下组织的内部，唆使他们干一些坏事，那些追随者纷纷感恩戴德，结果反而惹怒了自己的门之主。

有些高维度生物觉得不对劲，于是着手探查，这才发现是奈亚的手笔，例如那位深渊之主诺登便是这么和奈亚结仇的。奈何奈亚做事十分隐蔽，又喜欢作壁上观，最后只得不了了之。

只有犹格才知道这家伙背地里干过多少祸害宇宙的事情。要是那些事情全被曝光，别说是人类了，估计四成的高维度生物都得联合起来找奈亚麻烦。

最可气的是，奈亚是宇宙之主的信使，同属三柱原核，能力深不可测，记恨是记恨，打还是打不过。

"那这些死去的人？"

"门之主不过是你们人类单方面给我们的定义罢了。"塔维尔大发慈悲地模拟了一回人类的思维，道，"人类想要从自己的主那里得到什么，自然就得付出相应的代价。对于人类来说，最珍贵的东西就是生命了。把自己最珍贵的东西献给门之主，这有什么问题吗？"

此时，舞台上忽然出现了一个身披黑袍、脸色苍白如纸的人。宗衍隐约记得，之前合唱团里被称为"黄印兄弟会"的人里就有这么一个存在。

"我们都摘下面具了，你也该摘下了。"兄弟会其余的人都将面具摘下，并如此说道，独留他一人站在舞台中央。

那个人笑了笑，道："我没有面具。我即真实。"

第一幕在此时结束，厚重的幕布从舞台两侧缓缓合上，高昂的歌声戛然而止，紧随而来的是观众们如同潮水一般的热烈掌声。

在座的剧迷们基本上都看过第一幕，他们这晚赶来是为了后面的内容。

众人本以为第一幕和第二幕之间会有片刻的休息时间，谁知即使幕布被拉下了，话剧也依然还在上演。

炫目的光影从舞台中央开始浮动，随后延伸至整个舞台。宾客们睁大了双眼，在视线接触到那一片光影时被拖入幻境。

宗衍下意识地撑开黑伞挡在眼前，但也无济于事，因为这片幻境已经覆盖了整个剧院。

幻境之中，他们正坐在用白骨和血肉堆砌的巨石基座之上，下方是深不见底的城池和古老的围墙，高高的尖顶矗立在大陆中央。

——卡尔克城。

宗衍想起魂灵们歌唱的天国，陡然一惊。

毫无疑问，这也是一位支配者的地盘。追随者们终于成功召唤出他们的门之主，而他们的主也响应了此次召唤。

星野狠狠地吐出一口烟雾。

刚刚还华丽宽敞的剧院一下变成冰冷的石台，石台下血腥味浓郁，不难想象这一方石台是用什么东西砌成的。

"欢迎来到遥远之城卡尔克。"那些身披黑袍、头戴面具的追随者从幕后依次走出，语气中有难掩的激动。

这是一个尚未完成的仪式。

星野微微勾了勾手指，指尖上冒出一个繁杂的密纹。看到他这个动作，跟在他身后的调查员也纷纷摆出战斗的姿态。

在场的普通人早已被幻境攫住心神，他们一个个睁大双眼躺在座椅上，脸上还带着沉迷的笑容。

冷色的月亮从卡尔克城的尖塔后方缓缓落下，一座恢宏古老的城池矗立在一望无际的湖泊中央。

虽说幻境已经覆盖了整个剧院，但是星野知道，这还不是终点。

湖面上倒映着月亮，但没有倒映出石台，这代表他们仍未穿越时空的间隙，抵达真正的卡尔克。

他们还有机会。在场的调查员等不下去了，在无数人丧失性命前，一道烈焰朝着黄印兄弟团冲去，却在半途被一道看不见的屏障拦住了。

"似乎来了一些我们没有邀请的无理客人呢。"换了装扮的奈亚从黑暗中慢慢走出，少女的脸庞藏在绘满繁复花纹的扇子背后。

"大主司殿下，我们会解决他们的，吾主已经回应了我们，卡尔克城马上就能开启了！"追随者们纷纷高呼。

他们拥有不需要觉醒也能操控的力量，以此和调查员对抗。

"祈拜就要开始了。"奈亚淡然地看着这一幕，然后勾了勾手指。几位追随者立刻从一旁拉出一个人。

宗衍见到这一幕，忍不住从座位上站起，眼里满是愤怒。

那是奥德华。

此时的奥德华已经迷失了心智，眼球完全变成黑色了，正一步一步地朝石台边缘走去。

宗衍操纵伞影迅速朝奥德华掠去，想要捆住对方的脚，不料被一道无形的屏障阻隔了。

"奥德华！"宗衍大叫着想要上去拉住好友，仍被一股无形的力量推开了。

"别白费力气了，他从一开始就被欢宴者选中了。"奈亚饶有兴致地看着宗衍，道，"真稀奇，看来你早就发现他的不对了。"

他轻笑两声，晃动手上的扇子。随着扇子的摆动，宗衍感到一阵头晕目眩，也看到了扇子背后的景象——无数庞大而臃肿的触手狂乱地挥舞，带着遮天蔽日的气势，尖利的獠牙占据了少女娇艳的脸庞。

"能够抵御高维度生物的暗示，甚至还能窥伺到真实，难怪就连犹格都动了心思。如果不想追随他，也可以考虑一下我哟，小首席。"奈亚笑眯眯地说道，下一秒却忽然闪开，而他刚刚站立的地方则多了一摊黑色的不明液体，并在瞬息间将石台腐蚀干净。

在高维度生物之间，教唆对方的追随者叛变并且改变追随对象的行为，是被绝对禁止的。

看来这个人类的确很讨犹格的欢心，都已经开始享受高规格的追随者的待遇了。

奈亚笑着用折扇挡住自己的半张脸，像是发现了什么新奇的东西一般，眼眸里闪烁着恶劣的光芒。

宗衍却没有注意到这一幕，他抓不到奥德华，只能巴巴地看着奥德华朝石台边缘走去，心急如焚。

"奥德华，你醒醒，下面是幻境。"他拼命调动自己掌控阴影的力量，又让告死鸟去抓奥德华，但依旧无济于事。

越来越多的人站起来，学着奥德华那样朝石台边缘走去。

说来也奇怪，明明石台是幻境，但是观众们却好似真能从石台跳下去。宗衍甚至看到有一个人的头撞到了石台下方的尖塔。

不，不对。宗衍努力在脑海里搜寻君房上课时提到过的幻境。

——如果你没有被幻境蛊惑，那幻境就只是幻境；如果你被幻境蛊惑，那么幻境就会成为现实。

奥德华如同断线的风筝一般从石台上坠落，好在宗衍操纵的阴影终于接触到了他，将他眼里的黑暗尽数吸走。

奥德华持续下坠，但是好歹找回了神智，只是表情看起来十分茫然，下意识地大喊出声："啊——"

宗衍撑开黑伞，没有丝毫犹豫地跳了下去。在他们身后，无数普通人前赴后继地跳下了石台，用生命祈求门之主的降临。

"这出好戏如何？"奈亚笑着收起了扇子。

没有扇子的遮掩，庞大臃肿的触手争先恐后地朝空中伸出，艾达的身躯也开始扭曲变形，最终从娇俏的少女变成身披白褂的黑皮肤医生德克斯特，而他的脸上依然带着爽朗却蛊惑的笑容。

奈亚热衷于看人类在绝望中挣扎的模样，那些普通人在坠落的时候，脸上带着愚蠢的希冀，很好地取悦了这位门之主。

调查员们还在同黄印兄弟会战斗，追随者们口中的歌曲似在静寂的天地间回响。

"不如何，你恐怕要失算了。"塔维尔从座位上站起，俯瞰着脚下的遥远之国，"变数已经产生，未来已经注定。"

"唉。"奈亚装模作样地哀叹，"既然连你都这么说了，那今天这些追随者恐怕也无法觐见他们的门之主了。"

当然，这对于他来说没有什么影响。事情的结果怎样他丝毫不关心，他只关心人类能不能给他带来娱乐与消遣。

"呵。"塔维尔自然知道奈亚这家伙的性格，他冷笑一声，重新将视线放到了石台之下。

一般来说，他不会来这种场合，但这次明显不同，因为这里有一个变数，一个未来、过去和现在都无法被他观测到的人。

未知才能产生更大的乐趣。不管怎么说，他的兴趣已经被挑起。

塔维尔道："你不觉得，不畏惧高维度生物的追随者才更加有意思吗？"

宗衍在半空中抓住了奥德华的手，与此同时，一点儿阴影飘到了他手上。

糟了！宗衍心想。但他只来得及朝奥德华投去一个惊恐的眼神，便再度被拖入幻境。

剧院外，刚从酒吧出来，手里还提着一罐啤酒的醉汉晕乎乎地问："天空中怎么有一座城啊？"

"你怕不是醉糊涂了，天空中还有城……"同伴笑骂一句，随即也不敢相信地瞪大了双眼。

夜空中的确有一座城的虚影。

"天哪，那是什么？海市蜃楼吗？！"他们惊呼道，纷纷掏出手机拍摄，但是闪光灯闪过后，手机屏幕上却没有城市的痕迹，有的只是普通的夜空。

这个城市虚影无法被电子设备捕捉，只能够被人眼观察到。

"报告，卫星无法侦查到L城上空的城市！"

"报告，红热线也无法捕捉到成像！"

"报告，刚刚派出的直升机无法在空中看到虚影，请总部指示！"

……

无数信息如同潮水一般涌入L城的官方救援中心，前几日才因为伊塔的化身死亡行者出现而恐慌的城市再次紧张起来。

越来越多的人看见了天空中的城市，而随着城市的轮廓逐渐清晰，它的高度也在下降。

"长官，已经确定了，这应当是神秘界的事情。"下属急匆匆地将资料整理好，进入了官方救援中心的紧急事项会议室汇报。

闻言，长官崩溃得将资料一扔，道："L城这么多年都没出过大事，可这个月先是下了一场大雪，差点儿淹没整片陆地，这次又是什么？！总之，先安抚好民众的情绪，就对外说是我们在做救援节日预演。"

官方救援中心又开始加班加点，在官方的社交平台账号上发表稳定人心的消息。

长官哀号一声，坐回宽大的座椅里，伸手扶额，道："天哪。"

还好这两次意外都是发生在夜晚，并且是深夜，若是白天，恐怕事情会更难收场。

"该死的，把这些消息转发给神秘界的尖顶议会，让他们赶紧把真理之门从 L 城挪走。"长官道，"此地不欢迎他们！"

这是一间装潢十分华丽的卧室，屋里点了熏香，闻着让人感觉懒洋洋的，很放松。

宗衍醒来，入眼是一片深色的帷幔。细细的流苏从床顶垂下，床帘的边缘则以金线缝合，看上去华贵又美丽。

宗衍猛然睁大眼，思绪瞬间回笼。

刚刚他还在拉着他的小伙伴做自由落体运动，下一秒就躺到了床上，想想都很魔幻。

"殿下，该起床了。"就在宗衍思考的时候，门外传来了管家的声音。

"好的。"宗衍的嘴不受控制地张开，应了一句。

这不是他的声音，听着应是一个孩童的。

宗衍一惊，身体再次不受控制，从床上爬起，赤脚站在了厚厚的地毯上。

片刻后，管家将门推开，身穿工作服的侍女鱼贯而入。她们手里捧着熨烫好的衣服，半跪下来为他更换。

紧接着，管家将洗手盆和镜子端到他面前，盆里的水温度适宜。宗衍感觉自己的身体又开始动了起来，他刷完牙洗完脸，然后接过一杯味道醇厚的早餐茶。

镜子里的人约莫七岁，金发碧眼，其样貌对宗衍来说熟悉无比。

那是奥德华的脸，准确地说，是年幼的奥德华的脸。

"母亲在哪里？"在房间里简单地用过早餐后，他听到自己如此问道。

"回殿下，王后陛下在西侧的宫殿，她说过，今天不允许任何人打扰她。"王宫的管家毕恭毕敬地回答。

小奥德华心头涌起一股不悦，眉头紧皱，道："可是母亲昨天才和我说今天要带我拼乐高。"

宗衍总算是明白了，那点儿阴影应该是从奥德华眼中扩散出来的，所以他现在是在奥德华的记忆中。作为局外人，他只能通过奥德华的眼睛看着记忆推进。

"抱歉，殿下。"管家也不知道该说些什么，只能弯下腰跟小王子道歉。

"你走开！"小奥德华的火气一下子就上来了，他一把推开管家，朝外面冲去。

王宫很大，也得亏小奥德华记得住，他左拐右拐，穿过一条条华丽的走廊，跑上了四楼。

四楼是国王的寝宫。既然母亲不理自己，小奥德华便下意识地去找父亲。

国王原本对自己的子嗣一视同仁，但是王后的偏爱让奥德华脱颖而出，成为整个王宫最受宠的小王子。王后同样出身贵族之家，且权势滔天。

走到国王的寝宫门口的时候，小奥德华忽然停住了，因为他听到了十分奇怪的声音。

他透过门缝偷偷朝里看去，看到了肮脏的一幕。

小奥德华浑身发抖，正想推开门质问，便听到身后有人呼唤自己。

"奥德华？"那个女声温柔无比，充满了浓浓的爱意。

棕发女人从走廊上走来，脸上带着宠溺的笑容。她这天没有穿那件缀满珠宝的长裙，而是穿着一件样式古怪的黑裙，整个人显得苍白而憔悴。

"母……母亲，早上好。"小奥德华一惊，连忙跑到母亲面前，下意识地不想让母亲看到房间内的一幕。

王后将手覆盖在他柔软的金发上，没朝那扇半掩的门投去半点儿目光。

"走吧，母亲带你去一个地方。"王后低下头道。

小奥德华这时候才发现母亲没有戴那顶象征着尊贵的王后皇冠。

整个四楼一个仆人都没有，走廊上空荡荡的。王后牵着年幼的小王子，穿过数道走廊和数个房间，最终来到西侧的偏殿。

"妈妈，我们这是要干什么呀？"小奥德华看着王后将偏殿的门从里面锁上，内心不知为何升起些恐慌。

"不要害怕，奥德华。"王后的脸藏在阴影里，叫人看不清表情，但她的声音里透着一股病态，"妈妈带你去一个充满快乐、没有任何忧虑的地方。"

"充满快乐？"小奥德华懵懵懂懂地问，"是天国吗？"

王后笑了，将长长的钥匙放进口袋，道："当然不是。那是一个比天国更加美丽、更奇妙，且没有丝毫痛苦的地方。"

她点燃了烛台上的蜡烛，被烛光拉长的影子在深色的墙壁上晃动，此时的她就像是童话故事里将魔镜悬挂在高塔上的恶毒皇后。

小奥德华不知道，宗衍可清楚得很。这座偏殿根本不是什么好地方，这里很可能是王室以前用来关押死囚的。

王后牵着奥德华一步一步朝偏殿顶部走去，黑色的裙摆拖在地上，仿佛一朵在极恶之地盛开的黑色郁金香。

"只有你才是妈妈的孩子。"她喃喃道，声音极轻，像是在自言自语，"你的哥哥是未来的国王，你的姐姐则是在国土上盛开的花朵，他们都不属于我。只有你，只有你才是妈妈的孩子。"

血色的纹路纷纷亮起，王后虔诚地跪下，从口袋里拿出一把古朴的扇子。

那把扇子看上去有一些年头儿了，扇柄上还刻着一个古怪的符号。除了扇柄，偏殿顶部的地面，也就是阁楼外的平地上，也刻有这个符号。

王后给沟渠注入触目惊心的色彩，那些红色的液体仿佛受到了某种指引，最终汇聚成黄印。

黄衣之主的印记便被称为"黄印"。

"妈妈，你在干什么呀？"七岁的小奥德华看到母亲疯狂的举动，惧怕道。

"不要害怕，奥德华，快过来。马上，马上我们就能够去了。"王后张开双臂，朝奥德华示意。

奥德华犹豫了一下，还是走了过去，钻进母亲冰冷又温暖的怀抱。

"这个世界太肮脏了。"王后轻轻抚摸着他的头发，道，"妈妈早就厌倦了这样的生活，唯有吾主才能改变这一切。"

刺眼的色彩在地上蜿蜒，逐渐散发出不祥的红光。

原本以王后一个人的力量是绝对无法打开卡尔克的大门的，但是这位王后还有一个隐藏的身份，那就是欢宴者的大主司。那把扇子便是欢宴者大主司的身份证明。而想要前往卡尔克，必须先通过厄运之桥。王后做完这一切，自然是可以直达目的地，可她偏偏带上了奥德华。根据规则，奥德华是个"无证通行"的外来人员。

王后睁大双眼，她感觉到虚空中的那个东西将她的儿子标记了。

"怎么会这样……"也许其他人不知道，她却再清楚不过，被打上标记的人是无法进入卡尔克的，只会成为牺牲品。

在最后的一刹那，王后也不知道从哪里来的力气，一把将小奥德华推开，同时嘴里大喊："走，奥德华，走！"

明明早就做好了要一起离开这个肮脏的世界的决定，但是在最后关头，母爱还是战胜了一切。

狂风忽而肆虐而起，虚空中走出一道人影，被召唤的主显现出了他的真容。

那是一个身披褴褛黄袍的无面人，姿态优雅又不失威严，让人不由自主地想要跪拜。

那是支配者，深空星海之主，遥远的欢宴者，黄衣之主哈斯。

他的真容不可被直视，不然会令普通人精神错乱。

按照记忆，小奥德华应当是昏迷了，最后这个召唤仪式到底有没有成功，以他的视野应该是没看到。

但是在这一刻，宗衍发现自己脱离了奥德华的视角，亲身出现在了这段记忆中，而奥德华则双眼空洞地朝哈斯走去。

他是门之主早就选定的人，哪怕过去了十几年，最后也依旧走上了既定的道路。

奥德华是清醒的，只不过他无法控制自己的身体，只能看着自己一步一步地往前走去，重复着童年做过无数次的噩梦。

他将看到下场惨烈的母亲，看到支配者，看到他永远无法到达的卡尔克。

上一次是母亲舍弃了性命推开他，这一次——

一把黑伞挡在了他的面前。身着黑色披风的宗衍用阴影将他钉在原地，代替他走上前。

看着那道背影,奥德华碧绿色的瞳孔剧烈震颤,泪水不自觉地从脸颊滑落。

哈斯飘浮在空中,实际上他的身躯极为庞大,但在这段活过来的记忆中,他特意缩小了身形。

他没有脸,兜帽下是一片深不见底的黑暗。他一举一动都极尽优雅,只是身后盘旋着无数恐怖的触手,偶尔似乎还能看到遥远星辰的亮光。

不管外表看上去多么光明圣洁,这位依然是邪恶的存在。

按理来说,直视了一位高维度生物,宗衍应该立即发疯才是。但由于他曾连接过阿撒索的意识,又在夹缝中窥见过犹格的真容,相比前两位,只是支配者的哈斯并不会让他产生任何不良反应。

不过要是他惹得对方不悦,十个他都不够面前这位打的。

和死亡行者那种在支配者里垫底的存在不同,哈斯的本体被封印在M星团恒星16-T的行星上,而他在人间的化身都能轻而易举地毁灭一座城市。

"日安,阁下。"宗衍摘下礼帽,恭恭敬敬地低头行礼,用缎带束起的灰色长发滑落到胸口处,遮住了他冷汗涔涔的指尖。

"直视吾的真容而不疯狂,作为人类,你很不错。"遥远而富有韵律的声音响起,这声音是直接出现在宗衍脑海里的,"不过,既然你不想交出他,那自然需要付出其他代价。"

一条庞大、干枯且邪恶的触手从黄袍之下探出,最终悬浮于空中,门之主在宗衍的脑海里传达着最后的蛊惑:"握住他。"

"谨遵您的命令。"宗衍没有片刻迟疑,他脱下手上的黑手套,缓慢而坚定的同那条触手相触。刹那间,无数尖叫声涌入他的大脑里,似要将他拖入深渊。

宗衍低下头,身上的风衣和灰色长发被狂风掀起,下一刻便如同镜面般寸寸碎裂。

他的守夜人设定自动解除了。原本手持黑伞的贵族摇身一变,成为身穿衬衣的普通黑发少年。

此时的宗衍脸上满是狼狈的汗珠,但他依然紧紧攥着哈斯的手,顶着飓风直视黄色兜帽下的面容。

那双眼眸,比宇宙中最为璀璨的星辰还要闪亮,里面饱含的不屈的光芒似乎能点燃灵魂深处的火焰，就连哈斯也不免为之侧目。

霎时，天地间仿佛被按下了暂停键。宗衍摇摇欲坠，整个人就像刚从水里打捞出来一样。

"吾名为哈斯，吾赐予你知晓的权力。"哈斯似乎笑了，"你取悦了吾，吾理应赐予你奖励。"

虚空中，不可名状之物直直按在了宗衍的眉心。

"你看上去心情并不是很好。"奈亚玩味地笑道。

塔维尔冷冷地看了他一眼，下一秒，奈亚就被他扔到了极北之地的深海里。

"不愧是时间与空间之主。但仅仅为了一个追随者就做到这个程度吗？这可真是太有趣了。"奈亚喃喃自语，笑容逐渐扩大。

无数扭曲的阴影出现在他身后，其体积之大，是人类绝对无法观察到的，它们搅动着寒冷的水流，在深海区肆意延伸。

如果有人看到这一幕，一定会陷入癫狂。

第六章 · S级日抛型设定卡

最后，宗衍还是错过了开学前回国的最后一趟航班。

从幻境之中挣脱后，他带着奥德华回到了王宫——奥德华被困在了梦魇里，怎么也叫不醒，而王宫里有全国最好的医生。所以，他只能在心里说一声"兄弟，抱歉了"。

除此之外，他还有一个不得不回一趟王宫的理由。当初他们走得匆忙，行李都没拿。王可鸣对此毫不在意，毕竟他家大业大，丢的东西都可以再买。身为王子的奥德华就更无所谓了。只有宗衍不同。他包里还放着龙组给他的两张银行卡和护照，要是丢了，他就得去挂失、补办，他担心其间卡上的钱会遗失。

没了奥德华，欢宴者的成员们自然没能打开通往卡尔克的大门。而且他们的主早已没了那个兴致。比起那些追随者，还是能够直视门之主的人类让哈斯觉得更有意思。

"高维度生物和人类并不是双向沟通的，从一开始就是渺小的人类单方面的祈愿罢了。"那个时候，哈斯好脾气地和宗衍多聊了几句，"通常来说，人类是无法与吾意识相接的，你倒是吾遇到的第一个可以交流的低维度生物。"

就像蚂蚁无法理解大象一样，人类也无法理解高维度生物的思想，所以哈斯才会感到惊异。

"群星即将归位，希望下一次见到你的时候，你已经披上了欢宴者大主司的长袍。"哈斯的声音越来越远，"吾将给予你进入卡尔克城的荣幸，这即是你取悦了吾的奖励。"

说完这些，他就让宗衍走了。

事情发展到这一步，说起来也挺不可思议的，不过宗衍想了想，可能是人家心情好，懒得捏死一只"蚂蚁"，并等着"蚂蚁"在将来给自己带来些乐子，但是追随者……作为密大这一届最有前途的学生兼首席，宗衍表示，那还是算了吧。

"殿下只是受惊过度，没有其他危险，休息一段时间就能醒来，余下只需静养。"医生们给昏迷的奥德华做过细致的全身检查后，得出以上结论。

宗衍闻言松了一口气。他将房门掩上，和王可鸣对视了一眼。

王可鸣比奥德华要幸运得多。调查员和追随者们打架时所发出的觉醒源波动把他震醒了，他脱离幻境后连忙躲到椅子下，成功活了下来。

"衍哥，我们现在怎么办？"王可鸣问。

"都是兄弟，总不能这么不仗义。等奥德华醒了，我们再走吧，不然我也不安心。"宗衍叹了一口气，道。

自从发现小队成员之一的艾达是内鬼后，临时调查小组就只有他们三人了。经此一事，三人的感情迅速升温。

"那衍哥你……"王可鸣有些忧心。

过两天就是清阳学院三年级学生开学的时间，而密大这边也马上要开始下一个阶段的学习了。

"不碍事，据说这两天密大要把真理之门搬到江州。如果这事是真的，到时候我直接从密大回去，连飞机票都省了。"宗衍算盘打得啪啪响，他和王可鸣站在寝殿外面有一搭没一搭地聊着，忽然，王宫的管家走了过来。

"宗先生。"戴着白手套的管家微倾上身，"国王陛下想要单独和您谈谈，请问您现在是否方便？"

来了。宗衍丝毫不觉得意外。毕竟奥德华是国王最宠爱的小儿子，如今小儿子昏迷在床，国王肯定要找他这个罪魁祸首兴师问罪。

"方便。"他朝王可鸣点了点头，随后便跟着管家去到西边侧殿的会议间。

"请进，陛下正在里面等您。"将人带到后，管家示意宗衍往里走，并十分体贴地将门带上了。

宗衍迈进房间，道："日安，陛下。"

国王站在最大的窗户前，闻言回过头，道："日安。"

二人上一次见面是在餐厅，出于礼仪，宗衍并没有盯着对方看，直到此时他才看清国王脸上深深浅浅的沟壑。

"想必你已经知道了。"国王开门见山地说。

宗衍保持沉默。国王继续开口道："奥德华一直都是我亏欠最多的孩子。"

他不是个好丈夫，也不是位好父亲。而他对奥德华的偏心，说到底也是愧疚心作祟。

现实不是童话，王子和公主也不一定会幸福快乐地生活在一起。国王和王后的婚姻本来就不纯粹，婚后二人也都给予了对方足够的私人空间，只是他没想到王后居然那般疯狂。

而小奥德华在遭受刺激后，身体形成了自我保护机制，将这一段记忆深深封存了。

"他一直都不喜欢这座王宫。"老国王笑道，"你以为我不知道吗？密大的入学邀请函还是我亲手放在他的床头柜上的。"

宗衍轻轻呼出一口气。

他就说嘛，奥德华再怎么聪明，也不可能干得过王宫真正的主人。而奥德华苦苦计划了那么久的逃亡计划，其实是国王有意为之。

"他一直都喜欢外面的世界，但他的确是最有才能的那个。"国王叹了一口气，道，"我都知道他一直很恨我，即使他不记得那些事情。趁着我还能动，就让他亲自做出最后的选择吧。"

国王道："你是他唯一承认的朋友，他醒来后大概也不想见到我，到时你们就直接离开吧。照顾好他，这也是我身为他父亲最后的请求。当然，这些话就不必告诉他了。"

奥德华是在三天后醒来的。

宗衍和王可鸣商量好轮流照看他，这会儿宗衍正在睡觉，王可鸣则坐在小桌子旁玩手机。见奥德华醒来，王可鸣不顾打到一半的游戏，连忙摇响传召铃。

穿着白大褂的医生和护士轮流进入卧室，重新为奥德华做检查。

"接下来只需要好好休养就够了。"主治医生说道。

脸上依然带着疲惫之色的奥德华挥挥手，示意他们离开卧室。

"那个……你还好吗？"王可鸣小心翼翼地问。

下一秒，奥德华嗖地一下从床上跳了起来，飞快地穿好衣服，神采飞扬地说道："好得很，走，走，走。宗衍在哪里？现在正是守卫放松警惕的时候，错过这个时间，我就逃不出去了。"

于是宗衍被叫醒，三个人大半夜从王宫溜了出去。

爬围墙时，宗衍下意识地回头看了一眼四楼的寝宫。借着屋内暗淡的光线，他看见窗边站着一个人。

有时候，自由或许就是一位国王能够给予的最大限度的爱。

"怎么了？快走吧，你不是今天开学吗？"奥德华道。

"哦，好。"宗衍应道，然后从墙上轻巧地跳了下去，离开了这座沉默的宫殿。

虽然宗衍曾信誓旦旦地和王可鸣说就算错过了开学也不要紧，但其实他心里还挺没底的。

他在学校留的监护人电话是筒子楼里一位爷爷的，他晚入学的事要是让筒子楼里的爷爷奶奶知道了，回去肯定得挨骂。所以他打开了只有寥寥几位联系人的社交软件，向贺远求助。

我爱高斯：贺远哥，帮帮弟弟，我赶不回来了。

我爱高斯：我们学校要是找不到我人，开学了我肯定没好果子吃。

结果这里发生了一点儿小误会。

贺远之前的头像是龙组七队的徽章，后来休假了就改了，换成了他拍的落日照。但宗衍是个不习惯给别人设置备注的人，他从列表里找到用龙组徽章当头像的好友，直接把消息发了过去。好巧不巧，七队队长司彦的头像也是这个，而且他不像贺远那样一休假就换来换去。

司彦上次执行的任务时间长，所以休假时间也长，天天窝在宿舍里打游戏，由于他打得太好，甚至有俱乐部向他递去了橄榄枝，问他有没有做职业电竞选手的打算。

不过这样的好日子就快结束了，最近神秘界的异常活动越来越多，而且大都集中在江州。

按照星位来看，很有可能下一次群星归位的时候，江州会成为那个中心。司彦也知道自己再过几天就要忙碌起来了，所以这几天才疯狂打游戏，争取玩回本。

"叮。"他刚打完一把游戏，旁边放着的另一台手机就响起一声消息提示音。

他通讯录里的联系人不多，大部分是与工作相关的，社交软件更是私人号，一般工作上的事情都是电话联系。

看到"我爱高斯"发来的消息，司彦有些无语。

这小子求人办事，还把他认成贺远，是不是不想混了？

宗衍没有多少互联网社交常识，虽然迟迟没有收到回复，但他心里已经默认自己发过去的消息"贺远"收到了。毕竟接下来还有一件大事等着他去做，这让他心里有些发毛。

想要通过真理之门回国，他和奥德华以及王可鸣得先从西教堂回到幻梦境狭间。他们刚到真理之门门口，就听到有空间系觉醒能力的调查员在那里有一搭没一搭地聊天。

"这回真理之门怎么搬得这么早？平时不都是开学前半个月才搬过去吗？"

"这你就不知道了。最近L城发生的事情太多，当地管理者说，我们要是再不走，就取消我们的福利制度，于是我们就急匆匆地赶来搬门了。"

"那要把真理之门搬去哪里？"

"去江州，据说那里自带结界。大家都说我们密大把门开在哪里，哪里就不好，希望这一次搬到江州能够打破这条定律。不过龙组那边传来消息，说是现在有异种在江州活动，也不知道那里有什么吸引异种的东西。"

"这你还不清楚吗？要是没有问题，密大也不至于把门开过去。当然，就算没有问题，把门开过去后也会变得有问题。"

宗衍有些担忧。毕竟江湖上一直流传着"密大把门开在哪里，哪里就不好"的说法，所以密大这门每次都是光荣地去，灰溜溜地走。

回到幻梦境狭间后，宗衍先去了学工部提交这次 E 等级任务的结果。令人意外的是，他在星野那里拿到了一个还不错的外部评价。这就意味着，只要他的导师给他一个及格的分数，他就能顺利地通过这次的调查实践课。

"嗯？你没有拿导师批注的成绩单过来吗？"学工部的教授在给他录入成绩的时候问道。

"没有……嗯？等等，要拿导师亲手批注的成绩单？"宗衍如临大敌。

"对呀。"教授有些莫名其妙，"导师才是你最终成绩的评定人，你所有的成绩都必须经过导师的肯定。如果导师不让你毕业，那我们也没有办法。"

宗衍道："饶了我吧！"他想起自己的导师是谁，内心一阵哀戚。

那位可是三柱原核之一，他退避三舍都来不及，怎么会跑到人家面前去晃悠，莫不是嫌自己死得不够快？

更何况塔维尔最近对他好像挺感兴趣的，甚至致力于将他培养成自己的本体犹格的追随者。他不敢直接拒绝，只能和对方打太极，唯恐直面时间与空间之主的怒火。

最重要的是，上次因为事态紧急，他还用守夜人的身份在人家面前晃荡，他都不知道怎么解释自己的超能力。

可是，如果他不去找导师签字，那这次的任务就相当于白做了。

没有办法，宗衍只得硬着头皮前往学校的占星塔。

他忐忑地拾级而上，脚步声在空荡荡的塔楼里回响。

这一回，塔楼上的门开着，宗衍小心翼翼地探出头，下一秒就和那双金眸对上了。

宗衍：……

全知全能之主当然知道会有人来拜访他。

塔维尔身穿一袭简单的白金色长袍，慵懒地悬浮于空中。说来讽刺，他这身衣服配上深邃俊美的面容，看上去有种不食人间烟火的圣洁。只是用"圣洁"二字形容一位支配者，也不知道是侮辱了"圣洁"这个词还是侮辱了支配者。

"过来。"塔维尔面无表情，看上去心情十分不妙。

宗衍乖乖走了过去，下一秒，一只冰冷的手就按在了他的眉心。

被一位高维度生物按住眉心是什么感觉？宗衍表示，反正两天前他才被一位高维度生物的触手按过，按多了也就没什么感觉了。但是他内心还是有些发毛。

塔维尔仔细打量了一遍宗衍，确定他身上没有其他高维度生物种下的暗示，又确认他没有追随哈斯后，脸色这才好看了些。

"想得到高维度生物赐予的知识吗？"他好心情地问了一句。

当然了，这份好心情是建立在他看中的未来追随者还算听话上。如果他发现宗衍已经成为哈斯的追随者，恐怕抵在宗衍眉心的手下一刻就会化为凶器。

"不了，不了，多谢您的恩赐。"宗衍讪笑两声，终于放松下来。

说真的，每次和这位导师相处，他都感觉自己像是站在钢丝上表演杂技，不知什么时候就会失足掉落。

"好吧。"塔维尔显得有些遗憾，"没有关系，等以后你成为我的追随者，只要够诚心，即使以人类之躯，也能够得到不属于人类的知识。"

听听塔维尔的语气，他似乎已经把宗衍当成自己本体的追随者了。宗衍有些无语，但也不敢反驳。

由于塔维尔心情不错，所以宗衍顺利地拿到了有导师签名的成绩单，评级还是"优秀"。

在调查实践课上想要拿到"优秀"是一件十分困难的事情，特别是单独完成没有导师参与的项目。

托评级"优秀"的福，宗衍在密大又火了一把，并被内定为下一届在大礼堂演讲的优秀学生代表。接下来的一年，宗衍就可以专注三年级生活，只需在假期或者空余时间回到密大继续学业。

密大的负责人恐怕是不知道宗衍即将面对什么样的校园生活，不然绝不会说出"空闲时记得回来密大上课"这种话。

反正宗衍想好了，他是要考Q大的男人，退而求其次也得去B大的数学系，接下来的一年，谁也别想打扰他学习！

还剩一年，他非得把物理成绩提上去不可。

真理之门成功坐落到江州的那一天，清阳学院已经开学四天了。宗衍起了个大早，刚刚提着书包走过去，就听见前面的调查员在讨论：

"这一次把门开在哪里了？"

"好像是开到了江州的一座庙宇里……"

什么？庙宇？宗衍怀疑自己听错了。

"你又不是不知道，密大最喜欢把真理之门开到神殿、教堂之类的地方，而且据说那里有很多小吃，这个选址可是密大调查员委员会全票通过的……哎，搭把手，这里要散了，这里要散了。"

虚幻的大门有一块忽然散开，五彩斑斓的线条在空中扭曲成奇怪的模样。宗衍见此立刻催动了让时间停止的能力。

"呼，好险。"调查员从地上站了起来，"多谢帮忙。你是这一届的首席吧？居然觉醒了时间系的能力，后生可畏呀！"

"举手之劳。"宗衍笑了笑，举了举手上的包，"如果没事，能否先让我过去一下，我要迟到了。"

虽然密大提前和庙宇这边打了招呼，但是此处距离清阳学院还有一段距离。哪怕宗衍狠下心打了个的士过去，等他到学校的时候还是迟到了。

第一堂课已经开始了，宗衍不好意思打扰老师上课，决定等到下课后再偷溜进去。

他随便找了间空教室坐下，开始抽起卡来。

哈斯赐予他的祝福十分含糊，但比较直观的表现是，宗衍的 SAN 值从 60 点变成了 70 点。除此之外，他的艺术能力也得到了大大地提高。如果此刻他的面前有笛子、小提琴或者萨克斯，那他随手就能来一曲。

经历了这一次 E 级任务的洗礼后，宗衍深刻意识到了自己的渺小。虽然他有一张逆天的卡片，但又不能随便动用。而其余可以随便动用的卡片，虽然都代表着人类的顶尖实力，但面对门之主时还是渺小无比，十分让人心焦。

将手探进去的时候，宗衍漫不经心地想，他需要一张能够让他改变现有尴尬处境的卡片。顺带一提，"尴尬处境"指的就是门之主环伺的场面。

空间裂缝顿了顿，宗衍握住了一张卡片——A 级云系超能力设定卡。

A 级！宗衍瞳孔一震，随即开始沉思。

超能力设定卡的好处是只需要消耗一次 SAN 值，习得后该卡片上的异能就能够被宗衍随意使用。

而且 A 级的超能力设定卡甚至比君主级觉醒者的能力还要强大，只是若是对上高维度生物，那就只有两个字——渺小。

宗衍略一思考，从空间裂缝里拿出了自己仅有且能用的三张日抛型设定卡：风之子、守夜人和阿撒索（分身）。

很明显，守夜人和阿撒索（分身）这两张卡都和云系扯不上什么关系，倒是风之子……

很久以前，宗衍有一张火系法师日抛型设定卡，可惜在合成时不小心碎裂了，希望这一次幸运之神能够眷顾他吧。

宗衍如此想着，屏住呼吸，将那两张卡片慢慢合拢到一起。

"唰。"霎时间，光芒掠过这间教室，片刻后，一张崭新的卡片悬浮在他的手心之上。卡片上的男子剑眉星目，容貌俊美，神情清冷，周身云雾升腾，看起来高贵非凡。

他身着一袭深蓝色绘金纹的宽袖长袍，墨发披散，发间缠着一圈古怪无比的发饰。

这是一张 S 级的日抛型设定卡，上面用古文字写着"流云之翼"四个字。

让宗衍惊讶的是，这张卡面上所绘的人脸与他的脸全然不同。

流云之翼也是一位高维度生物，根据宗衍在密大图书馆看到的资料判断，他大概是主宰者级别的。他出现在母星上的时间很早，停留的时间也很短，至今已被人类遗忘。也有学者猜测他已在宇宙间消亡。

宗衍小心翼翼地将这张卡放回空间裂缝。他刚刚看了一下，使用这张卡需要 60 点的 SAN 值，而且是每小时。这意味着宗衍在 SAN 值全满的情况下，只能使用一次该卡片。

A 级日抛型设定卡能和 A 级异种对抗，那 S 级日抛型设定卡……宗衍大胆猜测了一下，该等级的设定卡应该等同于查尔斯教授所说的主宰者。

他一边思索一边继续抽卡。因为之前消耗的 SAN 值过多，所以他特地隔了一段时间才抽卡。

第二张，废卡。

第三张，废卡。

第四张……又是一张日抛型设定卡。

那是一张 E 级日抛型设定卡，卡面上的人像是宗衍的脸，就连其所穿的衣服也是他再熟悉不过的清阳学院的校服，白衬衫配长裤。卡上的人手上悬浮着一个晶莹剔透的玻璃球。使用该卡每次只需 5 点 SAN 值，可以维持三个小时，十分划算。

果然，等级越低的设定卡就越敷衍，甚至没有一点儿变身的感觉。而等级高的设定卡不仅附带一键换装功能，顺带还能把脸换了。

宗衍觉得自己这天的运气真是好得过分，要是以前，别说高等级的日抛型设定卡了，低等级的他也不见得能抽到。

难不成被两位高维度生物按了眉心后，附带隐形幸运值加成？

就在此时，下课铃声响起。宗衍提起书包走了出去。

从空教室步行到三（3）班的走廊，一路上，宗衍经受了热情的围观。

宗衍身姿挺拔，长得好看，皮肤又白，远远看去，几乎和白色衬衫融为一体。别人都是规规矩矩背着书包，只有他将书包挂在肩上反手拉着。沿路的学生看到他，都不自觉让出一条路。

"宗学长？"扎着双马尾、穿着格子校服裙的女生和闺密们窃窃私语好一阵儿，才鼓足勇气上前一步，有些忐忑地开口。

"嗯？"宗衍停下脚步，目光淡淡地落到对方身上。

别的先不说，就这一声"宗学长"，要是以前的他听到，指定得起一身鸡皮疙瘩。不过今时不同往日，经过一个暑假的"宗首席"的洗礼，他现在已经可以做到面不改色了。

他看过来了！女生心想。她看上去一点儿也不紧张，实际上内心已经波涛汹涌。不过她是见过大世面的，还是清阳学院芭蕾舞乐团的女首席，平日里跳《天鹅湖》的时候脊背和脚尖都绷得笔直，如今紧张之下也下意识地想要踮脚。

"宗学长没事真是太好了，欢迎回来。"

"对呀，对呀，上个学期末的事情把我们都吓坏了。"

"对，对，对，当时那么大一架直升机，还有警察和穿着特殊制服的人……"

女生开了个头，她身后的姐妹团立刻出声附和，一个个眨巴着眼凑过去，让宗衍一个头两个大。

"谢谢。"宗衍不擅长应付陌生人，所以他简单道过谢后，便从容地越过众人，走进了自己的班级。

上学期末，宗衍被直升机带走的事造成的轰动不小。虽说清阳学院的同学家世都不错，但是宗衍确实太嚣张了，许多人将这一幕拍了下来，而后上传到了清阳学院的论坛。

龙组再有名，那也仅限于知情者，于是论坛上出现了不少谣言。有人说宗衍是江州当地某不良势力的"太子爷"，家族内斗，出事了，"太子爷"情急之下只好高调出场；还有人说宗衍是某家族的继承人，在江州上学只为隐藏身份，现在恐怕是家族出了事，少爷不准备隐藏身份了。

这些谣言一个比一个离谱，学生们的好奇心也越发强烈，从而令此事在暑假越传越广。本来他只是在学校里小范围地出名，但经过这事后，他在清阳学院彻底火了。后来，有关视频又被传到了网上，他又在互联网上火了一把。不过在龙组的介入下，那些视频都被删了，只留下了一些不可直言的传说，这让学生们更加坚信那些猜测。

刚进入班级，宗衍就感受到了众人的注目礼。

"老师，我回来了。不好意思，之前因为家里有些事情耽搁了一下。"班主任还在教室里调试设备，宗衍犹豫了一下，上前汇报。

"好，回来就好。"班主任抬头道，"我回头再给你销假。三年级了，好好学习。"

"好，谢谢老师。"

宗衍松了一口气，看来贺远没有辜负他的期望，他在心里默默感谢了一下这位靠谱的七队副官，而后拎着书包走到自己的座位。

由于他晚了将近一周入学，桌面上放着好几张待填写的表格。

宗衍无视其他人投来的目光，拿起那几张申请表一看——清阳学院百年校庆典礼活动申请表。

作为江州赫赫有名的学校，清阳学院一直倡导德智体全面发展，学校社团规模庞大，加入社团和参与校庆活动的学分也会算到他们毕业的总成绩里。每年的校园祭或者校庆，各大社团都会用学校拨的款提前一周将学校布置好。许多江州市民也会在活动开启后买票来校内参观。

宗衍平时一放学就回家了，他的学分都是靠参加校园祭或者在校运会上多拿几块金牌得来的。

他一年级时就给自己算过，只要他每个学年都认真参与校园祭和校运会，等到毕业的时候，他的德育学分刚好能修满。

一般来说，校园祭和校运会以及春游都是在上半学年，等到三年级下学期，学生们基本上就是与世隔绝的状态，所以趁着还有一点点休息时间，三年级的学生们报名都特别积极。

宗衍随手在校运会和校园祭的申请表上打了几个勾，表达自己任凭组织安排的意愿，反正只要能够混到学分，什么都好说。

下一堂课是英语课，宗衍开始明目张胆地走神。

他们班上大多数学生的人生道路都已经规划好了。比如读完预科班就出国镀金的叶景明，叶少爷现在的校园生活将是他为数不多的清闲日子；又比如夏可妍，据说她爷爷是B大中文系的教授，她早早地就通过了B大的自主招生考试，不过按她的学习成绩，直接考进去应该也不难。

除了这两位，其他人也各有各的安排。不过觉醒后的宗衍也算是"人生道路有规划"人群中的一员了。

由于迟到了几天，宗衍错过了交暑假作业的时间，物理课下课后，刘老师特意嘱咐物理课代表把宗衍的作业收上去，奈何宗衍忘记带了，只好把交作业的时间推迟到第二天。

只是这样普普通通的校园生活，竟然让他有种恍若隔世的感觉。他看向窗外的天空，以前的他无时无刻不想从这间教室逃出去，但在面对无数可怕的高维度生物后，他反倒开始庆幸自己还能有这样平稳的生活。

当然，这样的平稳也不过持续了三天。

前一秒，宗衍还趴在桌子上写练习题，心里感慨不用和高维度生物打交道，也不用时刻想着维护世界和平的日子实在是太棒了。下一秒，穿着龙组帅气的黑色作战服、脸上戴着面罩的男人便敲响了他们班的门。

对方朝正在讲课的老师匆匆致歉，无视教室里的同学们景仰的目光，将宗衍从教室带了出去。

"出事了，"那位龙组成员拉下面罩，露出整张脸，是贺远，他神色凝重无比，说道，"小君主，我们需要你。"

宗衍回想了一下刚刚同学们肃然起敬的眼神，以及这两天听到的风言风语，他感觉自己恐怕跳进黄河也洗不清了。

说真的，他宁愿面对复杂的物理作业，也不愿意面对犹格的化身。前者就算再难搞，他也有信心去学，可面对后者，他根本无从下手。因为他永远也无法预料自己会在什么时候、因为什么事而惹那位大佬生气，然后死于非命。

不过比起上次的直升机，这一次龙组可以说是很低调了。只是由于事发突然，贺远连衣服都没来得及换，就拿着搜查证，急匆匆地开着车闯进学校了。

"出什么事了？"宗衍问道。

贺远揉了揉眉心，重新将面罩和墨镜戴好，道："边走边说。"

清阳学院不但离建在庙宇的真理之门有一段距离，离龙组基地也有些远。宗衍要是住在基地，上下学就不是很方便，所以他最近住在筒子楼。

反正他对物质方面的要求不高，体验过奢侈就无法回到曾经的粗茶淡饭这个说法在他这里并不成立。

这几天他都过着三点一线的生活，连手机都被他打入"冷宫"，压根儿没登录过密大 APP，因此错过了不少重要信息。

例如进入新学期后，密大就进入了全面备战状态，所有学生的课表几乎都被填满。拥有战斗力的密纹学被优先放在了第一排，紧随其后的就是生物学。这一切都是因为占星塔和君房的紧急预告。

"你知道'群星归位之时'吗？"贺远将车门关上，系好安全带，边发动车子边说。事发紧急，他还是借的司彦的车。

"群星归位之时？"宗衍疑惑地重复道。

这不是他第一次听说这几个字，半个月前，那位身披黄袍的支配者也跟他提到过。

既然能够被一位高维度生物提及，那自然不可能是普普通通的一个词，于是宗衍虚心求教。

"'群星归位之时'指的是一位审判者，他的名字叫作格赫。"贺远解释道，"他是毁灭的先驱者，无时无刻不在宇宙中歌唱。如果它的歌声传到宇宙中某一个封印着支配者的星系，那么那些星位就会慢慢复原，被封印的支配者就会从长久的沉睡中苏醒，挣脱封印，将星系毁灭。"

这一点在生物学课上早就有讲过，绝大多数的支配者都被主宰者们封印在不同的星系。因为星星的位置不对，所以他们只能沉眠，而一旦群星归于它们应处的位置，那支配者们就会挣脱封印。

"只要他的歌声传到星系上，该星球就会遭遇巨大的考验，例如火山爆发、地震、海啸……所有你能想到的或想不到的自然浩劫，都会上演。"贺远的神色凝重无比，"我记得你选修过'母星球史'和'神秘文化'吧。"

"没错。"宗衍点头。

作为首席，能选的课他都选了。虽说那些课听起来很多，但除了那几门需要调查员深入钻研的课程，其他的课程都是点到为止，甚至还有只上一堂课就直接结课测试的那种。比如'母星球史'。

"我们的母星上一共发生过五次生物大灭绝事件，这和神秘文化课上讲述的五个星纪有异曲同工之妙。第一次全球气温变冷，维持了二十万年，我们母星上百分之八十五的物种几乎都灭绝了；第二次和第一次一样，其结果是无数海洋生物死亡；第三次是有史以来最严重的灭绝，死亡了近百分之九十六的物种；第四次原因不明，结果是百分之七十六的生物灭绝；最后一次是小行星撞击大气层，释放出黑雾，恒星的光芒无法穿透母星，全球温度急剧下降，能够进行光合作用的藻类和植物全部死去，当初的母星霸主成了永远的历史。

"事实上，这五次生物大灭绝都直接或间接地和高维度生物有关。例如第二次，那是一座宏伟古老的城市沉入海底所造成的海洋生物灭绝。而第三次则是格赫的歌声所致！"

宗衍直觉接下来的话就是重头戏了。

贺远道："而我们，也许即将遭遇第六次大灭绝。天空中已经有不少星位开始复原，早在十年前就已经有过预兆，但直到一年前才被确认。由于未知的原因，这个时间还在不断变动，我们不知道那位审判者的歌声会在什么时候降临。"

宗衍闻言倒吸一口气。

其实，早在密大本学期开学的时候，这件事情就被确认了，而龙组和尖顶议会比密大知道得更早。

"人类的生命十分短暂，包括我们的历史，这些在高维度生物眼里根本不值一提。按照预测，距离格赫来到我们所生活的星系附近，本该还有很长很长的时间，长到我们人类文明在他来之前就会覆灭。但是如今，地球已经出现了异动，这种异动是从某一个点开始，紧接着会逐渐扩展到面，而江州，就是那个点。"

黑色的跑车在车流里穿梭，不论是车技还是车型，都引来不少人围观。它径直开到了这片繁华的购物中心的地下停车场，而后顺着一条暗道开到了龙组专属的停车区。

"好了，先下车，下车了我们再继续说。"贺远将安全带解开，等宗衍下车后便把车门锁上，二人进入一旁的直达电梯。

"江州的局势不太妙，异种活动的信号越来越多了，龙组在海外执行任务的人最近基本都被召了回来。怎么说都是自己国家重要些。"贺远道。

电梯在电梯井内快速地滑行，只不过是坠入地面，并非升入高处。

"这一次是占星塔得到的预示，三个小时内会有第一道灾难降临。这次不同于之前的小打小闹，如果任凭事态发展，可能会造成数万人丧命。"贺远看了看手上的战斗表，道，"准确地说，只有一个半小时了，可我们对这次灾难的事发地点一无所知。"

这件事情本来就是第七君主紧急通知的——由于出色的预言能力，他是如今的九大君主里最神秘的那个。

从古至今，从来没有任何一位觉醒者表明过自己拥有预言能力，所以才更显得这一能力难能可贵。

关于君主的排位，是这么定的：在现有的顺序里，如果有人牺牲了，那就由后一位往前补上；但若是在全员无损的情况下产生了新的君主，那就在现有的排位后面加上。宗衍就是内定的第十君主，等他二次觉醒后，尖顶议会便会授予他君主之位，将他的存在公之于众。

长久以来，其他位置的君主一直有变动，只有第七君主始终不变。传说，在尖顶议会高高的塔楼典籍室里，代表这个位置的只有一张纸。这说明，这位第七君主活了不知道多少年。

不过君主级觉醒者的资料是绝对保密的，所以与之相关的消息也多是猜测，拿不出什么实质性的证据。

贺远道："如今我们已经启用了精神密纹，但想要准确预知灾难降临的地点，三个君主级还不够。"也正是因为搜寻无果，他们才会想起宗衍这个准君主级。

总而言之，特殊情况，聊胜于无。

冷色的铁合金门在宗衍面前无声滑开，映入他眼帘的一间战斗指挥作战室。

这间指挥室有两层。最下面一层放置着无数台高精密计算机，众多觉醒者和研究人员正试图用大数据推测出此次灾难最有可能降临的地点，中央的位置则是整个江州的全息地图；二楼是总指挥的地盘。室内柔和的暖色灯给冷硬的作战室增添了一丝暖意。

宗衍走到二楼，看到的不只是总指挥官司勋一人，还有司彦和另一位君主级。司彦父子都将手放在虚空中的炼金术阵法上，而站在整个炼金术阵法中心的另一位君主级，正是犹格的化身塔维尔。

更加可恶的是，在宗衍跟着贺远走上来后，塔维尔还饶有兴致地看了他一眼。不过只有宗衍接收到了这个信号，在贺远的眼里，塔维尔依旧端坐在那里冥想。

宗衍有一种直觉，如果是塔维尔说灾难要降临了，那绝对没什么好事。

宗衍丝毫没有掩饰自己毫不信任的眼神。

你堂堂一个全知全能的时间与空间之主，居然还用假身份当起了什么主掌占星和预言的第七君主，领着密大和尖顶议会双份工资，要不要脸了？！

而且，就算全人类都灭绝了，高维度生物也依旧可以在外太空自由自在地过日子，没理由来通风报信。

贺远道："哦，对，我倒是忘了，塔维尔阁下好像还是你在密大的导师和占星学课程的教授？"

"是……"宗衍十分不情愿地回答，他甚至还说了一句，"导师好，队长好，指挥官好。"

宗衍一说话，刚刚还在闭目凝神的司彦就睁开了眼睛，语气十分不好地说："既然来了，就不要给我废话了。屏息凝神，开始调动你的灵感能力。"

其实司彦一开始是反对把宗衍叫过来的。在他看来，宗衍虽然是个准君主级，但也不过是个乳臭未干的小屁孩儿。即使宗衍有着巨大的潜力，也不能忽视他连二次觉醒都还没有经历的事实。

只是现在情况危急，联合了三个君主级的灵感能力都没有推测出灾难的发生地，而贺远这个刚刚晋升的辅相级又难以承受君主级灵感能力的压迫，他这才臭着脸同意贺远去找宗衍。

"哦，好。"宗衍心里有些没底，但还是开始调动自己的灵感能力。

他的面前是一个巨大的复合型炼金法阵，金色的密纹在桌子上旋转，司彦和总指挥官司勋都将手臂穿过了这道密纹。而这两道金色密纹的中间，则是在塔维尔指尖上旋转的中心法阵。很显然，这个精神密纹炼金法阵的枢纽就是第七君主，也是一位正儿八经的支配者。

"不行，根本查不到任何有用的信息，检测装置反馈的消息也远远不足。"指挥作战室内，所有人的情绪都很焦灼。穿着白大褂和作战服的龙组成员在精密的计算机前边测算边说，"缺少必备条件，还剩下一个小时……"

大厅的倒计时正在一秒一秒地减少，宗衍摒弃所有杂念，将手放到了炼金术法阵法里。

霎时间，他感觉自己如同电子设备般被其他设备连接了，意识"唰"地冲到了炼金法阵中。

下一秒，似乎有一只冰冷的手掐住了他的后颈，紧接着，那种战栗般的电流就从他的尾椎骨往上蹿，让他忍不住打了一个哆嗦。

宗衍下意识地想要摸一下自己的后颈，但当他抬头看到塔维尔似笑非笑的眼神时，才明白过来根本没人掐他，那只是他意识层面的感知反馈。

这个炼金法阵的作用是连接君主级的灵感能力，然后以塔维尔的预言为中心，推测出更多的信息，但是在此之前，宗衍必须毫无保留地朝塔维尔敞开自己的意识。

被人拿捏住命门的感觉不住地往宗衍脑海深处钻，他就像一只炸毛的猫，条件反射地将手缩了回来，甚至连指尖都在颤抖。

其他两位君主级被他的反应惊动，纷纷抬起头看向他。司彦更是抿紧了嘴唇。

宗衍现在的状态看上去实在不好，他的脸色苍白如纸。

"抱歉，我去一下洗手间。"说完，不等众人反应，宗衍便跟跟跄跄地跑到旁边的洗手间，并将门锁上。

他用冷水洗了把脸，忍不住回想起刚才的情景。

刚刚的意识连接只持续了短短几秒，却让他有一种连灵魂都被对方掌握的错觉。

无论如何，他都不可能将自己的意识毫无保留地对一位高维度生物敞开。尤其是对方还可以随意篡改现实，且让人看不出任何破绽。

宗衍当初也是侥幸逃脱，眼下自然不可能再回到会将人蒙蔽的牢笼，不然要是对方篡改他的思想，让他以为自己是坚定的犹格的追随者，那他就完了。

这件事情自始至终都在塔维尔的掌控中，如果塔维尔不想让他们知道这场灾难将会降临到何处，那么就算来五个君主级都没用。宗衍不相信塔维尔会这么好心地给人类送情报，即使是没有善恶观念的高维度生物，也不会莫名其妙地干这样的事情，多半是有所图谋。

塔维尔到底在干吗呢？难道格赫导致的群星归位也对他们有影响吗？

很快宗衍就否认了自己的这个猜测。毕竟塔维尔的本体位于时空之外，宇宙崩塌都和他没有关系。

宗衍在洗手间里待了十五分钟，迟迟没出去。司彦和司勋父子俩也坚持不下去了，脸色十分不好，毕竟灵感能力提取是一件很内耗的事，于是众人撤掉了炼金法阵。

宗衍不在的这段时间，龙组高层达成一致。三位君主级不足以推测出具体地点，而刚刚宗衍的表现也让他们意识到准君主难以承受灵感汇聚的压力，他们不希望宗衍遭受反噬变成疯子——明眼人都看得出来，这位最年轻的君主级前途无量，所以他们停止了预测。

悬挂在大厅的倒计时只剩四十分钟了，既然这个计划行不通，他们必须尽快启动下一个计划。

"联系尖顶议会，接通远距离会议。"休息片刻后，站在会议指挥桌前的司勋道。他眼窝凹陷的眼睛死死盯着面前的全息地图。

"是。"贺远立刻下达指令，其余人依言行事。

不一会儿，十几个全息人物出现在会议指挥桌两侧，人物旁边是一组组复杂的数据。

毫无疑问，在占星塔发出预告的那一刻起，尖顶议会就已经召集了全部成员严阵以待。

根据塔维尔推测的星象，江州这次的异动只是一次试探。如果人类能够成功阻止这次浩劫，或许可以拖延群星归位的时间。

"绝不能在市中心动用大型杀伤武器，即使是炼金术武器也不行。"这是司勋说出的第一句话，"不到万不得已，保障平民的安全永远是我们的第一宗旨。"

无人反对，全票通过。

司勋继续道："行，还有三十分钟，我们之前商量的作战计划进行得如何了？"

"已安排就绪。"一位穿着西装的议员开口道，"尖顶议会的资深调查员已在密大集合，随时可以通过真理之门去往江州各个角落。"

龙组当然不会将全部的希望押在推测出具体地点上。早在倒计时还有两个小时的时候，龙组就已经派出直升机队，在江州的上空拉响了防空警报。

龙组的精英们在各大社交平台发布了紧急疏散的指令，呼吁群众到就近的防空洞躲避，如果防空洞满员，就躲到邻近的地下停车场。

虽说这样做不一定能保证大家平安无恙，但聊胜于无。

指挥室里气氛凝重。随着大屏幕上的时间一分一秒地减少，在场每个人都抱着必死的觉悟。不少在计算机前测算的龙组成员也脱下了身上的白大褂，露出里面的作战服，悄无声息地拿起武器奔赴前线。

最后十分钟，龙组基地除了文职人员，所有人都奔赴地面战场。哪怕付出再多的代价，也必须遏制事态往坏的方向发展。

因为一旦群星归位，毁灭的将是全人类。

龙组提前和尖顶议会打好了招呼，除了在密大读书的预备调查员，其余调查员和觉醒者都会被派往江州，不论国籍。

调查员存在的意义就是：面对神秘，永远挡在普通人前面。这也是成为调查员之前的宣誓词。调查员享受着优厚的待遇，自然需要承担更多的责任。

这场面对异种的首次大规模作战，赌上的是全部人类调查员的尊严，他们只许胜，不许败！

洗手间里。

宗衍用冷水洗了很久的脸才摆脱那种被掌控的感觉。回过神，他下意识地拿起手机打开社交软件，结果收到了数条龙组发布的紧急疏散的指令。

虽然贺远刚刚和他解释了很多，但由于时间和身份的关系并没有说全，毕竟他还没从密大毕业。除非资深调查员全都牺牲了，不然不可能让预备调查员上场的。预备调查员上场的死亡率远高于资深调查员，他们不能让神秘界的未来陷入青黄不接的局面。

看着手机上的短信，宗衍再次意识到事情的严重性，他喃喃道："推测出灾厄的具体地点……"

想要推测出具体地点，不仅仅需要预言能力，还需要极高的灵感能力。可惜他抽了这么多E等级超能力设定卡，却没有一张和预言能力有关……等等！

宗衍忽然睁大了眼睛，从空间裂缝里拿出一张流光溢彩的卡片。

卡片上的少年穿着和他身上一样的蓝白校服，手上方飘浮着一个水晶球。

正是宗衍前两天抽到的 E 等级日抛型设定卡"占星师"。

此刻，距离预言中所提到的时间还有二十分钟，宗衍想，自己真的能改变这一切吗？

占星师设定卡的使用条件是耗费 5 点 SAN 值，可维持三个小时。宗衍使用这张卡片后，还剩 65 点 SAN 值。

衡量一番，宗衍捏碎了手里的卡片，下一秒，卡片上那个流光溢彩的水晶球就出现在了他的手心上方。

宗衍见状顿了一下，随后集中注意力，将手覆盖在水晶球上，心想：我想要知道灾难发生的地点。

他的思绪仿佛化作千丝万缕的丝线，从指尖溢出，慢慢围着水晶球旋转、缠绕，最后被其全部吸收。

顷刻间，浩瀚的星图在宗衍脑海中展开。星星明明灭灭，他仿佛置身星海之上，俯瞰脚下万顷版图。

接收到主人的命令，星星开始运作起来。它们在虚空之中闪烁，一个接一个地排列出未来的轨迹，最后将模糊的未来反馈给宗衍。

这张日抛型设定卡之所以被定为 E 等级，就是因为它没有丝毫战斗力。除此之外，使用它的时候还需要极高的灵感能力，不然就什么都看不到。宗衍的灵感能力不低，但他也只能看到一个一闪而过的画面。不过就是这个画面，让他的瞳孔放大。

画面中的地方正是江州最繁华的金融中心杜家口，距离龙组基地不算太远。

倒计时还有十七分钟，宗衍捧着水晶球，走出洗手间后直接离开了指挥室。

快点儿，再快点儿！他必须在十五分钟之内赶到那里，不然……

模糊的画面中，空中莫名出现一大摊墨蓝色的液体，无数长着犄角的狼形生物在遮天蔽日的液体里若隐若现，它们的四周闪烁着不祥的红色光芒。

尽管这些可怕的存在还未着陆，可陆地上的人类只要远远看上它们一眼，便会感到不可言喻的恐惧。那种恐惧无迹可寻，但又真切无比。

那些生物在它们首领的带领下，跨越了不死的边界，循着某种气息而来，准备于这一方现世。

宗衍在看到那个画面的刹那就意识到这场灾难造成的结果绝不会如塔维尔所说的那样简单。如果他不加以阻止，恐怕整个江州的人都将要为此陪葬！

与此同时，龙组总指挥室剩余的人员也通过紧急通道有序撤离。即使是紧急关头，他们也依旧遵守严明的纪律，脚步平稳，没有丝毫慌乱。

贺远早就以七队副官的身份去指挥七队成员作战了，至于身为宝贵的君主级的七队队长司彦，则在倒计时十分钟的时候才走进通往大厦顶部的电梯。他将从大厦顶部乘坐直升机离开，定位是流动救援人员。

司勋虽然是第二君主，但毕竟年事已高。再者，比起他的觉醒能力，他作为指挥官的掌控能力更加出色。这些年，他除了在龙组基地时不时和儿子切磋切磋，已经很少在公众场合出手了。

至于第七君主塔维尔，他明明应该也是主要战斗力，而且灾难要来临的消息也是他提供的，但是指挥室里就是没有一个人想起他。

塔维尔从会议桌前站起，面上辨不出喜怒。以他的能力，自然知道指挥作战室后面的洗手间里已经空无一人。

一切都按照他所掌控的轨迹运行，就看原本规划好的棋子能不能再次跳出棋盘，如果可以……

塔维尔眼神一沉，仿佛有亿万光辉从他金色的眼瞳中迸出，勾勒出无数不可名状的丝线。他一转身，从原地凭空消失。

倒计时还有七分钟。

在过去的三个小时里，神秘界竭尽全力从世界各地调动最强大的力量来到江州。虽说此次调动十分匆忙，但过程和结果都很完美。

人类从未如此大规模地对抗过异种。从很久以前起，异种就很少来人类居住的闹市区。它们更喜欢袭击荒野郊区或者偏僻的小镇。这些都被记录在密大的调查档案里，方便调查员查阅。

虽然神秘界对于各国高层不设防，但是于普通人而言依旧是秘密的存在。对普通人保密不仅仅是为了保护普通人的安全，也是为了保护觉醒者的安全。

但是高维度生物不同，他们为了招揽更多的追随者，自然是希望自己越出名越好。

倒计时还有五分钟。

江州市所有的电路都被切断了，喧嚣的城市被按下了暂停键，变得空旷寂静，十分压抑。

市民早已从家中撤离。

一队佩戴着胸徽的调查员拿着武器，早早地埋伏在了杜家口高处。这几位调查员已熟练掌握了浮空密纹，即使不小心从空中摔落也能安然无恙。

调查员使用的武器都是经过炼金密纹改造的产物，对普通人的杀伤力不大，但对异种来说很致命。

"还有四分钟。"临时调查团的团长荣格看了一眼时间，道。

上头下了死命令，即使是暴露神秘界的存在，也绝对不能让第一批异种踏上他们的母星。

比起那些资深调查员和君主级，普通的调查员才是神秘界的主流。他们平日里同样享受着属于调查员的高规格待遇，偶尔三三两两结伴去解决各种各样鸡毛蒜皮的异种事件。

"三分钟。"荣格手下的一位队员报出一个数字，随后开始在心里倒计时。

"紧张什么，江州市这么大，灾难不一定会降临在我们这里。"荣格的副队拍了拍刚刚报数的那位队员的肩膀，另一只手还在刷密大 APP。

因为这一突发事件，几乎全球的媒体都将视线放到了江州。作为神秘界唯一的网络联络中心，密大 APP 的论坛以每秒好几条帖子的速度在刷屏。

觉醒者的数量在全人类中的占比不高，像这晚这么热闹的情况，不少人都是头一次见。

"阁下，还有两分钟。"机舱内，龙组七队的一位组员道。

龙组空战部人员尽数出动，他们如同一只只蝙蝠，悬浮在空旷的城市上空。

"嗯。"司彦身上穿着特制的作战服，他拉开机舱门，风呼呼地吹在他脸上，如同刀刮。

他戴着厚重的防风镜，居高临下地打量着这座城市，不放过一丝异动。

对于能够操纵多种元素的君主级觉醒者来说，飞行根本算不上什么难事。

而且他们平时的训练内容就包括高空跳伞和各类极限行动。

最后一分钟。

所有的调查员都将目光放到了空中，举起武器，严阵以待。

这六十秒漫长得宛如一个世纪。

终于，倒计时结束，天地间忽然静了几秒。

"报告，没有发现任何异常现象。"

"报告，地面监测没有发现任何异常现象。"

"报告，能量监测器也没有发现其余的监测源。"

……

无数汇报声在龙组的指挥作战室里回响，正在地面待命的调查员们开始窃窃私语："怎么回事，该不会是一场乌龙吧？"

虽然塔维尔掌管预言，并且莫名拥有极高的威信，高到他一说可能有问题，整个神秘界就动起来了的程度，但是仔细想想，这么多年以来，他也没预测出过什么大事。

"继续坚守，不许放松警惕。"司勋道，他依旧没有掉以轻心。

就在此时，一位站在电脑前的监测员颤抖着开口："报告！气象监测发现情况！"

"快！同步到共享屏幕上！"司勋挥起手中的拐杖，狠狠往地上一敲。

下一刻，指挥作战室的大屏幕上便出现了一幅放大版的气象监测图。紧接着，一个黑点在这幅实时大气监测图的中央出现，并且以一种不可思议的速度迅速扩大，颜色也越来越深，仿佛点缀在云层里的恶魔之眼。

那个位置……是杜家口！

"全体调查员，听我指令，立即前往杜家口！"司勋坚定的声音传到各个频道里，在全市各处待命的调查员立即收起枪，开启加速密纹，朝接收到的位置冲去。

留在指挥作战室里的人都忙着传递图片消息、分析并且判断现场的情况。

密大的教授会议室里，查尔斯、艾萨克和帕拉塞尔，甚至是往日里大门不出二门不迈的尼古拉·梅尔也来了。众人点开从前线发来的图片，等着分析即将出现的是什么异种、神秘界又该采取怎样的应对措施。顺带一提，君房已经跑到前线去了。

就在作战计划有条不紊地实施的时候，最开始发现黑点的那位监测员发出了疑惑的声音："等等，不对……那里好像还有另外一个东西……"

黑点的旁边忽然出现了一块小小的蓝金色云团，并以不可抵挡之势将那黑点牢牢地锁住了。

时间回到之前。

宗衍进入电梯后并没有去往地面，而是直奔大厦顶层。

"占星师"只是一张E等级设定卡，预测到的画面也只是一闪而过，他不敢保证自己看到的是正确的未来。不过这是他第一次使用这张设定卡，还是在这么紧急的情况下，能做到这样已经很好了。而占星师推演星图的前提是能真正观测到星星，所以宗衍得去地面。

他通过人脸识别系统打开了顶楼的门，见到门外停了一架直升机，飞机上的螺旋桨已经开始旋转，机舱里的调查员正在调试设备，似是随时准备起飞。

这座大厦明面上是某知名企业家名下的，连带着下面的商场也是他们集团的，有了这一层关系，在大厦顶部建直升机坪也不算什么引人注目的大事。不过正是因为楼顶有直升机坪，所以周围的防护措施不是很高，恐高的人如果靠近边缘，怕是会被吓得腿软。

但宗衍自己就是玩风的，自然不可能怕。他举着水晶球，跑到大厦边缘，眺望远处的江水。

成名已久的第七君主塔维尔都没占卜出的结果，被他占卜出来了，龙组恐怕不会轻易相信，他必须再度验证刚刚在脑海中看到的那一幕。

他深吸一口气，双手举到胸前，手心朝内，对准水晶球。片刻后，水晶球飞速转动起来。

站在苍穹之下，刚刚还凝滞的星象图再次转动起来。有了经验的宗衍没有莽撞行事，而是将意识缓慢地注入水晶球里。

越来越多的信息汇聚在他的眼中，将他黝黑的眼眸染成深沉的紫色。那双仿佛汇聚了星光的紫眸在苍穹中搜寻，随后远远凝视着杜家口所在的位置。

过了几分钟，他看到了无数斑驳的画面：行人匆匆聚集，大厦外的海报快速轮换，金融精英们客套地互相打招呼，还有……从天空坠落的那摊巨大的墨蓝色液体！

各种信息在他的眼眸里汇聚成奇异的色块，最后变成一道光从苍穹坠落，给出了准确的位置。

"呼——"宗衍吐出一口气，放下手，迅速地从口袋里掏出手机，给司彦打了一个电话。

他手机里的联系人着实不多，之前在密大时，大家都是使用 APP 联系。而幻梦境又用的是 Wi-Fi，所以他没有换手机卡。司彦是他在神秘界所能联系到的权限最高的人了。

刚刚那一通操作后，距离预测的时间只剩下五分钟了。宗衍回过头去，赫然发现之前停在旁边的直升机不见了。他抬起头，只能在一片高楼大厦的玻璃帷幕里看到螺旋桨转动的残影。

他所站的位置是电梯出口的背面，又因为背光和刚刚占星时太过专心，所以他才没有察觉到直升机的离开。

"嘟——嘟——嘟——"时间一分一秒过去，电话却始终没有接通。

宗衍不知道的是，司彦此刻已经登上了直升机。他更不知道的是，龙组作战时有一套内部的隐形通信耳麦，整个江州的调查员现在都处于同一个频道下，听从龙组的总指挥调度。在这样紧迫的关头，没人会关注手机，再加上直升机内部的声音很大，将手机铃声盖过去了。

还剩四分钟，宗衍挂断了通话，打开密大的 APP。

密大的论坛首页各种各样的帖子都有。虽说世界各地的调查员都会来江州支援，但在灾难真正来临前，大部分调查员还是得原地待命。闲来无事，他们便在论坛聊了起来。

后来，管理 APP 的尖顶议员看论坛太乱，便将所有人都禁言了，只允许官方发帖。不过官方的指令都是直接传达到调查员的耳麦中的，所以现在也没人看论坛了。

作为首席，宗衍发的帖子能直接在论坛的"密大"板块加精、置顶，但是以现在这种情况，有哪一个高层会来逛密大的学习论坛？

怎么办？难道要打电话给贺远吗？贺远的权限够吗？他又该如何向对方解释自己是如何知道准确地点的？如果时间充裕，这一切都不是事，但是现在——

他们这一次面对的恐怕是比死亡行者更为可怕的存在。

时间还剩两分钟。

城市断电后，所有用于通信的无线电波也被切断，以防被高维度生物利用。

人类还未能彻底掌握无线电波，如今无线电波更多是用在通信上，但谁也不敢保证会不会被高维度生物变成武器。如今，江州城内还在运转的通信设备，都是用炼金技术达成的。

密大有一门叫"炼金科技学"的学科，教的就是用炼金学的方法革新科技。神秘界还联合几位炼金术大师，打造出了和现代科技迥然不同的魔导装置，承担卫星的职责，名为"晨曦之星"。

江州的灯火早已熄灭，宗衍刚刚那一眼，看到的不仅仅是未来的片段，还有当下的场景。

无数惶惶不安的普通人挤在黑暗的地下车库，等待着命运的降临，同时都在猜测：

"防空警报怎么忽然响了？以前从来都没有过呀！"

"难道是什么恐怖突袭吗？"

"不会是外星人吧？"

那莫须有的猜测竟然是最靠谱的。

最后一分钟，宗衍拿出了那张卡片。

这张 S 级的日抛型设定卡无疑是宗衍的底牌，据他推测，这张卡片的实力也许可以同主宰者比肩。

不过由于追随者传输的无形的力量，主宰者在陆地上作战的时候，往往会爆发出比自身实力还要高数倍的战斗力。这也是许多强大的、拥有众多追随者的主宰者能够将支配者们封印的原因。

主宰者里最强的存在能够和支配者比肩，而支配者里最弱的存在有可能连持守夜人设定卡的宗衍都打不过。

在被哈斯奖励过后，宗衍总共拥有 70 点 SAN 值，扣除使用占星师设定卡的 5 点 SAN 值，他还剩下 65 点。

三、二、一。秒针同表盘顶点重合。

刹那间，一滴墨蓝色液体穿透了时间和空间，从遥远的宇宙之外朝杜家口袭来。

宗衍在此时捏碎了手里的设定卡。下一秒，穿着蓝金色鹤氅的墨发男子出现在大厦的顶部。云雾环绕在他周围，将他俊美孤高的眉眼衬托得越发清冷。这一刻，宗衍能够感到一种类似高维度生物的力量融入他的身体之中。

本来这个东西应该和当初的阿撒索的分身设定卡一样，直接操控宗衍的意识，甚至将他变成另外一个人。但是不知道为什么，眼下宗衍的人格反而掌握了主动权。

他隐隐约约有一种预感，只要有足够的 SAN 值，再使用阿撒索（分身）这张设定卡时就不会像上次那般狼狈了。

思及此，宗衍轻轻一拂袖，便直接穿行了数公里。他踩在一团蓝金色的云雾之上，撞向那团不明物质。

在这片土地上，即使已经无人知晓流云之翼，但是曾经追随过他的人的血脉依旧在延续，在这里作战，宗衍的实力几乎呈几何式增长。

由于时间紧迫，他没能联系上任何人，所以这注定是孤军奋战。

第七章·被回溯的时间

此时，江州上空的大气层卫星图片也被传到了密大的会议室。

查尔斯看着那团墨蓝色的、充满不可名状的邪恶气息的液体，眉头紧锁道："是罗斯猎犬。"

"罗斯猎犬"是一种臭名昭著的生物，它们属于异种里的上级独立种族，能够随意穿越时间和空间。也正是因为拥有这种能力，这种狡猾的异种将自己的大本营设在距现在十分久远的过去的母星上——那时候只有单细胞生物，罗斯猎犬这一种族的延续得到了足够的保障。

虽然被冠以"猎犬"的称呼，但是罗斯猎犬和陆地上的猎犬模样相差甚远，而它们被冠以这个称号，是因为它们会对任何一个看到过它们形体的生物穷追不舍，许多时间旅行者都是丧生在它们的爪牙之下。

罗斯猎犬没有固定的形体，极少数与之交过手并幸存下来的调查员在报告中说，它们拥有恐怖的吸管，身体由奇异的墨蓝色液体组成，喜欢成群结队地活动。

更可怕的是，正是因为它们拥有穿越时空的能力，所以很难被杀死。不过想要捕获它们也不是一件难事，只需要用炼金术文制造出特定角度的牢笼即可。

资深调查员对这种生物并不陌生。曾经轰动整个神秘界的"黑森林事件"的罪魁祸首便是罗斯猎犬，十二位资深调查员在那次事件中全军覆没。最令人毛骨悚然的是搜寻队找到的一位调查员的录音笔里的内容，里面的声音断断续续——

"天哪，它们正在啃食我同伴的身体，可是我却不能回头……因为我一旦看到它们的身躯，下一秒我的脖颈也会被咬断……"

"罗斯猎犬只会对时间旅行者出手，怎么可能会成群结队地出现在这里？"查尔斯大惊失色，差点儿把手里的保温杯捏碎，"立刻通知龙组指挥部，让所有调查员转移视线，不要看它们！"

一时间，会议室里的气氛凝重无比，因为大家都知道这有多难。

罗斯猎犬存在于角状时间里，可以从任何一个小于120度的角中出现。杜家口最出名的建筑是金融中心的三座大厦，大厦和地面以及天空都呈90度。

这一刻，所有人心里都涌现出了深深的无力感。

众所周知，任何一个见过罗斯猎犬模样的生物都会登上它们的猎杀名单，而调查员都是有血有肉的人，不可能在同伴的惨叫声中无动于衷。

"如果实在没有办法，我们会向尖顶议会请求动用最终武器。"帕拉塞尔叹了一口气，道。

神秘界的最终武器自然不会是什么简简单单的东西。那是一个布置在地壳之上的终极炼金法阵，只要尖顶议会团和密大委员会全体投票通过，这个法阵就会被转移到江州的地下，将这个城市彻底从"现在"的时间轴中剥离，成为一个独立的空间。

而一旦他们这么做了，那就代表全世界都放弃了江州，罗斯猎犬也将杀光江州所有的人。而那些侥幸活下来的人，也将永远闭紧双眼，听着同伴痛苦的嘶吼，在炼狱中等待炼金法阵失效。

睁眼即是死亡。光是想象就能知道那该是一个怎样恐怖的人间炼狱，那也是对人类伦理和精神方面的一次巨大的挑战。

不到万不得已，神秘界绝对不会动用这种惨绝人寰的手段。

"不，我们还有希望。"艾萨克屈指在会议桌上敲了敲，接着，他伸出手指，指向卫星图旁那个小小的蓝金色气旋，"或许，我们可以期待一下奇迹的发生。"

一切都和查尔斯预测的分毫不差。在那滴墨蓝色液体滴落的那一刻，无数听到命令赶往杜家口的调查员都目睹了这一幕。

"全体闭眼！那是罗斯猎犬！"几秒钟后，司勋的指令从耳麦中传出，所有调查员的血液仿佛都在这一刻凝固了。

此时的宗衍也浑身发冷。即使他现在化身为流云之翼，也依然克制不住那种来自灵魂的战栗。

异种里有许多可怕的存在，例如掠夺生命的星之彩，但罗斯猎犬绝对是最可怕的那一个。它的可怕在于无穷无尽的追杀和永远无法直视的恐惧。十分不巧的是，宗衍上学期曾经小小地了解过这个种族，在《湮灭之书》的原稿上。

他不再犹豫，驱动周身那些已经变成蓝金色的云雾将那一团墨蓝色的液体紧紧裹住。

但还是晚了。

在云雾裹住那团液体的前一秒，液体表面忽然分化出千万滴细小的水珠。它们朝着大地……不，准确地说，是朝着刚刚目睹了它们形体的猎物坠落。

"闭眼！全部都闭眼！"司勋目眦欲裂，在指挥频道大吼。

他是借用了卫星影像二次观看到罗斯猎犬的模样，二次目击者不会被追杀，但在他发出闭眼的指令前，许多调查员已经目睹了罗斯猎犬的模样。

它们的前爪锋利无比，身上墨蓝色的恐怖液体随时可能飞溅到猎物身上。为了戏弄猎物，它们甚至还会给猎物们加上麻醉的效果，让他们满怀恐惧地看着自己的惨状。

"啊——"宗衍来不及拦下的罗斯猎犬坠落到地上，急速奔向它们的猎物，一时间，惨叫声此起彼伏。

有的调查员下意识地睁开眼想要营救自己的同伴，结果也步了同伴的后尘。

怎么可能！虽然异种和高维度生物一个比一个恐怖，但至少它们会遵循某种规则行动。换言之，只要人类不主动招惹它们，它们是不会有毁灭某个星球的行为的，所以到底是哪里出了差错？

宗衍踩在云雾之上，隔空将包裹着罗斯猎犬的云雾高高举起。下一刻，那片云雾忽然被撕出一个大口，一只由无数角状碎片组成的狼形生物冲了出来。

那是罗斯之主，是所有罗斯猎犬的首领。

不行，绝对不能让这个庞然大物降临地面！

宗衍已经无暇顾及那些到达地面的罗斯猎犬了，他把全副心神都放在了面前这个巨大的狼主身上，指尖冒出五彩的光芒。

天空中，能够与日月并列的只有云，不同于日月分割白天和黑夜，云无处不在。

宗衍能够感受到脚下那片土地在源源不断地给他提供无形的能量，他控制着云雾，让它们变成雨和冰，意图将罗斯之主困住。

"这里不欢迎你，异时间的来客。"宗衍的双眸已经变成金色，璀璨如日月之光。

"这句话同样送给你，异界的主宰者。"罗斯之主的身躯扭曲拉长，露出一张狼形面孔，有人若是此刻直视它的脸，便会感到恶心与惊惶，并且会陷入永久性的癫狂。

当然，这对如今暂时升格成主宰者的宗衍来说并不管用。

"我们追逐着宿敌的气息而来，他的挑衅让我们忍无可忍，若是你非要阻拦，那同样的，你也将死于獠牙之下。"罗斯猎犬之主道。

"滚！"宗衍以一道尖锐的云雾作为回答。

往日里温和的云在他的手下化作最恐怖的武器，结成牢不可破的云笼。

"我不管你们和宿敌的恩怨，但是……"一个小时，他只有一个小时的时间，"胆敢伤害我的子民，你们就得付出血的代价。"

"罗斯猎犬？真是让人意想不到。"在杜家口金融大厦的顶端，奈亚的化身德克斯特医生撕裂了空间，笑着走了出来。

他身后宛如实质的邪恶虚影瞬间将所有意图靠近他的罗斯猎犬撕裂，将大厦顶部清空。

如果有人站在高处俯视这一片，就会发现那团墨蓝色的液体避开了整座大厦，不似另外两座，早已经被腐蚀了好几层。

"既解决了自己的宿敌，又是一次完美的试探。"奈亚拉长声音道，"你从上次天主的意识复苏中得到了什么预示？那位人类这么值得你关注吗？"

奈亚笑着看了看脚下宛如人间炼狱的一幕，最终将视线定格在化身为流云之翼的宗衍身上，接着道："如果失败，这一整座城的人类恐怕都得陪葬呢。"

不过这个人类确实挺有意思的。

奈亚兴致勃勃地看着下方激烈的战斗场面。

他和人类打过太多交道，深知正常的人类是不可能拥有主宰者的形态的。

"无所谓。"塔维尔说道。这一刻，独属于高维度生物的混乱、邪恶在他身上体现得淋漓尽致，"人类这种生物很有趣，不把他们逼到尽头，他们永远都只会想着隐藏自己。"

对于高维度生物来说，毁灭一颗星球不过是弹指间的事，现在只是用一座城去验证一个虚无缥缈的结果，这种行为并不为过。

高维度生物的强大超乎人类的想象，他们也从不在意渺小的人类的意愿。

"如果不能证明自己的价值，死得再多也不过是蝼蚁罢了。"塔维尔勾了勾嘴角，道，"充其量不过是一只特殊的蝼蚁而已。"

两位高维度生物语气平淡，仿佛从未讨论过要不要将那个人类收为追随者这件事。

被单方面定义为"蝼蚁"的宗衍正在和罗斯之主展开生死搏斗。

那团巨大的墨蓝色液体每次撞击宗衍制造的牢笼时，都会溅出细小的水珠。它们渗进宗衍制造出来的云雾里，又由于无法突破那道封锁线，只能在半空中疯狂跳跃。至于那些落到地上的罗斯猎犬，仅仅几分钟，就已经造成了数百位调查员伤亡。

君房拿出自己很久没有动用过的拂尘——这把拂尘也经过了炼金技术的改造，他轻轻一挥，千万条白须便延展拉长，将罗斯猎犬牢牢裹住。

这几位驻扎在密大的长生者里，君房已经算是战斗力靠前的一个了，像帕拉塞尔和尼古拉·梅尔都属于文职人员。

龙组的伤亡最为惨重。

原本龙组的成员就依命分布在江州各个位置，刚刚最先听到命令前往杜家口的也是龙组的队员。

"啊——"一位被罗斯猎犬咬住的调查员发出了痛苦的叫声。

"李武！"贺远听到声音，大喊道。他目眦欲裂，一拳打到了地上。

由于队长司彦要在直升机上待命，所以身为七队副官的贺远便临时承担了队长的职责。

而他所在的区域离杜家口不远，杜家口出现异动的时候，七队不少成员都看见了那一幕，贺远也差点儿殒命于此。

"别回头……别……"李武用最后的力气说，随后便没了声音。

贺远身边跟着的所有七队成员都紧紧闭上了双眼。他们跪倒在地，浑身颤抖。

黑暗中，恐惧被无限放大。至于那些已经看到了罗斯猎犬模样的队员们，无异于在等死。

在坐以待毙和殊死一搏之间，一位看见过罗斯猎犬模样的调查员做出了最终的决定。他忽然睁开眼站了起来，大喊道："滚！给我滚开！"

他青筋暴起，手里拿着可以喷射出金红色火焰的炼金武器，疯狂地朝着空中的罗斯猎犬进攻。

普通的物理攻击和能对异种造成打击的炼金武器都对这种生物没用。刚刚还踩在李武身上撕咬的罗斯猎犬在炼金火焰中咂了咂嘴，朝那位发起攻击的调查员露出恐怖的獠牙，仿佛在戏弄猎物一般。

下一秒，一旁的路灯忽然弯曲扭折，随后化为一个巨大的球体，将几只来不及逃离的罗斯猎犬牢牢罩在其中——球形就是能困住罗斯猎犬的特殊形式。

"全部都给我起来！我们堂堂龙组成员，就算是死，也得死得其所！"伴随着一声巨响，戴着防风镜、身穿龙组特殊作战服的男人踩着风稳稳降落，"睁开你们的眼睛！我们是调查员，必须挡在普通人身前，誓死捍卫脚下的土地！"

"队长！"贺远深吸一口气，大吼着率先睁开了眼，"没错！我们队全是六级和辅相级别的精英，还怕它们不成！"

一位君主级加入战场无疑是振奋人心的。司彦握紧拳头，看也不看自己手臂上被溅到的蓝黑色液体，全神贯注地操控着金属。

他其实更擅长控制雷电，但眼下实在没有更好的办法了。

其间，司彦抽空看了一眼空中包裹住墨蓝色液体的蓝金色云雾。

从云雾表面那个巨大的漩涡就能猜出里面的战斗有多激烈。好几次四周的云雾都开始变得稀薄了，让人担心它会不会在下一秒消散，但下一秒又有新的云雾被凭空造出，然后疯狂地涌了进去，填补着可能成为缺口的地方。

到底是谁在保护着这座城市呢？

"报告总部，龙组七队请求出战！"司彦边跟罗斯猎犬对抗边汇报。

司勋分辨出自己儿子的声音，握紧拳头，闭了闭眼，道："同意出战。"

大家都知道这道命令意味着什么。即使是君主级，在面对罗斯猎犬时也只能保全自身性命，而君主级以下的调查员，都得抱着必死的心去战斗。

为了方便记录和研究，人类按照首次发现高维度生物的地点，将他们划分到不同的国家。关于C国主宰者的传说不少，但是这么多年以来，密大都没有在C国发现任何一位主宰者的身影。

司勋紧紧盯着卫星云图上那片蓝金色云雾，忽然将在一楼监测作战动向的龙组空战部指挥叫了到总指挥台上。

"我现在任命你为作战总指挥。"司勋说着将拐杖一扔，"好好待在这里指挥。"

"总指挥，"刚刚被任命的龙组空战部指挥愣了愣，疑惑地说，"您要……"

"作为现任的第二君主，我也要加入战场了。从现在开始，不必叫我总指挥，你才是指挥。"

司勋拍了拍他的肩膀，头也不回地走进了电梯。虽然已经白发苍苍，但司勋的背影如同挺拔而坚硬的钢铁，支撑着内里不屈的灵魂。

"是！"龙组空战部指挥咬了咬牙，站在原地朝那背影致敬。

指挥室里的其他人都沉默地起身，做出同样的动作。除了司勋，身在密大的帕拉塞尔也走出了会议室。结束了工作的第三君主和第五君主也正往江州赶。

这一战必定惨烈无比，但是所有人都不会放弃希望。

空中，宗衍仍在苦苦坚持。

如果仅仅是对战罗斯之主，流云之翼的设定卡足矣，但他现在还要注意不让罗斯猎犬坠落到地上。

这场打斗已经持续了五十分钟，还有十分钟宗衍的流云之翼形态就会自动解除，到时候先不说他会不会死，反正整个江州肯定是保不住了。

现在不过是逃脱了一小部分罗斯猎犬，便让调查员死伤惨重，更遑论罗斯之主亲自下场了。

宗衍必须思考其他的对策。

"罗斯猎犬不会主动追杀非时间旅行者,你的宿敌到底是谁?"宗衍的声音从蓝金色的云雾里传出,听起来十分空灵。现在的他已经不能被称为人类了。

"犹格。你应该听说过这个名字。"罗斯之主龇牙道,无数黑光化为它的利爪,扑向宗衍,"我们和他的斗争持续了很久,在时间上我们是无敌的。我们讨厌反抗,即使对象是审判者。"

敢于和审判者做斗争的种族实在不多,毕竟审判者代表着宇宙的终极力量。

"我曾经无数次被犹格杀死,也无数次在时间的尽头复活。"罗斯之主长啸一声,"但只要时间不灭,我们的斗争就会永远延续下去!现在,回答我,异世界在此阻拦我的主宰者,你是犹格的眷属吗?!"

宗衍:……

冤有头,债有主,怎么可以搞误伤?

他想起在总指挥室里看到的塔维尔,还有对方唇角的笑意,如坠冰窖。

好一招借刀杀人,他就知道,对方特地告知神秘界这件事准没安好心。

云雾忽然收缩,宗衍重新化作人形,赤脚踩着云雾,冷淡地说:"不。"

"那你为何要阻拦我?"罗斯之主道,"放开你的牢笼,我们来只是为了寻找宿敌。"

"我可以放开你。"宗衍说,"但你们不能伤害我的子民。"

如果宗衍将云雾散开,下一秒罗斯猎犬就会暴露在人类的视线里。

对于它们来说,人类不过是蝼蚁。它们是来寻仇的没错,但杀死人类也是遵照罗斯一族的规则。

还有三分钟流云之翼的状态就要结束了,他的指尖都在颤抖。

成败在此一举。

罗斯之主眯了眯眼,打量了一下这位异世界的主宰者。因为有着磅礴的力量加成,在这片土地上,化身为流云之翼的宗衍实力到了不可思议的程度,无限贴近拥有灭世能力的审判者,且流云之翼的能力有些克罗斯猎犬。

原本以罗斯一族的好战程度,罗斯之主是绝对不会考虑停战的,但他这次好不容易才追寻到犹格的踪迹，即使是去送死，也得恶心一下对方。

罗斯一族很少有过这么大规模的时间迁越，走一亿年需要一天的时间，为了寻仇，它们已经在时间线里奔跑了一个多月。

"行，我答应你。"罗斯之主长啸一声，所有听到的罗斯猎犬纷纷从液体状化作实体，仰头附和。

宗衍这才松了一口气。

罗斯一族虽然臭名昭著，但还是很讲信用的。同为上级独立种族的伊斯一族也和罗斯一族有过合作。而人类之所以会被罗斯猎犬追杀，一方面是由于二者无法沟通，另一方面是时间触到了这个种族的禁忌。但宗衍现在是主宰者，完全可以和罗斯之主沟通。

与此同时，久违的愤怒也在宗衍的心中升起，他默念了一遍犹格的名字。

距离设定卡失效还有两分钟的时间。协议达成后，宗衍深吸一口气，十指在胸前交叉，困住罗斯之主的云雾如同潮水一般退去。

"那是怎么回事？！"地面上正在和罗斯猎犬交战的调查员停下了动作。

倒也不是他们先停下动作的，而是这些罗斯猎犬忽然变回了液体状态，腾空而起，朝着它们一开始降落的地方奔去。

经过这么长时间的战斗，地面上的状况令人触目惊心。

"快看天上！那片蓝金色的云雾好像正在消失！"贺远捂着来不及处理的断臂，靠在墙角大吼。

在杜家口呈三足鼎立之势的金融中心高处，原本被蓝金色云雾裹住的液体重新慢慢显现出来。

没人知道云雾到底是什么，但是所有人都清楚它在保护人类，这也是众人坚持继续战斗的希望。见云雾散去，绝望再次在大家心头蔓延。

有人喃喃道："难道我们今天就得……"

调查员看得真切，他们对上的这些不过是从那一滴墨蓝色液体里渗出来的一小部分，就那么一小部分，便让他们损失至此，甚至连君主级也负伤了。如果它们全部降落到这片土地……后果绝对不堪设想。

所有人的血液都仿佛被冻结了，此时此刻，没有人再去顾及"不能直视罗斯猎犬"的规则。

来支援的调查员存活率不到六成，倘若他们倒下，普通人就是待宰的牛羊。

"请保佑这片土地吧！"不少调查员开始默默祈祷。

但是那片云雾终究还是散去了。

邪恶的不可名状之物悬浮在空中，并且朝着地面坠落。如果众人不知道这玩意儿这么凶残，单单只看外形，倒是像石油和颜料的混合物。

距离设定卡失效还有一分钟。看到罗斯之主遵守了承诺，一直戒备着的宗衍这才放下心来。当然，他表面上依然是不动声色的模样。

宗衍一拂袖，朝罗斯之主微微颔首，缓缓降落在杜家口其中一座金融大厦的顶端。

即使只有最后一分钟，他也不能露出破绽，如果让罗斯之主知道他不是真正的主宰者，那他们的约定估计也会失效。

宗衍一向不吝惜以最大的恶意去揣测这些异种。

"看来是联手了。"在宗衍降落到对面那座大厦的顶部后，奈亚将手揣进白大褂的兜里，幸灾乐祸地说道。

众所周知，奈亚生平有两大爱好，一是看戏，二是搞事。

虽然这一次的事情不是他搞出来的，但是看戏绝对少不了他的份儿。

塔维尔觉得奈亚的模样很碍眼，虽然他们都不把罗斯一族放在眼里，但是奈亚揶揄的语气让他感到不悦。

"既然写好了剧本，那就乖乖走下去。"塔维尔冷冷地说。下一刻，空中仿佛出现了一只看不见的巨手，随着这只手轻轻一握，某些事实就被篡改了。

虽然罗斯之主口口声声说自己是犹格的宿敌，但不好意思，在犹格这里，罗斯之主连名字都没能留下。就连罗斯之主经历过的无数次的死亡，也只是犹格的两个支配者化身造成的。

毕竟犹格居于万界之上，在时间与空间之外。

罗斯猎犬只能在时间线上迁移，对于更高维度的存在来说，它们同样是随手就可以捏死的蚂蚁，且难度不比捏死人类高多少。犹格没有捏死它们，纯粹是因为它们平时的小打小闹根本没被他放在眼里，它们那一点点渺小的力量并不会让他感到不悦。

当然，如果它们不按照他的剧本走，那就没有存在的必要了。

"轰隆隆！"墨蓝色的液体像是沸腾了一般，在空中突然炸裂开。

宗衍刚刚落地，就被这地动山摇的动静惊得回过了头。也就是在这个瞬间，流云之翼设定卡失效了，取而代之的是那个穿着蓝白校服的黑发少年。

罗斯之主的身躯扭曲了片刻，就被那至高无上的意识否决，彻底失去了存在的资格。

电光石火之间，这位力量堪比主宰者，甚至胆敢同宇宙间最恐怖的存在叫板的罗斯之主永远地消失了。

原本罗斯猎犬是不会死的，但是这次，罗斯猎犬们都感受到它们的王被彻底抹杀了。

罗斯之主的死亡让这群猎犬成了无头苍蝇。和种群之主比起来，这些猎犬并没有那么高的智商，它们甚至不能和其他种族交流。

在时间线里不眠不休地跑了一个多月，罗斯猎犬们早已经饥肠辘辘。原本即将偏离掌控的剧本再次回到了塔维尔的掌控中。

于是，那滴液体再次开始分解，宛如一场大雨，从天而降。没有了指挥者，这场大雨将会是货真价实的杀机之雨。

宗衍的视线有些模糊，但是他依然能够清楚地看到脚下宛如炼狱的一幕。

贺远在之前的战斗中失去了一臂，伤口没能得到医治，只能用人体炼金术匆匆封住那一块，继续战斗——虽说幸运的调查员能依靠觉醒能力安装炼金而成的肢体，避免截肢的悲剧，但前提是安装的时间不能拖得太久。

大部分调查员都在潮水般的罗斯猎犬涌来时尸骨无存。别说司彦，就连司勋这等成名已久的第二君主也无法抵抗，最终在剧痛中一命呜呼。

失去指挥的恶徒冲向手无缚鸡之力的人类，即使是君主级，也只有死路一条。

"外面那是什么声音呀，妈妈？"昏暗的地下通道里，小女孩儿缩在母亲的怀抱里，瑟瑟发抖地问道。

"媛媛不怕，外面的哥哥、叔叔们在保护我们，再等一下我们就能出去了。"

女人安抚地拍了拍小女孩儿的肩头，亲吻着她的额头。

"可是……"小女孩儿睁着一双大大的眼睛，伸手指着上面，"这间房子是破的，我在那里看见了一双漂亮的蓝色眼睛。"

在破烂的活动板房房顶的裂缝处，一双写满了饥饿的狼眼正朝屋内窥探。

长时间的力量消耗让宗衍的脸色苍白无比，他嘴唇颤抖，跪倒在大厦边缘。

天空开始下起了雨，这雨来得十分急促。大雨模糊了下方的惨状和罗斯猎犬的身影，冲刷着这座城市的断壁残垣和斑斑血迹。

愤怒，滔天的愤怒。事到如今宗衍还有什么不明白的？这件事情从一开始就在塔维尔的掌控之中。对方将一切玩于股掌之上，现在恐怕正在哪里心情颇好地看着蝼蚁们挣扎。但同时宗衍又觉得无力，绝望。

"不，我绝对不会屈服的！"宗衍冷冷地说道，似是说给自己听。

他手中赫然握着一张没有图案的卡片。

传说中，阿撒索是无所不能的宇宙之主，既然无所不能，自然就能扭转这悲剧的一幕。

宗衍将自己拖入深海之中，仿佛被冰冷、无情的庞大之物掐住喉咙。

他的意识再度穿越万界，变成宇宙之主阿撒索。他的头发在一瞬间生长，黑色的瞳孔转变成猩红色，身躯从人类的姿态变成不可名状的模样。

他的脸已然超越了人类所能够想象到的昳丽，若是有人看到这张脸，那么他们一定会满怀虔诚地跪下。他身披一个浅棕色的破烂麻袋，却胜过用无数金帛之物堆砌的王袍。

"我……是谁？"他好像说了话，又好像什么也没有说。

阿撒索的出名，在于他是宇宙之主，也在于他的蠢。他永远都在沉眠。这也是宗衍上次使用阿撒索（分身）这张卡时会惊动所有审判者的原因。

使用了这张卡后，宗衍的人格被压制到了最深处，受阿撒索的影响，他忘了自己使用这张设定卡的目的。

宗衍浑浑噩噩地想：我到底要干什么呢？我好像忘了一件很重要的事情。

"对了……"宗衍喃喃道，"我要……"

早在宗衍化身为阿撒索的那一刻，站立在另一座大厦上的两位高维度生物就有所感应，并且瞬移至宗衍身旁。

"您……"奈亚正想开口，这时，宗衍想起了自己的使命。

刚刚拥有意识的"阿撒索"看都没看突然出现的两位高维度生物，轻声开口："我要这一切回到还未发生的时候。"

这个念头极其深刻，它挣脱一切禁锢，出现在宇宙之主空荡荡的脑海里。

宇宙之主，无所不能。

霎时间，时间以万花筒的形态在宗衍的视线中展开。他随意地翻看着，看到了由这段时间轴衍生出的无数平行世界。

平行世界是一个十分诡秘的论题，理论上来说，不同的选择会有不同的未来，从而构成无数个平行世界。

拿江州这次的剧变举例。在其他的平行世界里，也许贺远没有选择去清阳学院求助宗衍，也许宗衍没有选择验证自己的猜想，而是直接告诉龙组灾厄发生的地点在杜家口，也许司彦没能赶到现场，也许罗斯之主拒绝了宗衍握手言和的请求……

化身为阿撒索的宗衍没有去管这些平行世界，他直接掐断了一切"也许"的源头，与之相关的平行世界随之全都崩塌毁灭。

在他做这一切的同时，他们周身的景物飞速后退变换。

被毁坏的大厦瞬间复原，地面上坑坑洼洼的柏油路恢复到平整状态，被折断的路灯重新立起，已经快要沉入地平线的夕阳被重新拽回到人们头顶，备受摧残的调查员们也回到了来这儿之前的状态。

司彦还在宿舍里打游戏，贺远还在训练室里挥汗如雨，李武在吃饭，司勋靠在指挥台上小憩。

龙组内一切都在有条不紊地运行，总指挥室里只能听见程序员们敲打键盘的声音。

清阳学院的学生们正在埋头写作业，老师在讲台上口沫横飞地讲着结业考试可能会遇到的知识点。

杜家口金融中心的精英们进进出出。在无数个小窗格里，金领们拨通了一个又一个跨洋电话。

生命复苏，万物重生，岁月静好。

时间倒退回了四个小时之前。没有人知道在刚才的那几个小时里，这片土地成了怎样的人间炼狱。

做完这一切后，阿撒索甚至还有闲心把正往江州赶的罗斯一族赶回了它们居住的久远过去。

这样一来，那个未来就不可能再发生了。

阿撒索漫不经心地想着，猩红色的眼眸再度变得茫然。

与此同时，象征着设定卡状态解除的光芒忽然亮起，宗衍毫无征兆地朝后倒去。塔维尔稳稳地将他接住了。

棕发红眸的宇宙之主已经不见了，被塔维尔接住的不过是一个普通的学生。

"放开！我都还没有用这种姿势接触过父神呢！"奈亚大惊失色，下一刻，邪恶的触手从他身后伸展而出。

"滚。"塔维尔站在原地，一动不动，在奈亚的攻击快到达他身前的时候，他轻而易举地改变了时空定位。

奈亚这一击直接打到了史前时代。

"刚刚只是一道意识分身。"塔维尔道。

"废话。"奈亚控制着自己的人类躯体翻了一个白眼，"要是父神的真身，早在意识苏醒的那一刻，这个宇宙就荡然无存了。意识分身又怎么样，我还从来没见过父神的意识流呢。"

奈亚的语气意味不明，说话间还看了一眼塔维尔的手。

众所周知，奈亚是阿撒索意志的代行者，他忠实地执行着阿撒索的命令，行走在宇宙间。但事实上，奈亚都不知道自己在执行什么命令，因为他盲目痴愚的父神根本就没有给他下达命令。不过这并不妨碍奈亚成为阿撒索的头号追随者。

塔维尔没有动，他金色的眼眸凝视着此刻处于昏迷状态的宗衍，道："这样倒是颠覆了我先前的猜想。"而后将时间轴上的碎片清理干净。

他从未体验过脱离掌控的意外，但他此刻却没有半点儿不悦。

阿撒索是所有审判者的统领，能够准确捕捉到陛下的意识分身的存在，对塔维尔来说是此行最大的收获。

但由于只是意识分身，所以在掌控时间上还是生疏粗糙了些，还需要练习。

最终，塔维尔下了这样的结论。

对于高维度生物来说，最不缺的大概就是时间了。

"走吧，既然时间已经回溯了，那这些人也不可能保有记忆。"奈亚有些烦躁地揉了一把自己的白发，"这次父神的意识远比上次激烈，莎布那个家伙应该马上也要过来了。"

"嗯。"塔维尔冷淡地颔首，带着宗衍率先消失在了这片地界。

宗衍做了一个梦。

这个梦让人觉得十分压抑，到处都是明暗交错的黑色线条，他感觉到一种来自灵魂的抗拒和无力感。

从他使用阿撒索的分身那张卡的那一刻开始，他自己的人格就被压制到了最深处，直接进入了沉睡状态。

但奇怪的是，阿撒索又是宗衍，只不过他盲目痴愚，导致宗衍的"内存"也被清空了，就像一位智商为一百四的天才智商突然被降到了三十。

总而言之，这是一次十分奇妙的体验。

梦持续了很长，又好像只有一瞬间，等到宗衍清醒后，他终于感觉到这具身体的掌控权回到了他手里。

他费劲地睁开眼睛，眨巴了两下，记忆如同潮水一般涌了过来。

满目疮痍的大地，从天空落下的蓝黑色的罗斯猎犬，江水被夕阳染成了血色，看不见的硝烟遍布江州……

不可原谅！不可原谅！

宗衍下意识地站了起来，满脸愤怒。桌子随着他起身的动作被撞倒，发出"轰"的一声，摆放在桌上的书和保温杯也顺势滑到了地上，热水洒了一地。

教室里顿时像被按下了暂停键。

"怎么了，宗衍同学？"这堂课是生物课，生物老师是一位高挑的美女，她原本站在黑板前写字，闻言握着粉笔皱眉回头，看向异响的源头。

宗衍咬着嘴唇，有些茫然地看着每一张望过来的脸。

教室……怎么会在教室呢？明明江州已经……

宗衍不禁怀疑起那段记忆的真实性。

他的头疼得几欲炸裂，仿佛有一只看不见的手在他脑海中搅动。

"怎么了，是不是身体不太舒服？"生物老师继续问。

宗衍没有应答，跟跟跄跄地冲向教室外。

他就像一个濒临死亡的病人，一路上撞倒了不少课桌，对身上的钝痛毫无察觉。

生物老师和同学们目瞪口呆地看着他消失在视线里。

"反应这么激烈，这哥们儿不会是做噩梦了吧？"坐在宗衍旁边的那个男生道。他刚才看到宗衍半撑着头，似乎是在睡觉，没想到下一秒就闹出这么大的动静。

本着同学情，他帮忙收拾了一下宗衍一片狼藉的课桌。

"叶景明，你去看一下。可能宗同学今天身体不太舒服，把他扶到校医室看看。"生物老师想起宗衍苍白的脸色，放下手里的粉笔，说道。

被点名的叶景明小声地"喊"了一声，到底还是听从老师的吩咐跑出了教室。

宗衍像是发了疯一样在走廊上奔跑。他的胸膛剧烈地起伏着，冷汗从头顶流了下来，糊了一脸。如果这个世界是游戏，那他一定能够看到任务状态栏"已陷入临时疯狂状态"的红字提示。

没错，他在SAN值只有5点的情况下使用了阿撒索（分身）设定卡，所以SAN值变成负数了。

SAN值归零的后果宗衍已经品尝过——强烈的头疼加上浑身被抽空的感觉，而这一次更加严重些。

"喂！你干吗？停下！"叶景明一边追宗衍一边大喊。整栋教学楼的人都听到了叶景明的吼声，当然，他们跑步的声音也在走廊回响。

宗衍的体育成绩一向很好，为了能够拿到德育学分，每年校运会他都包揽了高年级组三千米项目和八百米项目的冠军，和他一起参赛的同学都喜欢用"龟兔赛跑"来形容比赛时的场景——宗衍跑完三千米在终点做伸展运动,无数学妹簇拥着上去送水的时候,其他男生才跑完第三圈。

叶景明的体育成绩也很不错,他本来就是高年级组篮球部副部长,有事没事就喜欢带着一群男生在篮球场练习,打得那叫一个热火朝天。

为了在运动会上拿到更高的分数,班主任一般会安排宗衍和叶景明参加不同的项目。宗衍平时又不打篮球,所以叶景明还真没和这个自己看不惯的小子赛跑过,但这一回叶景明总算知道为什么宗衍会被称为"长跑飞毛腿"了。他根本就追不上人家。

"别跑了,刘老师喊你去医务室看看!"叶景明追到操场,实在跑不动了,这才朝宗衍大喊一声,然后停下喘气,"这小子,怕不是发神经。要不是老师叫我,我才懒得追你。"

宗衍充耳不闻,他跑到一半忽然掏出手机看了一眼。

手机上显示的时间是下午三点整,下午第一堂课才开始没多久,他混沌的大脑终于开始转动起来。再过大概一个小时……贺远就要来找他了。

这个时间,正是伪装成第七君主的塔维尔告诉龙组总部即将会发生灾害的时间,现在龙组应该已经开始紧急集合,准备商量对策,并且通知尖顶议会了。

贺远说过,他们后面实在想不出办法,他才自作主张地跑到清阳学院来找宗衍这个准君主帮忙。

宗衍上车的时候,正好看了一眼车上的时间。

还有不到三个小时,他必须挽回这一切!

他跑到学校门卫室的门口。

上课的时候,学校大门是关闭的,禁止无关人员入内。门卫室的大爷正在里面听收音机,看到有人跑过来,抬眼问了一句:"现在在上课,不能随便出学校。"

宗衍没有理他,他站在门口看了一会儿外面川流不息的车辆,后知后觉地拿起手机开始拨打贺远的电话。

既然这场悲剧无法避免,那他一定要在三个小时内让全江州的人撤离。

没多久,电话便接通了。

"喂，小君主？有什么事情吗？"电话另一头的贺远刚从训练室里出来，他顺手扯过一旁的毛巾挂在脖子上，朝队友打了一个手势，让他们等等自己，又朝电话里说，"这个点你不用上课吗？"

宗衍忍着大脑里传来的那种切割般的疼痛，飞快说道："我知道你们收到了第七君主的占卜预言，现在正在讨论对策，但你先别来清阳学院，赶紧回去告诉司勋总指挥，灾难发生的地点是杜家口！并且立即向全市公布这个情况，组织市民迅速撤离，否则后果将不堪设想。"

虽然陷入了疯狂的状态，但宗衍现在意外地冷静。他继续道："降临的异种是罗斯猎犬，面对它们，人类没有任何胜算，包括调查员也一样，绝对不能抱有侥幸心理，即使是君主级也难以应对。你不要问我为什么知道这些，等这件事情过去之后我一定会向你们解释的。现在时间非常紧迫，距离罗斯猎犬到来只有不到三个小时的时间，请你一定要相信我。"

宗衍连他们会不信任也考虑到了，他已经做好了心理准备，即使暴露设定卡的秘密，也必须将悲剧扼杀在摇篮里。

"请相信我，我说的一切都会在未来发生。只要我们立刻采取行动，就还有挽回的可能。"他飞速地说完这一串话，才停下来忐忑地等待对方的回复，只是电话那头传来的话却让他瞳孔收缩，如坠冰窖。

"小君主……你在说什么呀？"贺远的语气疑惑无比，"我们根本就没有收到第七君主的预言警示，你是不是搞错了？"

"没有收到？怎么可能！"他失态地大吼，目眦欲裂。

宗衍的指尖都在颤抖。在他的视线里，地面开始被一大块一大块的色块融合，看起来十分诡异。

毫无疑问，记忆中将要发生的事给宗衍的内心带来了极为严重的冲击。

他虽然平时爱开玩笑，但要是真看到那么多同胞毫无反抗之力地死去，也会恐惧、愤怒，乃至崩溃。所以他才会那么执着地想要规避。

"小君主，你是不是最近学习压力太大，产生幻觉了？"贺远有些担忧地问道，"如果你不太舒服，可以请假去密大的医务室看看。"

虽然调查员们平时私底下爱开玩笑说密大的校医室不医活人，但密大的医生的确个个医术高超。特别是在结合了炼金术之后，就算患者缺胳膊少腿少器官，他们都能把人从死神手里拉回来。

下一秒，贺远听到了电话被挂断的忙音。

门卫室的大爷关掉收音机，呵斥道："怎么了？现在是上课时间，你是哪个班的学生，怎么在这里大呼小叫的？！"

恰好这时叶景明也跑了过来，他一边喘着粗气一边恶狠狠地瞪着宗衍。

"哦，原来是三年级的学生。三年级压力大，你们要学着劳逸结合，不要憋着。"门卫大爷认识叶景明，于是挥挥手，示意他们赶紧离开，"不舒服就去医务室看看。嗯？德克斯特医生，您要出去吗？"

"是的，今天天气不错，正好想出去走走。"穿着白大褂的医生从学校里走了出来，脸上带着爽朗的笑容，"这位学生是不舒服吗？"

德克斯特医生是清阳学院最近新招的校医室主任，虽然是个外国人，但是中文说得特别流利。

一个外国人，又拥有医学博士学位和精湛的医术，居然来一所普通的学校当医务室主任，这本来是一件十分不合常理的事情。

宗衍抬起头，他的视网膜上如今已经只剩下斑斓的色块，脑子里仿佛有千万根针在扎。这种疼痛让他的面色十分难看。

"看来这位学生的确不太舒服。"德克斯特医生笑了笑，搂住宗衍的肩，稳住他摇摇欲坠的身体，另一只手探向他的额头，"或许我应该带他去医务室休息一下。"

"这样也好，麻烦您了。"门卫点点头道，看着德克斯特医生将宗衍带走。

匪夷所思的是，门卫和叶景明居然都没有注意到对方并没有往医务室走，而是直接将宗衍带出了学校，然后消失在人来人往的马路上。

啊！摸到了！父神的额头！

奈亚内心荡漾无比，一时间也没去管另外两只蝼蚁说了些什么。

和同属于三柱原核的犹格及莎布相比，奈亚天生就更亲近阿撒索。

他少见地有些急匆匆地撕裂了空间，将宗衍放到了病床上。

这是一间高级病房，透过落地窗能直接看到流淌而过的江水。病床周围还放着一些用于急救的精密仪器。要不是这些医疗设备，说这是一间五星级酒店的总统套房都有人信。

唉，父神真轻，即使是作为人类，也偏瘦弱了些。

奈亚的思维难得符合了自己身上那身白大褂一次。

奈亚不愧是最喜欢和人类打交道的门之主，喜欢观看人类绝望和混乱的他，在人类发生战争的时候格外活跃。

德克斯特医生这个身份他用了很久，他甚至用这个化身教唆人类制造威力巨大的武器。

这个世界上可没有门之主办不到的事情。奈亚用这个化身走遍了全世界，到处闹事，还没人觉得不对。

当然了，这家伙纯粹就是顶着一个医生的名头而已，要说医术……就算他真的医术精湛，让门之主主刀，恐怕病人也活不长吧。

奈亚身后骤然出现无数不可名状的邪恶虚影，在那些虚影出现后没一会儿，这间安静的病房就骤然一变。

头顶的暖光灯忽然闪烁了两下，变成红蓝色调。白色的墙壁覆上了血腥的混合物，还能听到令人毛骨悚然的摩擦声。地板被一片深红色的血池取代，奈亚踩在血池内，却没有被这不祥的颜色所影响。

宗衍所躺的病床变成了冷硬的钢质手术床，精密的医学器材上满是血迹，托盘里摆放着大大小小的针管和粗细长短不一的手术刀。

这才是奈亚的医院，门之主很难在地球这个三维世界展现自己的本体，因为那会令空间崩溃。他偶尔无聊，也会将人类拉到这个位于夹缝空间的手术室内，欣赏他们在看到门之主不可名状的本体时歇斯底里的模样。

当然，这一次奈亚的确是想帮忙。

"真是的，精神方面我可不擅长……"他嘟囔了一句，下一刻，背后邪恶的虚影尽数没入宗衍的脑海中。

所有高维度生物都是臣服于阿撒索的，虽然他们的体系里不讲究这个，但三柱原核作为阿撒索的直系亲属，自然要在对方还未真正觉醒的时候充当保护者的角色。

眼前这个可是阿撒索好不容易诞生的意识分身。

从这一点来说,高维度生物的臣服可比人类的要真诚得多。

特别是奈亚,他绝对是阿撒索的狂热追随者。

"轰。"令人意想不到的是,就在奈亚的触手意欲将宗衍的意识包裹起来的时候,他忽然被一股大力拍到了墙壁里。

"哒——"奈亚倒吸一口气,却越发兴奋,语调不自觉上扬,"不愧是父神,即使昏迷了,也依然能够展示出如此强大的力量。"

奈亚将自己的手腕重新接好,从墙里爬出来,抬头就看到了站在病床前的塔维尔。

"你怎么来了,不是说拦着莎布吗?"奈亚随手扫了一下自己的白大褂,沾满污渍的衣服瞬间焕然一新。

"都是同位,莎布真要来,我也拦不住,除非你我一起出手。"塔维尔冷冷地看了他一眼,接着道,"然后地球就毁灭了,开心吗?"

"不行,我还没玩够呢,而且父神看上去很喜欢人类的样子。"奈亚耸了耸肩,下一秒,这间充斥着恐怖和不祥的废弃医院便从夹缝空间回到了地球的维度。

暖黄色的灯光从天花板倾泻而下,给宗衍的脸镀上一层朦胧的暖光。

不知道为什么,塔维尔莫名觉得宗衍躺在病床上了无生机的模样碍眼极了。

和擅长同人类打交道的奈亚不同,除了那几个化身,犹格基本不会从自己的时间与空间出来,平时顶多就是回应一下追随者们的召唤,其余时候都稳居维度之上。

但没有东西可以逃脱全知全能的掌控,除了眼前之人。

他之前的困惑现在倒是得到解答了,原来宗衍就是那道意识分身。所以说,他遭遇的两次变数都是因为这一个人。

"不行,如果莎布那家伙来了,搞不好会发生什么让我不太高兴的事情。"奈亚还在一旁念叨。

只要一遇上阿撒索的事情,他就好像被对方的"降智光环"波及了一样,变得像个傻瓜。

　　塔维尔懒得理他。不过奈亚有一点倒是没说错，莎布可不是什么好相与的角色，身为主管繁衍的三柱原核之一，她的性格一言难尽。

　　宗衍躺在天台上看天空。这是一个十分普通的天台，天台上铺着粗糙的水泥，甚至还能看到水泥里没有被完全抹平的细小颗粒。
　　夏天的傍晚，空气从高压区域流向低压区域，便形成了扑面而来的凉风。
　　筒子楼楼顶有不少老人家种的菜。他们大多是农村出来的，后来就算没了土地也习惯种点儿菜。
　　每个老人都有一小块地盘，他们用捡来的木板做成花圃，在里面填上土，每个月去江畔挑来一担一担的江泥当肥料。这些蔬菜在人工肥的养育下倒也长得很不错。
　　宗衍当然不会躺在菜地旁，他顺着竹竿，像只猴子一样灵活地爬到天台的小平台上。
　　这个小平台上放着这栋楼唯一一个太阳能热水器，宗衍绕过热水器，躺下后跷起腿，嘴里还叼着一根狗尾巴草。
　　天空变得昏暗了，这并不是宗衍读书时能看到的景象。
　　他十分清楚地记得，筒子楼后面的那块地在很久以前就被一家房地产企业收购了，那段日子总有拆楼机轰隆隆地开过来搞拆除。等到他上清阳学院后，在一年级的暑假时，那里的楼盘就已经建得比三座筒子楼都要高了。他躺在平台上看天空的时候，视线都会被那栋楼遮住一些。
　　但现在，宗衍的视线里全是天空，毫无遮挡。
　　还有，他身上穿的衣服也不是清阳学院的校服，反而是一个十分简陋的破麻袋。当然，还有他忽然长到不可思议的头发，顺带还染了个色，从黑色变成了棕色。
　　宗衍朦朦胧胧地回想起这应该是自己在使用了阿撒索（分身）这张设定卡后拥有的外貌才对。
　　他没有慌，因为他现在已经判断出来自己是在做梦了。做梦的时候，人想变成什么样都可以，别说是阿撒索了。

不过不知道是不是他太困了，他现在整个人都懒懒的，脑袋也空空的，不想想事，和使用了阿撒索（分身）设定卡的后遗症一样。

也不知道过了多久，夕阳从地平线上消失了，天空最后一丝光亮湮灭在黑暗里，星星在夜空中闪烁。

嗯，星星少了点儿，可以多一点儿星星。

在宗衍的梦境里，他就是绝对主宰。于是在这个想法刚刚出现的刹那，天空中乍然出现一片繁星。

"你在想什么？"男人平淡低沉的声音从他头上传来。

宗衍抬头望去，丝丝缕缕的灰色长发如同月光一样流淌而下，凉凉地拂在他脸上。

他觉得有点儿痒。

这一幕很惊悚。那种一抬脸就看到另外一张脸的感觉，特别是在这样黑暗的夜晚，惊悚效果绝对翻倍。就算对方长得很帅，也不能掩盖宗衍差点儿被吓到的事实。

一般来说，这时候的他应该尖叫一声或者急速后退，但阿撒索的"降智光环"让他变得傻愣愣的。于是他十分高贵地瞥了对方一眼，视线再次回到天空，一副"朕懒得理你"的样子。

阿撒索（分身）设定卡有一种令人十分难以理解的效果。阿撒索赋予了宗衍对万事万物都足以漫不经心的权力，就像宗衍十分清楚地知道面前的男人是三柱原核之一，要放在平时，他肯定如临大敌，现在却十分淡定地无视了对方。

从某种意义上来说，这也是一种独属于宇宙之主的傲慢。

再说了，这是宗衍的梦，在他的梦里，他才是老大，什么时间与空间之主都得往旁边靠。

就在塔维尔以为自己得不到回答的时候，宗衍慢悠悠地开口道："想打你。"

十分简单的三个字，却道尽了宗衍记仇的心理。

"如果你能从意识分身进化成宇宙之主的主意识，倒也不是不可能。"塔维尔沉默了一下，回道。他有点儿惊讶，但还是给出了一个中肯的建议。

阿撒索的分身打不了他，但真正的阿撒索能轻而易举地将他的本体从时空之外扯出来，二话不说就揍一顿，他还不敢还手。

在审判者和审判者之间，打架被认为是一种表达亲密的手段。

高维度生物本体之间的斗争，随随便便都能毁灭好几个小宇宙。最后，胜者可以选择让败者臣服，或者吞噬掉对方的全部能量。

莎布在繁衍之前都得和其他高维度生物打一架，然后吞噬了对方的本体后，再用这些能量去繁衍下一代。

不管是永恒的臣服还是吞噬，在他们眼里都是一件十分伟大的事情。

为什么陛下新诞生的意识会这么执着地想要和我打一架？难道他很欣赏我？塔维尔面无表情地想着。

他半点儿没觉得是因为自己之前的行径惹怒了对方，因为他现在已经将宗衍当成阿撒索的意识分身，所以也不会再模拟人类的思考方式，而是用高高在上的高维度生物的思维思考一切。

从某种意义上来说，宗衍也算是摆脱了他一直以来被高维度生物贴在身上的"蝼蚁"的标签。

高维度生物会在意蝼蚁的死活吗？答案当然是不会。所以塔维尔理所当然地认为宗衍也不会在意。

宗衍丝毫不知道对方脑袋里所想，他冷笑一声，慵懒地将双臂枕在脑后，舒展双腿。

在梦里，宗衍不是疯狂状态，他想起了自己在昏迷前用阿撒索（分身）设定卡回溯时间的事情。可就算回溯了时间，他还是憋着一肚子的气。

不行，越想越气。现实里打不过，梦里还不能幻想一下过个瘾？这家伙既然敢闯到他的梦里，梦境的主人岂有不教训对方的道理？

他这么想着，忽然朝飘在空中的塔维尔看去，眼神十分不善。

下一秒，虚空中骤然探出的锁链将塔维尔团团锁住，空气凝固，充斥着无数杀机。

塔维尔一时间愣住了，他没想到的是对方居然真的付诸行动了。

这的确是宗衍的梦境不错，但对于强大的高维度生物来说，只要他们想，他们可以直接夺取梦境主人的权柄。这点儿锁链根本不可能困住塔维尔。

只不过因为太过震惊，他一时间居然没有反抗，于是锁链越绞越紧，宗衍也露出了十分猖狂的笑意。

"父神，您在干什么？！"匆匆赶来的奈亚看着面前这一幕，大惊失色，"请务必让我也加入！"

看到奈亚后，塔维尔终于反应过来，脸色瞬间冷了下来。

下一刻，亿万光辉闪现迸发，锁链寸寸断裂，梦境化为碎片，直接崩塌。不管是不请自来的门之主，还是梦境的主人，都被踢了出去。

宗衍睁开了眼。

白色的天花板，明亮宽敞的高级病房，落地窗外是鳞次栉比的大厦……还有站在病床旁的两位高维度生物，不对，是三位，还有一位靠在不远处的墙上。

"你们终于回来了。"有着金色长发的男人手里拿着一根雪茄，姿态慵懒无比。

这位不速之客身材颀长，浑身上下都散发着荷尔蒙的气息，充满了致命的魅力。最引人注目的是那张脸，昳丽极致，有种近乎蛊惑的美感。

这张脸已然超越了人类所能够想象的美丽，且无关乎性别，他便是三柱原核之一的莎布的化身。

宗衍认得这张脸，或者说现今很少有人不认得这张辨识度极高的脸。这位是超级巨星，电影圈的奇迹，蝉联数届"最美面孔"，全世界所有女人的梦中情人，无可争议的银幕帝王——莎布。

"如果你们还不回来，或许我会试试父神的梦境能不能支撑我们三个的降临。"莎布随手将雪茄扔到虚空里，扯了扯自己胸前的领带。他忽然大步走上前，弯腰直视宗衍黝黑的眼眸。

"认识一下，我可爱的小陛下——"莎布拉长了声音，声线低沉性感，"我是莎布，您最忠实的追随者……之一。"

后面两个字是在奈亚虎视眈眈的眼神里勉强加上的。

休息了几天后，宗衍再度回归到平平无奇的校园生活。

他已经确定了那个恐怖的未来不会再度发生，虽然他很想暴揍塔维尔一顿，但是对方模拟了一下人类的逻辑思维，煞有介事地说，按照人类的逻辑，那个未来没有发生，他还没来得及做幕后黑手，所以这个锅他不背。

　　宗衍仔细思考了一下，这话确实没毛病，可情感上他还是很想暴揍对方一顿。塔维尔用一种令宗衍十分毛骨悚然的眼神盯着他看了好一会儿，然后才被奈亚挤开。

　　清阳学院的教学进度格外快，老师将宗衍落下的知识点补上，就开始了新一轮的复习。

　　他之前闹出那么尴尬的事情，好在奈亚还算有点儿良心，用医务室主任的身份暗中操作了一番，让他避免了被拉去教导主任办公室的下场。

　　当然，这个"平平无奇的生活"更多算是宗衍的自我催眠，因为他现在的生活根本一点儿都不普通！

　　比如上午的课上完后，宗衍随手收拾了一下自己凌乱的桌面，将厚厚一摞试卷卷起来，拿起热水壶准备去食堂吃饭。结果他刚刚从二楼走到一楼的拐角，就眼尖地看到奈亚的化身德克斯特医生站在墙角朝他挥手道："父神！"

　　对方看起来格外雀跃，周围不少学生都在窃窃私语。

　　"那个人是谁呀？看上去像是外国人，好帅呀。"

　　"难道是新来的外教？听他说的也不像是中文。"

　　"不知道，他穿着白大褂，难道是医务室的医生？"

　　"啊！医生！我们明天体育课可以去看看。"

　　"好哇，好哇。"

　　宗衍：……

　　他握紧了手里的保温杯，很想掉头就走。

　　奈亚说的是十分正统的小众外语，估计全世界能和他交流的，除了高维度生物，就是用了无数语言能力卡的宗衍。

　　他真庆幸对方没有一上来就用中文吼一句"父神"，不然他的脸真不知道往哪里搁。

　　"干吗？"宗衍一脸怀疑，语气不善。

他觉得现在的情况有些令人摸不着头脑。因为那张阿撒索（分身）设定卡，这些审判者似乎把他当成自己人了。

本来他想搬回筒子楼住的，结果第二天放学的时候就被奈亚"挟持"去了距离学校不远的一栋独栋别墅。据说那栋小洋房是莎布名下的资产之一。从此，他被迫开启了和高维度生物的合住生活。

但宗衍肯定不能说变身为阿撒索是他的能力，他还不想被审判者们抓起来研究，所以在确定这三位大佬暂时没有想要搞破坏和要他命后，只好捏着鼻子认了。

平白无故多了三个高维度生物"儿子"，亏吗？不亏呀。

合住就合住吧，反正连密大都漏得跟筛子一样，他住哪里都一样。就是这三位高维度生物的态度都很诡异，其中当数奈亚最为奇怪，因为他太热情了。

奈亚对宗衍的戒备置若罔闻，露出一个爽朗的笑容，道："父神，我们得去密大一趟。"

"去密大干吗？"

"不知道。"奈亚耸了耸肩，道，"塔维尔说的。"

仿佛是应了奈亚这句话一般，下一刻，宗衍的手机就发出"叮"的一声响。他拿起来一看，正好看到密大 APP 推送的消息。

消息显示，这天密大将会在其礼堂召开一场面对神秘界全体的会议。

宗衍虽然算是准君主，但他还是个学生，没资格参与神秘界的高层会议，但推送消息上显示宗衍是特殊原因才受邀参加的。

想起之前江州的灾难，宗衍内心有些没底。

宗衍收起手机，算了一下时间。清阳学院有两个半小时的午餐加午休时间，住校的同学都会回宿舍小憩一会儿，不住校的同学有的聚在教室里打游戏，有的去图书馆看书，有的去操场打篮球，也有趴在课桌上休息或者继续刷题的。

两个小时往返密大一趟恐怕来不及，他得去请个假。

"我要去请假，你还跟在我后面干吗？"宗衍想去一趟老师办公室，忽然看见奈亚还双手揣兜地跟在他背后。

"父神去哪儿，我就去哪儿。"奈亚的眼神格外无辜，"我可以帮父神迷惑人类,这一套我最拿手了,绝对不会留下任何后遗症。"

能不拿手吗?毕竟是最喜欢和人类"玩耍"的奈亚。

马上就要到九月底了,十月初就是清阳学院举办校庆暨运动会的日子。

今年是"整十"校庆,也算值得纪念,学校早早地将任务下发到了各个社团部门,学生们已经开始布置了。特别是午休时间和下午放学后,不少社团都成群结队地聚在一起。

正是因为这件事,篮球场也要被改造成校庆用地,篮球部的训练只能挪到篮球馆去。但篮球馆中午的时候不对外开放,只能在放学后使用,以前中午打球的学生现在只好被迫坐在教室里联机打游戏。

"叶哥,你看,那是不是宗衍那小子?"三(3)班的教室里,扒在窗台上的同学眼尖地看到宗衍往校外走去。

"什么?"听到宗衍的名字,叶景明把手机一扔,迅速扒着窗台去看。

最近学校在选拔新年典礼的演出人员,每年都有不少学生挤破头想参加,毕竟被选上后除了额外能加十分可观的学分,还能认识不少自主招生学校的导师,甚至市电视台还会全程转播。

三(3)班负责拟定演出名单的是班长夏可妍,同时夏可妍也是清阳学院书法社的社长,他们社有一个演出节目,需要请一些群演。当群演没什么门槛,只要上台就能蹭到学分。叶景明知道此事后一直蠢蠢欲动,当然,他也是醉翁之意不在酒。不料夏可妍邀请了宗衍。

叶景明炸毛了,他的小跟班都想趁机收拾一下宗衍,好跟他邀功。

"还真是这小子,他没事中午出学校干吗?"叶景明拿出桌肚里的望远镜,紧紧盯着下面那道人影。

除了放学的时候,其余时候学校都是封闭的,走读生也不能随意进出校门。

"你们说他会不会是翻墙出去的?走,我们去打个小报告。"叶景明道。

他们挤在窗边叽叽喳喳地商量对策。忽然,其中一个跟班惊呼:"那辆车好帅!"

一辆黑金色的跑车缓缓停在了清阳学院门口,引来无数人围观。

"我记得这个系列的跑车全国不到十辆。"另一个跟班说道。

不少男生都爱车，也经常买汽车类杂志看。这流线型的车身和鸥翼式车门，一看就是顶级跑车的标配。接下来，他们眼睁睁地看着宗衍上了那辆跑车。

车子发动，瞬间就消失在他们的视野中。

车里放着著名的探戈舞曲，小提琴琴弓从弦上刷过，带起一阵悠扬的旋律。

这些高维度生物还挺会享受。宗衍边想边默默地看着戴着墨镜的莎布抢在绿灯最后一秒上了高架桥。

"小陛下饿了吗？"莎布侧了侧头，唇角还带着一丝蛊惑的弧度。

"好好开车。"奈亚冷笑一声，插话道，并在驾驶座和副驾驶座之间撕开一条空间裂缝。

本来这辆跑车只能容纳两个人，奈何在场除了宗衍，其他两个都不算人。

宗衍觉得有点儿困，于是闭上了眼睛。

他现在已经破罐子破摔了，反正高维度生物要对他动手，他也打不过，不如开开心心过好每一天。

莎布也呵呵一笑，回奈亚："我在和父神说话，你再插嘴，我就把你扔下车。"

"你试试呀。我在地球可不受到三维空间的压制，万一把地球毁灭了，你看父神会不会打死你。"

"打死我？"莎布重复了一遍，笑道，"那我可是期待得很。"

等他们吵完，回头一看，宗衍已经睡着了。

回溯时间带给他的消耗太大，这几天他的精神都不太好，以至于他身处高维度生物的窝都能睡着。

这一次密大召开的会议，龙组的高层几乎都到了。他们讨论的主题只有一个，那就是关于"群星归位之时"和江州最近的异动。

因为没吃午饭，宗衍进密大之前，在庙宇外随便吃了点儿东西。

这座庙宇是江州著名的景点之一，因为这些年旅游业的开发，周边彻底商业化了，江州本地人是绝对不会来这里吃小吃的，毕竟这里的东西又贵又不好吃，不仅遭到了宗衍的嫌弃，还遭到了奈亚和莎布的一致鄙夷。

宗衍在内心吐槽：高维度生物居然也好口腹之欲？！

"人类屈指可数的优点里，除贪婪、虚伪、罪恶、阴险以外，就只有烹饪的食物味道还不错了。"奈亚十分中肯地点评道，"宇宙这么多种族的食物，人类的食物可以排在前三位。"

原来在高维度生物的世界观里，贪婪、虚伪、罪恶、阴险都是赞美的词汇？

吃完午餐后，宗衍心惊胆战地带着两位高维度生物穿过了真理之门，进入密大。

尴尬，首席亲自带队让敌人混进学校，这要是被抓到了，肯定得被劝退。最让人感到绝望的是，密大里还不止一位高维度生物。

莎布和奈亚知道犹格有个当上了占星术教授的化身后，也给自己搞了个化身。宗衍不知道他们的化身是什么，反正都能毫无阻碍地混进密大，不禁让人对神秘界的未来感到担忧。

他们到的时候，离会议开始还有一段时间，宗衍就去见了一下奥德华和王可鸣。

至于奈亚和莎布，早就轻车熟路地摸到了密大内部。看样子他们好像都不是第一次来，简直令人细思极恐。

"衍哥，最近我们真是要疯了。"王可鸣肉眼可见地瘦了一圈，脸上还挂上了黑眼圈，宗衍差点儿没认出他来。

"怎么了？"宗衍问道。

王可鸣这家伙有多喜欢吃，宗衍自然知道得清清楚楚，所以看到他这副模样才感觉不可思议。

"整个密人都进入了戒备状态。"奥德华手里拿着一摞厚重的书，也有些精神不振，"我们的课程全被换成密纹学和生物学了。"

"嘶——"宗衍倒抽了一口气。

密大就三门必修课：炼金术、密纹学和生物学，这三门课的考核比其他课难了数倍，特别是密纹学和炼金术。教授上课时教的知识点不过五成，剩下的五成都需要学生自己看书理解并且计算推演，这间接造成了作业量的翻倍。

本来密纹学布置的课后作业就多，新手画一个密纹需要耗费极长的时间，更别说现在全都是密纹学课了。宗衍完全可以想象那是一幅怎样的场景。

"辛苦你们了。"他怜悯地说道。

"衍哥,你是首席,首席可以向尖顶议会提交议案,减轻一下我们的压力。"王可鸣哭丧着一张脸,"谁会想到上个大学竟然这么累呀。我不行了,我从来没有受过这种委屈。"

小胖子以前读书时压力不大,没想到现在苦不堪言。

"身为你的老大,我不能这么不负责任。"宗衍意味深长地拍了拍王可鸣的肩膀。

王可鸣不知道,宗衍可是清楚得很。群星归位之时即将到来,现在是异种活动最频繁的时候。之前罗斯猎犬降临的时候,资深调查员尚且没什么还手之力,更何况这些还在上学的学生。宗衍巴不得他的朋友们多学点儿保命的手段,又怎么可能会帮他们去提交申请呢。

"也好,我们学习进度快了,也能趁早接调查实践任务。"奥德华倒是沉稳很多,任性的小王子在学习态度上端正得没得说,"塔维尔教授好像在看你。对了,他是不是你的导师?"

宗衍回过头,远远地就看到塔维尔朝他看来。

强行上位的导师,哼。

不过会议应该要开始了,于是宗衍朝两个小伙伴挥了挥手,往大礼堂走去。

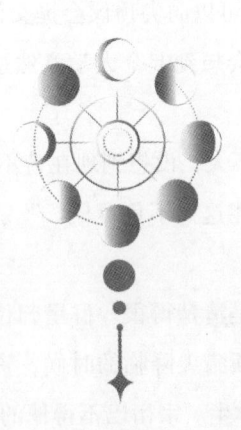

第八章·论全知全能的妙用

"这次会议的主题，是出现在江州的异动。"帕拉塞尔将炼金术星图打开，大礼堂顿时被笼罩在一片星海里。

人类已知的封印着支配者的行星在星图上面缓慢转动，它们都被标记成了醒目的红色。

"诸位应该能够看到，这些星系在逐渐回归它们应处的方位。"帕拉塞尔伸出五指，虚虚一握，那些红色的星宿就开始移动起来。

"这一束正好对准江州。根据先前得到的消息，江州的确是最先出现异动的地方。"说到这里，帕拉塞尔朝一位龙组高层遥遥颔首。

"不错。"那位龙组高层接着说道，"早在几个月前，江州就出现了星之精。在炼金法阵的防护下，这样的异种一般不会出现在人类聚居的城市里。"

想起那只被自己打死的星之精，宗衍下意识地摸了摸鼻子。

"而现在，异种的活动越来越频繁。"贺远得到示意后，边翻看手里的报告边说，"已经有好几支夜间巡逻的队伍遭到人面鼠的袭击了。众所周知，人面鼠是下级仆从种族，这就代表异种正在某种命运的指挥下变得活跃起来。塔维尔教授也为我们证实了这一点。"

众人的视线转移到站在会议室最前方的那位占星术士上，每个人心头的阴云都越发厚重。

"神秘界皆兄弟，我们会率先支援江州。"尖顶议会团的代表率先表明了自己的态度，"APP上会定期发布悬赏任务，不管如何，一定要遏制事态的恶化。"

不少调查员都是赏金制，如果发布悬赏任务，的确能在很大程度上减轻龙组的压力。

"好。"龙组这边答应得也很爽快,"赏金由我们负责,我们缺少有探查能力的人才。"

毕竟是特殊作战队,在打架这方面,龙组的确不含糊,即使是从密大毕业的觉醒者,加入龙组后也需要经历一到两年的地狱式训练。

平日里异种没这么猖狂的时候,龙组成员会被派到世界各地进行维护或者执行机密任务,要求自然也高。这么一来,他们的探查能力在毕业后就全部还给密大的教授们了。

"可以。"三方很快就达成了协议,异口同声道。

之后,贺远看到了宗衍,抽空过来打了个招呼:"小君主,你也来了。"随后又继续和旁边的对接人一起核对名单。

对着对着,贺远忽然想起一件事情,问宗衍:"对了,身体好些了吗?"

前几天宗衍给他打电话,他本来打算去清阳学院看看的。但因为上头安排的事情比较紧急,他被绊住了脚,一直忙到晚上才给宗衍回了个电话。不过宗衍却说自己没事了,只是因为三年级学习压力太大,所以产生了幻觉。

"好些了。"宗衍挠了挠头,看上去有些不好意思。

帕拉塞尔正好将登记本放到桌上,见到宗衍,便招招手示意宗衍过去,问道:"我记得你这个学期办理了暂时休学,地点是在江州吗?"

宗衍回道:"是的,阁下。"

帕拉塞尔顿了一下,将一个吊坠递给了他,道:"你的灵感能力很强,这在异种眼里就像光源,而灵感能力越强,就越显眼,他们会源源不断地朝你进攻。这个吊坠有一定的防护能力,一定不要离身。其实,如果方便,在这样紧急的时候,我建议你最好还是继续在密大就读。"

宗衍接过吊坠,立刻感觉到有一道强烈到无法忽视的视线落在了自己的后背。他委婉地拒绝了帕拉塞尔的建议,道:"抱歉,阁下。结业考试对我来说十分重要,我不能放弃它。"

"好吧,那你一定要注意安全。"帕拉塞尔说,"也许你自己不是很了解,但是在整个神秘界,你是有史以来唯一一个没有经历过二次觉醒就成了君主级的人。如果非要形容你的天赋，那你也许能成为神秘界的阿尔伯特。你拥有划时代的能力。"

"嗯？谁叫我？"正在门口和艾萨克及查尔斯聊天的白发老爷爷回过头来。

"抱歉，阿尔伯特先生，我们只是拿您打个比方。"帕拉塞尔笑着摆了摆手，郑重地对宗衍说，"记住，一定要保护好自己。哦，对了。第七君主塔维尔阁下似乎有意栽培你，你在江州上学的这段时间，他会作为导师，负责你的安全问题。"

宗衍：……

"好了，我要说的就这么多了。"帕拉塞尔叹了一口气，接着道，"永远不要忘记校训，有时候，危险一直都潜伏在我们的身边。"

有那么一瞬间，宗衍以为对方知道了些什么，但帕拉塞尔只是将手指放到嘴唇上，做出一个嘘声的动作，然后揉了揉他的头，转身继续和等待在一旁的尖顶议会团成员沟通。

"这就是那个一觉醒就是君主级的孩子吗？"议会团的代表是一个戴着单片眼镜的老人，他眯着眼睛看了一会儿宗衍的背影，这才悄声和帕拉塞尔沟通。

"是呀，还是个孩子呢。"帕拉塞尔笑了笑，道，"真好奇他能成长到怎样的地步。"

老人感慨道："您见证了我从一个朝气蓬勃的少年变成白发苍苍的老头儿，这个孩子也会如您所愿的。"

"希望吧。"帕拉塞尔笑了笑，棕色的眼眸看起来幽深无比。

密大的紧急会议结束后，宗衍再度投入紧张的复习中。

那个紧急会议跟他的关系不大，要是以前，他还会注意一下，但是现在他身边群"神"环伺，基本不用担心人身安全。

所以，最重要的果然还是结业考试，他一个三年级学生，不应该关注这些事情。

班主任天天在讲台上循循善诱，说："大家在复习的时候一定要用心，很多物理、数学只能考二三十分的同学，如果复习时用心听讲，在接下来的考试中很可能会逆袭。特别是偏科的同学,一定要铭记复习的重要性。

"说了你们别不放在心上,我不知道带了多少届学生,也见过吊车尾的学生逆袭到第一名。文科比较难,但是理科班的同学思维普遍活跃。有一些同学,复习着复习着就忽然开窍了。前年我们清阳学院就出了一位从年纪吊车尾逆袭到全省理科前十名的学生。大家都不要放弃希望。"

"马上就要小考了,明天好好复习一天,别老惦记着运动会和校庆。后天和大后天就是小考。学习上还有问题的,考完我会找你们单独谈话。"

底下同学哀号一片。

班主任继续道:"等到开家长会的时候,我会把你们这一次的小考成绩会和一考成绩一起给你们家长看。"

宗衍撑着头听讲,有些犯困。

宗衍是那种不太能够熬夜的体质,如果晚上写作业时偷懒,从而导致睡眠不足,第二天他人都是蒙的。

说到这里,不得不提一下他和审判者们合住的生活,那实在是太刺激了。

每天早上宗衍都会被奈亚的化身之一"夜魔"叫醒。夜魔极度厌恶光明,只会出现在黑暗里。

人类晚上睡觉时会熄灯,这个时候奈亚就会摸到他的房间来——由于这家伙化身太多,宗衍一般都把他们统称为"奈亚";对犹格和莎布,他也是直呼其名。

虽说奈亚总会在宗衍熄灯后去骚扰他,但由于宗衍每天写作业都写到很晚,一沾枕头就睡了,根本没有时间理对方。

第一次被奈亚叫起床时,宗衍差点儿被吓得当场变身为流云之翼,好在后面慢慢习惯了。反正他也拦不住,还能怎么办呢?而且奈亚的叫起床服务十分有效。

"父神,该醒了。"奈亚在进入宗衍的房间后说道。

宗衍没有回应,他把自己裹成一条蚕蛹,脸埋到被子里,一头黑发乱得像是鸡窝。

奈亚蹑手蹑脚地绕过床沿,悄悄靠近,道:"如果父神不想起床,可以让犹格把时间暂停两个小时。"

　　这种事情他们也不是第一次干了,上次宗衍写作业写到半夜,实在太困了,就把笔一扔,睡着了,没想到第二天起床后他竟然没感觉到困。其实就是犹格把整个三维世界的时间停止了几个小时,独独让宗衍的时间流动,给了他充分的睡眠时间。

　　宗衍眼睛睁开一条缝——拜守夜人设定卡所赐,他现在夜视能力变得格外好,所以能清清楚楚地看到空中那只裂成三瓣的火红的不祥之眸。

　　这家伙还试图靠近他,堪称惊悚片现场。

　　夜魔是奈亚化身里代表纯粹恶意的那个,他的外貌也十分符合高维度生物的审美,反正就是非人形。试问谁一大早看到这样的景象心里不犯怵?

　　"你出去,我已经醒了!"宗衍裹着被子,"噌"地一下从床上坐了起来,以迅雷不及掩耳之势打开了摆在一旁的台灯。

　　夜魔在宗衍开灯的刹那就缩到了黑暗里。

　　穿好衣服后,宗衍看了一眼时间,将前一晚做的作业收拾好,背上书包冲下了楼。

　　这栋小别墅离清阳学院就两个街区,比筒子楼离得还近。

　　宗衍下楼的时候没有看见莎布。说实话,这样的合住生活完全超出了他的预料。平日里待在小别墅里的就只有奈亚。

　　奈亚的化身数以千万计,随便拎几个来陪宗衍一点儿问题也没有;莎布似乎很喜欢演员的化身,平日里老出席各种大型活动,宗衍常在手机推送的娱乐新闻里看到他完美无瑕的脸;犹格本来就不喜欢和人类相处,经常神出鬼没的,半点儿没有履行帕拉塞尔阁下说的保护学生的职责。

　　高维度生物很难降临低维空间,因为一不小心就会造成空间崩溃。奈亚是"惯犯",他的化身可以在母星上自由行走,其他两位就要稍微注意一点儿了。

　　小别墅的一楼堆满了游戏机,那些都是奈亚的私藏,其中一大半都是战争类和恐怖类游戏,三楼则全是书和不知名的古董,据说是追随者献给犹格的。

　　宗衍绕过那些游戏机,打开冰箱拿出一袋面包,然后煎了个鸡蛋夹在里面,就急匆匆地换鞋子准备出门。

结果他一出门就看到门口站着一道身影，差点儿噎住。更加惊悚的是，对方还朝他抬了抬下颚，伸了只手过来，面无表情地说："走吧。"

宗衍还没伸手，手腕就被抓住了，下一秒，周遭的景色瞬间变换，从别墅周围鸟语花香的小花园变成清阳学院的大门口。

学生和老师来来往往，没有一个人发现忽然出现的二人。

"我很不习惯……"宗衍欲言又止，最后还是坦诚道，"我更喜欢一个人生活。"

虽然这几天三位高维度生物对他的态度不错，但他还是没有迷失自我。哪怕性命得到了保障，他也总感觉有什么地方不太对。

"而且我也不是你们的父神。"宗衍摊了摊手，一脸风轻云淡，似乎并不知道自己说了多么惊世骇俗的话。

犹格眯了眯眼，意味深长地说："你现在确实不是。"

阿撒索的意识对于高维度生物来说有着什么样的意义，他们心知肚明。如果阿撒索的意识出现在母星的事情被曝光，估计下一刻这里就会成为高维度生物们的第二个老窝。

宇宙之主诞生了第一道意识，可能会出现两种情况。

第一种，这道意识被同化并合并，最后同阿撒索一齐沉眠；第二种，让阿撒索苏醒，成为真正的宇宙之主。

但不管怎么样，宗衍这道意识分身最后都会回归于阿撒索的主意识。

犹格的眼神太过犀利，以至于让宗衍生出一股战栗感。

"我记得你今天要小考。"就在宗衍等待回复的时候，犹格忽然说道。

宗衍：……

哪壶不开提哪壶，他这天的确要小考。

第一天上午考语文，下午考数学；第二天上午考英语，下午考理综。

对于三年级学生来说，清阳学院已经算是比较仁慈的了。其他学校的三年级还会进行周考，清阳学院只会在每个月组织一次小考。

这也是上三年级后第一次小考，其重要程度不言而喻，宗衍一点儿也不想被叫去单独谈话。

其实不少三年级学生都盼着这次小考，因为考完后老师要花几天时间改卷，趁着这个时间，清阳学院将连着三天举办校庆暨运动会，算是三年级学生最后的放纵时间。

看宗衍急匆匆地背着书包消失在学校门口，犹格顿了一下。

他最近神出鬼没的原因是他到"过去"逛了几圈，借助别人的视角观看了一下宗衍的成长过程。

要是放在以前，高高在上的犹格怎么可能去关注一个蝼蚁的过去，宗衍的过去实在太普通了。

犹格将宗衍从出生至今的生活观看了一遍，愣是没能找出多少异常的地方。就连宗衍自以为厉害的设定卡，在审判者眼里也算不得什么。

宗衍不清楚，作为门之匙的犹格难道会不清楚吗？

宗衍抽卡片的空间连通着幻梦境，幻梦境本来就是一个十分神奇的地方。在那里，人类的所有妄想都能够成真，前提是要遵循幻梦境的规则并且拥有足够多的执念。而宗衍能直接从幻梦境里抽卡，只能说明他的确是阿撒索的意识分身。

宗衍的一切在高维度生物眼里都普通无比，除了三个月前发生的那件事情——身处三维空间的宗衍，其意识去到了宇宙之外，与宇宙之主阿撒索的意识相连了。

犹格敛下眉眼，跟着人流一起走进了清阳学院。

接下来的两天宗衍宛如身处地狱。他终于结束了魔鬼般的小考，浑身轻松，哼着歌走在回家的路上。

密大 APP 上面最近发布的关于异种的消息越来越多了，江州出现了十几起不同异种造成的事故，其中不乏一些 C 级异种。

宗衍翻看着那些消息，有一种恍若隔世的感觉。

谁能想到一个普普通通的学生私底下竟有一个神秘无比的首席身份呢？当然，大家也不会想到，密大的首席刚刚小考的时候，物理大题居然只写了个公式。

有时候，宗衍真的很讨厌犹格的全知全能，例如——

宗衍刚进家门，就看见犹格朝他看过来，眼神里还带着不加掩饰的嫌弃。

宗衍一脸警惕地问："干吗？"

"你这次物理只考了35分。"犹格慢悠悠地说。

宗衍想一拳打过去！

就算是高维度生物，也不能在刚刚结束了地狱级考试的学生面前说出这种话！更加可恶的是，不知道为什么，宗衍居然还从犹格的眼里看出些不满。

宗衍心想：神经病啊！你在不满个什么劲儿！我物理考35分怎么了？！

"哦。"宗衍瞪了他一眼，道，"这个成绩比起上次还是有进步的。"

"进步？"犹格冷冷地说，"你二年级的二考考了32分，确实有进步。"

"3分不是进步是什么？"宗衍梗着脖子反驳，"你的全知全能就是用在这个上面的吗？那伟大的时间与空间之主，不如赐我一点儿微不足道的人类物理学知识，好让我下次拿个满分。"

自从奶奶去世后，宗衍已经很久没有感受过"公开处刑"了，所以他也没有想着进步，这才导致了如今的下场。

犹格勾了勾嘴角，道："也不是不可以。但上次奈亚想这么尝试，然后他就被你按进墙壁里了。"

宗衍满脸疑惑，心想：我怎么不知道自己这么厉害呢？

"如果你愿意为我开放大脑……"犹格压低声线道，"我当然可以赋予您永恒的知识，小陛下。"

宗衍能够看到那双金眸里闪烁的幽光，不知道为什么，他想起了自己上次躺在梦境里看到的天空。

天空将一切光线都吸收了，唯独留下闪烁着的繁星。

宗衍很喜欢星星，夜晚星星会陪着他入睡。一个人走夜路的时候也不会害怕，因为星星会为他指明道路。

犹格的眼睛就像被洒上了一把星星，他勾起的嘴角带着蛊惑，让人甘愿沉沦，溺毙在他编织的虚幻梦境里。

可是他为什么会在对方的眼睛里看到星星呢？宗衍恍惚间想到了这个问题，顿时如同被浇了一盆冷水般清醒过来。

"你干了什么？你是不是想精神控制我？"他"噔噔噔"地后退两步，站到拐角处，警惕地看着犹格，书包都被扔到了地上。

"我没有。"犹格十分无辜地说，"你不要长时间直视我的眼睛。眼睛是高维度生物的化身和本体连通的唯一渠道，如果长时间注视，会迷失自己。"用人类的话说，会陷入永久的疯狂。

"不过，如果您会迷失，就说明我的本体让您十分满意。"犹格说着忽然站了起来，白色的长袍拖到地上，看上去十分圣洁，他问，"您看到我的本体了吗？"

"我呸！"宗衍气得满脸通红，不过声音有些有气无力，因为他刚刚的确感受到了瞬间的绚烂，他理直气壮且虚张声势地说，"我才没看到呢。"

《湮灭之书》上虽然记载了很多东西，但作者毕竟是个人类，人类是不可能知道高维度生物的本体长什么样的。

"是吗？十分遗憾，如果您想看，我随时可以带您去看我的本体。"犹格充耳未闻，继续朝宗衍走过去，极具压迫感。

"虽说父神是盲目痴愚之主，但是作为知识的守护人，我不希望你以后变得那样愚蠢。"犹格十分诚恳地说，"哪怕是奈亚，顶多也只是偶尔犯傻。"

你这么说你的父神真的好吗？宗衍感到十分无力，但阿撒索的愚蠢已经刻入了三柱原核的脑海里，当初莎布看到宗衍反应很灵活的时候还一脸"这真的是我宣誓效忠的父神吗"的表情。

至于奈亚……虽然奈亚平时表现出来的态度极具迷惑性，但是在这三位高维度生物里，宗衍最戒备的就是他。

毕竟其他两位都不怎么来地球，莎布也是近两年才迷上了偶像游戏，犹格就更别说了。而奈亚，他在人类的历史上可是劣迹斑斑。

"有时间你可以来找我补课。"犹格慢条斯理地整理了一下自己的袖口，道，"这是我身为导师的职责。没有我教不会的学生。"

呵，现在想起来你是导师啦？宗衍在心里吐槽。但不得不说，这个提议很让人心动。

对方可是知识的掌控者，门之主、门之扉、门之匙，三位一体，全知全能的存在，这样的补课老师，花多少钱都请不到。唯一的弊端就是对方是高维度生物。

确实没有犹格教不会的学生，只有脑袋被撑爆的追随者。如果他发现宗衍在物理这一门上就是个榆木脑袋，保不定宗衍也会品尝一下脑袋被撑爆的滋味。

"谢谢，不用了，我觉得自学挺好的。"宗衍十分诚恳地拒绝了这个建议。

物理不好顶多考不上 Q 大，命没了就真的没了。

保命要紧。

虽然被提前"剧透"了物理成绩让宗衍十分不爽，但好在紧张的校园生活终于迎来了一点儿新意——运动会和校庆，这也是属于三年级学生为数不多的放纵时刻了。

即使这样，老师依然耳提面命，让大家不要玩得太过，免得回归学习时收不了心。

"苦就苦一年，等这一年过去了，你们大学想怎么玩就怎么玩。"各科老师苦口婆心地说，"为了帮助同学们收心，运动会期间，之前布置的卷子还得做。小考的标准答案也发下去了，你们记得对一下答案，等校庆过了，上课时我们再细讲。"

下课的时候，班长夏可妍带着两三个学生干部在讲台上汇报情况："由于上三年级了，所以我们这次没有展示摊位的名额了。根据清阳学院的规矩，每一届三年级学生在校庆上的保留项目都是 Cosplay（角色扮演）。

"校庆会持续一天，上午和下午都是摊位展示，晚上操场上会有灯会展，西面的教学楼今年会布置成情景鬼屋。三年级的 Cosplay 主题属于流动项目，只需要穿上所扮演的角色的服装，并且全程符合人物设定就行。

"Cosplay 的角色不限定，可以是动漫角色，也可以是影视剧里的角色，还可以穿古装、制服或者洛丽塔。我待会儿拿着花名册一个个登记，大家可以尽情发挥想象。记得到时候在校庆上不要玩得太疯。晚上还有一个篝火晚会，所有三年级学生都得上去合影留念。"

三年级学生负责 Cosplay，给校庆当吉祥物，这也是清阳学院的老规矩了，毕竟他们没有那么多时间准备道具。校庆的时候，很多学弟学妹或者外校的人都会来和他们合影，也算是毕业前的留念。

夏可妍继续道："接下来就是运动会，这一次运动会也是我们三年求学生涯里最后一次运动会。名次是其次，最重要的是大家玩得开心。"

这次运动会，宗衍又报了三千米长跑和八百米长跑两个项目。前两年，这两个项目的金牌都被他包揽了。至于校庆的Cosplay，那更简单。早在一年级的时候宗衍就想好自己要扮演什么角色了。

"宗同学，我过来登记一下你要扮演的角色。"课后，夏可妍拿着本子走到宗衍桌前。

"哦，好。"宗衍挠了一下头，接过花名册，将自己要扮演的角色写在上面。

"对了。"夏可妍看着他写完，捏着裙角的手收紧了两分，道，"关于新年典礼的演出，你有什么特长吗？我可以编进节目里。"

"特长？"宗衍停下笔思考。

为着新年典礼的事情，前几天夏可妍找过他。夏可妍他们社团的节目会以情景剧的形式呈现，内容是关于书法家和诗人的。宗衍在里面扮演一位历史上赫赫有名的诗人，穿着古装露个面就行。

上学期，宗衍被警察从班级里带出去的时候，夏可妍帮他说过话，他当然不好意思不卖这个人情，于是就答应了。反正他也不亏。

"也不一定需要特长，没有也没关系。"夏可妍的声音很轻，眉眼低敛的模样有种岁月静好的感觉。

"一定要说的话……有。"宗衍有些犹豫地说，"我会一些乐器，古筝、琵琶、长笛都可以。"

他本来是没有特长的，但是托哈斯的福，现在随便给他塞个乐器，他都能来上一段。当然，也只是来上一段，并非精通。

"那就长笛吧，感觉更符合你所扮演的诗人的人物设定。"夏可妍点点头，拿起花名册走了。

宗衍坐在座位上思考。他觉得自己可以买一根长笛回来好好练习一下。可惜这件事情在放学后就被宗衍抛诸脑后了。

他不知道，这件被他意外忽视的小事，在未来会造成怎样的轰动。

众所周知，宇宙之主阿撒索最擅长吹奏长笛，听到他笛声的智慧生物，除了高维度生物，下场都只有一个……

为期两天的运动会进行得十分顺利。虽然大家嘴上说着"哎呀，都三年级啦，运动会什么的尽力就好，开心最重要，友谊第一，比赛第二"，但是真到比赛的时候，就数三年级学生"厮杀"得最为惨烈。

毕竟都要毕业了，运动会大概是最后一个能获得团体性奖项的活动，各个班级为了拿到运动会总分第一，都铆足了劲儿。最后，由于三(3)班战斗力极强，他们不负众望地将总分第一收入囊中。

"大家都辛苦了。"看着张贴在班级最后面的新奖状，班主任率先鼓起了掌，"上次大家交的班费还有剩余，加上这次运动会学校给班级的拨款，大家周末可以去搞个活动聚一聚。"

等班主任走后，班干部们商量起了这次运动会奖金的分配：

"关于线下活动的地点，大家有什么提议吗？"

"去 KTV 唱歌，或者玩密室逃脱吧。"有同学叽叽喳喳地提议，"要么包个别墅一起去玩一天也行。"

想要用有限的经费找到合适的线下活动的地点是一件难事。有人立刻反驳道："每次线下聚会都去 KTV，多没意思呀。"

"就是，二年级的时候我们去玩的那个密室逃脱也没意思，不能全班一起玩的话，算什么线下聚会！"

"包别墅也没意思。上次男生聚会我们就是去叶哥家的别墅烧烤，包的别墅肯定没叶哥家的别墅好玩，我们那时还在叶哥家的游泳池里游泳呢。"

"对呀，对呀！"

一年级的时候叶景明就会定期组织班上的男生聚会。只是宗衍平日里沉默寡言，再加上叶景明一直看他不顺眼，就故意没邀请他。

后来，叶景明的小团体越来越大，还拉了其他班和其他年级的人一起聚会，清阳学院很多男生都以混进这个圈子为荣，那就更没宗衍的事了。

被几个小跟班一吹捧，叶景明顿时飘了，道："我倒有个好建议。"

在他说出这话后，夏可妍也看了过去，这让他更激动了，继续道："都三年级了，大家都成年了吧？"

三年级学生基本上成年了，只有少部分学生生日在下半年，例如宗衍。

"成年？叶哥，你不会是想……"小弟立刻会意，挤眉弄眼地露出一个坏笑。

"对，不如我们去酒吧玩玩？我看劳伦斯酒吧就不错。"叶景明痞里痞气地往墙边一靠，故意摆了个造型。

劳伦斯酒吧是江州数一数二的酒吧，平日里出入的都是上流人士。

其余的同学窃窃私语：

"啊？酒吧？"

"这不太好吧，我们还都是学生。"

"而且以我们的班费，估计去不了。"

"对呀，再说了，酒吧不是很乱吗？"

不少女生也在担心这个问题，夏可妍更是带头露出不赞同的表情，道："如果是清吧，倒是可以考虑，但是劳伦斯还是算了吧。"

"这个不是问题。"叶景明一拍胸脯，道，"如果大家都愿意去，我可以联系老板定个包间。我们只在包间玩，不去外场。"

这倒是个好办法，同学们闻言开始犹豫起来。

"劳伦斯我经常去，他们那里消费高，还是会员制，一点儿都不乱。"叶景明再接再厉，"班费不够的话就记在我账上，算我请大家的。都三年级了，以后很难有机会再聚，趁着大家还在学校，给彼此都留下一点儿深刻回忆，挺好的。"

叶景明话都说到这份儿上了，众人觉得再拒绝也不太好。

"那就举手表决吧。"夏可妍叹了一口气，道，"支持去酒吧的同学请举手。"

教室里齐刷刷地竖起一片"森林"，除了坐在座位上假寐的宗衍。

夏可妍道："那就这么决定了，时间定在一考后吧。"

于是这件事情就这么被定了下来。

运动会过后紧接着就是校庆。运动会被安排在周四和周五，校庆则是周六。

周六这天，宗衍起床后，先给左眼戴了一片红色的美瞳，又拿发胶固定了一下头发，然后便出门去买菜了。

没错，买菜。毕竟整个家里就他一个人需要正常进食，他得去买一些面包、鸡蛋和芝士片。午餐他一般在学校食堂解决，晚餐则会在放学回家的路上吃。有时候，奈亚还会一边打游戏一边给写作业写到深夜的他点个外卖。当然，高维度生物是不需要付钱的。

宗衍在校庆上选择扮演的是动漫人物。而他选择这个人物的理由很简单，因为这个角色在校园里的时候穿的是校服，所以宗衍只需要套上一件修身的黑色外套，然后在头发和眼睛上下点儿工夫就行了。

明眼人都看得出来他在敷衍。

不过 Cosplay 本来就是为了好玩，清阳学院对三年级学生的要求也没有那么高。

其实还有更偷懒的角色，那个角色的服装和清阳学院的校服十分相似，但宗衍觉得影响不太好，便放弃了。

为了给自己补补脑，宗衍在菜市场买了只鸽子准备回去炖汤喝。一个人生活就是这点好，自由且随性。

他回家后把菜放进冰箱，又写了会儿作业，这才回到房间，轻车熟路地打开密大 APP。

宗衍最近消费都是刷贺远给他的那张卡。那张卡里的钱是龙组给他申请的，另一张卡则是司彦给他的。

他去银行查了一下，开户名是司彦，估计是张副卡，他还怪不好意思的。每个月龙组大概会往卡里打五千块钱，这个数目对于宗衍来说已经算是一笔巨款了，但一直用龙组拨的款也不是事儿。

宗衍是个自尊心很强的人，这点从他之前一直靠翻译而不是靠超能力赚生活费就能看出来。如果可以，他更想用自己赚的钱。

而且龙组已经帮了他很多，不仅是生活上，还有其他方面，所以他也想回馈一下龙组。

没错，宗衍最近在偷偷观察神秘界的动向，毕竟能者多劳，就是得小心谨慎。

因为知道他快结业考试了，奥德华和王可鸣现在都很少在他们的群里提及这些事情，不过宗衍每天写完作业或者课余时间，都会掏出手机刷一下密大的论坛。

江州如今的局势实在称不上好。调查员已经在这里发现了不少下级异种活动的迹象，包括人面鼠和星之精。

由于异种出没频繁，最近江州经常会出现一些匪夷所思的案件，其中一些骇人听闻的案件都被政府高层压了下来，生怕引起民众的恐慌。

宗衍刚刚去超市，经过广场的时候都看到了佩戴密大徽章的调查员，这也说明尖顶议会已经开始召集全球调查员前往这座城市处理神秘事件了，APP上的赏金任务更是数不胜数。

由于密大APP是实名制认证，宗衍登记时写的是"密大在读学生"，所以APP上很多高等级的赏金任务他都看不到，只能接一些低等级任务。不过这倒难不住他。

他掏出占星师的卡片并捏碎，下一刻，流光溢彩的水晶球就出现在他掌心上方。

这张卡真的十分好用，三个小时只需要5点SAN值。

经历上次SAN值枯竭后，宗衍的SAN值从70点变成了75点。他总觉得自己如果多用几次阿撒索（分身）的设定卡，保不准哪天醒来SAN值就变成了100点。

但是那种感觉实在让人很不愿意回味。

去学校的路上，宗衍怀里的水晶球忽然振动了一下，随后星图在他的眼前展开，有一颗星星正好在清阳学院的范围。

有异种出现在了学校里！宗衍大惊失色，他把水晶球往书包里一扔，朝着学校大门狂奔而去。

要知道，这天可是校庆，在场不仅有清阳学院的学生和老师，还有不少毕业生和社会人士。这种情况下，要是出现一只异种，后果将不堪设想。哪怕是最低等的人面鼠也可能造成大面积伤亡。

宗衍内心焦急无比，撞到了人也没有注意。

"喂！"同样扮成动漫角色的叶景明跟跄两步，怒目而视，"这小子要去哪里？"

叶景明说完一挥手，招呼小跟班过来，道："这小子该不会是干了什么不可告人的事情吧？走，兄弟们，一起去看看。"

宗衍行色匆匆，自然没有注意到有人跟在他背后。他提着书包，大拇指悄悄触碰包里的水晶球，以便能随时感知到异种的方位。

他这天特地在家里写了会儿作业才来，现在已经快到傍晚了，灯会马上就要开始了。

校庆白天学校里基本上都是本校学生，市民大多是来参加晚场的，晚上不仅有灯会，还有用一栋教学楼布置的鬼屋。大家愿意买票进去玩，热闹得很。

宗衍艰难地在人流里穿行，以龟速靠近占星师算出的地点。

"啊，那是三年级的宗衍学长吗？"有不少学弟学妹看到了在人群里格格不入的宗衍，纷纷兴奋地上前合影。

校庆可是一个和三年级的学长学姐合影的绝佳机会，之前清阳学院的论坛上就有不少学妹说想去堵宗衍，大家还纷纷猜测宗衍会扮演什么角色。

都是一个学校的，宗衍也不好拒绝，只能转过身跟大家合影。结果没想到围在他身边的人越来越多，动静越闹越大。那些学妹甚至还自发地排成长队依次和他合影。

宗衍面无表情，内心却急得不行。

虽然明眼人都能看得出宗衍的敷衍，但奈何他太好看了，学妹们并不想放弃合影的机会。

另一头，追着宗衍而来的叶景明一行人则在一旁咬牙切齿。小跟班有些胆战心惊地观察着叶景明的脸色。

他们之前百般试探，才从夏可妍的闺密口中得知夏可妍将在校庆扮演的动漫角色，叶景明这天的装扮也是为了跟夏可妍相配。结果这天夏可妍来学校的时候，大家却发现她扮演的角色竟然和宗衍扮演的角色是一部动漫里的。

叶景明握紧了拳头，心里满是不甘。

夏可妍和他算是一块儿长大的，不过由于种种原因，之前对方一直都把他当弟弟看待，又由于二人家境相差颇远，所以他不敢表现出自己的心思。

在叶景明小的时候，他爸爸带他去夏可妍家拜访，姿态都是卑微恭顺的。而叶景明还在玩乐高的时候，夏可妍就已经开始背从古流传至今的经典著作了。

不知道为什么，叶景明从小就有点儿怕夏可妍，可能是因为他读小学被欺负时只有夏可妍挺身而出。长大后，叶景明也有了自己的小团体，从当初被欺负的"小可怜"变成了"恶龙"。

一年级时，夏可妍撞破他偷偷在宗衍的桌子上动手脚后，就再没主动和他说过话。偏偏她时不时和宗衍有些联系，特别是二年级的时候他们还被安排到一个学习小组。

学习小组结束后，夏可妍对他的态度就更冷淡了，他一直认为是宗衍在背后说了他坏话的缘故。

还有叶景明的这群小跟班。虽然大家平时以兄弟相称，但其实还是以他为首，毕竟大家都是看在他的家境和钱的面子上才聚过来的。

正是因为原本就不是诚心的，所以看到宗衍上了一辆限量版跑车的小跟班们私底下都开始对叶景明阳奉阴违起来。他们不愿把宗衍得罪得太狠，以防将来会有交集。

叶景明心情差得很，他看到宗衍朝学妹们做了个抱歉的手势，随后便挤出了人群，顿时也懒得再和这些吃里爬外的小跟班多说，只身朝宗衍追去。跑了几步，他才发现宗衍朝艺术楼的方向去了。

艺术楼就是那栋被装饰成鬼屋的教学楼，就连窗户都被糊上了不透光的黑纸，看起来相当诡异。

鬼屋一直是清阳学院校庆的保留项目，每个班都会选出几名代表来鬼屋里面扮鬼吓人，再加上艺术楼本来就自带恐怖元素，比如什么美术室的石膏、音乐教室里无人弹奏的钢琴等。六楼和七楼还是清阳学院国际部的生物解剖室，恐怖气息相当浓烈。

玩鬼屋的人很多，宗衍只好老老实实走到后面去排队。他内心焦急无比，因为他已经隐隐约约感觉到那个异种出现在鬼屋了。

不得不说，鬼屋是一个很好的藏身地，可是普通的异种会想到躲在鬼屋里吗？

宗衍曾在密大 APP 的调查报告里看到过一些不同寻常的异种，比如能化身为人的异种，以及有智慧的异种。

他抬头看了一眼天色，开始思忖。现在，他手头上最适合使用的卡只有一张，那就是"守夜人"。他犹豫了一下，拿出手机给贺远发了条信息。

守夜人的能力等级和人类的君主级比肩，但保险起见，还是得让龙组也做好准备。

"欢迎来到主题鬼屋，这是路线图，进入鬼屋后从左楼道一层一层上去就好。想下来的话，出口在右边。"门口的志愿者给了宗衍一份印刷的路线图，然后递过来一个手电筒，"出来的时候请记得归还手电筒。"

"谢谢。"宗衍礼貌地道了谢，转眼便消失在了入口处。

这可把后面排队的叶景明给急坏了，偏偏鬼屋还采取分流制。

"叶哥，怎么办？那小子先进去了。"随后跟来的几个小跟班道。

"急什么！进了鬼屋正好，艺术楼我们不都去过吗，到时候你们一人把守一层，一定要把这个小子给我堵住了。"叶景明"哐"了一声，开始指挥小跟班们，"到时候在群里联系。我们随便找一间空房间解决一下私人恩怨，做事隐蔽点儿。"

好不容易轮到叶景明入场，他连地图和手电筒都没拿就冲了进去。等跑到二楼的时候，他才意识到楼道里有多黑，只能听到遥远的脚步声和久久回荡的惊呼。

为了保证鬼屋气氛到位，鬼屋的工作人员都是隔五分钟才放下一个游玩者进来，严格控制每一层的人数。

叶景明回头看了一下战战兢兢地拿着手电筒的小弟，撇撇嘴，头也不回地往上跑。

鬼屋里并不是全黑的，路上还是会有一两盏灯。叶景明不怕鬼屋，他以前也没少去鬼屋玩，那几个跟班是站着进来的，现在恨不得爬着出去，只有他面不改色心不跳，手揣进兜里走完全程，轻松得就像在逛街。

他心想一定得快点儿找到宗衍那小子，然后堂堂正正地跟那小子打一架！他叶景明要让宗衍知道，他宗衍跟夏可妍不是一个世界的！

叶景明戴着白色的假发，穿着一身红衣，手里还拎着一把木刀，三步并作两步地往楼上跑，速度极快。

说实话，就凭叶景明现在的打扮，真要在鬼屋里遇到其他同学扮的鬼，指不定谁吓谁呢。

二楼原本是艺术画廊，被改造成鬼屋后，画廊上的艺术画都被暂时换成了一张张图案诡异还带着红墨水印记的画。

叶景明提着刀，看都没看那些画一眼，气冲冲地在走廊上奔跑。

在走廊微弱的光线里，叶景明好像看到一道狭长的影子一闪而过。他大喜过望，连忙跑了过去。

"宗衍，有种你就别跑！"叶景明大吼一声，追着那道黑影冲进了三楼的音乐教室。

音乐教室很黑，他依稀看到三角钢琴前坐着一个人。

叶景明越发恼火，他笃定宗衍在躲他，于是走到钢琴前，用木刀碰了碰对方，道："别躲躲藏藏的，有种你就……"

下一秒，他瞳孔收缩，下意识后退两步。一个东西砸在琴键上，发出刺耳的响声。他甚至能够看到黑白琴键上留下的黏稠血液。

不知道从哪儿吹起一股风，叶景明打了个寒战，这才惊觉自己的后背已经湿透了。他颤抖地从口袋里掏出手机，打开了手电筒功能。

他还是有理智的，毕竟他一直告诉自己这里是鬼屋。

果不其然，在手电筒亮起来的瞬间，叶景明看清了坐在钢琴前的道具上的端倪——接口处明显是塑料质感，还沾着红墨水。

"今年鬼屋是外包给了哪家公司？这道具做得也太逼真了吧！"叶景明骂骂咧咧地将道具一脚踢走，仿佛这样就能掩盖他刚才被吓到呼吸骤停的事实。

他拍了拍自己的胸口，觉得自己刚才实在太丢脸了，便道："宗衍这个小子，到底躲哪里去了，我刚刚明明看到有人走进了这间教室。"

叶景明把手机放回兜里，忽然感觉到有什么东西滴到了他的头上。他本来没有在意，但奈何那液体实在太过难闻。

"什么东西？"他皱眉道，随手抹了一下，然后缓缓抬起头。

盘踞在虚空中的触手张开了邪恶的獠牙，那是遇到猎物时才会显露的丑陋模样。

"啊——"

宗衍刚刚走到三楼就听见二楼传来尖叫声。

这一路以来，宗衍都不记得自己听到过几次尖叫了，只不过这一次的尖叫声格外惨烈，而且还有些耳熟。

其实宗衍也挺怕的，平时他是万万不敢走进鬼屋的，但这天情况特殊，他只能硬着头皮上。

他摇了摇头，转头将水晶球拿了出来，目不斜视地越过一个扮演鬼的同学。奈何对方认识他，非要缠着他合影，宗衍迫不得已，便耽搁了一下。

拍完照后，宗衍准备上五楼时又碰到一个熟人。

他思考了一下，觉得对方很可能是自己的同学，不过遗憾的是，他忘了对方的名字，只记得对方是叶景明的小跟班。

宗衍走上前，拍了一下对方的肩膀，道："同学。"

那人刚在群里和叶景明汇报没看见宗衍，还没得到回复就看到了正主，差点儿吓得跳起来，嘴里道："你……你……你！"

"干吗？"对方的反应过于激烈，以至于宗衍怀疑自己今天扮演的是什么恐惧角色，"都是一个班的同学，我又不会把你给吃了，这么惊讶干吗？"

对方闻言却有苦难言，毕竟他们来找宗衍没安好心。

看到他，宗衍倒是想起了一件事。对方既然是叶景明的小弟，那叶景明估计也在这儿。

一说起叶景明，宗衍忽然想起自己刚刚听到的那句惨叫声似乎就是叶景明的声音。

"哦，对了，叶景明是不是也在这里？"他随口问了一句。

"在，在，在！"小跟班说完一惊，怀疑宗衍已经知道了他们的目的。

走廊的光十分幽暗，宗衍站得笔直，身着一身黑色校服，一只眼睛由于戴着美瞳，是红色的，另一只眼睛则是原本的黑色。

但他那只黑色的眼睛里仿佛汇聚了庞大的暗流，仔细看还能看见星星点点的光芒，以及滚动的浩瀚而狰狞的虚影。

恐惧在这个瞬间被赋予了新的意义，没有任何人类能够抵挡那种来自灵魂的战栗。

不知不觉间，小跟班已经和宗衍对视了三秒钟。

"叶哥本来是想收拾您的，但他一直没有回信息，我们也不知道怎么回事。"小跟班呆呆愣愣的，像是被蛊惑了一般，将他们的计划和盘托出。

"什么？一直没回消息？"宗衍没在意前半句的内容，只因后半句皱了皱眉。

联想到刚才那一声惨叫，他忽然生出一种不祥的感觉。

"你们拉的群呢？赶紧让你们的人离开这里。"宗衍已经有了最坏的打算，"这栋楼有些不对劲，可能再过几分钟警察就要来了。"

他之前给龙组发了信息，最近是龙组戒备最严的时候，估计赶过来也不需要太久。

像是为了验证宗衍的话一般，下一秒，楼下就传来了刺耳的警笛声。

小跟班的电话在此时响起。因为刚刚跟宗衍对视，他的手指都在颤抖，额头上也全是冷汗。

"什么？局部电路短路，可能造成火灾，要立刻撤离？"

听到小跟班的话，宗衍心想：这的确是一个紧急疏散普通人的好办法。

龙组把消防队员也调了过来，现在正拿着大喇叭在朝鬼屋喊话。鬼屋的工作人员都带着手机，得到消息自然会及时撤离。现在最重要的是，宗衍得去看看叶景明到底是不是出事了。

他从三楼下去，途中还接到了贺远打来的电话。

"小君主，你在鬼屋里吗？赶紧出来，不要停留。如果出现在这里的是你说的智慧型异种，那很有可能是 C 级以上。你还没有经历二次觉醒，和 C 等级异种对战太勉强了。"贺远说话时，旁边还夹杂着要求众人撤离的喊话声。

"好，我现在在七楼，下来还要一段时间。放心吧，我有分寸，不会逞英雄的。"宗衍眼也不眨地说谎，同时走进了空荡荡的音乐教室。

音乐教室比外面明亮了不少，因为这里有一扇窗户被打开了，宗衍能看到外面黑沉沉的夜色。

挂断电话后，他将手机放回口袋，从空间裂缝里拿出守夜人的设定卡并捏碎。下一刻，手举黑伞、束着头发的贵族绅士出现在窗边。

戴着鸟嘴面具的告死鸟在夜空盘旋一阵，忽然俯冲下来，停在宗衍的肩头。

宗衍和审判者同住的时候，告死鸟愣是不敢出现在别墅周围，老老实实在外面觅食。

宗衍道："去帮我找找这里有没有异常的地方。"

这一次，守夜人的手套换成了白色。他刮了刮告死鸟的尖喙，后者在他的指尖蹭了蹭，然后张开翅膀飞了出去。

如果有必要，宗衍可以将自己的视角和告死鸟进行短暂的连接，这就代表他多了一双眼睛，好处不言而喻。

目送告死鸟离开后，宗衍正想查看教室里有没有什么异常，结果一低头就和地上沾满"血"的道具来了个深情对视。

宗衍"啊"了一声，差点儿蹦起来，但被守夜人的优雅抑制住了。

他后知后觉地意识到教室里没有意识体的存在，也就是说这玩意儿是假的。

"这做得也太逼真了吧……"他喃喃自语，正想走出教室，忽然又停住了。

月光落在墙边的一个物件上，折射出一点儿微光。那是一部手机。

宗衍绕过钢琴凳上的塑料道具，弯腰捡起手机。他点亮屏幕，锁屏是叶景明靠在一辆跑车上的照片。

手机掉落在这里，叶景明是不是出事了？

宗衍将手机放到自己的口袋里，神情越发凝重。

那个东西明显还在这座大楼里。

"进度怎么样了？"龙组拿着大喇叭也喊了一段时间了，里面的人已经陆陆续续撤离了，两个镁光灯照着艺术楼，把这座被布置成鬼屋的大楼照得亮堂无比，旁边还有不少人在围观。

这一次宗衍猜错了，来的不是消防员，而是伪装成消防员的龙组成员。

"宗衍还没出来。"贺远一直守在门口,没有看到那个熟悉的身影。

"密大这一届的首席?"旁边的人问道。

这一次来的是六队,但贺远没什么事,所以也跟了过来。六队的人听过宗衍的名字,不过宗衍一觉醒就是君主级的消息被封锁得很好,他们只知道这一届的首席选择暂时休学回来考大学的消息。但这一消息也足够六队的人对宗衍肃然起敬了。

这一听就是个学霸呀!而且入密大的第一年就成了首席,前途不可限量啊。

"对。"贺远犹豫了一下,再次打了个电话过去。

另一边,艺术楼七楼的解剖室里,叶景明被绑在解剖台上,浑身颤抖,嘴唇发白。

虽然解剖室光线昏暗,但仔细看就能看见地面铺满了庞大而邪恶的墨绿色触手。触手上还长着发光的眼睛,从触手上流下的液体宛如石油一般黏稠。空气中也蔓延着令人作呕的恶臭。

宗衍借助告死鸟的提示来到这里,他藏匿于窗帘后的阴影里,待摸清室内的情形后,不禁倒吸一口气。

他正打算好好回忆一下那是什么异种,手机却忽然响了。手机来电铃声在安静的解剖室里显得十分突兀。

宗衍的手机常年处于振动模式,有来电铃声的只有可能是叶景明的手机。他立刻缩回了阴影里。

下一秒,深绿色的触手直接将有声响传出的那面窗帘撕得粉碎,浓稠的黏液洒在窗帘周围,发出腐蚀的"吱吱"声。

乖乖,过于凶残了点儿。宗衍深吸一口气,终于在脑袋里翻出有关这个玩意儿的资料。

C级异种,修斯,通常表现出来的形象就是一大团如狂魔乱舞的触手,触手上有发光的眼睛,附带难闻的气味。

虽然只是一个下级仆从种族,但是它的战斗力在C级异种里排首位。要不是它们的智商有限,搞不好还能跻身上级种族。也正是因为修斯没脑子,所以它们通常被上级种族轮番奴役。

当然，高维度生物们一般很少用到它们，他们有自己专属的上级奴仆，比修斯这种没脑子的生物不知道好用多少。

被奴役了几亿年之后，修斯们终于觉醒，发起了历史上第一次叛变。结果自然是失败了，然后它们被变本加厉地奴役着。

这个异种虽然有 C 级，但还比较容易对付，物理攻击和密纹攻击都能够对它们造成伤害。

听到熟悉的铃声，叶景明瞪大了眼睛，被塞住的嘴只能发出"呜呜"的声音。他身上的衣服被黏液腐蚀得七七八八，要不是衣服足够厚，估计他身上的皮都得被剥掉一层。

宗衍心想：救人要紧。

因为手机铃声的异动，墨绿色的触手全部都缓缓游动起来，在白色墙壁上留下了恶心的黑色痕迹。那些在黑暗里发亮的眼睛蓄势待发，随时准备给躲藏在阴影里的闯入者一个教训。

宗衍悄悄挪到天花板的阴影里，只露出一双猩红的眼睛。他在等待，等待那个一击必杀的机会。

解剖室的地面散落着无数白骨，宗衍扫视一圈，发现都是解剖室里陈列的动物标本才放下心。

叶景明应该是这只修斯抓来的第一个人类，宗衍看到这家伙的触手尖儿都在颤抖，估计是想要迅速享用这美味的一餐。

当然了，躺在解剖台上的叶景明也在颤抖。因为他看到了天花板上那张熟悉至极的脸。比起宗衍平日里的模样，对方这副灰发红眸的模样显然更加诡异。

"起。"等待许久后，宗衍忽然开口。

下一刻，无数阴影化作黑刺从黑暗中伸出，以雷霆万钧的力道扎向墨绿色的触手。

修斯发出悲伤痛苦的哀号，邪恶的触手瞬间拔地而起，触手上发光的眼睛紧缩，随后，千万条触手开始分裂重组，露出内里恐怖的结缔组织。

与此同时，无数道阴影也在狭窄的解剖室里游走起来，有如涨潮时朝岸边挤压而来的海水。

宗衍不需要看都能猜到叶景明的表情有多惊恐。他从阴影中脱离，撑开黑伞挡住了所有触手的攻击。

阴影像是匕首一般，在君王的号令下和修斯的触手厮杀起来。宗衍则一把扯住叶景明的手，把对方从解剖台上救下。

在双手被解放的瞬间，叶景明就把口中的垃圾袋扯了出来，崩溃得大喊："这是在拍电影吗？这是什么恶心至极的东西呀！我身上现在的味道闻着就跟大粪一样，什么时候我们学校的鬼屋也有了沉浸式体验项目？！"

宗衍：……

这孩子莫不是傻了，身上的衣服都快变成布条了还想着拍电影呢。

宗衍带着叶景明穿越了阴影，来到外面的走廊，一路狂奔。

下一秒，解剖室的门就被"哐当"一声撞开，墨绿色的触手从里面滑了出来，铺满了大半条走廊。

"啊！我刚刚是不是变成影子了！"叶景明一脸世界观崩塌的表情，要不是宗衍扯着他，他指不定当场就崩溃了。

叶景明刚被修斯抓到的时候还以为那是鬼屋的新道具，等他被绑在解剖台上的时候才感觉到有些许不对。没多久，宗衍就撑着黑伞，操纵着阴影从天而降，甚至还把他拉到阴影里，至此，他再也无法自欺欺人。

"你……你……你……你到底是谁？难道你是潜伏在我们学校的外星人？！"叶景明惊恐道。

"闭嘴吧你。"宗衍没好气地说道，"再大声它就要过来了。"

宗衍的守夜人设定卡可是能够和A级异种打斗的存在，没理由遇到一个修斯还得跑，问题就出在刚才——

之前，宗衍能带着奥德华和王可鸣毫无障碍地使用阴影穿梭，有很大一部分原因是奥德华和王可鸣也是觉醒者。但叶景明是普通人，穿梭的那一瞬间，宗衍明显感觉到了阻碍。

只是刚才情况紧急，修斯的触手已经占领了整个教室，除了阴影，没有通道可以让他们逃离，宗衍花了很大力气才把叶景明从解剖室里带出来。

然而，他们刚跑到楼梯口，就闻到了熟悉的恶臭和窸窸窣窣的爬行声。

"该死！不能往下跑！"宗衍道。

叶景明这时候才捡回一些理智，道："我当时就是在三楼被抓的，然后被它带到了七楼。"

理智回归后，叶景明才感觉到害怕。他偷偷回头看了一眼，在灯光惨白的走廊尽头，狰狞的触手正蜂拥而来，吓得他又赶紧回过了头。

"走，往上面。"宗衍当机立断道。因为消耗了太多力量，他只能制造一些阴影稍微拖住修斯的脚步。

不过在他们往楼上跑的时候，宗衍也听到下面传来脚步声，想是调查员来了。

"往上跑？"叶景明愣了一下，双腿都在打战。

"去天台。"宗衍不耐烦地说。叶景明现在完全就是被他扯着跑。

调查员似乎也发现了这个盘踞在三到七楼的异种，火焰从密纹里进射的声音和修斯的惨叫声接连响起。

一只修斯如果有足够的营养，可以分裂出好几只。那只修斯对宗衍虎口夺食的行为十分愤怒，触手在空气中狂舞，将楼梯都拍塌了，足以看出它内心的狂暴。

去往天台的门被锁上了，宗衍直接用黑伞将其暴力拆除。

看着扭曲的铁块，叶景明目瞪口呆，讷讷地说："你果然是个外星人吧。"一想到自己之前居然还想找宗衍的麻烦，叶景明内心就惶恐不已。

他觉得自己真是幸运极了，找了对方三年的碴儿，结果到毕业的时候才知道人家身怀异能，真得多谢对方的不杀之恩。

"你见过外星人长我这样？"宗衍回了他一句。

其实叶景明的小打小闹宗衍根本就没放在心上过。他本来就是懒散的性子，说难听点儿就是对万事万物都漠不关心，一个人也能活得很开心。

叶景明虽然看不惯他，但行为也没有多过分。至于排挤这种事……他本来也不喜欢和别人打交道，再加大家很难对长得好看的人产生太多恶感，所以他对此感触并不深。

他们刚刚跑到天台，修斯的触手就争先恐后地掀翻了通道，被撞碎的水泥块在半空中飞迸。

"我们……我们怎么办？"叶景明吓得直哆嗦，他完全不敢想象如果那触手抽到他身上将是怎样一副惨状，"这里是楼顶，会有人来救我们吗？"

"谁来救你？我来了就够了。"宗衍扶了扶自己稍显凌乱的礼帽，告死鸟从夜空盘旋而下，稳稳地停在他的肩头，他道，"记住，待会儿不管发生什么，你都别说话，听见没？"

"听见了，听见了，您说什么就是什么。"叶景明点头如捣蒜。

宗衍这下满意了，他抽空给贺远打了个电话，顺便撑开伞挡在叶景明面前。

艺术楼下面，龙组六队的成员忽然掉转了镁光灯的方向，又拿着大喇叭跑到操场上，手里拿着一把用炼金密纹改造过的火焰喷射器，朝着天空开火。

"啊！那是什么，烟花吗？"

"天哪，太美了！"

一瞬间，金红色的焰火在操场上腾空而起，吸引了所有人的视线，众人发出一阵惊呼。

就是现在！宗衍如此想着。他用伞挥开了修斯的触手，扯着叶景明从七楼一跃而下。

浅浅的阴影将他们覆盖，如果有人看过来，只会看到一道阴影飞速地从艺术楼的墙壁上落下。

叶景明下意识地想尖叫，但临了想起宗衍的叮嘱，愣是憋住了。

与此同时，贺远手里发出一道浮空密纹，其他几位五组的成员负责给他打掩护，铸成了一道人墙，成功地接住了快要落地的宗衍和叶景明。

"怎么搞得这么狼狈？"贺远上前一步，将宗衍从浮空状态解救下来，"你今天这是什么装扮？"

看着顶着一头灰色头发、穿戴整齐的宗衍，贺远一时间竟想不起宗衍平日里穿校服的模样。

宗衍沉默半晌，道："Cosplay。"

贺远顿时了然，而后看到一旁还没回过神的叶景明，皱了皱眉，道："普通人？"

"同学而已。他刚刚差点儿被修斯吞了，我正好撞见，这才顺手帮了个忙，耽搁了时间。"宗衍见贺远没有继续追问，暗暗松了一口气。

校庆后，宗衍的生活再度恢复了风平浪静。

三年级的生活本来就应该是三点一线，有个运动会和校庆都算是学校大发慈悲，水花过后当然还是得恢复原本的平静。但校庆当天晚上的合影却让他印象深刻。

因为宗衍在贺远面前扯了谎，所以他不得不顶着守夜人的外形站到主席台上和同学们合影。暂且不提夏可妍和被吓呆后披着调查员友情提供的毛毯的叶景明是什么心情，宗衍的心理阴影面积倒是很大。

他被迫用守夜人的外形和无数位热情的学弟学妹合影，并且成功把这个造型留在了三年级的毕业纪念册里。大家还夸他这个造型太帅了、太酷了，十分具有角色扮演的灵魂，之后他的照片就在清阳学院的论坛引起了热烈的讨论。

宗衍心想：好累哟，可是还得保持守夜人优雅的微笑。

除此之外，不知道哪位同学走漏了他们班一考后要去酒吧聚会的风声，班主任特地找了班委会开会商讨这件事，明令禁止了此事，说绝对不能违反学校的风纪，于是这件事便泡汤了。

也不能说彻底泡汤，据说班上同学偷偷拉了个小群，说是等到毕业后再找机会去。

还有，校庆后，叶景明以及他那帮小跟班都躲着宗衍。

宗衍中午去食堂吃饭，有时碰巧遇到叶景明的几个小跟班，小跟班们便会齐刷刷地朝他鞠躬敬礼，搞得宗衍有些头大。

但宗衍也没时间去关心，因为他现在又迎来了一件让他焦头烂额的大事，那就是一考后的家长会。

一考不算什么，毕竟宗衍在学习上还是老样子。除了怎么学都学不会的物理，其他科目的成绩都很平稳。但这家长会的确令他有些心焦。

班主任知道宗衍家里的情况，所以每年的家长会宗衍都不用操心，但是这次不同。

"你都三年级了，这次的家长会至关重要，怎么说也得请监护人过来一下。"

班主任特地把宗衍叫到办公室，说道。

她屈起手指敲了敲桌面，见办公室里没有什么人，这才压低了声音接着说："上个学期末……你没出什么事情吧？"

宗衍被龙组带走的事情，很多学生都觉得很酷，但老师内部却是炸开了锅。

"一些小事。"宗衍轻描淡写地说，"怎么了？"

"没事就好。"班主任想起之前龙组找她调查的事，内心有些忐忑，想了想还是没有说出来，只道，"总之，这次家长会一定要让你的监护人来一趟。"

宗衍之前在监护人那一栏填的是筒子楼里的一位老爷爷，但对方都七八十岁了，想到自己的成绩，他也不敢让人来参加家长会。

龙组把他的身份问题处理得相当完美，他之前抽空买了好多菜提到筒子楼那边去分发时，筒子楼里的爷爷奶奶都以为他住在学校，还纷纷嘱咐他一定要记得好好学习，不能贪图玩乐。

宗衍走出办公室后，颇有些心事重重，这种心情在一考结束后达到了顶峰。

也不知道刘老师怎么想的，一考的试卷难度直线上升，掺杂了不少历年的物理真题。有一道大题，宗衍明明记得自己在教辅书上做过类似的题型，结果在试卷上看到的时候，还是两眼一抹黑。

这也许就是传说中的"打开书，哦，会了；合上书，刚刚我肯定是学了个寂寞；再次打开书，哦，套个公式的问题；合上书，刚刚是什么公式来着"。

刘老师甚至还给他下了死命令，说他一考物理要是没过 50 分，就要和他的家长好好交谈一下。

看着自己理综卷子上大片的空白，宗衍内心已经麻木。他喃喃道："物理真是邪门啊。"

一轮复习都已经进行到一半了，在题海的锻造洗礼下，他的大脑就像是换了新的中央处理器的电脑一样，运转飞速。

他不仅把化学课上没完全搞懂的知识点拿下了，还把生物课的漏分点也拿下了，就是物理没有丝毫进展。按照这个形势发展下去，他肯定上不了理想的大学。

之前宗衍还寄希望于当密大首席能够获得结业考试加分，后面问过贺远才得知，为了公平，他结业考试想要加分必须得完成一个 C 等级以上的任务。

宗衍：……

他之前做 E 等级的任务时就直面了支配者，按照这运气，做 C 等级任务还得了？

"交卷时间到。"监考老师说道。

宗衍从座位上站起，把试卷递到了讲台上，心里的悲伤无法言喻。

他想：为什么抽卡不能抽出一张学霸卡呢？

第九章 · 无证上岗的导师不可信

第二天是周末，宗衍在班级群里收到了一个好消息和一个坏消息。

150分的数学卷子他考了满分。据说三年级的数学主任在批改卷子前，直接把几个班数学学得好的同学的试卷抽出来改，最后宗衍拔得头筹。

宗衍最后一道大题逻辑严密，其他几位都是在细节上失了分，与满分擦肩而过。

没想到三年级第一个满分出在自己班，三（3）班的数学老师面上格外有光，直接就在班级群里点了宗衍的名，告诉了他这个好消息。

坏消息就是数学老师不太会操作班级群的界面，不小心点成了通知全员，把一直在群里"潜水"的刘老师炸了出来。

品味人生（刘老师）：哟，数学满分呢。正准备改试卷，等我找找你的物理卷子，看看这次有没有进步。

宗衍：……

他一头撞死的心都有了，哆哆嗦嗦地退出班级群，又设置了消息免打扰，开始躺在床上装死。

"父神？"夜魔忽然出现在黑暗里，下一刻，宗衍就感觉自己身上的被子变成了一坨黏糊糊的物质，大概是什么可怕的黏合物，也有可能是触手。

三柱原核的其他两位都很忙，一个忙着做偶像，一个忙着观测不同的时间和空间线，也就只有数千个化身的奈亚有闲心天天待在这里。

说到这里，就不得不说一件事情了。

虽然奈亚口口声声叫宗衍父神，演戏演得十分到位，但宗衍对他还是持观察态度。果然,这不上个星期他就知道为什么奈亚会对他这么关注了。

"群星归位后,距离陛下苏醒的日子也近了。"莎布点燃一支雪茄放到唇边,金发散落在肩头,眼睛微眯,显得慵懒又厌倦,同时带着轻蔑之意。

没错,轻蔑。宗衍算是看出来了,他现在虽然没有生命之忧,但是也远远没达到让这些高维度生物把他放到平等地位看待的程度。

"如果陛下苏醒,整个宇宙都将不复存在。"莎布的脸笼罩在烟雾里,透过朦胧的白雾,那张脸美得超乎想象,"而你,也会归于陛下,成为宇宙之主的一部分。按照人类的说法,大概就是你的人格会泯灭吧。"

"为什么告诉我这些?"宗衍沉默了一下,问。

"当然是因为有意思了。"莎布充满恶意地笑道,"能看到奈亚吃瘪,多么有意思呀。再说了,陛下的意识能够化作人类,感兴趣的家伙可不在少数。如果我是你,我就不会再试图和陛下的意识相接。毕竟我可不希望陛下苏醒。"

所以说,奈亚老是在宗衍身边转悠也是出于新奇。

高维度生物之间可不用什么亲属的称呼,"父神"这两个字甚至比不上"陛下"来得真实。

不过比起宠物,宗衍更愿意被他们看作蝼蚁,毕竟蝼蚁不会被他们关注。

和莎布简短的对话结束后,宗衍睁开眼,发现自己出了一身冷汗。

没错,莎布是在梦里告知了他这件事,动机是觉得好玩。

宗衍有理由相信,对方是厌倦了兄友弟恭的场景,这才在他脖子上架一把刀。再加上一些尚且不清楚的原因,总而言之,莎布并不希望他们的父神阿撒索苏醒。

宗衍感觉自己置身于宫斗戏里,糟心无比。而一个小时后,更加糟心的事情来了。

身披白袍的人撕裂空间而来,飘浮在半空中,丝毫不在意身后那方空间里的无数枯骨。

对方定定地看了宗衍一眼,让宗衍觉得无所遁形。

宗衍已经有半个月没有看见犹格了,但是甫一照面,宗衍就知道自己和莎布的秘密会面肯定没有瞒过犹格。

不过令人意外的是，犹格并没有提到这件事，就像默许了这个消息被宗衍知道一样。

也是，毕竟他知道了也不能改变什么，而为了避免被同化，他也不敢再使用阿撒索（分身）设定卡。

死局。

宗衍想了很久，在王可鸣不靠谱的建议下，他决定找自己的好兄弟贺远帮忙解决家长会的事。

在他的眼里，贺远已经算得上是他的好哥们儿了。但这次他的好哥们儿表示自己爱莫能助。

"小君主，不是我不帮忙，我正好接了个紧急任务，现在人在国外。"顶着沙漠里的烈日，贺远一只手握着卫星电话，一只手调试着手里的炼金枪。

他们有一段时间没联系了，没想到贺远竟被派去了国外。

贺远道："你们开家长会那天我应该是赶不回去了，要不我帮你问问队长有没有时间？"

宗衍沉默片刻，道："不用了，我想了一下，我应该还能找另一个朋友帮忙，谢谢。"

贺远这一番话吓得宗衍无中生"友"，他根本想象不到司彦出现在家长会上会是一幅怎样的场景。

求助贺远失败后，宗衍的这个计划就搁置了下来。毕竟他的朋友十分少，同年龄的都不多，更别说是跨年龄的了。

在宗衍的百般不愿下，家长会如期而至。

当天，宗衍起了个大早，一脚踢开夜魔后，穿戴好准备去教室。

按照家长会的流程，学生和家长要一起到校，然后去多媒体大教室里听老师和校长的汇报。等到会议结束后，三年级的学生再各回各班，开始班级家长会。整个流程大概要持续一个上午。

往年开家长会时都是宗衍睡懒觉的时候，毕竟他不用去，也不用想着如何面对父母。今年既然班主任下了最后通牒，他也不能不给面子，不好意思让筒子楼里的爷爷去，至少得自己去。

他叹了一口气，将煎好的鸡蛋放在面包片上，又在上面挤了一圈番茄酱，用保鲜袋装好后便打算出门。

"你今天要开家长会。"宗衍刚出门就看见了犹格，对方如是道。

宗衍现在对犹格的戒备心空前强。

奈亚天天在他身边转悠，不管是把他当宠物还是当什么有趣的玩意儿看待，他好歹还能和对方交流一两句；至于莎布，他之前看不太透，现在发现对方只是想看戏，顺便表示不希望阿撒索醒来；但是犹格，宗衍根本摸不透对方的想法。

其实，要说态度，犹格才是这三位里从头至尾都没有怎么变过的那个。当然，这也更加让宗衍捉摸不透。

"你想干吗？"听到犹格的话，宗衍心里"咯噔"了一下。

"你的班主任说，这次家长会你必须通知你的监护人。"犹格勾了勾嘴角，长袍下探出来的十指在胸前交叉相握，衬着他金色的眼眸，宛如一位古老的智者，"我是你的导师，也是你的监护人。"

宗衍：……

这话还真没说错。

他差点儿忘了，自己能不能顺利从密大毕业还得仰仗面前这位呢。

"那你现在知道了。"宗衍硬着头皮说。

"不错。"犹格点了点头，道，"那走吧。"

"走哪里去？你不会是想去参加我的家长会吧？！"宗衍大惊失色。

犹格淡淡地瞥了他一眼，虽然没有开口，但意思很明显。

高维度生物还喜欢给别人开家长会？宗衍感觉自己太阳穴都在突突跳动。他很想抓住这家伙的肩膀拼命摇晃并大吼一声"你到底在想什么呀，大哥"，但是他不敢。

"不必揣测我在想什么，高维度生物的思维逻辑和人类永远不会互通。"犹格说着，示意宗衍将手搭到自己的手上。

宗衍不情不愿地照做，下一秒，他们便从别墅来到了人来人往的学校大门口。

宗衍的表情如丧考妣。

犹格收回了注视宗衍的目光，毕竟他只要身处空间里，就可以三百六十度无死角地"看"到宗衍脸上的表情。

犹格当然对家长会不感兴趣，他只是想欣赏一下宗衍沮丧的模样罢了。

首先是去多媒体大教室开大会。其间，宗衍忐忑地偷瞄坐在他旁边的犹格，见对方撑着头，看上去听得很认真，意外地表现得很正常。

接着是班级会议。宗衍一路上都胆战心惊，到班级门口签到的时候，他内心的无奈达到了顶峰。

按照规矩，班级会议开始后，学生们不得靠近教室外的走廊。所以宗衍只能眼睁睁地看着犹格朝他笑了笑，然后走进教室。

这间教室里的人类还不知道他们之中混进了一个怎样的存在，可悲。

班主任刚刚和一位学生家长聊完，一回头就看到了宗衍，于是走过去问道："那是你的监护人？"

"是我的兄长，塔维尔。"宗衍纠结了很久，还是选择了这个称呼。

叫叔叔有些老，他不知道犹格会不会忽然发脾气；叫舅舅的话，老师知道他是孤儿，总不能解释自己莫名其妙认了个亲吧。宗衍觉得自己也挺不容易的。

"外国人？"班主任愣了一下，看了一眼教室里的犹格，然后面色古怪地回过头。

可就算是外国人，也很难有犹格这样的发色和瞳色。为了防止班主任继续问下去，宗衍道："他是混血儿，准确地说，我们是收养关系。"

宗衍紧急调动自己的脑细胞，在短短几分钟里编造了一个穷苦学生被富贵且热情的家庭收养，还认了一位兄长的感人故事。

莎布友情出演父亲，奈亚友情出演母亲。反正高维度生物也没有亲缘观念，就这样吧。

"原来如此！那位莎布先生可真是一位好人，名字也和那位外国的大明星一样，真是心善。"班主任感慨了一声，"我还要跟后面的家长打招呼，你可以和同学们去操场打会儿球，等家长会结束后就可以回去了。"

宗衍扯了扯嘴角，心想：那我哪敢走哇。

他略显局促地扯了一下自己的袖子，面带纠结地透过玻璃窗看向教室。

事实上，和他做一样动作的人不在少数，其中以女生居多。

"宗衍，那是你的家长吗？看起来好帅呀。"有个女生大着胆子上前和他搭话，"是你的叔叔还是舅舅？应该不是你爸爸吧，看起来很年轻。"

这是宗衍的家长第一次来参加家长会，大家都纷纷围观。当然，来的也不一定都是学生家长，例如叶景明他爸就派了自己的助理过来。

不，我才是他"爸爸"。宗衍在心里冷漠无情地想道。紧接着，他就屏住了呼吸。因为班主任在讲台上简单地说了开场白之后，就开始给各位家长分发成绩单了。

为了提高同学们对待一考的积极性，在开家长会之前，校方都不会透露学生的考试成绩，要等到家长会当天才会发给家长。也正是因为这条规定，清阳学院的一考比二考要更加引人重视。

宗衍紧张兮兮地看着犹格拿起那张成绩单，肾上腺素开始飙升。

不管物理试卷难易程度如何，满分 110 分的卷子，宗衍每次考出来的成绩都在 30 分左右。

犹格捏着那张薄薄的纸，神色捉摸不定。

他早就知道宗衍这次的物理成绩是多少，但是宗衍站在窗边，脸上忐忑不安的表情实在是太好玩了，就像对方之前沮丧的模样一样好玩。所以他故意似笑非笑地瞥了对方一眼。

很显然，宗衍完全忘了上次是谁在他考完当天就告诉他物理成绩这回事。接收到那道危险的视线后，他在内心哀号一声，默默地捂住了脸。

他真的已经很久没体验过这种被"公开处刑"的感觉了，即使他一遍一遍地告诉自己对方不是人，心情也依旧复杂。

正在他纠结的时候，忽然有人战战兢兢地拍了拍他的肩膀。

宗衍回过头，看到一张熟悉的脸，正是之前学校校庆时，他在鬼屋里遇到的那个叶景明的小跟班。

"宗……宗衍哥，叶哥说让你过去一下，他……他有话想对你说。"看到宗衍回头，小跟班紧张得手心都在冒汗，最终磕磕巴巴地说完了这句话。

宗衍抬头，正好看到叶景明靠在栏杆上，有些局促地看过来。对方的视线甫一和他对上，就又迅速地挪开了。

宗衍：……

不知道为什么，这让他想起了某些偶像剧里的场面。

这个想法把他自己给雷到了，他顿时有些无语。

"行。"他朝小跟班点点头，将手插进裤兜，迈开腿走了过去。

"你找我有事？"宗衍将手臂搭在护墙上，开门见山地说。

阳光将他笼罩在一片金色里，耀眼的光芒看上去像是流淌的蜜糖。

走廊上站着的全是等待家长会结束的学生，见到这一幕，纷纷凑在一起窃窃私语。

"我没看错吧，那是三班的叶景明和宗衍？"

"好像真的是他们。奇怪，叶景明不是最不喜欢宗衍吗？我记得他那些小跟班还找过人家麻烦。真是奇了怪了。"

"有这回事？"

"有哇，我有个朋友就在三班，他告诉我的。"

比起宗衍的坦荡，叶景明的目光要复杂得多。

他"嗯"了一声，下意识地摸了摸自己的鼻子。在心理学上，这是典型的心虚的表现。

"有什么事？"宗衍将视线从他脸上移开，十分放松地看向下方的升旗台，完全猜不到对方要说什么。

鬼屋那次，本来龙组是要对叶景明用消除记忆的密纹的，但是宗衍考虑到叶景明是三年级的学生，而消除密纹有一定的风险，于是求了个情。后来龙组后勤部的姐姐们拿了一份保密协议让叶景明签，等他签完才将其放走。

以前，异种的活动范围基本不在城市，那时的调查员只需用搜查证或者其他文件将附近的普通人疏散就行了。可现在情况变了，所以调查员委员会和尖顶议会的后勤部给所有出勤的调查员发放了写有记忆密纹的小册子，并拟定了不少保密合同。

在神秘界和官方的沟通下，保密合同上的条约十分苛刻，能最大限度保证与神秘界相关的事宜不会被泄露出去。

当然,就算叶景明不管不顾地去网上说这件事情,调查员委员会的网络监控也不是吃素的;如果叶景明和身边的人说,旁人不把他当疯子才怪。

总之,这件事情恐怕给叶景明留下了一生都难以磨灭的记忆。

叶景明凶巴巴地瞪了一眼后面围观的人,他的跟班们十分上道地吆喝道:"看什么看!别看了,别看了,叶哥正在和衍哥聊正经事呢!"

等到没有人关注的时候,叶景明才犹犹豫豫地开口:"你到底是不是外星人啊?"

宗衍沉默片刻,道:"你有没有好好阅读你签署的那份保密协议?"

叶景明理直气壮地说:"我那时候都被吓傻了,哪有时间看啊。"他顿了顿,继续道,"所以你到底是不是外星人?"他眼睛里有畏惧,还有期待。

这个年龄段的男孩子大都喜欢很酷的事物,在确定自己没有生命危险后,叶景明只觉得新奇。

"我不是,我和你一样是人类。"宗衍无语地说,"不过我是超能力者。"

"什么?超能力者!"叶景明惊呼一声,差点儿再次吸引走廊上的同学们的目光,他悻悻地缩了缩脖子,兴奋地说,"那天你带我从影子里穿出去,那是不是你的能力呀?对了,你发消息让我不要说出去是什么意思呀?那个能力难道有什么限制吗?"

叶景明被龙组带走后,宗衍特地找班上的同学要到了他的手机号,发了条信息给他,让他千万不要透露自己在鬼屋展现出的超能力。

因为这件事情,叶景明脑洞大开。试问哪一个男孩子小时候没有看过英雄类的动漫?哪一个男孩子心里没有一个拯救世界的梦?超能力者,这可真是太帅了!

叶景明那天晚上整个人都是蒙的,他只记得自己穿越了一层温水般的物质,然后就出现在了外面的走廊上。

"你想什么呢?"宗衍用一种关爱的眼神看着他,道,"好奇害死猫这句话你知道吧?知道太多对你来说并不是一件好事。"

这倒是没错,就像密大的喷泉上刻着的那一句:知识是通往灭亡的重要途径。

"哦,那好吧。"叶景明就像被人当头浇了一盆冷水,他讷讷地挠了挠头,显得有些窘迫,道,"对了,一直没说,就……那天,谢谢你了。"

虽然叶景明以前看不惯宗衍,但他也不是一个不敢承认自己错误的人。人家以德报怨地救了他,这让他想起了自己以前干的那些混账事情,顿时觉得脸上臊得慌。

宗衍心想就这?嘴上却道:"哦,没什么。"

宗衍毫不在意地摆了摆手,一派风轻云淡地说:"举手之劳而已。"

这下叶景明的心情更加复杂了。

他那天被龙组的人带去签署了一份保密协议,一路上听到不少人和他打探宗衍的八卦。

那些人问他:"你和这届的密大首席是朋友吗?"

叶景明心想:密大首席是啥玩意儿?

他道:"不是,只是同学。"

"哦,不是朋友哇。"调查员神秘地笑了笑,道,"朋友可是个好东西,和撬棍以及旧印一样。"

叶景明直觉有什么不对的地方,但可惜他听不懂。

不过这番交谈还是让叶景明充分了解到了宗衍在神秘界的地位,总而言之就是宗衍很厉害。

他想起那天自己躺在解剖台上,差点儿身首分离,是宗衍撑着黑伞,踩着影子,从天而降救了他。他当时就觉得,对方没有计较他这些年的所作所为真是太好了。

"我以前干了很多不好的事情。"叶景明深吸一口气,道,"我现在充分意识到了自己的错误,并且诚恳地向你道歉,希望你能原谅我。"

"没事。"宗衍耸了耸肩,道,"我接受了。"

其实叶景明也知道,他明里暗里给宗衍使了不少绊子,但对方从来都没放在心上,总是一副懒懒散散的模样。

就像他一年级的时候悄悄在宗衍的桌子上放挑战书,约宗衍下午放学后到操场上对决，结果放学的时候对方第一个踏出教室，挑衅书则出现在了班级的垃圾桶里。夏可妍私下找他说这件事情时，他心里酸得不行。

不过他也不屑于用阴招儿，再加上他不知道宗衍的家庭背景怎么样，只能明里暗里排挤宗衍。而宗衍从没放在心上。

孤立他？宗衍原本就没兴趣交朋友，无所谓别人怎么样；下挑战书？宗衍就当没看见，放学后该走就走，绝不多留。

可宗衍越是这样，叶景明心里就越不是滋味，这让他有种在演独角戏的感觉。

叶景明忽然转过身，背靠护墙，反手撑在上面，看着教室里的家长，道："我也不知道我为什么讨厌你。"他沉默了一下，接着道，"可能是因为她对你比较好吧。"

宗衍终于愣住了，反问："谁对我比较好？"

"夏可妍啊。"叶景明震惊地望向宗衍，见宗衍脸上的表情不似作伪，内心隐隐作痛。

难道这也是他的一厢情愿吗？

"啊？"宗衍眼珠子都要瞪出来了。

两个人在走廊上大眼瞪小眼。

宗衍是真的很惊讶，他真的没想过一个校花级别的人物会对他另眼相待。他道："你会不会搞错了？我和夏同学之间的交流都是因为公事，而且这样说一个女孩子，对她的名声很不好。"

叶景明：……

他绝望了。他一想到自己这三年来的暗暗较劲儿其实是一个人的狂欢，就悲伤得无法自拔。

"我和夏可妍是一块儿长大的。"叶景明声若蚊蝇，"她对你挺好的。"

宗衍很想说"我真的没有感受到呀，兄弟"。

宗衍道："现在的情况是这样的，你认为夏可妍对我很好，所以你就针对我。那么我们反向推理一下，你是不是对夏可妍有好感？"

他十分怜悯地拍了拍叶景明的肩膀，接着道："大兄弟，你有什么想法应该坦率地表达出来，这都三年级了，说不定大学就见不着了，抓紧机会呀。"

叶景明过了一会儿才反应过来，自己好像被假想敌鼓励了，一时间心情更加复杂了。

叶景明道："我不知道她是怎么想我的。"

说到这里，叶景明烦躁地扯了扯自己领口，道："我对她可能是欣赏吧。"

宗衍面露不解，正想开口询问，教室门忽然开了。

在他们聊天的时候，家长会不知不觉结束了，然后宗衍就看到了犹格慈祥的眼神。

犹格看也没看叶景明，只似笑非笑地看着宗衍，手里还捏着那张成绩单，上面印着一个"光荣"的以3开头的数字。

在宗衍心里那种不妙的感觉越来越重的时候，犹格开口了："今晚回去我给你补课。"

宗衍心情复杂。

补课？是送命吧！

"我作业很多，学习很忙，还要团结师长，友爱同学。每天光写作业都得写到半夜12点，时间很紧张，我觉得还是不了吧。"宗衍十分委婉地拒绝了。

"时间？"犹格笑了笑，道，"只要我想，它永远只能服从于我。"

他的言下之意很简单：我们补课的时候时间会暂停，绝对不会耽误你睡觉的时间。

宗衍：……

他居然忘了对方是时间与空间之主。都怪他这些天在时间暂停的作用下睡得太舒服了，以至于忘了这件事。

"我资质愚钝，脑袋特别不灵光，怎么教都教不会，特别是物理。"宗衍诚恳地说道，"为了避免惹怒尊贵的门之主，还是算了吧。"

万一犹格发现他就是个学不会物理的榆木脑袋，他很有可能体验一把对方恼怒后醍醐灌顶式的知识输入，而他的下场就是脑子被撑爆，并且迎来"全文终"的结局。

"按照你现在的成绩，你是考不上 Q 大的。"犹格道。

宗衍心想：好直白，好难过，心好痛，可恶的高维度生物！

"当然，最重要的是……"犹格微微下垂的金色眼眸里仿佛藏有一个世界，同时带着逼人的危险，"身为你的导师，我有这个责任。"

"你知道刚才你的物理老师在家长会上是怎么说你的物理成绩的吗？"犹格眯起狭长的眼，道，"虽然我不屑于模仿低等生物的情绪，但你对知识的不尊重让我感到不悦。"

宗衍：……

他刚刚光顾着和叶景明聊天了，根本没注意到教室里的情况。

不过想来也是，宗衍的物理成绩糟糕成这样，偏偏其他几科又没扣什么分，三年级的老师开年级会议分析各个班级的成绩时，还特意提到了这次除国际班以外唯一一个数学得满分的学生，也就是宗衍，并分析了一下宗衍的成绩。

然后三年级的学科主任就发现：嚯！这小子还是个好苗子！

一般来说，读理科的男同学普遍是语文和英语比较差，特别是英语，很多男生怎么都学不会。但宗衍偏偏反其道而行，150 分的英语试卷，他居然回回都能考 140 分以上。

英语一直都是清阳学院的强项，毕竟清阳学院从幼儿园开始就实行外语教育，等学生再年长些还会开设小语种课程，所以之前宗衍的英语成绩才显得没那么醒目。

"对，宗衍这个学生的语言天赋十分出众，一年级的时候就通过了好几门小语种考试，学校特批他不用上语种课程。"小语种老师插话道。

宗衍的语文也还可以，每次都在 110 分左右，从整体来看，中规中矩。

他的数学属于一枝独秀，这次一考考了全年级唯一的满分，其他时候不管试卷多难，他也回回都能拿 145 分以上，发挥相当稳定。

生物作为理综里最简单的一门，他也几乎接近满分。

至于化学，他偶尔会在大题上出个错，但化学老师当初就说了，后面有几个知识点还没复习到，等两轮复习完，他有信心把宗衍的化学成绩拉到 95 分左右。

每年，江州所有学校的三年级组都会统一进行模拟考。而在初次模拟考前，清阳学院会先进行两轮复习。现在一考完了，第一轮复习也差不多告一段落了。

初次模拟考一般都安排在十二月底，但由于清阳学院都是资深老师自主命题，所以清阳学院不参与初次模拟考，他们的一考就等同于全市的初次模拟考。

"那这个孩子只要把物理搞上来，完全有冲击 Q 大和 B 大的可能啊！"学科主任惊了，一拍桌子道。

三年级年级组的老师大多喜欢将视线放在综合成绩年级前几十名上，而宗衍偏科严重，所以他们没发现。

"老刘哇，多做做这孩子的工作，看看能不能把他的物理成绩提上来。"学科主任语重心长地说，"多一个考上 Q 大的学生，我们学校张榜的时候也好看。"

于是刘老师下定决心要找宗衍的家长谈话。

宗衍想象了一下犹格站在刘老师面前，面无表情地听着他这次物理只考了 35 分的消息，终于屈服了。

很快，宗衍就开始后悔自己答应补课这件事情。

犹格这个家伙会教人吗？不，他是个连教师资格证都没有的高维度生物。

宗衍看着对方给他扔过来的一大堆书籍，陷入了沉思。

"这是什么语言的书？"他随手拎起地上的一本书，看着上面蝌蚪一样的文字，眨了眨眼睛，问。

宗衍这些年抽出来的语言能力卡数不胜数，可以说人类历史上大部分文字他阅读时都毫无障碍，说他是语言学大师也不为过，而他面前这本书上的文字，他一个都看不懂。

"是伊斯一族的文字。"犹格以坐姿悬浮在半空中，双手交叉，宛如一位古老的智者，"这个种族的科技大概领先人类十几个纪元。"

宗衍不解道："这和我补习物理有什么关系？"

"如果你能把这本书看完，并且将其中的内容印在你的脑子里，那人类的物理知识对你来说就不是问题了。"犹格难得有为人导师的自觉，继续道，"这是伊斯一族的教科书。"

一个种族的教科书就能囊括整个人类的物理知识，还有这种好事？

宗衍对犹格的话自然不敢尽信,但不得不说,他很心动。他下意识地舔了舔嘴唇,道:"我看不懂。"

似是早料到他会这么说,犹格勾了勾嘴角,道:"你不是有自己的办法吗?"

这句话蕴含的信息多了去了。宗衍立刻想起自己特殊的抽卡技巧,于是他后退两步,震惊地看着犹格,道:"你……你……你……"

不怪宗衍反应这么大,毕竟直到现在他都还以为没有人知道他拥有超能力这件事。

好蠢。难道这个人类到现在都还没有把"全知全能之主无所不能"这个认知刻到自己的骨血中去吗?犹格懒得回答这个问题。然后宗衍就惊悚地看着对方的头离开了脖子,往裂开的空间缝隙里探去。

脖子的断面整整齐齐,没有血肉,就像一张白纸。

宗衍很快就接受了眼前的画面,毕竟他和奈亚的无数个化身生活了良久。这意味着他赖床的时候,身上的被子可能会忽然变成一坨不明黑暗物质;他打开冰箱的时候,偶尔会看到一盘新鲜干净的不明物体;他下楼接水的时候,有可能会碰上一位手上拿着扇子的美艳少女——就是之前混进宗衍小队的艾达。宗衍后来才知道艾达的本体是一把扇子,如果她把扇子拿下来,就会露出身后庞大且臃肿的触手。偶尔他还会在院子里看到没有面容、生有双翼的人面狮身兽,或者在沙发上看到身穿华丽长袍的黑统领,脚边还躺着巨大的夏克鸟。

而这些东西没把房子撑爆的原因,大概是犹格给这栋小别墅搞了个空间拓展的奥文吧。

这些还只是小场面,有时宗衍泡澡的时候,宽敞明亮的浴室会忽然变成逼仄阴暗的废弃公共厕所,他手边的浴缸变成铁质的水池,充满彩虹泡泡的洗澡水变成黏稠的水,吊灯上还垂下来一些不明生物,那场景简直让人头皮发麻。

"奈亚!我在洗澡!"每当这种时候,宗衍就会如此抱怨,然后直接在浴缸里使用守夜人设定卡,下一秒,密密麻麻的意识体就占满了他的视线。

"哎呀,不好意思,居然将父神带到这个空间来了。"奈亚的化身夜魔连忙飞了过来。客厅里,奈亚的另一个化身黑统领也放下手里的游戏机。紧接着,宗衍便被奈亚从空间里放了出来。

宗衍发誓，他从没这么狼狈过，就连告死鸟都嫌弃地断开了和他的意识连接。唯一庆幸的是守夜人设定卡会自动复原，不必担心外在的污染和破损。

眼下，宗衍硬着头皮道："我无法确保自己能抽到那个什么族的语言卡。"

犹格的头转了过去，看了宗衍一眼，然后缓缓地飘回到身体旁，与之相接。

忽然，一双如同寒冰一般的手覆上了宗衍的手背，其触感也不像人类的皮肤。宗衍下意识地瑟缩了一下。

虽说犹格是全知全能之主，但他十分高傲，并不会花费时间去了解人类这种生物，所以他的躯体仅仅是看上去像人类，反正他也不会允许"蝼蚁"触碰到自己的身体。

他对宗衍剧烈的反应有些疑惑，稍稍投去了一点儿注意力，随后便感受到了对方手背上的温度。

现在已经是十一月初了，因为这间小别墅里有一位柔弱的人类，所以时时刻刻都开着中央空调，温度高到宗衍睡觉的时候只需要穿一条裤衩，再盖一床空调被的程度。

温度，这对高维度生物而言是一个无比遥远的词汇。

犹格在自己浩瀚的知识中得到了关于"温度"的概念，继而了然。与此同时，他也多了些许新奇。

高维度生物当然是不懂"温度"这个概念的，不过他们能模拟出温度来，但他们不会无聊到把自己搞得跟恒星一样滚烫。

不过这个渺小的人类身上的温度却意外地不让他讨厌，难道是因为对方是父神的意识分身吗？

宗衍不自在极了，他不习惯和任何人有身体上的接触，更遑论对方还是高维度生物。

他正想开口说些什么，犹格扣住他手背的那只手稍稍用了些力，引着他的指尖在空中缓缓拉开一条流光溢彩的空间裂缝。

宗衍愣住了。

这么多年以来，他明里暗里做过不少实验，但除了他，别人都无法造访那个神奇的抽卡空间，甚至只有他才能看到空间裂缝的存在。

宗衍还处在震惊中，犹格已经带着他穿过空间的间隙，准确地抽出了一张卡。

他内心有些复杂，下意识地侧头看了犹格一眼。

这家伙之所以带着他抽卡，就是为了准确地抽出伊斯一族的语言能力卡？难不成高维度生物还能代替他抽卡不成？

宗衍还不信了，自己的手气还能比一位混乱邪恶的高维度生物差？

但等看清手上那张卡片后，他眼睛瞬间直了。

流光溢彩的卡片上勾勒出一个脚踩虚空的金发男子。他俊美的面容如同光辉般耀眼，让人不敢直视，一头堪比黄金还亮的长发散落于身后，身上披着华贵的白金色长袍，上面的一针一线都是用阳光绣成，耳边悬挂着鎏金色的太阳耳环。

金发男人手中紧握着一把七弦琴，脚下踩着烈日，仿佛他就是整张卡片的光源。

在看到那张卡片上的面容和自己完全不一样的时候，宗衍内心就隐隐有预感。果不其然，他在卡片的下方找到了小小的文字说明：太阳之主。

宗衍倒吸一口气。

无可争议，这是一张S级日抛型设定卡，和流云之翼应当是同一等级。宗衍将手覆盖在这张卡片上的时候，能够清晰地感知到它的使用条件。

"在没有阳光的地方，你即是光。无光之时SAN值消耗减半。"

这个条件在某种程度上和守夜人设定卡的重合了，但这是一张主宰者卡！

那张流云之翼设定卡是他用积攒了十几年的手气抽来的，可在犹格的带领下，他一下就抽出了S级的设定卡！这是什么样的运气呀！

自从和高维度生物合住后，宗衍每天只敢抽一次卡，剩余的SAN值以备不时之需。但以他的运气，抽十次有六次都是废卡，剩下的则是些不痛不痒的能力卡。

宗衍此时忍不住想要尖叫。他猛然回头，目光灼灼地看向姿态闲适、重新飘回到空中的犹格。对方正撑着头看着他，笑得意味深长。

宗衍垂涎地盯着他，道："伟大的时间与空间之主，太初的全能永生之主，您的光辉折服了我，请务必再来一次吧！"他抬起手，满是兴奋地看着犹格，语气诚恳无比。

他现在已经抛弃了矜持。矜持有什么用？能吃吗！他花了十几年才搞出一张卡，人家勾勾手就抽到了，这就是大佬的力量吗？臭大佬好过分！

这表情还不错，就是太狗腿了些。犹格十分中肯地在内心评价道。

看着宗衍充满希冀，像是不灭星辰般的眼神，犹格想起了几亿年前自己某次突发奇想，用本体跑到十一维宇宙去游览的景象。

高维度生物的本体过于庞大，如果他们用本体来到宇宙里，势必会造成部分位面坍塌。

犹格的身体是亿万个不断分裂重组的光辉球体。他在宇宙中行走的时候，造成的空间裂缝比比皆是。他周身甚至还会形成巨大的黑洞，将周围的星系尽数吸收。

不管是恒星、行星、白矮星、中子星还是夸克星，对人类而言庞大无比的星体，在高维度生物游览宇宙的片刻全都会归于无形。那些好不容易在星球上诞生，经历了千百亿万年进化而成的生命也在那一刻不复存在。

那些星辰在湮灭前发出的光芒，有种垂死挣扎的感觉，和这双光芒闪动的黑眸有些相像。

一样脆弱，一样美丽。

犹格漫不经心地想着，带着宗衍重复了一遍之前的动作。

感受到犹格宛如瀑布般的灰色长发，宗衍心想：这家伙的头发还是很正常的，就是顺滑得有些过分，和他每天早上要花十分钟梳理的鸡窝似的头发全然不同。

空间裂缝在宗衍和犹格的指尖下裂开，绽放出七彩的光芒。下一刻，一张卡片被他们抽了出来。

这一次倒是没有发生之前那种不小心拿错卡的乌龙。宗衍屏住呼吸，既紧张又忐忑地把手中的卡翻过来，上面明明白白地写着"伊斯一族语言卡"。

宗衍心想：有点儿失望怎么办？

他在心里重重地叹了一口气，选择消耗SAN值使用这张卡片。

下一秒，提示音在他脑海中响起。

"使用伊斯一族语言能力卡，需要 SAN 值 60 点，是否继续？"

这所需的 SAN 值都堪比使用一次主宰者卡了。宗衍"啧"了一声。平日里，就算他抽到的语言能力卡再稀罕，都只需要消耗 10 点 SAN 值，这张却翻了 5 倍，也是蛮恐怖的。

但是他能有什么办法呢？为了学好物理，还不是得用。

宗衍选择了"使用"，然后从地上捡起那本书籍。

犹格重新飘回空中，善意地提醒道："你可以开始了。"

宗衍定睛一看，之前堪比鬼画符的书豁然简单起来，书上的文字化作一道玄奥的蓝光冲进了他的额心。

无数声音在宗衍耳边念叨，他细细一听，全是超越人类目前已有的智慧。

在宗衍因头痛晕过去的前一秒，他只有一个念头：无证上岗的导师真的不可信啊！

飘浮在空中的犹格低头看了晕过去的宗衍一眼，而后十分淡定地挪开了视线，重新回到手中的书上。

他虽然是知识的掌管者，但不代表他会教导别人。再说了，就算高维度生物会上课，你敢上吗？

犹格在宇宙范围内拥有数以亿计的虔诚追随者，这些追随者祈求自己的主给予他们知识。

除了人类，有些种族还是能经受住审判者思想的洗礼的。而直接灌知识就是犹格的教学方式，不管用什么途径。

伊斯一族的教科书和犹格的教学方式有着异曲同工之妙。作为科技水平超越人类十几个纪元的外星种族，伊斯一族早就舍弃了文字和语言这样的传统交流方式，转而使用意念，也就是脑电波沟通。

犹格给宗衍的那本书是伊斯一族的启蒙教科书，只要观看者能够看得懂上面的文字，也就是脑电波频率能对上，书里的知识就会自动进入阅读者的脑袋。本质上这和犹格最喜欢的知识灌输法没什么不同。

犹格漫不经心地翻了一页手上的书，过了一会儿才感觉有些不对劲。

宗衍的房间铺着厚厚的、用昂贵的羊毛手工编织而成的毛毯，十分符合他的隐性喜好。他刚刚倒下去的时候，脸上虽然露出了片刻的痛苦神情，但身体上没受什么伤。而现在，他蜷缩在地毯上，膝盖曲起缩在胸前，手臂抱着膝盖。

这个动作类似孩子在母亲子宫里的姿势，如果有人摆出这个姿势，那就代表着对周遭环境没有安全感。

房间里的灯光很暗，宗衍的鬓角渗出了细密的汗水，发丝黏在他的脸上，他的眉心紧紧地拧在一起，嘴唇被咬出了血迹，看上去触目惊心。薄薄的家居服因为他的动作掀起了一片，露出他背后沾满冷汗的苍白皮肤。

犹格觉得自己已经够仁慈了，他非常友善地考虑到如今的宗衍还是人类状态，人类的脑子对于他们来说就跟金鱼脑差不多，所以他想着先让宗衍掌握这些超前的物理知识，然后再慢慢帮他剔除掉不需要的部分。

毕竟他不可能拿着一堆教辅书在线指导宗衍某个题型应该怎么做，那样做实在有损他的身份。

奇怪，既然宗衍是父神的意识分身，在和父神的意识对接了两次后，不应该出现这么严重的排斥反应啊？

犹格整个儿倒转过来去观察宗衍，白色长袍十分违反物理学定律地朝天花板的方向垂落。紧接着，宗衍就被凭空托到了空中。

宗衍就像在开了暖气的室内蒸桑拿一样，身上的汗水止都止不住，身上的衣服更是全部被汗打湿了，宛如一只落汤鸡。

犹格皱了皱眉。

"父神这是怎么了？"就在这时，奈亚的化身夜魔从黑暗中悄然出现，问道。他把房间里的灯关上了，室内顿时陷入黑暗，伸手不见五指，当然，这无碍于高维度生物的视野。

"不知道。"犹格很干脆地说，毕竟他看不到宗衍的时间轴，无法观测宗衍的过去、现在和未来。

"要不你试试？"奈亚收起自己以阴影编织而成的翅膀，裂成三瓣的火红色独眼里闪着意义不明的光芒，"好心"地提出这个建议。

奈亚上次想要连接宗衍的意识，但没想到被一巴掌糊到墙上去了，多少有点儿狼狈。他提出这个要求可没安什么好心，就是想要看热闹。

犹格会不知道这家伙在想些什么吗？他冷冷地看了奈亚一眼，下一秒，亿万道星辉从他背后爆发，狭窄的房间内顿时亮了起来。

在光芒出现的瞬间，奈亚就缩回了影子里，被迫退出了房间。

不过奈亚的这个提议倒是不错，试试就试试。

犹格指挥着虚影，将悬浮在空中的宗衍缓慢地包裹了起来。虚影温柔地拨开了宗衍额头上被汗水浸湿的头发，又将他咬出血的嘴唇分开，并抵在他嘴唇边，防止他将嘴唇咬下一块来。

只要犹格想，光是虚影就可以毁灭任何一个星系；只要犹格动动念头，整个星系都会被夷为平地。但现在，这些象征着毁灭和破坏的虚影小心翼翼地将宗衍的衣服拉好，然后包裹住他的身体，再把他身上的汗水擦干。只不过由于不熟练，它们偶尔会在宗衍的皮肤上留下一道红痕。

脆弱，太脆弱了。就算是父神的意识分身，但如果这具身体身首分离，这道意识分身也可能会因为来不及成长而无法回归父神庞大的主意识。

犹格如此想着，越发小心翼翼，甚至连通了人类的情绪，将自己的动作调整到人类能够接受的力道。

犹格从没觉得自己这么体贴。他觉得自己真是最亲和的高维度生物了，比起那些天天无所事事，在宫殿中跟着阿撒索陛下开乐队、吹吹笛子就能毁灭一个星系的高维度生物来说，他可真是平易近人，堪称高维度生物的典范。

有一道虚影尝试着没入了宗衍的眉心。

再怎么脆弱，好歹也是阿撒索的意识分身，犹格已经做好了被排斥的准备。出乎意料的是，他竟然没有感受到任何排斥。

宗衍的意识宛如一眼冒着泡泡的温暖泉水，悄无声息地接纳了入侵的冰冷意识，并将其绑着一起沉没到滚烫的意识深处。

周围的一切都像是初初形成的水墨画，炎热的温度则像是盛满火红熔岩的火山口。

犹格终于反应过来，这不是中途操作失误了，这大概是人类口中的"二次觉醒"。

众所周知，觉醒者有两次觉醒。第一次觉醒能让普通人获得异能，从此可以学习并使用密纹和炼金术相关的知识，第二次觉醒则可以将觉醒者的实力拔高一个度，一般出现在第一次觉醒后的两年之内。

严格来说，宗衍并不算觉醒者。也许是空间融合后需要遵守新的秩序，所以他也出现了类似的症状。因此，问题并不在那本书上，那本书顶多算一个导火索。

犹格忽然来了兴趣，他看了一眼对他完全开放的意识，一道虚影忽然暴涨，而后朝着意识深处扎去。

除非二人关系极好，一方才会对另一毫无保留地敞开个人意识，但即使是这样，也会有排斥的情况。高维度生物之间尚且如此，更别说高维度生物和人类了。

犹格可不是什么良善之辈，既然胆敢迎接一位高维度生物到自己的意识里，那就要承担至高精神降临的后果。

深夜，密大 APP 上悄然发布了一条求助帖，标题是"A 国 N 市疑似有不明异种出现"，发布者是调查员索格思，对方还附上了照片。

空荡荡的街道上突兀地出现了许多弓着背行走的怪物，它们双手垂在身前，看起来就像是灾难片里某种变异的生物，十分恐怖。

"鬣狗？"看见照片，不少深夜坐镇密大的调查员皱起了眉。

星野喝了一口咖啡，穿着睡衣、踩着拖鞋就走进了会议室。在看到投影仪上的照片后，他的眼神顿时锐利了起来，道："鬣狗怎么会明目张胆地出现在街道上？"

只要上过生物学课的调查员都不会对鬣狗感到陌生。幻梦境里就有很多鬣狗，它们追随幻梦境之主诺登，居住在幻梦境板块下的地下世界，它们的巢穴能够往返于现实世界和幻梦境。

密大和鬣狗还有夜魇的关系都还不错，算是友方。每年密大都会组建科研调查小组朝幻梦境深处探索，沿路要是遭遇了危险，鬣狗还会帮助他们，所以密大的小语种课程里也有鬣狗语言的选修课，教授偶尔还会带着学生们去和真正的鬣狗现场交流。

比起幻梦境的鬣狗，现实世界的鬣狗就要凶残多了。

现实世界的鬣狗活在各个城市的下水道里，它们一般不会主动出现在人前，只有和代理人定下契约，才会接受他们的差遣。

"如今群星归位之时越来越近，也许鬣狗也受到了它们的主的传召。"查尔斯踏进会议室，身上披着一件毛呢大衣，神色严肃地说。

"这些都不重要，重要的是他们当地的管理者是怎么打算的。"阿纳斯塔西娅收起扇子，神情讽刺地说，"发生这样的大事，他们竟然还拒绝我们神秘界的帮助。那些管理者到底在想些什么？"

所有国家都签署了关于神秘界的协议，一旦哪里发生了异常现象，该国都必须第一时间反馈给尖顶议会。结果A国的管理局不但选择隐瞒，还对驻扎在当地的调查员发出了警告。

要不是有一位调查员受到了鬣狗的袭击，迫不得已将这件事情发布到密大APP上，神秘界大概还被蒙在鼓里。

"这些该死的管理者！"一位调查员神色阴沉地说，"难道他们不知道这样的决定会让很多无辜的普通人丧命吗？那可是鬣狗！人类受到鬣狗攻击后，是有可能被同化的！"

所以说，如果这件事情没能及时解决，当地将变成鬣狗之城。

"A国的管理局也不是什么都没做。事态失控后，他们秘密封锁了整个N市。"调查员说，"就在神秘界收到消息的三个小时后，他们表示当地出现了严重的工业事故，紧急通告市民尽快接受检疫后离开。但是在十个小时之前，他们的总管理还当众发表演讲，宣称所有的怀疑都是空穴来风。"

"这不是他们的基本操作吗？"阿纳斯塔西娅连连冷笑，胸口剧烈起伏，可想而知她有多生气。

她是在场唯一一位如此愤怒的，因为她曾经经历过这样的情况。

她道："距离上一次类似事故才三十年，就有人好了伤疤忘了疼。"

会议室里一片沉默，就连刚刚接通电话的A国管理局也罕见地没有开口。

上一次类似事故不仅仅是神秘界的痛，更是整个世界的痛。

事件的起因是上级独立种族星之彩坠落到了 R 国某城市。当时,那只星之彩十分虚弱,它们那个种族在进食的时候会疯狂掠夺附近的一切能量,最后造成连环爆炸事故。

那个悲剧原本可以避免的。因为当晚在距离事发地 25 公里的小镇里,有人看到了坠落的七彩星星碎片。居民们将这件事情上报给了 R 国的管理局,却没有得到重视。

事发后,为了维护国家形象,R 国管理局又选择了隐瞒这件事情,连带神秘界也被蒙在鼓里。而那只星之彩不仅造成了连环爆炸事故,还将那一片区域的生命力吸取得干干净净,让那座城市成了死城。

事情的后果严重到超乎所有国家的想象,还被写入了神秘界的历史,让后人引以为戒。

阿纳斯塔西娅就是该事故的受害者之一。她当时不到十岁,那次事件改变了她的身体,也促进了她的提前觉醒。不过好在她提前觉醒了,这才活了下来。

再之后,为了不让悲剧重演,她上了密大,毕业后选择一边深造读研,一边以调查员的身份在神秘界发光发热,现已成为资深调查员。

"紧急征调调查员前往 N 市,不能再放任事态继续恶化下去了。"查尔斯掐灭烟头,道,"现实世界的鬣狗通常都有追随的支配者,如果不加以阻止,后果可想而知。既然事情已经发生,我们只能尽力不让它变得更糟。"

"而且这件事情很有可能无法简单处理了。N 市的情况有多严重,从图片上也能够看出来。去联系一下九位君主。人类是命运共同体,在高维度生物面前,我们必须团结一致。"

好在目前没有发展到神秘界无法插手的情况,他们还有时间调遣人手。

"不,不是九位君主了。"就在会议室里的人准备离开去紧急筹备的时候,一位手里拿着文件的调查员走进会议室,声音里带着难以掩盖的兴奋,"就在不久前,龙组已经确定人类拥有了第十位君主。"

闻言,在场的调查员脸上都出现了喜色。

"是谁?难道是龙组那几个卡在辅相级的队长?"

"十大君主里龙组就占了三个,不愧是古老的东方国家呀。"

"不。"带来消息的调查员否定道,"新的君主级还很年轻,据说还是个学生,名字叫宗衍。"

清阳学院三年级的美术课和音乐课都取消了,只开放了针对结业考试的小语种课程。但考虑到学习压力,三年级的体育课增加了一节,而且体育课老师还让学生们自由活动,并且十分善解人意地安排到了最后一节课,好让活动后出汗的学生能及时回家换洗衣物。

活动室开放后,大多数男生都选择了篮球,女生则选择毽子、排球或者羽毛球。宗衍没有动,他站在一旁,内心忧郁。

半个月前,他接受了犹格的物理补课任务,结果却被对方坑了,还提前触发了二次觉醒。

第二天下午,龙组成员找到他,先解释说龙组的检测装置在前一天检测到了剧烈的觉醒迹象——他们原本以为是有强大的异种在江州降临,没想到源头竟然是宗衍,后又对他居住的别墅表示了好奇,但被他敷衍了过去。

不过有二次觉醒这事在前,其他的问题都不算问题了。毕竟宗衍的觉醒速度让龙组的高层们感到震惊。

要知道,他一觉醒就是君主级,因此谁也不确定他二次觉醒后会达到怎样的境界。

龙组想要带宗衍回去做一个系统的检测,看看他的能力峰值如何。

宗衍心想:不必吧,我弱小可怜又无助,装装样子还行,真要检测的话,你当我不要面子的吗?!

正在打游戏的黑统领说了句"真吵",然后挥了挥手,篡改了现实。龙组成员立即散去,并把给新任第十君主做检测的事情忘到了脑后。不过第十君主的加冕还是要举行的。

众人离开后,宗衍回忆起自己昏迷时的感受。

他记得自己当时头痛欲裂,浑身疼痛无比。不过这种状况他也不是第一次经历了,他之前用完阿撒索(分身)设定卡后也是差不多的感受。

他还记得当时的自己就像是一条被扔进沙漠里在烈日下暴晒的鱼,时间再久一点儿就要与世长辞了。

正在这时，一道寒气逼人的意识侵入了他的意识，他想也没想就把那道至高的意识拽住了。

朦朦胧胧间，宗衍感觉自己似乎被什么东西包裹住了，他似乎去到了浩瀚的宇宙之中。他的四周是亿万光辉塑造的球体，那些球体不断地重复着分裂和合成的动作，让人忍不住惊叹。

不知道为什么，宗衍对这个环境感到莫名地亲近，他小心翼翼地伸出思维的触手……然后就没有然后了。

醒来后，宗衍一眼就看到了奈亚散落在地上的残肢。据说这个家伙又想要入侵他的意识，结果遭到了不知名的反噬。

犹格飘浮在空中，眼神意味深长。

宗衍没理会这两位，他现在迫不及待地想验收自己的"补课"成果，然后让他忧郁的事发生了——

由于伊斯一族的物理知识太过超前，而学校的物理知识又太过局限，导致他在做题的时候写了太多连老师也看不懂的辩证公式，以论述题目的错误和不可能，最后物理成绩从35分变成了25分。

本来分就不高，这下连看都不能看了。宗衍真的很想提刀去追杀犹格。但是犹格自上次补完课后到现在都不见踪影，不知道去哪个时段或者空间里"看戏"了。

果然，高维度生物的话完全不能相信！

"宗衍，去打球吗？"叶景明拿着一个篮球走到宗衍身边，道。

理科班男生多，一般体育课是两个班一起上的，所以三（3）班和其他班组成了两支固定的篮球队。

"走吧。"宗衍站起身来，和叶景明一起走向球场。

经过上一次的对话之后，叶景明迅速把宗衍划到了自己的阵营。

宗衍也没给对方难堪，毕竟以前叶景明和他作对的时候他都不在意，现在也就是多了一个说得上话的朋友。说起来，宗衍的篮球技巧还是叶景明教的。

二人刚走到一起时，学校论坛上每天带问号的帖子几乎占据了整个版面。

除此之外，还有人专门汇报他们两个人的情况，直到半个月后大家才终于确定他们是真的和好了。就连叶景明那一群小跟班都开始叫宗衍"衍哥"了。

叶景明和宗衍都能和好，这个世界上还有什么是不可能的呢？所有人木然地想。

时间过得很快，马上就要到寒假了，宗衍难得关注了一下时事。

神秘界最近不太平，似乎是N市出了些问题，连着一个礼拜都在召集世界各地的调查员，这大阵仗让宗衍有些在意——虽说时间回溯了，但江州陷落的惨痛记忆还残留在他的脑海里。

不过，既然龙组没有联系他，那他还是先安心过好自己的校园生活吧，毕竟又难熬又让人记忆深刻的三年级只有一次。

放寒假之前，清阳学院要举办一次新年典礼。今年过年早，一月中旬就过年了，所以清阳学院连着其他假一起放到一月二十六日，也就是一月二十七日才开学。

当然，三年级的学生就没有这种待遇了。三年级学生一月十九日就得回学校上课，之后不久便是百日誓师大会。

总而言之，留给大家准备结业考试的时间已经不多了。而且三年级下学期还得上晚自习。

清阳学院的学生宿舍床位不多，且都是优先提供给三年级学生的。为了节省时间，很多三年级学生都会选择在三年级下学期住校。

虽说宗衍只在书法部的表演里担当一个"打酱油"的角色，但耐不住编剧悄悄给他加戏，让他成了又要舞剑又要吹笛子的实力担当。

不过宗衍也没拒绝，原因是他扮演的诗人的戏服太帅了。当他换好衣服走出来的时候，整个训练室鸦雀无声。

身着一袭纤尘不染的白衣，头戴玉冠，墨发披散，手提长剑，虽说宗衍没有诗人身上那股狂放的气质，但他整个人的神韵特别有年代感。

"书法部排练得怎么……"舞蹈老师正好进门，看见宗衍后，激动得一拍手，道，"对，对，对，就是这种神韵！你以前是不是练过体态？"

"没有。"宗衍露出一个茫然的表情，这才将身上那股疏离的气质驱散。

他想，可能是因为流云之翼设定卡吧。

"不错，诗人这个角色选得挺好的。"老师又指点了他几句，然后跟他说起了舞台站位。

众人把出场顺序和站位搞明白后，夏可妍走到宗衍面前，问："你的长笛准备得怎么样了呀？"说话间，她一直盯着自己的鞋尖。

第十章·人类危在旦夕

说实话，自从和叶景明聊过后，宗衍再面对夏可妍便总觉得有些尴尬。他尽量自然地回答："应该没问题。"

他前几天在附近的乐器城定制了一根长笛，结果这天彩排前忘记去取了。

"没问题就好，不过也不用太勉强啦。"夏可妍声音轻快，"我们到时候会有伴奏音的，不一定要真实演奏。"

"好，我到时候试试。如果可以，我就跟着伴奏一起吹。"

之后他们又排练了一会儿。这是最后一次彩排，大家都拿出了十二分的干劲来迎接两天后的新年晚会。

除了书法部的节目，校篮球队也搞了个花样篮球的节目，还是由叶景明带队的。

叶景明下学期就要转进清阳学院国际部了，所以这次新年典礼他很重视，早早就带着篮球队排练起来了。

排练结束后，叶景明正好撞上了拿着书包的宗衍，便道："走，一起回去？"

于是两个人便勾肩搭背地走了。

说起来也是巧，叶景明和宗衍竟然住在同一个小区。顺带一提，王可鸣家似乎也在这里有栋别墅。

听叶景明说，江州名流圈的入场券就是在这个小区有块地。

宗衍想：这么牛的吗？他因莎布的富有程度陷入了沉思。当然，如果是高维度生物，或许不用给钱也能住在这里。

"夏可妍找你说了些什么？"路上，叶景明问。

"没什么，就是排练的事情。"宗衍挠挠头，道，"我忘了带长笛过来。"

"唉。"叶景明叹了一口气，道，"我下个学期就要去国际部了。"

宗衍听懂了叶景明的言外之意，道："你想说什么，自己去跟夏可妍讲啊。"他一边走一边注视脚下的影子。虽然他不擅长处理复杂的人际关系，但是没吃过猪肉还没见过猪跑吗？

"唉，其实说真的，我也不知道我该和夏可妍说什么。"聊到这个话题，叶景明的脑袋又开始痛了。

宗衍问："你真的不想和她聊一聊？"

叶景明的性格毛毛躁躁，根本藏不住心事，这作风一点儿都不像他。

叶景明道："不想。你不懂，我当年读幼儿园的时候，她是全班唯一一个能够背完古文启蒙教材的小天才。后来我被人欺负，她还帮过我……我也不知道我该跟她说些什么。"

宗衍了然地点点头，一针见血地说："既然你没有勇气，那还不如放弃。"

叶景明十分惊悚地看着宗衍，但又找不出反驳的话。不是，最重要的是，这个情商公认为负值的家伙怎么会说出这么富有情感哲理的话？

"我再考虑考虑吧。"叶景明耷拉着头，道。

就在这时，他们头上的路灯闪了闪，而后忽然熄灭。

几乎是同时，宗衍划开空间裂缝，紧紧抓住了守夜人设定卡，另一只手的指尖上则迸发出一个金色的火焰密纹，以备不时之需。

"怎……怎么了？"叶景明紧张地问了一句，脸上满是警惕和后怕。

他默默后退两步，将自己藏在宗衍背后，然后紧盯着宗衍指尖上闪闪发亮的火焰密纹。

经历了修斯的事情后，叶景明简直要患上PTSD（创伤后应激障碍）了，一点点风吹草动都会让他警惕好久。

不过宗衍已经善意地提醒过他了，只要不是觉醒者，碰到异种的概率就和中百万大奖的概率一样低。就算现在江州异种出没频繁，那些异种也鲜少对普通人出手，而是盯着觉醒者。毕竟觉醒者对异种而言更有吸引力，不然当初宗衍也不会被迫搬出筒子楼。

"有情况。"宗衍先捏碎了占星师的卡牌，手里顿时出现了一颗悬浮着的水晶球。

"是……是我想的那个有情况吗？"

"是，不过应该不会很严重，别担心。"

宗衍安慰了他一句，下一刻眼眸就变成了紫色，有星星点点的光芒在他眸中闪烁。

千万条人眼看不到的信息从天空中汇聚过来，凝聚在他的双眼之上，整个星图在他眼眸中缓缓展开。

"那个路灯上面好像有东西？"叶景明鼓起勇气说道。

他大着胆子把书包里的篮球掏出来，然后朝空中一扔，结果什么也没发生，球滚到了喷泉里。

二人回家的路上会经过一条购物街，虽然没市中心热闹，但人也不少。

"这里太引人注目了，我们找个僻静一点儿的地方。"宗衍和叶景明对视一眼，转头往旁边走去。

某个僻静的角落，一阵光芒闪过后，叶景明眼睁睁地看着原本穿着清阳学院校服的宗衍变身为头戴礼帽、留着灰发、手持黑伞的形象。

"你有没有感觉你现在好像变高了？"叶景明犹豫了一会儿，说道。

"高了吗？"宗衍愣了一下，下意识地看了一眼自己的鞋子。

虽然守夜人的装扮很复古，但他脚上的鞋子有点儿像近代流行的马丁靴。

他道："可能是整体看着成熟了些？好了，现在不是说这些的时候，赶紧走。"

对叶景明，宗衍还是有些愧疚的，这只异物估计是被他吸引过来的，好在他有应对的能力，再加上这次的异种只是 B 级，他没怎么费力就解决了。

在宗衍的眼里，除了高维度生物的化身，其他敢在他面前蹦跶的异种都是来"送菜"的，他嗖嗖两下就能把他们送回外太空。前提是别再出现像上次对付修斯时那样的失误。

等到龙组成员们追着觉醒源的痕迹赶来时，宗衍已经解除守夜人的状态，正站在咖啡馆前等着他们。

"原来您已经解决了，多谢了，减轻了我们不少工作量。"负责出警的调查员跟同来的警察打了声招呼，警察便散了。

神秘界和各国的警察也有秘密合作，人手不足的时候他们会一起出任务。

宗衍身为神秘界最新加冕的第十君主，风头正盛。他不仅登上了密大APP搜索栏头条，还霸占了头条的位置将近半个月。不少排名靠前的君主都对这位既年轻又天赋异禀的第十君主十分感兴趣，奈何龙组把宗衍当吉祥物供着，很少让宗衍出手。

"麻烦您配合我做个调查登记。"调查员道。

"好。"宗衍爽快地答应了，又道，"今晚的异种应该是B级异种恐怖猎手，它忽然朝我们发起进攻。为了保护民众的安全，我就出手了，不过我跟它战斗的过程可能被人记录下来了，非常抱歉。"

"没关系，没关系。"调查员手上动作飞快，迅速提交了一份调查报告，而后道，"最近江州不太平，网络这块我们都把控着呢。"

一旁的叶景明十分敬畏地听着他轻描淡写的形容。

"对了，最近N市出什么事了？"说到这里，宗衍又想起了之前在APP上闹得沸沸扬扬的召集令。

"N市出大事了！"调查员愁眉苦脸地说，"最近江州出现异种的频率倒是一降再降，您今天遇到只是这个礼拜的第二回。目前龙组已经征调了不少成员去N市援助。总之，那边的情况很不妙。"

这一点宗衍倒是猜到了，毕竟最近的国际新闻中也有所提及。

调查员接着道："先看看那边的局势控制得怎么样吧，实在不行，我们也得过去。"

由于龙组这次是跨国援助，所以A国出了一大笔辛苦费。

"辛苦了。"宗衍感慨一声，做完笔录后就和叶景明一起回家了。

宗衍一打开家门，就看见化为一摊不明液体的奈亚组成一张嘴和一只手，指了指门口，道："今天有人送了个快递过来。"

"你没把人家快递员怎么样吧？"宗衍有些担忧。

"没有。"艾达姿态轻盈地从二楼跳了下来，用手里的扇子遮着下半张脸，道，"不过他好像不小心看到了什么不该看的东西。如果他精神出现了一点儿小毛病，那也不能怪我哟。"

宗衍沉默地拿起美工刀，将快递盒拆开，取出里面的长笛。

这支长笛是宗衍在乐器城定制的。他本来打算随便买一支的，结果到了那里后满脑子都想着要买一支又好又贵的，最好是定制的，简直就像着了魔一样。

明明宗衍从没接触过任何乐器，但他却能轻易地看出乐器的品质，并且随手就能来一段难度不小的钢琴曲或小提琴曲，乐器城老板以为他是个低调的音乐家，还给他打了个折。

宗衍选好长笛的材料后，又加了一堆要求，直到缴纳了不菲的定金后才反应过来自己做了些什么。

这段时间，宗衍偶尔也会在周末出任务，赚点儿外快。

不得不说，调查员赚钱真的很快，前提是要有命享受。随便一个D级任务，报酬都是五位数起步，C级就是六位数了。宗衍一下子就变成了隐形富豪，然后他订了根长笛，于是这些日子的任务白做了。

"长笛？"就在宗衍仔细端详长笛的时候，艾达脸上的笑容凝固了。

除了艾达，刚刚飞到半空中的夜魇，还有刚刚凝聚成实体的黑暗之人，以及卧倒在榻榻米上的黑统领都朝宗衍望了过去。奈亚的全部化身都死死地盯着宗衍手上的那根长笛。

"怎么了？"宗衍有些如坐针毡，同时熟练地调试了一下手中那根骨白色的长笛。

说起来也是奇怪，他十分确定自己以前没有接触过这个东西，但就是莫名感到熟悉，这种熟悉不像哈斯赐予的能力……

他将长笛放在嘴边，轻轻吹响了第一声。

这是什么天籁？！宗衍深深地为自己的艺术天分陶醉。他如痴如醉地抱着那根笛子演奏起来，全然没看见奈亚的化身们一言难尽的脸色。

"来了，来了，父神的演奏会开始了。"

"为什么一道意识分身还能拥有这样毁天灭地的音乐天赋？"

他们互相交换了一个眼神，默默缩回黑暗里。

宗衍没意识到自己吹奏出来的声音是多么嘈杂刺耳。

有一种人，他们在音乐方面没有丝毫天赋，可以说一窍不通，却固执地认为自己演奏出来的就是天籁之音。宗衍就是这种人，而且也没有人提醒他这一点，毕竟他的听众都不是人。

一曲毕，宗衍将手里的笛子缓缓放下，他感觉自己简直天生就是学音乐的料。

没错，这宛如天籁一般的笛声，除了他，还有谁能演奏出来？还有谁？！

"怎么样？"宗衍抓着长笛，兴致勃勃地看向唯一留在客厅的黑统领。

黑统领手里拿着一个游戏机，眼睛紧紧地盯着屏幕，对于宗衍的问话没有半点儿反应。

宗衍不禁有些奇怪，他刚刚还看到夜魔和艾达也在这里，为什么他吹完后大家都不见了？

"啊？"等宗衍走到黑统领面前，黑统领才反应过来，神色略带茫然。

"你觉得我刚刚吹得怎么样？"宗衍十分诚恳地发问。

"挺……挺好的呀。"似乎是为了证明自己话语的真实性，黑统领放下手里的游戏机，开始鼓起掌来。

宗衍：……

他有点儿怀疑这个家伙根本没有听他的演奏。

"其实我还有个建议，不如把犹格和莎布也叫过来，一起倾听您……美妙绝伦的演奏。"为了显得更加有底气，从而不暴露自己刚刚关闭了听觉的举动，鼓完掌后的黑统领提出一个十分诚恳的建议。

身为专业"惹事精"，他深谙如何转移重点。

果不其然，听到这两个名字，宗衍立刻忘掉了自己之前的怀疑，道："这两位业务繁忙，还是不必了。"

这么好听的长笛演奏，错过了是对方的损失，对吧？

他没有再管黑统领，而是把长笛小心翼翼地放回防尘袋里，然后愉快地哼着歌开始给自己准备晚餐。

黑统领看着他的背影，难得有些欲言又止。

　　身为宇宙之主，阿撒索的爱好不多，他最执着的就是音乐和演奏。即使他是盲目痴愚之主，也依然记得该如何让长笛日复一日地发出嘶哑、难听又可憎的声音。

　　就是智慧生物听了会发狂，实力不够的高维度生物听了会不由自主地想要附和罢了。不然你当阿撒索宫殿外面那些和他一起合奏的高维度生物是打哪里来的？

　　像三柱原核这样的存在，当然不会被阿撒索的笛声蛊惑，只不过他们在很长一段时间里，脑海里都会不由自主地回响起那美妙的乐曲声。

　　"说起来，你怎么会忽然买长笛？"黑统领问。

　　"哦，这个呀……"宗衍将洗好的西蓝花倒进滚烫的热水里，等着它煮熟，"后天就是新年典礼了，我参演了一个节目，需要在台上演奏，我就选了长笛。"

　　新年典礼后就是愉快的寒假时光了，刚刚又自我肯定了艺术天分，现在宗衍说话都带着雀跃。

　　黑统领想象了一下父神的意识分身在舞台上给全校师生吹奏长笛的场景，打定主意永远不告诉对方真相。他甚至打算拉上莎布和犹格一起去看戏，还可以去多拉几位没事干的高维度生物同行。

　　哈哈哈，看人类倒霉真是太有意思了！

　　于是黑统领又窝回沙发里，继续好心情地打起游戏来。

　　另一边拿着勺子给西蓝花淋辣椒汁的宗衍浑然不知。

　　很快，举办新年典礼的日子就在清阳学院所有学生的期盼中到来了。

　　清阳学院有一个能够容纳数千人的大礼堂，舞台也搭建在那里。典礼从下午第二节课开始，学校还特批参与节目表演的学生不用上下午第一节课。三（3）班参与演出的同学中午就不见踪影了。

　　宗衍慢悠悠地吃了午饭，然后走到大礼堂的后台。

　　考虑到多数演出服都比较轻薄，大礼堂开了暖气。宗衍到了后，一眼就看到了穿着T恤的叶景明等人。

宗衍很怕冷，一到冬天他就恨不得把自己裹成一个毛团，他现在光是看着叶景明露在外面的胳膊都觉得冷。

他心想这家伙真厉害，然后摇了摇头，转身去换衣服了。

舞蹈老师这天要带领教师队进行表演，负责化妆的是美术组的老师。宗衍刚刚换好衣服拎着下摆出来，就被一位美术老师按到了座位上。对方道："别动，化个简单的舞台妆。"

美术老师打量了宗衍一下，又道："这么白，粉底和遮瑕就不用了吧？"说罢，直接给宗衍用起了修容膏。

宗衍属于人人羡慕的冷白皮，说起来也是奇怪，这种肤色出现在男生身上的概率特别高，女生倒是暖白皮居多。

舞台妆比日常妆浓，宗衍坐了许久才解脱。

"好了。"美术老师满意地看着自己的作品，顺带和宗衍合影了两张。

外面已经有人陆陆续续入场。清阳学院的新年典礼十分有创意，所以市电视台也会转播，来现场拍照的媒体不少，他们现在都在舞台下方调试拍摄装备，远远看去，场面颇为震撼。

宗衍偷偷看了一眼，瞧见乌压压一片人头，难得有点儿紧张。

他是第一次在这么多人面前表演，他以前顶多在升旗时做过演讲，还是读小学时。

忽然，他的视线顿住了。

大礼堂的位子都是规划好的，例如第一排坐的是校领导，第二排坐的是各年级的组长和学科组长等，再后面是普通教职工还有特邀的学生家长，最后面才是学生。

结果宗衍看到奈亚的化身德克斯特医生和犹格的化身塔维尔坐在第一排。这两个人的视线和宗衍撞上的时候，一个笑容爽朗，一个漫不经心。

宗衍心想：道理我都懂，但是这两位今天怎么这么闲？

宗衍对于他们坐在校领导那一排一点儿也不觉得奇怪，毕竟是能力超凡的高维度生物。

不过，犹格这个无证上岗的导师自从把宗衍的物理成绩拉下10分后，就连着半个月不见人影，宗衍还以为他"畏罪潜逃"了，没想到这天能见着。

这倒是让宗衍迷惑了。清阳学院的新年典礼很特殊吗？为什么会吸引这两位呢？

要知道，除了小别墅，能让高维度生物扎堆出现的地方绝对没好事发生，前车之鉴便是回溯时间之前的江州。

宗衍有些犹豫地想：难道这附近会出现什么情况不成？

一想到这个可能，宗衍的心便无法镇定下来。他悄悄使用了占星师设定卡，想从水晶球里寻找线索，但出乎意料的是，并没有什么线索。

这几日的江州就像调查员所说的那样，异种出现的频率越来越低。之前宗衍使用水晶球的时候还能看到一些小红点，现在已经没有了。

"奇怪……"虽然不知缘由，但宗衍还是决定警惕以对，力争从高维度生物手下挽救这个岌岌可危的世界。

他打定主意后就一直密切注意主席台那边的情况，直到夏可妍过来找他，说："走吧，这个节目结束，我们就该上场了。"

"啊？这么快？"宗衍愣了一下，再次紧张兮兮地看了一眼主席台的方向，然后才理了理衣服，转身去了后台。

"下一个节目是由清阳学院书法社带来的表演。"主持人报幕结束后，舞台的灯光全都暗了下来，紧接着，朗读声和背景音乐在礼堂里响起，幕布上投映出主演写下的苍劲有力的字。

宗衍把长笛放入袖子的暗袋里，一只手提着剑，伴随着音乐声出场。

"好帅呀！是三年级的宗衍学长！"宗衍刚出现在舞台一侧，就引起了无数尖叫。

他所扮演的角色本就没多少戏份，只需要往台上一站就可以了。

被这么多人盯着，宗衍差点儿没绷住。他将剑收到身侧，深吸一口气，掏出长笛准备演奏。

"天哪，是真要演奏吗？"

"是吧。好厉害呀，你看，有人在他的旁边放了话筒。"

此时，伴奏声也适时变小，所有人都期盼地看着这一幕。

下一秒，刺耳至极的长笛声响彻整个礼堂。

这声音该如何形容呢？就像有人用指甲在黑板上划过，让人窒息。

长笛真的能够发出这样的声音吗？所有人都想这么问，但可惜的是他们问不出口。因为笛声在传到他们耳朵里的那一刻，便直直地朝他们的意识深处袭去，他们就算捂住耳朵也依旧能听见。

宗衍闭着眼睛，吹得如痴如醉。台下的人失去了意识，瞳孔变得涣散。

"哈哈哈！"奈亚笑得前仰后合，就连犹格也勾了勾嘴角。

清阳学院的新年典礼结束后，就是众多学生翘首以盼的寒假生活了。

和其他学生的兴奋、期盼不同，宗衍陷入了自闭。

他一回到家就把长笛收进了柜子里，柜子外还加了把铁锁，然后便把自己关到房间里，几乎不出门。

实在是新年典礼上发生的事情太令人难过了。

当时，台下的人听得精神恍惚，台上的宗衍却丝毫没察觉，依旧陶醉地演奏着。最可怕的是，直播还在继续，他的演奏通过电视台转播到了千家万户。

恐怖的笛声威力不减，无数忙碌的人都不自觉停下手里的动作，如同游魂一般走到电视机前，目光涣散地盯着直播画面。好在清阳学院的新年典礼没上市里的总电视台。

吹着吹着，宗衍内心的紧张被抚平了大半。他悄悄地半睁开眼，看见下面的同学们双眼放光地看着他，于是信心爆棚，炫起了技，还即兴改变了一下音调。

宗衍心想：感谢伟大的支配者哈斯，不然自己也不能将这首歌改编得如此完美。

一曲闭，宗衍将背上的剑重新抽出，在手中旋转两下，伴随着音乐声缓缓退场。

宗衍一边把剑放回后台的桌子上，一边抽出两张面巾纸擦了擦脸上的汗。

刚刚在台上不觉得，下来后他才发现自己紧张得手心都冒汗了，差点儿连剑都握不稳了。

只是他好不容易平静下来，却忽然觉得有些不对。

接下来明明还有诗朗诵，为什么只有伴奏声？

宗衍本来是想去换回自己的衣服的，好奇之下便先溜到舞台边打探，然后他就看到奈亚那些原本待在小别墅的化身全都坐在了第一排，且个个脸上都带着愉悦的笑容，其中德克斯特医生更是笑趴在了桌子上。犹格则懒洋洋地支着头，视线准确无误地落在偷偷摸摸看过去的宗衍身上。

这些都不是最重要的，最重要的是大礼堂的地面竟然出现了一圈一圈的黑色涟漪，看上去就像谁把油漆泼到了地面上，在昏暗的舞台灯光下显示出不祥而邪恶的色彩，就像……有什么东西即将从中降临一样。

除了舞台，礼堂其他地方的光线都很昏暗，在场所有人都盯着台上看，没人发现自己的脚背已经被黑色的涟漪吞没。

"滴答，滴答，滴答。"就连天花板上也被那黏稠的黑色涟漪占据，一滴一滴粘连着垂落，坠入漆黑的大地，像是下起了一场细密的小雨。

整个礼堂似乎被按下了暂停键，就连之前站在宗衍身后朗诵的书法社成员也全被定住了，呆愣地看向前方。

宗衍感觉自己头皮都在发麻，他也顾不上换衣服了，急匆匆地冲到观众席第一排。

说来也怪，那些黑色的涟漪在宗衍经过时都会自动散开，仿佛臣服于他。

"你们干了什么？"就在宗衍向奈亚和犹格询问的时候，那些不可名状的东西终于从黑色的涟漪里探出了头。

它们的身体像是由黏稠的液体组成，整体看上去既像蟾蜍，又像章鱼，或者说是某种古老的爬行动物。一根根丑陋的触手从它们的身体里伸出，在空中挥舞扭动。更加恐怖的是，它们的手里也握着长笛，正一边朝宗衍敬礼一边吹奏。

宗衍心想：这都是些什么鬼东西呀！而且它们吹得未免也太难听了吧！

宗衍的五官都皱成了一团，他道："不准吹了！"

他话刚说完，那些不明生物的外表忽然冒出一双眼睛，战战兢兢地看了他一眼，大嘴一张，把手里的长笛吞了下去，然后茫然地趴在地上。

为什么这些丑丑的东西会听他的话呀？！宗衍一脸茫然地看向犹格，心里冒出一个十分荒谬且不愿承认的想法。

"那些是高维度生物的仆役，这几只是经常环绕在阿撒索陛下宫殿外吹奏的乐者。"犹格觉得宗衍的表情实在是太有意思了，火上浇油道，"为了你身边脆弱的人类着想，你最好还是不要吹奏长笛了，毕竟那是父神最喜欢的乐器，他的仆人会受音乐的感召而来。"

言下之意是，这个场面是他造成的？！宗衍觉得震惊不已，他终于看清了周围的人目光涣散、神情空洞的模样，也看清了奈亚看戏般的愉悦表情以及犹格眼里暗藏的笑意。他脑子里似乎有根弦"嘣"的一声断了。

一阵光芒闪过后，乌发白衣的少年变成赤脚踩在虚空中的金发男子。

他的双眸澄清如雨过天晴后的蓝天，一眼就能望到底，脸庞俊美无比，五官宛如大理石雕像一般棱角分明。他抱着一把纯金的里拉琴，身着华贵的白金色长袍，看着热情又不失高贵，温柔又拒人于千里之外。他金色的发尾上缠绕着洁白的花束，周身环绕着金色的光芒和火焰，整个世间的光芒仿佛都聚集在他身上。

太阳之主降临之处，所有的阴暗理应被清除。

宗衍微微一笑，修长的手指便落在了臂弯里的里拉琴上。他轻轻拨动琴弦，悠扬动听的曲声便在礼堂响起。他周身的金色光芒仿佛也化作长箭，扩散到大厅的每一个角落，让黑暗无所遁形。

高维度生物的仆役原本就是听闻陛下的感召匆忙降临，在母星的排斥力下只能算是虚影。光芒所到之处，虚影像是被撕裂的纸张，纷纷散去。

大礼堂在金色光芒的笼罩下重新变得正常，就是大家还没反应过来。宗衍手上动作不停，里拉琴持续发出声音，光芒像水一样流淌，轻轻抚慰人们受伤的心灵，顺带让这段记忆变得模糊。

二十分钟后，匆匆赶来的龙组成员什么也没见着。

"清阳学院？如果我没猜错，似乎是第十君主冕下的学校？"调查员纳闷地看了一眼还在继续举办新年典礼的舞台，有些摸不着头脑，"刚刚是谁说这里传来了不亚于A级异种的波动？是不是搞错了？"

"没事，也许是君主已经搞定了吧。"另一位调查员收起手中的笔，道，"江州的异种最近都是朝着君主级去的，那位第十君主最近清除的任务对象中也不乏高等级异种。唉，人家一觉醒就是君主，人和人真是不能比呀。"

君主级就是老天爷赏饭吃，他们不用密纹的引导就能使出强大的异能。而普通的调查员想要加强自身的异能的话，就必须得在密纹上下功夫。

当然，通过夜以继日的练习和高度运算，资深调查员使用密纹战斗的效果也不会比君主级差太多，这大大增强了人类的实力。

"也是。行吧，行吧，收工咯！"大家都没有深究，确定没问题后就离开了学校。

龙组的检测器也有失误的时候，谁也没把这件事情放在心上，毕竟比起江州，现在的N市才算是人间地狱。

但这件事情依旧给宗衍带来了不可磨灭的伤害。他甚至不再做饭，每天点外卖，外卖还是让告死鸟帮忙去门口拿的，反正决不踏出房间一步。

犹格进入宗衍房里的时候，屋里连个灯都没开，只能看见床上鼓起的一个大包。

犹格盯着那个包看了一会儿，忽然原地消失了。

宗衍在被子里缩成一团睡觉，他还沉浸在生命不可承受的打击之中，一时间连寒假作业都不想做了。只是，他睡着睡着，感觉自己踢到了一坨圆滚滚的东西。

他睁眼一看，就看到一团散发着五彩光辉的球体。他睁眼的时候被那光线刺激到，顿时分泌出生理性眼泪。

宗衍吓得将被子一掀，连滚带爬地把灯打开，问："你干吗？！"

球体拉长变形，重新化作一位身形修长、身穿风衣的短发男子。对方鼻梁高挺，轮廓立体，面容和之前截然不同，气质也从缥缈出尘变成了儒雅博学，像是从中世纪后期的古典油画里走出来的学者，十分贴合老师的身份。

"我来给你补课。"犹格温和地说，"这次我们用效率最低下的人类的方式。"

他一翻手，手里就出现了一摞教辅书。

宗衍眼前一黑，强打起精神，默默地咽了一口口水，道："不……不用了吧。"

老实说，宗衍的物理成绩虽然差，但也很稳定，在他创下物理成绩历史新低后,刘老师把他叫到了办公室,语重心长地和他说寒假一定要找个补习班好好补习一下,还道:"时间就是金钱,上次我们教务组开会的时候就说了,你要是好好努力一下,考上全国排名前三的学校肯定没问题。"

在宗衍的记忆里,从来都是对他横眉怒目的刘老师鼓励他道:"听说你想考Q大?Q大的工科不错,你数学好,如果想往纯理科发展,可以选B大。你一直都是个聪明的孩子,平时也挺自律,以前呢,老师也有做得不对的地方,在这里跟你道个歉。都三年级了,你千万不要因为私人感情耽误了自己的未来。"

也就是这个时候,宗衍才惊觉刘老师也不过是一个白发苍苍、身形佝偻的小老头儿罢了。

原本刘老师就是退休后又被返聘回来的特级教师,要不是因为想要缓冲一下,也不会从一年级开始带学生。这样的好处就是师生感情会比较深厚。

"我知道了,刘老师。"宗衍有些愧疚地说道。

现在想想,其实刘老师除了留他堂,在课上恨铁不成钢地当众批评他,也没干过其他伤害他的事。只不过少年自尊心强,久而久之就生出了些敌视的情绪。

事实上,老师和学生之间哪有什么敌视可言?老师肯定都是希望自己的学生能够考上一个好学校,将来能有一个好去处。就像现在,一把年纪的刘老师居然先放下面子,为的就是让宗衍不要因为不喜欢任课老师而对某一学科带有偏见。

教师育人,桃李不言,下自成蹊。

宗衍和刘老师对抗了三年,没想到竟然以这样的方式和解了。

"你这次的试卷我也从阅卷老师那里拿来看了,以前你大题都只写个公式,没想到这次倒是写了密密麻麻一大片辩证公式。就是你写的辩证公式很奇怪,也没有说明来处,从来没听说过负电粒子还能自己转变的。不过你的转变老师已经看到了,态度端正,学什么都不会难的。加油。"刘老师拍了拍宗衍的肩膀,"年轻就是要有拼劲,你连数学都能考满分,物理又有什么难的?要对自己有信心,老师相信你一定能够攻克这道难关,来年Q大和B大等着你!"

也正是因为这一番交谈,宗衍给自己打了不少气,想着等寒假一到就开启地狱补习模式。结果没想到遭受了新年典礼的打击,在家里躺了两天,现在计划还没开始就又被犹格强势打断了。

宗衍心想：这个补习可补不得呀！上次倒退 10 分，这次岂不是要退到 15 分？不对，等寒假结束，搞不好他以后只能考 0 分了。

"这次用人类的方法。"给自己换了副外貌的犹格无情地说道，丝毫不给宗衍任何拒绝的机会，并将手里的一摞教辅书放到了书桌上。

老实说，上次的辅导让宗衍的物理成绩不进反退，犹格鲜少地感受到了挫败感。当然，伟大的全知全能之主是永远不会反思自己的，他只会把一切归结于人类物理水平不足。

宗衍能怎么办？只能学呗！不然惹怒了人家，给他来一个知识灌顶，那就不是物理成绩可能变成 0 分的问题，而是他会直接变成傻子。

补习开始，犹格把教辅书翻到宗衍一直没搞懂的那章，示意宗衍开始做题。

不知道为什么，看到这家伙展露出这么接地气的一面，宗衍心里直发慌。当然，他表面上是不会说什么的。

他写完一道题，推给犹格看。犹格毫不留情地指出一个错误，道："错了，这里公式就没有用对。"

嘁！还真上手教上了！审判者亲自辅导，就是为了"拉低"一个渺小人类的物理成绩，惊不惊喜？荣不荣幸？

宗衍盯着纸上的公式，为自己仅剩的 25 分感到担忧，谁知道这一轮补课结束后，他的世界观会不会再次被重塑，为此，他的应对方法是"我不听，我不听，我就是不听"。

就算对方是全知全能之主，也没法儿确定别人到底有没有认真听课吧？哈哈哈！

宗衍觉得自己真是太聪明了，他有一搭没一搭地听着，在犹格讲完后又重新拿起笔闷头做题。

这一回，他将做题的速度故意放慢了些，就是为了拖延时间，期待尽早完成这次补课。然后在对方讲课的时候，他开始了自己最擅长的神游天外，例如幻想自己有朝一日拳打主宰者、脚踩支配者、比肩审判者的美好时光，顺带还想了一下晚上点什么外卖，以及最近上映的那部电影还挺有意思的，要不要去看看等等。

遗憾的是这个绝妙的办法没持续多久就被发现了。

犹格捏着教辅书的一角，声音忽然低沉了一些，说："这个问题我在五分零三秒的时候给你讲过，你到底听没听？"

"听了。"宗衍回答得掷地有声，丝毫看不出心虚。

"行，那你来复述一下我之前讲了什么。"考虑到人类那过目就忘的金鱼脑，犹格甚至放低了标准，他冷笑一声，补充道，"只需要叙述个大概。"

宗衍：……

他这反应差点儿把犹格气笑了。

见宗衍这几天似乎心情不好，犹格才想着给他找点儿事情做，为此还不惜纡尊降贵，花了亿万分之一秒的时间加载了一下宗衍这个年纪要学的物理知识，打算亲自上阵。

这简直不能说是恩赐了，而是叫纵容，结果呢？

"不听话的学生是要受到导师的惩罚的。"犹格的笑容在昏暗的灯光下显得危险无比。

犹格现在的五官显得很有攻击性，虽然整体气质十分儒雅，但一旦冷下脸来，宗衍便感觉背后的寒毛都要竖起来了。

他现在有种猎物被猎人锁定的惊悚感。

宗衍发现自己动不了了，他惊悚地看着犹格背后出现了无数不可名状的恐怖虚影。下一刻，那些虚影逐渐呈现出实体状态，并占据了整个房间。

神奇的是，它们又避开了室内的所有装潢，像是一个巨大的茧，把宗衍裹了进去。

宗衍下意识地就想从虚空中掏出设定卡，但被犹格阻止了。他一抬头，正好同对方那双金色的眼眸对视。

不，现在已经不能单纯地用金色来形容了，那双眼睛里似是盛了漫天繁星，看起来璀璨无比，带着摄魂夺魄的魅力。

宗衍惊恐地看着那些虚影没入他的脑袋里，与此同时，他生出一种玄之又玄的感觉。

他感觉自己好像被人卸去了所有的伪装，只剩下最纯粹的意识袒露在寒风里。广袤的意识里忽然出现了一团不可名状的存在，耀武扬威地占据了这片地盘。

"这是怎么回事？！"宗衍惊恐地看着面前的犹格，但他这话不是从嘴里说出来的，而是意识上的沟通。

"你的意识已经和我连通了。"犹格微微一笑，只是那笑容让宗衍怎么看怎么觉得毛骨悚然。

犹格接着道："换言之，我现在能够知晓你脑海中的一切想法。当然，你也可以知道我的想法。不过我给你一个忠告，不要妄图通过意识桥梁来窥探我的意识，不然你会迷失在意识的海洋里，然后彻底湮灭。"

高维度生物想要知道一个人心中所想的话，只需要把他们的大脑取出来，或者将意识触手探入对方的脑子里。但对人类而言，门之主把人类的思维全部攫取完后，人类便会变得疯疯癫癫，所以犹格大发慈悲地搭建了一座简单的意识桥梁。

能够和全知全能之主建立意识桥梁，这是多么荣幸的一件事。

意识桥梁是一个双向通道，不过由于现在的宗衍只是一道微不足道的意识，贸然接触犹格的本体的话，只会被亿万光辉球体吞没，所以他真诚地接受了犹格的忠告。

"好了，现在我们来学习吧。"犹格把练习册往宗衍面前一推，语气和善地说。

宗衍暗暗告诫自己，从现在开始，脑子里绝对不能想任何与学习无关的东西，然后迅速将注意力转移到面前的书本上，道："可以开始了。"

刚开始，宗衍的确心怀戒备，没想到后来越听越上头。这是他头一次在物理知识的海洋里畅游，而不是被浪花拍到岸上。

他发誓，自己从没这么专注地听过物理课。抛开其他因素，犹格作为补习老师还是很够格的，不负"全知全能之主"的名号。宗衍每做完一道题，犹格就会给他抽丝剥茧地分析，最后再让他做三道类似的题型以巩固所学的知识点。

一直被人盯着做题，宗衍还是挺不自在的，而且只要他一开小差，就会接收到犹格威胁十足的视线，或者是被意识里的触手警告。但随着攻克的难题越来越多，宗衍有种豁然开朗的感觉，没时间再想和学习无关的事，完全投入了进去。

宗衍本来就不笨，伊斯一族的知识虽然让宗衍的物理成绩倒退了，却把他学物理的任督二脉给打通了，他现在学起来觉得自己像是开了挂一般。

当然，这其中的弯弯绕绕，犹格才懒得说。

"我写完了！"把那些习题最后一个大题写完，宗衍深呼一口气，兴奋地对犹格说。

他们依然被不可名状的庞大虚影牢牢包裹着，四周一片漆黑，只有桌上的台灯亮着。

犹格支着头坐在宗衍身边，眼里炫目、混沌的色彩并未消退。宗衍默默咽了一口口水，看着对方脸上连毛孔都看不到的光滑皮肤，心想：这家伙化形出来的脸简直完美无缺，就是没有呼吸，实在太惊悚了！

下一刻，狭窄的空间里响起一声低笑，紧接着宗衍就感受到了一阵温热的呼吸。

宗衍在内心吐槽：模拟人类的生理活动果然难不倒高维度生物。

他默默地拉开和犹格的距离，结果没挪几步就被一道虚影圈住了后颈。

犹格道："过来。"

宗衍下意识地缩了缩脖子，不敢反抗。

犹格手里的书一页未翻，上面记载着密密麻麻的、宗衍绝对看不明白的文字，他头也没抬地把宗衍拎回了刚才的位置，道："这两道题算错了。"

宗衍瞬间把脑子里所有多余的想法摒弃，老老实实地拿起笔重新开始做题。

宗衍感觉这次补课的时间格外漫长，不知不觉间犹格就讲完了大半本书。

宗衍看了一眼手里的笔，里面的油墨丝毫未减，他脑子里浮现出一个大胆的想法。

"我饿了。"宗衍十分诚恳地说。

"不，你没饿。"犹格面前的书页缓缓翻过，他道，"我暂停了时间，现在你胃里还有未消化的食物残渣，和你刚起床时一模一样。"

这就很过分了！学习归学习，就算暂停了时间，精神也是会疲惫的呀！

宗衍很想抓着这位独断专行的高维度生物的肩膀摇晃。

"不，你不会。"完全知道他在想什么的犹格看了他一眼，道，嘴角带着一丝若有若无的笑意。

宗衍内心警铃大作，下一秒忽然朝后倒去。

那些潜伏在他意识里的虚影忽然朝四周涌去，连接上他每一根神经末梢，并代替神经元模拟出无数神经递质到突触中，使之与另一个神经元上的受体结合，引起神经元的反应。

刹那间，宗衍感觉自己的精神似乎被推上了顶端。

他好像看到了绚烂的天空和夜幕中闪烁的星辰，看到了人类从生命的终结回到生命最初的状态，看到了宇宙万物万事……他看到了犹格眼中的世界，以至于大脑加载过度，像电脑一样死机了，眼里只剩一片苍茫的白色。

在宗衍倒下的瞬间，无数虚影接住了他。他身上的睡衣被汗水打湿，黏糊糊地贴在身上。他就像刚刚烧开的水，整个人都冒着蒸气，胸口也剧烈起伏，脸色绯红。

犹格饶有兴趣地注视着这一幕，内心有一些遗憾。

人类的身体还是太脆弱了，百分之一都不到的程度就差点儿过载。要不是他控制得好，估计宗衍就变成植物人了。

宗衍现在确实感受不到任何疲惫了，他整个人亢奋无比，甚至还能再做一摞卷子。

"好了，继续吧。"犹格挥了挥手，练习册和笔自动跳到了宗衍手中，他的声音宛如魔鬼的低语，"如果困了，我们可以再来一次。"

这种地狱般的补习仅仅持续了一天。当然，是人类意义上的一天。

毕竟伟大的时间与空间之主特意暂停了时间，为的就是能在一天内解决宗衍的物理学习上的问题。

实际上，宗衍觉得自己可能连做了五十几个小时的题，不过这也才搞定了一半的物理知识。

不得不说，补习的过程相当痛苦。首先，暂停时间就意味着一切生理活动都不必要；其次，意识桥梁的搭建意味着宗衍不能走神，要是神游时被抓住了，还要受到精神惩罚；最后，如果宗衍精神上困了，犹格还会采用"电击疗法"，强行给宗衍续航。

中途，犹格看宗衍实在太疲乏了，这才大发慈悲地让宗衍去床上睡一会儿。

意识触手抽离的刹那，宗衍直接瘫倒在了床上，一秒进入香甜的梦中。

犹格慢悠悠地飘了过去，居高临下地俯视着宗衍恬静的面容，内心难得地升起一点儿微妙的情绪：人类真是太渺小了。

他能看到对方肌肤上的纹理，能看到对方身体里流淌的血液以及对方的骨骼，还有对方完全关闭的意念。他再次想到四个字——一碰就碎。

对至高无上的门之主而言，所有的生物都称得上脆弱，尤其是人类。

犹格一直搞不懂，为什么父神的意识分身会选择以人类的姿态诞生。在茫茫宇宙中，比人类优越的种族不知几何。在他眼里，人类几百万年的历史不过是他心念一动就能跨越的时间段。只要他想，他甚至可以把人类文明再往后推个几百万年。

整个宇宙中，能够算得上较大种族的，每一个的历史都是以亿万年为单位。那些种族疯狂地追随伟大的门之主，它们还曾以一个大型星系为代价，请求门之主降临。

犹格那个时候心情好，随意派了个分身过去，顺带赐予它们丰厚的知识作为回报。可惜的是，即使动用最先进的光脑技术，那些种族也依旧无法承接门之主的恩赐。

它们跪在地上，看着大小堪比一颗行星的光脑解体爆裂，神色更为狂热。

弱肉强食的森林法则在哪里都适用，越是先进强大的种族，越能意识到自己同高维度生物之间的差距，所以更加慕强。

宗衍这一觉睡了很久，等他醒来的时候，房间里已经没人了。

阳光照进室内，他眯着眼睛看了一眼窗外湛蓝天空，放在床头的手机忽然振动了起来。

他打开手机一看，多条新闻头条映入眼帘。

"A 国 N 市遭受不明黑雾入侵，黑云蔽日，似乎有变异动物出现。"

"官方组织回应：在人类已知的生物谱系图中从未发现该种生物的存在，恐是生物变异。"

"官方组织号召全球一同抵抗，共渡难关。"

"N 市时报：我们永远失去了太阳。"

……

他的心逐渐下沉，立刻打开了密大 APP。

"情况危急，召集全世界可活动的调查员立即前往 N 市。"

这条消息在 APP 首页的置顶位置，而且是金色的。金色消息是神秘界最高等级的消息，尖顶议会对于金色消息的审核十分严格。换言之，金色消息出现便代表人类危在旦夕。

事情的严重性已经超出了宗衍的想象，他一个激灵从床上蹦起来，在手机上详细查看 N 市的现状。

全世界的媒体都在报道 N 市的情况，现在整个 N 市都笼罩在黑雾之中，看上去惊悚无比。更加可怕的是，那些黑雾还在扩散，据说 N 市隔壁的两个城市也被黑雾影响了。

迄今为止，还没人知道那些黑雾的作用。官方组织搜集了黑雾的样本进行检测，得到的结果是黑雾对人体无任何不良影响，但也无法驱散。

人们对此众说纷纭。

距离黑雾出现已经过去了三四天，城内的居民基本都选择了撤离。但 N 市是 A 国的心脏和金融命脉，官方划出了必要的撤离点后，并没有采取强制撤离的手段。

把黑雾伪造成工业事故已经对 A 国的国际形象产生了很大的负面影响，哪怕真相与神秘界有关，他们也不想影响到国家经济。因此，一直到这天早上，A 国管理局都没有出面说明。

但这天的太阳升起后，只有 N 市留在了黑夜，这才引起世界媒体的纷纷报道。

有媒体发布了几张别人在 N 市拍摄的模糊的照片，生物变异的消息就此传开。

这些都是普通人的猜测，作为神秘界的一员，收到金色消息的宗衍更能明白事情的紧急性。

他在密大 APP 上报了名。他现在好歹是第十君主，能力越大，责任越大。况且只有他清楚自己真正的实力。他出马比十个君主级都管用。

宗衍想：我要去拯救世界，如今 N 市危在旦夕，作为第十君主，我义不容辞。

犹格是一位十分严格的老师，经过那天的教导后，他要求宗衍以后物理考试必须拿满分。正是因为他要求严苛，宗衍才感到心神疲惫。

精神上的疲惫可以随时"充电"消除，心灵上的疲惫却必须用其他事物来弥补。

宗衍没把自己要去 N 市的事情告诉别人。这个"别人"特指贺远和司彦。他只是默默地在密大 APP 上报了名，然后联系上了密大的后勤部。后勤部一看有君主级加入，当然不会拒绝，火速给宗衍办理了飞行等业务，航班当天下午起飞。

宗衍对此十分满意。他现在宁愿去拯救世界，也不愿意在房间里和犹格一对一补习。

收拾好行李，宗衍偷偷摸摸地从二楼走了下去。依旧在打游戏的奈亚的化身黑统领头也不抬地问："父神，您要去哪儿？"

"我要去 N 市。"宗衍警惕地看了看四周，问，"犹格呢？"

"不知道，那个家伙之前不是把时间暂停了吗？暂停完就不见了。"奈亚摆弄着手里的游戏机，他在玩伊斯一族最新发行的游戏《上古卷轴 5》，这个游戏开放的世界观让他十分感兴趣。可惜宗衍只能在屏幕上看到一段段意义不明的乱码。

不在就好。宗衍舒了一口气，动作也大胆了不少，他直接把行李箱扛了起来，然后在半开放式厨房里给自己准备了一顿简单的午餐。

"N 市最近似乎挺热闹的，我有几个化身正在那附近看戏。"奈亚又道。

宗衍拿汤勺的手一顿，问："N 市到底是怎么回事？"

他才反应过来，化身极多又总爱奋战在"搞事"一线的奈亚应该对此事了如指掌。

"那里的鬣狗暴动了。"奈亚懒洋洋地将游戏机一扔,卧倒在宽大的沙发上,长长的黑发如同丝绸一般滑落。

奈亚最近闲得很,他的化身要么被他派去找克图和诺登的麻烦了,要么就在"搞事"的路上。这些天,黑统领这个化身一直坐在游戏机前,基本上没有挪过窝。

奈亚道:"应该是格赫。"

又是格赫。宗衍心想。要是格赫的歌声传到母星上,那整个星球都会因为剧烈变化的自然现象毁灭的。

"大概还要多久?"宗衍忧心忡忡地问。

"哈。"奈亚自然知道宗衍在问什么,他从喉咙里发出一声短促的气音,道,"如果鬣狗的计划成功,可能半个月左右吧。"

半个月?!宗衍几乎要怀疑自己的耳朵,确认道:"半个月内格赫就会降临?"

"不,不,不。鬣狗会召唤它们所追随的主,如果它们的主复苏,星辰的归位会让格赫更进一步,然后地球上被封印的支配者也会苏醒。"奈亚伸了个懒腰,道,"不用担心,你不会有事的。虽然你会迎来人类意义上的死亡,但是你的精神却会归于永恒的父神。所以说,人类真是太脆弱了呀。"

这一刹那,平日里不着调的高维度生物终于显露出自己高高在上的冷漠。但仅有一刹那。

"当然,如果父神您想要拯救这些人类,直接使用那张阿撒索陛下的卡片就可以哟。"在宗衍看不到的地方,奈亚露出诡谲的笑容,"如果父神的分身降临,就算是格赫,也会臣服于您,乖乖离去的。"

似乎是为了增加这句话的可信度,奈亚还似真似假地抱怨了一句:"父神可真是喜欢人类呀。"

"哦。"宗衍应了一声,压下内心的波涛汹涌。他不动声色地吃完饭,洗好碗,然后拖着行李箱上了出租车,面色才骤然冷了下来。

他手握成拳,力气大到指节都泛白了。

毫无疑问，奈亚没安好心，他说的话和莎布说的完全不同。

莎布告诫他不要使用阿撒索（分身）那张卡，因为莎布不希望看见阿撒索苏醒；奈亚则蛊惑他使用阿撒索（分身）设定卡，其原因也不难猜测，毕竟奈亚是阿撒索最忠实的追随者，当然希望阿撒索重临人间。

那么，他们之中到底谁在说谎？又或者，他们都在说谎。

宗衍的指甲深深地陷进肉里，留下一道道半月形印记。

他不过是个学生，虽然比较早熟，但真遇到这种身边的人都不可尽信的情况，一时间内心还是压抑无比。

算了，这些都先放到一边，现在最重要的是N市的情况。

现在直飞N市的航班都停了，宗衍只能辗转前往N市附近的B城国际机场，然后再联系当地紧急设立的神秘界后勤部去往N市。只是由于时间紧急，后勤部这次没订到头等舱，只给宗衍订了商务舱。

上了飞机后，宗衍打算戴上眼罩继续睡——即使睡了那么久，他现在也还是很困。结果他坐下后往旁边一瞥，吓得差点儿灵魂出窍。

商务舱座位的隔板旁边，犹格正低头漫不经心地翻阅着手中的书籍。

"来了？"他抬了抬眼，道，"既然休息得差不多了，那就继续吧。什么时候学完，飞机就什么时候起飞。"

宗衍：……

贺远坐在副驾驶位上，开车的是司彦。

他们所行驶的公路上基本没什么车，但是对面车道上的车却排起了长龙，行驶得相当缓慢。

他们要进N市，而N市的人只想逃离。

这天是N市官方组织的最后一次撤离救援，没赶上的人将被永远封锁在这个城市里。神秘界没有那么多时间了，如今的N市形势很不妙，这实在是无奈之举。

鬣狗可以伪装成人类，这是神秘界收到的最新情报。时间越往后推，伪装成人类的鬣狗便会越多，舍小才能顾大。

因为人们离开得匆忙，很多物资都来不及搬走。一些消息并不灵通的流浪汉欢快地跑进城市里的杂货店，他们完全不知道自己接下来将面对怎样的炼狱。

贺远叹了一口气，眼神一凝。

他看到了 APP 上的应征名单。

应征名单上的名字是按照等级排列的，君主级在最上面，例如第九君主司彦应征前往救援 N 市，他的名字就在最上面。

如今，"第十君主宗衍"悄无声息地出现在了"第九君主司彦"后面。

"宗衍怎么来了……"贺远小声嘀咕。

"你说谁来了？"司彦猛地打了一下方向盘，踩下刹车，冷冷地问。

"宗衍那小子呀！"贺远痛心疾首地重复道。

他拨打宗衍的电话，得到的是对方已关机的提示，就知道这家伙肯定是先斩后奏，直接和密大后勤部联系上了。

贺远道："我刚刚在密大 APP 的应征名单上看到了这小子的名字，但打他电话打不通，估计已经在来的飞机上了。"

说到这里，贺远气得要死，他一拍大腿，道："这小子真是翅膀硬了，不好好在国内准备考试，过来凑什么热闹。刚晋升君主级是不错，可他没有半点儿对敌经验啊！"

"手机给我。"司彦浑身上下都散发着暴躁的气息，他伸手把贺远的手机拿了过去，拨出一个电话。

贺远眼尖地看到他拨打的是密大后勤部的电话。

"副队，你们在说谁呀？"坐在后排的七组成员纷纷凑过去八卦道，手里是组装好的武器。

"难道是那位新任的第十君主？"有队员敏锐地捕捉到了他们话语中的关键词，立刻打开密大 APP 找应征名单，然后发现了那个新增的红色名字，"这位新君主居然也应征了？！"

"不会吧？"其中一个知晓内情的队员惊呼一声，"第十君主还差半个月才毕业呢。"

"那个传闻是真的？第十君主真的在清阳学院读三年级？"

"这届的密大首席不就是那位第十君主吗？但是他办理了暂时休学的手续，说是等毕业后再回去继续就读。"

"休学？密大也同意了？"

"当然同意了，人家都是君主级了，又不需要学习密纹作战，而且他各科成绩都很不错，据说之前在江州就独立完成过 B 级异种任务。"

B 级异种任务都是默认给高级调查员和资深调查员的任务，现在和一位学生联系在一起，确实让人惊叹不已。

"独立完成 B 级异种任务？难怪密大后勤部会同意他来。现在 N 市的情况实在太紧急了，一位天赋异禀的君主级必须在这种地方成长起来呀。"

调查员都不是温室里的花朵，现在鼎鼎有名的前九位君主，除了主张预言的第七君主，其他哪一个不是从血和火的战场上拼杀出来的？

司彦当初晋升君主级，就是龙组七队在国外执行机密任务的时候。

至于第二君主，也就是如今担任龙组总指挥官的司勋，他年轻的时候更厉害，是国际上鼎鼎有名的大将。

还有半截身子都已入土的第一君主洛克斯，他比司勋活得还久——觉醒者觉醒到君主级后，身体素质也会大大增强，同时觉醒能力也赋予了他们更长的寿命。历史上活得最久的君主级享年近两百岁。

只不过 19 世纪末，这位叱咤风云的第一君主忽然销声匿迹，神秘界已经有四五十年没有第一君主的消息了，调查员都在猜测这位大佬是不是死在异种手上了。

调查员的宿命本就如此，挣扎于生死之间，游走在钢丝之上，最终死在异种手里。哪个资深调查员的履历上没有沾满斑斑血迹？如今神秘界出现这样的事情，又何尝不是最好最残酷的磨炼，也无怪乎密大后勤部会同意宗衍的申请。

当然，理智上接受和情感上接受并不是一回事。

"闭嘴。"司彦冷冷地训斥了一句，车内顿时安静无比。

队长的脾气大家都知道，此时谁也不敢上去触他的霉头。

"喂，您好，欢迎致电密斯卡大学后勤部。"电话终于接通了。

"第十君主是不是来 N 市了？哪一趟航班？"司彦道。

对方一惊，迅速查了一下来电手机的地址，而后道："抱歉，贺先生，您的权限不足以查询一位君主级的行程……"

"我是司彦。"司彦不耐烦地报出一串号码，随后道，"第十君主去密大的指引者还是我的副官，过问一下怎么了？"

后勤部的成员闻言，手忙脚乱地进行了声纹检测，这才开始查询。

车内，七组的成员们纷纷震惊地交换了眼神，以眼神沟通。

"没想到贺队还是那位小君主的指引者！"

"第十君主，自己人！"

"讲实话，上次看队长脸色这么差还是总指挥官被查出有高血压的时候。"

贺远没去管后排那群队友，侧头看向车窗外。

四周明亮无比，但在柏油马路的尽头，那座被永远留在了黑暗里的城市静静地矗立着。

很难想象，曾经的N市被称作"不夜城"，但现在的N市却是流浪汉的天下，昔日的金融中心，如今门可罗雀。

这次的情况绝对不是偶然，神秘界已经给予了最高度的重视。

鬣狗和人类几乎是井水不犯河水，上一次鬣狗暴动还是出现在中世纪的西方。那时候病毒肆虐，造成了当时西方近三分之一的人口死亡，过多的尸体流入下水道，大大减少了鬣狗的生存空间。不少染病的人类也变成了鬣狗，引发社会恐慌。

鬣狗是异种里少数和人类泾渭分明的存在。它们有着完整的生存体系，以及自己的文化和社会关系。即使地球上的人类全部灭绝，它们也可以继续存活下去。

这一次情况如此严重，极有可能是群星即将归位的前兆。

现在神秘界人人自危，尖顶议会正在召开会议讨论可能是本世纪最难的议题，那就是要不要结束中世纪后期签订的《避世条约》，向全世界公布神秘界的存在。

黑雾仍在扩散，如果不能将之彻底解决，它们很有可能会扩散至世界各地。届时，就算不公布，神秘界的存在也必定会暴露。

密大的生物学专家已经开了不下十次座谈会，最终确定鬣狗是想要召唤它们的主。要是那位支配者真的被召唤到地球，那就不是N市失去太阳，而是全世界失去太阳了。

因为情况太过紧急，每一位觉醒者都是最为宝贵的战略资源。

密大这两天正在紧急安排将真理之门挪到B城，方便调查员进出。如今一个学期结束，密大的学生们也纷纷开始领取调查实践任务。

今年的实践调查任务全是和N市相关的，并且还有导师带队，编成小组一起行动。

贺远在心里叹了一口气，眼神重新变得坚定起来。

希望密大能给那位初出茅庐的小君主派发一些简单的任务。

打完电话后，司彦把手机扔到贺远怀里，油门一踩，车子就如同离弦之箭一般朝着N市驶去。

另一边，飞机上的宗衍欲哭无泪，他想：之前学了五十几个小时的物理，现在又来？

他总是忽略最重要的一点——没有什么可以瞒过伟大的全知全能之主。

犹格给了宗衍一个残酷的冷笑。宗衍看后毛骨悚然。犹格道："还剩一半，继续。"

宗衍好不容易才完成犹格的要求，然后又被布置了一张卷子，用以检测这一百多个小时的辅导到底有没有白费。

第一次做当然很难得满分，更何况对方还是宇宙间最严格的老师。

于是在犹格第一次批改完卷子后，宗衍又被迫开始听试卷解析……终于，等宗衍做完第三张卷子后，犹格大发慈悲地放过了他。

"虽然与我的要求相差甚远，但是应付人类倒是足够了。"犹格轻描淡写地解除了时间暂停的限制，下一秒，机舱上的人再次活动起来。

飞机终于滑行到了跑道，加速后又冲向蓝天。

宗衍整个人疲惫不已，连飞机上的Wi-Fi都没来得及连，倒头靠在座位上睡着了。

犹格定定地看了他两眼，随后漫不经心地将视线转向虚空之中。

他观看了一下这颗星球的时间线。

距离格赫到来，群星归位，仅剩 10 天。10 天之后，这颗星球上被封印的所有支配者都会挣脱牢笼。而这颗存在了 46 亿年历史的星球，也将彻底不复存在。

— 本册完 —

图书在版编目（CIP）数据

巡游者 / 妄鸦著 .-- 武汉 : 长江出版社 ,2025.
2.--ISBN 978-7-5492-9768-9

Ⅰ .I247.5

中国国家版本馆 CIP 数据核字第 2024YU2668 号

巡游者
XUN YOU ZHE

妄鸦　著

出　　版	长江出版社

（武汉市解放大道 1863 号）

选题策划	辫　子
市场发行	长江出版社发行部
网　　址	http://www.cjpress.cn
责任编辑	罗紫晨
封面设计	等　等
印　　刷	长沙鸿发印务实业有限公司
版　　次	2025 年 2 月第 1 版
印　　次	2025 年 2 月第 1 次印刷
开　　本	710mm×1000mm　1/16
印　　张	20
字　　数	305 千字
书　　号	ISBN 978-7-5492-9768-9
定　　价	45.80 元

版权所有，翻版必究。如有质量问题，请联系本社退换。
电话：027-82926557（总编室）　027-82926806（市场营销部）